Frank Bernd Lukass
Das Rafaelskreuz

Frank Bernd Lukass

Das Rafaelskreuz

Delbrücker Schicksale (Hochstift Paderborn):

Das Blutbad des Jahres 1604

und der Dreißigjährige Krieg

historischer Roman

Bibliografische Information der Deutschen Nationalbibliothek: Die Deutsche Nationalbibliothek verzeichnet diese Publikation in der Deutschen Nationalbibliografie; detaillierte bibliografische Daten sind im Internet über http://dnb.dnb.de abrufbar.

Lektorat: Werner Wolski

Verlag: BoD · Books on Demand GmbH, Überseering 33, 22297 Hamburg, bod@bod.de

Druck: Libri Plureos GmbH, Friedensallee 273, 22763 Hamburg

ISBN: 978-3-8192-7730-6

Das Rafaelskreuz

Prolog

Wenn man eines aus der Weltgeschichte lernen kann, dann ist es das,

dass immer die gleichen Fehler begangen werden.

Es ist fast so, als würden wir Menschen einfach nicht dazulernen.

Auch wenn es kein Trost sein kann für Menschen, die Rechtlosigkeit, Gewalt und Krieg erfahren haben, ist aber eines sicher:

Das Gute bleibt letztendlich immer der Sieger.

Es ist nicht zu verleugnen, dass böse Mächte auch für eine gewisse Zeit die Oberhand zu haben scheinen. Dies kann sogar für einige Generationen der Fall sein. Aber dann irgendwann bündeln sich die Kräfte der Menschen, die an Freiheit, Menschlichkeit und Frieden glauben, um den Bösartigen die Macht zu entreißen.

F. B. Lukass

Kaum einem Reisenden fällt das aus dunklem Holz bestehende Wegekreuz am Rande der Landstraße auf. Sollte jedoch bei einem Zeitgenossen die Neugier geweckt werden, so wird er bei näherem Betrachten des verwitterten Kreuzes die Reste von aufwendigen Schnitzereien entdecken. Die von Umwelteinflüssen ausgewaschenen Ornamente und Symbole lassen sich noch gut erkennen: geschnitztes Efeu, das an dem Kreuz emporwächst; und anstelle des Korpus ist ein Herz eingearbeitet, aus dem Blut in Form einer Träne zu entfließen scheint. Das Ganze wird am oberen Ende des Kreuzes mit einem stilisierten Auge abgeschlossen.

Jeder Laie würde jetzt davon ausgehen, dass dieses Wegekreuz höchstens hundert Jahre alt ist. Aber Wissenschaftler, die von der Denkmalbehörde beauftragt worden sind, eine Altersbestimmung vorzunehmen, stellten mit den neuesten technischen Hilfsmitteln fest, dass es um das Jahr 1630 entstanden sein muss.

Das Holz des Kreuzes konnte nur so lange dem natürlichen Verfall widerstehen, weil es sich um eine spezielle Holzsorte handelte. Der Mensch, der dieses Objekt erschaffen hatte, wählte die Stein-Eiche als Rohstoff aus. Stein-Eichen wachsen auf sehr schlechten Böden unter unvorteilhaften Lichtverhältnissen. Dies führt dazu, dass der Baum extrem langsam heranwächst. Das langsame Wachstum wiederum erzeugt eine hohe Dichte des Holzkörpers, der dadurch auch eine sehr große Härte erhält. Der Schöpfer des Kunstwerkes wusste genau, was er tat: Er wollte das Wegekreuz für die Ewigkeit schaffen.

Fragt man dann auf den Bauernhöfen der Nachbarschaft nach, was für ein Kreuz das sei und was die Schnitzereien bedeuteten, erhält man nur sehr dürftige Antworten. Eine Antwort aber wird von allen genannt: „Das ist doch das Rafaelskreuz!"

Wenn man dann weiter nachhakt, woher man das wisse und was es zu bedeuten habe, bekommt der Fragende keine plausible Antwort: Es handelt sich hier eben um eine Überlieferung, die von Generation zu Generation weitergetragen wird – ganz ohne genaueres Hintergrundwissen. Als ich weiter recherchierte, konnte ich dann doch noch einiges in Erfahrung bringen: Es hatte nämlich tatsächlich ein gewisser „Rafael" das Kreuz hergestellt, um … . Aber wovon spreche ich hier? Lassen Sie mich die Geschichte ganz von Anfang an erzählen!

Aus heiterem Himmel

Die Dorfbauernschaft lag in einer flachen Landschaft, die im Westen mit dichten Buchenwäldern durchzogen war. Etliche glasklare Fließgewässer bahnten sich mäandernd ihren Weg durchs Gelände. Im Süden wurde das Land hügelig. Die Hügel, sogenannte „Endmoränen", waren Zeugen der letzten Eiszeit. Im Osten gab es Moore und gefährliche Sümpfe, die nur von den Ortskundigen sicheren Fußes betreten werden konnten.

Der Waldbauer hieß Stefan. Er war sechzig Jahre alt und mit Ida verheiratet. Die beiden waren schon glückliche Großeltern, denn ihr Sohn Bernd, der den Hof in wenigen

Jahren übernehmen sollte, hatte mit seiner Frau Rosalie drei wunderbare Kinder.

Von den Menschen in diesem Landstrich war zu ihrem Schutz eine ganz ausgeklügelte Verteidigungsanlage geschaffen worden: Um die Bauernschaft verlief eine hohe Dornenhecke; und es gab überall an deren Grenze Wachposten: die sogenannten „Weckerhöfe". Sichteten die dort lebenden „Wecker" Truppenbewegungen oder Raubritter, so schlugen sie mit Hilfe von Glocken und Hörnern Alarm. Dieser Alarm wurde von den anderen Weckern aufgenommen und dann weitergeleitet.

Ertönte nun ein solcher Alarm, griffen alle Landwehrmänner ab dem vierzehnten Lebensjahr zu ihren Waffen, um sich an den Schlinghöfen und anderen abgesprochenen Treffpunkten zu sammeln. Alle Frauen, Kinder und die alten Männer machten sich dann auf den Weg in den Sumpf. Dort waren sie vor Angreifern sicher, da kein Fremder es wagen könnte, dieses Gebiet zu betreten, ohne sich der Gefahr auszusetzen, im Sumpf zu ertrinken.

An diesem Sonntag war in Delbrügge gerade das Hochamt beendet worden, und die Gläubigen verließen die Kirche, als der Alarm vernommen wurde. Das Dorf Delbrügge hatte eine seiner Verteidigungsanlagen direkt um die Kirche herum errichtet. Die engen Zugänge zum Kirchplatz wurden mit Palisaden versperrt und Schießscharten mit Männern belegt.

Alle Männer, die an dem Hochamt teilgenommen hatten, wurden jetzt zur Verteidigung des Dorfes verpflichtet. Die Frauen durften im Kirchenschiff verbleiben. Auch Stefan begleitete seine Ida in die Kirche, um sich dann mit einem Kuss von ihr zu verabschieden. Danach holte er von seinem

Kutschkarren seinen alten Säbel und sein Jagdgewehr, das sich immer in einer Holzkiste im Karrenboden befand. Dann suchte er sich einen geeigneten Platz, an dem er seine Muskete einsetzen konnte. Stefan glaubte im Moment noch nicht daran, dass es zu Kampfhandlungen kommen würde.

Doch zu diesem Zeitpunkt nahm das Drama an einer anderen Stelle der Bauernschaft seinen Lauf: Der Wecker, der den Alarm ausgelöst hatte, wusste nicht, dass es sich bei den spanischen Söldnern um Durchreisende handelte: Es waren keine Besatzer oder Angreifer. Der Graf von Rietberg hatte nämlich den Paderborner Fürstbischof um Erlaubnis für die Durchquerung des Territoriums gebeten, und der Bischof hatte seine Zustimmung gegeben.

Die Durchreise-Genehmigung wurde allerdings nicht an die Delbrügger Wecker weitergegeben. Also vermutete man eine feindliche Handlung. Infolgedessen waren dann die Männer bei tiefstem Frost in ihre Verteidigungsanlagen gestürmt, um sich auf die Lauer zu legen. Die Bauern waren zwar nicht so gut bewaffnet wie die Söldner, aber es gab einige Dutzend Radschloss-Karabiner und Musketen. Etliche Säbel, Degen, Dolche, Äxte und alte Schwerter wurden ebenfalls genutzt.

Als die arglosen Spanier eine Sammelstelle der Bauern passieren wollten, schossen drei junge Männer in ihrem Übereifer ihre Steinschlossgewehre ab. Sie hatten auf prächtig gekleidete Männer gezielt, die auf edlen Pferden vorüberritten. Zwei spanische Reiter fielen stark blutend vom Pferd. Einer von ihnen blieb mit einem Kopfschuss sofort tot liegen. Der andere Reiter versuchte, sich zwei- bis dreimal wieder vom Boden zu erheben. Das Blut, das aus seiner Brust und seinem Mund tropfte, verfärbte den

Schnee rot. Dann blieb der Spanier röchelnd auf dem Bauch liegen, um kurze Zeit später an Ort und Stelle zu sterben.

Die Spanier, die nach dem unverhofften Angriff auseinandergestoben waren, hatten in kürzester Zeit ihre Lage erkannt. Nun schossen sie in die Dornenhecke hinein, wo sie ihren Feind vermuteten: Ganze Salven sausten durch die Hecke. Janosch, ein Knecht vom Thomashof, der sich hinter einem Baum zu verstecken suchte, wurde von einer Kugel am Hals getroffen. Das Blut sprudelte wie wild aus der zerrissenen Halsschlagader. Der Janosch zappelte wie ein geköpftes Huhn hin und her. Dann blieb er ausgeblutet auf einem Baumstumpf liegen, wo er sein Leben aushauchte.

Überall vernahm man nun spanische Befehle und Trompetensignale. In kürzester Zeit fanden die spanischen Infanteristen einen Weg durch die Dornenhecke. Nach einem Scharmützel der spanischen Söldner mit etwa einem Dutzend Verteidiger zeichnete sich die deutliche Überlegenheit der Berufssoldaten ab. Die Bauern waren allesamt von Degen zerstochen sowie von den Kugeln der Pistolen und Musketen durchsiebt worden.

So gelangten die Spanier ins Innere der Verteidigungsanlage, die von den Bauern schon vor etlichen Jahrzehnten zum Schutz vor Raubrittern errichtet worden war. Hohe Dornenhecken bildeten einen Schutzwall, den man nur sehr schwer überwinden konnte. Was gegen kleinere Räuberbanden durchaus hilfreich war, sollte sich bei den gut ausgebildeten Söldnern als minder guter Schutz erweisen: Die Infanteristen räumten die Hindernisse, die auf einem in die Verteidigungsanlagen führenden Weg verbaut waren, weg, sodass die Kavallerie auch ins Innere gelangen konnte. An die zweihundert bestens ausgebildete, auf Rache dürstende

Reiter ritten im Galopp, den Feind suchend, durch die Anlage.

Die Bauern erlebten ein großes Debakel, als die Pferde donnernd auf die Barrikaden zuliefen. In kürzester Zeit war die Luft voller Pulverdampf, und man vernahm zwischen den Schüssen die metallischen Klänge der Säbel- und Degenhiebe. Überall, wo Spanier und Bauern aufeinandertrafen, wurde verbissen gekämpft: Für die einen ging es um Haus, Hof und das nackte Leben, für die anderen um Rache, Stolz und die Ausführung eines Befehls. Die Bauern konnten den spanischen Söldnern, die schon auf vielen Schlachten ihre Erfahrungen gesammelt hatten, nicht das Wasser reichen.

Irgendwann hatte sich die spanische Kavallerie bis zum Dorf durchgekämpft. Am Rande des Dorfes versammelten sich die Reiter, um die Verteidigungsanlage zu erkunden. Der Kern des Dorfes bestand aus einer Wehrkirche, die von etlichen Häusern kreisförmig umrahmt war. Zwischen den einzelnen Häusern gab es einen sehr geringen Abstand, sodass der Zwischenraum in kürzester Zeit verbarrikadiert werden konnte. Die Bauern hatten dann auch alles so gut wie möglich verrammelt und die kampffähigen Männer auf die strategisch wichtigen Punkte verteilt. Nach kurzer Beratung schickte der Hauptmann drei Reiter los, um den Infanteristen und der Batterie den Weg zu weisen. Der Hauptmann legte vorher aber noch fest, dass ein Geschütz reichen würde. Drei Gruppen Infanterie sollten bei den restlichen fünf Batterien verbleiben.

„Hier wird es nicht mehr sehr viel Gegenwehr geben, wenn unser Geschütz gesprochen hat", schrie der Hauptmann voller Wut.

Er konnte es immer noch nicht glauben, dass eine friedlich dahinziehende Kolonne auf solch hinterhältige Art angegriffen wurde. Für den Hauptmann war es eine Frage der Ehre, den Tod der zuerst gefallenen Offiziere zu rächen.

Die Delbrügger in ihrer befestigten Kirche ahnten schon Böses, weshalb der Pastor, gemeinsam mit den Frauen, den dornigen Rosenkranz zu beten begann. Frierend standen die Bauern hinter den Schießscharten der Häuser und den verschlossenen Toren. Lauernd und hoffend, dass sie vielleicht doch nicht angegriffen würden, schien ihnen die Zeit allzu langsam zu vergehen.

Einige Stunden später war das spanische Geschütz in Stellung gebracht. Die Kavallerie, die sich ein wenig ausgeruht hatte, saß wieder auf. Die Musketiere luden all ihre Waffen; eine Gruppe Pikeniere nahm Stellung auf. Der spanische Hauptmann ritt die Front seiner Leute ab, positionierte sich in Frontrichtung und hob seinen Arm. Als er den dann fallen ließ, erschwoll der ohrenbetäubende Knall des Geschützes. Das hölzerne Tor der Delbrügger Bastion wies ein großes Loch auf, aber es hielt dennoch. Die Kanoniere luden die Kanone erneut.

Diesmal wählten sie aber einen anderen Geschoss-Typ aus, der mit Verzögerung explodierte. Dann gab der Hauptmann das Zeichen zum Abfeuern: Mit einer ungeheuren Wucht war das Tor zerborsten. Die Bauern, die einige Meter hinter dem Tor in ihren Stellungen lagen, wurden von herumgeschleuderten Holzteilen und Steintrümmern in Stücke gerissen. Außer Johann vom Timmerhof kamen alle dabei um. Ihm aber wurde ein Bein abgerissen. Trotzdem versuchte er, sich unter schauerlichem Wehklagen mit Hilfe seiner Hände kriechend in die Kirche zu retten.

Mit donnerndem Hufschlag drang die spanische Reiterei durch das zerschossene Tor auf den Kirchplatz. Den Delbrüggern gelang es zwar noch, drei der spanischen Reiter vom Pferde zu schießen. Aber das hatte die Kavallerie nicht ernsthaft aufhalten können: An die hundert Mann ritten, wild um sich schießend, in den inneren Ring der Anlage. Dabei zerschmetterten die Hufe ihrer Pferde als erstes den kriechenden Johann. Dann stürmten die Musketiere mit Kampfgeschrei auf die Anlage los. Jede Schießscharte, aus der ein Schuss kam, wurde mehrfach beschossen. Die Häuser, die neben dem erstürmten Eingang lagen, untersuchte man als erstes auf Verteidiger.

In einem dieser Häuser war auch Stefan hinter einer Schießscharte gewesen. Stefan hatte mit seinem Gewehr zuletzt noch auf die Reiter geschossen. Aber als die Musketiere die Schießscharten ins Visier nahmen, konnte er es nicht mehr wagen herauszuschauen, geschweige denn zu schießen. So hatte er gemeinsam mit zwei anderen Bauern auf den spanischen Feind gewartet. Als dann die Spanier in das Haus gestürmt waren, gaben die drei nacheinander ihre Schüsse auf die Stürmenden ab. Jeder Schuss war ein Treffer: Drei spanische Söldner lagen stöhnend und blutend am Boden. Es gab dann aber keine Zeit mehr, um die Schusswaffen nachzuladen, da immer mehr Spanier nachrückten.

Der Raum war mit Pulverdampf gefüllt, als anschließend ein Handgemenge begann. Da bei dem dichten Rauch ein Durcheinander entstand, gelang es den Bauern, sich auf die Treppe des Hauses zurückzuziehen. Stefan hieb mit aller Kraft seinen Säbel in die stürmende Menge. Alle schrien durcheinander – die einen ihre Befehle, die anderen vor Schmerzen, weitere wiederum, um sich Mut zu machen.

Stefan sah, wie sich ihm, um Erbarmen bittend, Hände entgegenstreckten. Aber er hieb seinen Säbel durch den Rauch in die schreiende Menge – immer wieder und wieder mit aller Kraft, Hieb um Hieb, für sein Leben. Irgendwann – Er hörte den Schuss gar nicht – spürte er einen heftigen Schlag in seinem Bauch, der ihn zum Fallen brachte. Schon bevor Stefan den Boden berührte, war er ohnmächtig. Das Geschoss, das seine Leber zerrissen hatte, war aus nächster Nähe von einer Radschloss-Pistole abgegeben worden. Bauer Stefan vom Waldbauernhof verstarb noch auf der Treppe.

Seinen beiden Mitstreitern erging es auch nicht besser: Der eine wurde von drei Degen-Stichen auf einmal in die Knie gezwungen. In dieser Stellung setzte man mit einem Pistolenschuss in den Kopf seinem Leben ein Ende. Der zweite versuchte noch, sein Heil in der Flucht zu suchen. Das hatte zur Folge, dass alle Schüsse und Stiche, die ihn trafen, in den Rücken gingen. So liefen die Spanier von Haus zu Haus und kannten kein Erbarmen.

Als letztes öffneten sie mit Gewalt das Kirchentor. Die Kämpfer im Inneren der Kirche hatten schon längst jede Gegenwehr eingestellt. Sie konnten bei der Räumung der anderen Gebäude beobachten, dass eine Gegenwehr zwecklos war. Kaum war die Kirche geöffnet worden, kamen auch schon die Pikeniere mit ihren langen Piken zum Einsatz.

Der Hauptmann gab vor der Räumung der Kirche den Befehl, dass in ihrem Innern kein Mensch getötet werden solle. So gingen die Pikeniere in Dreierreihen mit vorgehaltenen Lanzen in die Kirche. In völliger Panik öffneten die

Frauen den zweiten Ausgang, um auf den Kirchplatz zu fliehen.

Als die Kirche vom Bauernvolk verlassen war und man alle auf den Kirchhof getrieben hatte, kam es zum letzten Gemetzel im Dorf. Die Musketiere, die sich mit geladenen Waffen an einer Seite des Platzes aufgestellt hatten, eröffneten das Feuer. Wie ein unheimliches Gewitter blitzte und donnerte es. Das Geschrei der Getroffenen und Sterbenden ging durch Mark und Bein. Unbeeindruckt von dem Flehen um Gnade, luden die Söldner auf Befehl nach, um erneut in die Menschenmenge zu schießen. Sie machten keinen Unterschied zwischen Jung und Alt oder zwischen männlich und weiblich: Alle mussten sterben – auch der Pastor. Ida vom Waldbauernhof war von mehreren Gewehrkugeln getroffen auf die Knie gestürzt.

„Der Herr ist mein Hirte, mir wird nichts mangeln. Er weidet mich auf einer grünen Aue ... ", betete sie leise vor sich hin, bis die Dunkelheit ihr den Atem nahm.

Nach einem halbstündigen Gemetzel lagen an die achtzig Menschen sterbend oder schon tot auf dem Kirchplatz. Einer leicht verletzten Bäuerin versprach man das Leben, wenn sie verraten würde, wo sich die anderen Familien verstecken.

„Im Moor müsst ihr suchen; dort verstecken sich die unseren", sagte die Bäuerin vom Balsmeier Hof.

Und tatsächlich: Der spanische Offizier hielt Wort und ließ sie lebendig bei den Sterbenden zurück. Der Hauptmann veranlasste dann, den Befehl zum Sammeln zu geben. Überall hörte man Trompetensignale und laute Befehle. Nach einer halben Stunde waren die spanischen Söldner angetreten. Daneben lagen aufgereiht die toten Kameraden.

Bis dahin waren dreiundzwanzig Spanier bei den Kämpfen gefallen. Der Hauptmann sprach mit rauer Stimme: „Männer, ihr habt mir wieder eure Kampfeskraft bewiesen. Ihr könnt stolz auf euch sein! Wir werden jetzt hier nicht, wie sonst üblich, alles in Schutt und Asche legen, denn wir haben einen anderen Auftrag. Wir wissen nicht, wie der Graf zu einer Zerstörung dieser Dörfer stehen würde. Leutnant Cordova wird mit siebzig Reitern die Sümpfe absuchen und weitere Bestrafungen bei der Bevölkerung durchführen. Ich weise hiermit auch an, dass er unsere toten Kameraden ordentlich unter die Erde bringt. Derweil werden wir in Marschordnung unter meiner Führung weiter nach Rietberg ziehen. Der Leutnant wird dann nach ausgeführtem Auftrag in Rietberg zu uns stoßen."

Nach der Befehlsausgabe übernahmen die Offiziere und Unteroffiziere das Kommando über ihre Gruppen. Dann gab Cordova den Befehl, in drei Gruppen auszuschwärmen, um alles niederzumachen, was sie an Einwohnern antreffen würden. Im Galopp machten sie sich auf den Weg, um den schrecklichen Auftrag durchzuführen.

Es dauerte nicht lange, bis die Spanier auf eine kleine Menschengruppe stießen, die sich hinter einem niedrigen Wall zu verstecken suchten. Als die Ärmsten erkannten, dass sie entdeckt waren, versuchten sie voller Panik zu fliehen. Nur ein alter Mann blieb mit seiner Forke drohend stehen. Die Gruppe, welche von Cordova direkt befehligt wurde, löste sich vom Gros, um ihren Auftrag bei dieser kleinen Menschenmenge durchzuführen. Dabei zogen die spanischen Reiter auf Befehl ihre Stichwaffen aus den Scheiden, um damit den Alten im Vorbeireiten zu treffen.

Der alte Mann hatte noch versucht, einen der Reiter mit seiner Forke zu stechen, aber der Stoß ging in den Hals des Pferdes. Das Pferd stieg mit einem schrecklichen Wiehern auf die Hinterbeine. Daraufhin fiel es auf den Rücken und begrub dabei seinen Reiter. Der Alte nahm das aber schon nicht mehr wahr, da die Kameraden des gestürzten Spaniers ihn mit ihren Stichwaffen im Vorbeireiten mehrfach tödlich getroffen hatten.

Die Frauen schauten sich, während sie flüchteten, mehrfach um. Als sie gesehen hatten, was dem alten Mann widerfahren war, blieben einige stehen, ließen sich auf die Knie fallen und flehten um Gnade. Das war den Kämpfern nur recht, denn so bildeten diese Frauen ein sehr gutes Ziel. In vollem Galopp hieben die Reiter mit ihren Säbeln und Degen auf die Köpfe der armen Frauen und Kinder ein. Wenn die getroffenen Glück hatten, war der Treffer sofort tödlich; aber leider starben viele der Opfer unter großen Qualen.

Ein Müllerknecht, der den verheerenden Racheakt auf dem Kirchplatz als Augenzeuge miterlebt hatte und danach fliehen konnte, eilte atemlos zum nächstgelegenen Weckerhof. Dort wies er den verdutzten Wecker an:

„Gib sofort das Signal: ‚Rette sich wer kann!‘ Los, wir werden sonst alle sterben, los!"

Der Wecker, dem die weit aufgerissenen, glasigen Augen des Knechtes merkwürdig vorkamen, dachte:

„Ist der Knecht jetzt total närrisch, oder hat er etwa gesoffen?"

Aber als der Knecht ihm weiter, mit vom schäumenden Speichel benetzten Lippen, bedrängte, zum Rückzug zu blasen, erkannte der Wecker den Ernst der Lage und blies das Signal: Dreimal lang, zweimal kurz und dreimal lang blies er auf seinem Horn; und das tat er zweimal nacheinander. Sämtliche Wecker, die noch am Leben waren, und die ihr Horn noch am Mann hatten, wiederholten das Signal. So wussten nun alle im Delbrügger Land, dass der Kampf verloren war und dass es keine gemeinsame Verteidigung mehr geben würde.

Bernd vom Waldbauernhof, der sich gemeinsam mit zwanzig anderen Bauern und Knechten an einem der fünf Schlinghöfe zur Verteidigung versammelt hatte, vernahm das Signal. Nach kurzer Lagebesprechung verabschiedeten sich die Männer traurig und machten sich eilig auf den Weg zu ihren Höfen, um zu retten, was noch zu retten war. Bernd lief mit einigen Knechten zum Hof seines Vaters, und zwar sehr umsichtig durch einen Hohlweg, immer spähend und horchend, um nicht womöglich noch auf den Feind zu treffen.

Als sie dann die Ausläufer des Buchenwaldes des Waldbauern erreicht hatten, fühlte Bernd sich fast schon wieder sicher. Die Bäume waren ja noch ohne Laub, weshalb eine natürliche Deckung nicht gegeben war. Hier kannte Bernd jeden Baum; und im dichten Wald würden die fremden Söldner wohl bestimmt nicht kämpfen wollen. Bernd hatte beim Laufen immer eine Hand am Handstück seines in der Scheide steckenden Säbels. Er wollte seine einzige richtige Waffe immer griffbereit haben, um sein Leben so teuer wie möglich verkaufen zu können.

Etwa eine dreiviertel Stunde später erreichten die drei Männer den Hof. Als sie dann atemlos die Tenne betraten, schauten die Frauen und Kinder voller Angst auf die Männer. Bernd sagte mit fester Stimme:

„Schnell, zieht euch alle warm an und nehmt Decken sowie etwas zu Essen mit in die Flüsterkammer."

Die Flüsterkammer war etwa dreihundert Meter vom eigentlichen Hof entfernt und lag mitten in einem Busch. Vor zwölf Jahren hatte Stefan diesen Raum mit seinen Leuten zum Schutz vor Dieben und Wegelagerern unter der Erde angelegt. Nun fasste die Kammer zwanzig erwachsene Menschen, wodurch alle Waldbauernhof-Bewohner versorgt werden konnten. Dieser Kellerraum war zuerst ausgeschachtet worden. Dann wurden die blanken Sandwände durch senkrecht in die Erde gestemmte Holzpfähle abgedeckt und gleichzeitig gestützt. Als Flachdach benutzte man grob gehauene Eichenbretter. Die Zwischenräume der Bretter wurden mit einem Stroh-Lehm-Gemisch geschlossen, und das Ganze mit einer dünnen Schicht Sand abgedeckt. In dem Flachdach befand sich eine einfache Luke, an der eine Leiter lehnte, die einen bequemen Abstieg ermöglichte. Der Bauer hatte auch für einige einfache Holzbänke im Zufluchtsraum gesorgt.

Alle Mitbewohner des Hofes stiegen stumm vor Angst, mit Decken und Essbarem bepackt, die Leiter hinab. Nur einer der Männer legte sich auf die Lauer, um die im Flüsterkeller verweilenden Bewohner des Waldbauernhofs durch Pfeifzeichen warnen zu können, falls sich feindliche Truppen nähern würden. Alfons, ein älterer Bruder von Bernd, hatte sich für diese Aufgabe freiwillig gemeldet. Da Alfons nicht verheiratet war und dazu einen sehr mutigen Charakter hatte, war es für ihn eine Selbstverständlichkeit, sich dieser Aufgabe zu stellen. Zu seinem eigenen Schutz hatte er sich das Reitpferd seines Vaters bereitgestellt, um damit nach einer erfolgten Warnung vor dem Feind fliehen zu können.

Die nach Rache dürstenden spanischen Reiter kamen aber nicht einmal in die Nähe des Waldbauernhofes, da sie der Bäuerin vom Kirchplatz Glauben schenkten und die Niederungen sowie das Moor nach Flüchtenden absuchten.

Kurz vor Sonnenuntergang hatten die Spanier den Flüchtlingstreffpunkt im Moor lokalisiert. Da schon seit Wochen strenger Frost herrschte, waren Sumpf und Moor hartgefroren. Diese natürliche Schutzburg hatte somit nun ihre Schutzfunktion verloren: Die Reiter konnten ungehindert vordringen. Cordova ließ durch ein Trompetensignal zum Sammeln blasen. Als alle drei Gruppen eingetroffen waren, gab Cordova den Befehl zur Attacke: Mit einem Grollen bewegten sich an die siebzig Pferde, mit ihren säbelschwingenden Reitern auf den Rücken, im Galopp auf die Insel im Moor zu. Die Menschen, die sich seit Generationen bei Gefahr auf diese Insel geflüchtet hatten, konnten nicht glauben, was sie sahen. Alle spanischen Reiter durchquerten das Sumpfgebiet, ohne zu versinken.

Starr vor Angst, und unfähig, einen klaren Gedanken fassen zu können, sahen die Delbrügger den Tod auf sich zu galoppieren. Das Donnern der Hufe erinnerte an das Grummeln eines Sommergewitters, und darunter mischten sich die wütenden Angriffsschreie der Spanier. Die alten Männer hatten Frauen und Kinder hierher begleitet. Sie stellten sich schützend vor ihre Leute.

Still waren die Delbrügger im Anblick des Todes gewesen. Erst als die Spanier die Reihen der Bauern durchbrachen, erklang Wehgeschrei. Vorne erwehrten sich die alten Männer mit Säbeln, Forken und Spießen ihrer Haut. Voller

Mut hieben und stießen sie gegen die vom Pferd Schlagen-
den und Schießenden. Aber die verzweifelte Gegenwehr
war nicht von langer Dauer, denn die Spanier waren tak-
tisch viel überlegener und von der Bewaffnung her um
Welten besser ausgestattet. Während die Alten noch kämpften, stoben die Frauen in alle Himmelsrichtungen auseinander. Einige der Frauen hatten an jeder Hand ein Kind, andere hielten ihre Säuglinge in den Armen. Die Mütter rannten
um das Leben ihrer Kinder.

Knapp eine halbe Stunde hatten die Alten Widerstand
leisten können. Doch keiner der alten Männer durfte den
nächsten Morgen erleben. Auch die Verletzten starben noch
vor dem Morgengrauen. Die spanischen Reiter begannen
danach sogar eine Jagd auf die fliehenden Frauen. Leutnant
Cordova saß still auf seinem Pferd und beobachtete das
Geschehen. Als er sah, wie erbarmungslos seine Leute auf
die Frauen einschlugen, wandte er sich angewidert ab und
rief nach seinem Feldwebel. Der Leutnant Cordova befahl
dem Feldwebel:

„Gib Signal zum Sammeln!"

Umgehend nahm der Feldwebel seine Trompete und blies
das Signal. Er war über diesen sentimentalen Befehl ein
wenig verwundert, denn man sah ja noch überall Menschen
fliehen.

Als sich seine Truppe gesammelt hatte, ließ er durchzäh-
len. Dabei stellte sich heraus, dass von anfangs siebzig
Söldnern nur dreiundsechzig verblieben waren. Sie hatten
auch drei Pferde verloren, und fünf Söldner waren leicht
verletzt.

Die toten Kameraden wurden auf die überzähligen Pferde
gebunden. Cordova gab danach den Befehl, nach Delbrügge

zu reiten, um dort alle verstorbenen Kameraden am folgenden Tag beerdigen zu lassen. Am späten Abend kamen die spanischen Reiter im Stockdunklen in Delbrügge an. Sie quartierten sich in drei leer stehenden Häusern ein. Zwei Söldner wachten bei den insgesamt dreißig toten Spaniern, und vier Söldner bewachten die drei Quartiere.

Am folgenden Morgen begannen vierzig Söldner, die Massengräber für ihre Kameraden auszuheben. Dazu hatten die Spanier einen langen Leiterwagen aus einer Scheune gestohlen, ihn mit Stroh und Holz beladen und an die Stelle geschoben, an der sie ihre Kameraden beerdigen wollten. Dann steckten sie den Wagen an, um ihn herunterbrennen zu lassen. Die Flammen schossen durch das trockene Stroh hoch in den Himmel.

So begann der hartgefrorene Boden durch die große Hitze zu tauen. Auch die vierzig Spanier, die um den brennenden Wagen standen, bekamen von dieser großen Hitze rote Wangen. Als der Wagen komplett heruntergebrannt war, schoben die Spanier mit Hilfe von Forken die glühenden Reste beiseite. Dann wurde der angetaute Boden mit Hacken gelockert und die Sandbrocken mit Schippen ausgehoben. Sie legten ihre toten Mitstreiter Hand in Hand nebeneinander. Cordova sprach ein Gebet, und gemeinsam sangen sie mehrere Lieder. Danach ließ er das Massengrab zuschaufeln, um anschließend den Befehl zum Aufbruch nach Rietberg zu geben.

Im Flüsterkeller hatten alle voller Spannung ausgeharrt und die ganze Zeit in die Nacht gelauscht. Nur die Kinder waren friedlich eingeschlafen, da sie nicht einmal ahnten, weswegen sie dort verweilten.

Es war um die Mittagszeit, als Alfons Entwarnung gab und alle erleichtert den schützenden Keller verließen. Trotz der klirrenden Kälte, die ihnen entgegenschlug, freuten sie sich, das Tageslicht zu sehen. Es dauerte auch nicht mehr lange, bis die überlebenden Wecker das langanhaltende Entwarnungssignal gaben: Sofort nach dessen Ertönen machten sich Alfons und Bernd mit dem Reitpferd auf den Weg, um ihre Eltern zu suchen.

Aber was sie auf dem Weg zum Dorfkern sahen, verschlug ihnen die Sprache: Überall lagen erschlagene und erschossene Menschen steifgefroren in der Haltung, in der sie verstorben waren. Viele Freunde, Bekannte und Verwandte fanden sie so vor. Alle fragten sich, wie es nur zu diesem Unglück habe kommen können.

Nun mussten sich die Überlebenden zuerst um die vielen Verletzten kümmern. Der Brautmeier-Bauer sammelte mit seinem Leiterwagen dreizehn Schwerstverletzte ein, um sie mit Hilfe von drei Mägden nach Paderborn zu bringen. Wenn man ihnen noch helfen konnte, dann nur dort – auch wenn es nur eine Hilfe zum Sterben sein sollte.

Bernd fand seine Mutter unter einem Knäuel von vierzig Toten. Er hatte sie an ihrer einzigartig schön bestickten Kappe erkannt. Schnell wurde den Überlebenden klar, dass es keinen Zweck hätte, alle Toten einzeln zu bestatten. Da der Boden dazu noch hartgefroren war, beschloss die Dorfgemeinschaft, ihre getöteten Mitmenschen einzuäschern.

Allen Männern, die bei der Vorbereitung des Scheiterhaufens halfen, stand das Grauen ins Gesicht geschrieben. Der Pastor aus Westenholz half bei der Zählung der Toten und dokumentierte die Namen. Als diese Arbeiten abgeschlossen waren, standen fünfhundertsechsundzwanzig Getötete und hundertdrei Verletzte auf der Liste. Von den einhundertdrei Verletzten waren dreizehn mehr tot als lebendig. So war es absehbar, dass die Todeszahl noch weiter steigen würde. Oft sah man gestandene Mannsbilder mit Tränen in den Augen, wenn sie ein Mägdlein oder einen Buben in den Scheiterhaufen stapeln mussten.

Die Stille an diesem Ort war gespenstisch; es wurde fast mechanisch gearbeitet. Das Grauen war unaussprechlich; und so schwieg man. Keiner dachte mehr an Sparsamkeit: Die Toten wurden auf die besten Buchenholzbalken geschichtet. Dazwischen kamen Stroh und Reisig als Brandbeschleuniger. Mit dieser Holzmenge hätten gut drei schöne Fachwerkhäuser gebaut werden können. Nach anderthalb Tagen war die Konstruktion fertig. In die Mitte des Scheiterhaufens hatten die Männer ein Holzkreuz aufgebaut.

Der Pastor segnete nach Abschluss der Arbeiten den Scheiterhaufen mit Weihwasser, begleitet vom Gesang der Überlebenden. Gemeinsam beteten sie das „Vater unser"; und indem der Pastor das Weihrauchgefäß schwenkte, richtete man den letzten Gruß an die Getöteten. An der Osterkerze des letzten Jahres wurden anschließend von einigen Bauern sechs Fackeln entzündet.

Die Männer suchten sich dann geeignete Stellen für den riesigen Scheiterhaufen. Viele Frauen und Kinder weinten laut, als sich die Flammen immer weiter in den Haufen fraßen. Was für ein Feuer! Die Flammen schlugen zwanzig Meter in die Höhe. Die Hitze war so groß, dass die Zuschauer immer weiter vom Feuer zurücktreten mussten.

Die Menschen nahmen Abschied von ihren Eltern, Kindern, Geschwistern, Ehepartnern und Verwandten. Zwei Tage brannte dieser riesige Scheiterhaufen. Noch sehr lange

wurde mit Schrecken von den Bewohnern der Dorfbauernschaft vom „großen Brennen" gesprochen. Die Asche des
abgebrannten Scheiterhaufens hatten sie dann mit einer
Egge, die von einem Pferdegespann gezogen wurde, auf
dem Land verteilt. Die Delbrügger ließen einen Gedenk-
stein in der Dombauhütte von Paderborn anfertigen. Die
Inschrift des Steins lautete:

*„ Auf dieser Wiese ruhen die sterblichen Überreste derer,
die beim großen Schlachten des Jahres 1604 zu Tode kamen. Der Herr sei ihrer Seelen gnädig, und das ewige Licht
leuchte ihnen."*

Über der Inschrift hatte der Meister ein Kreuz in den
Stein geschlagen. Dieser Stein, der für über fünfhundert
Menschenleben stand, wurde im Frühjahr aufgestellt. Und
für alle Menschen, die diese traurige Geschichte kannten,
war der Stein auch eine Mahnung vor zu übereiligem Handeln.

Geborgen

Im Jahre des Herrn 1604 kam in einer Vollmondnacht im
Dezember der Bauernsohn Rafael zur Welt. Die Hebamme,
die bei der Geburt half, hatte der Bauer mit seinem einfachen Pferdeschlitten abholen müssen. In den letzten Wochen war sehr viel Schnee gefallen: Die Wege zu den Höfen waren derart verschneit, dass sie kaum noch passierbar
waren. Die Geburt verlief ohne Komplikationen; und so

schloss eine überglückliche Mutter ihren properen Säugling in ihre Arme.

Der kleine Rafael hatte das Glück, auf einem Bauernhof leben zu dürfen, der über einen bescheidenen Wohlstand verfügte. Der Waldbauernhof und seine Ländereien waren schon seit hundertfünfzig Jahren in Familienbesitz. Durch den vor fast einem Jahr getöteten Vater des jetzigen Bauern wurde die Hofstätte zu seiner jetzigen Blütezeit geführt. Dabei spielte das Glück eine herausragende Rolle: Rafaels Großvater ging wie jeden Sonntag nach der heiligen Messe, die in der Kirche des Dorfes abgehalten wurde, in den Dorfkrug. Dort trank der alte Mann wie viele andere Bauern auch einige Schoppen Bier und frönte dem Würfelspiel. Normalerweise spielte man dort um einige Kupferpfennige, oder höchstens um einen Silbertaler. Der Großvater war damals mit dem Obermeier-Bauern in einen unseligen Streit geraten, wobei der Obermeier behauptete, dass der Waldbauernhof nicht einmal fünfzig Taler wert wäre. Daraufhin bot der alte Mann dem Obermeier an:

„Wenn dat so sein sull, dann let us um die Hälfte der Höfe würfeln."

Der Obermeier war sehr überrascht und verdutzt. Auch ärgerte er sich darüber, dass er so ein großes Maul gehabt hatte. Er wollte sich keine Blöße vor den anderen Bauern geben und gab schwitzend seine Hand drauf. In dem Krug, in dem es um diese Uhrzeit eigentlich sehr laut und beschwingt zuging, wurde es schlagartig sehr still. Damals hatten die Leute schon des öfteren davon gehört, dass jemand seinen Hof verspielt hatte; aber in ihrer Dorfbauernschaft hatte es so etwas noch nicht gegeben. Der Pfarrer hatte immer vorm Glücksspiel gewarnt, und die Leute aus dem Dorf hatten immer darauf gehört.

Nun war aber schon alles mit dem Handschlag besiegelt: Die Männer konnten nicht mehr zurück. Kopf oder Zahl einer Münze entschied, dass der Obermeier mit dem Würfeln begann. Mit zitternden Händen hatte der Mann den Würfelbecher aufgenommen und schüttelte in voller Unlust, um die drei Würfel auf den groben Holztisch zu platzieren.

Als er das Ergebnis seines Wurfes sah, wurde ihm zusehends schlecht. Insgesamt fünf Augen hatte er vorgelegt; und das war kaum zu unterbieten. Als dann der Waldbauer seinen Wurf gemacht hatte, blitzten seine stahlblauen Augen beim Anheben des Würfelbechers auf: Sein faltiges und braungebranntes Gesicht begann vor Freude zu leuchten. Mit vierzehn Augen gewann der Großvater von Rafael den halben Obermeier-Hof. Der Obermeier-Bauer sah sein Unglück und sackte seufzend am Tisch zusammen.

Im Krug waren alle relativ still geblieben; denn jeder der Bauern wusste, dass der Einsatz einfach zu hoch angesetzt worden war. Alle fragten sich, wie der Obermeier seine große Familie so würde durchbringen können. Der alte Waldbauer holte sich vom Wirt einen doppelten Korn und flößte diesen dem Obermeier-Bauern, der halb besinnungslos am Tisch saß, vorsichtig ein.

„Obermeier, wir finden gemeinsam einen guten Weg", sagte der alte Mann beruhigend.

Einige Tage nach dem folgenreichen Würfelspiel hatte Rafaels Großvater den Obermeier-Hof besucht und dem Bauern die Ländereien gezeigt, die in seinen Besitz übergehen sollten. Der Waldbauer ließ dem Obermeier seine fruchtbarsten und besten Felder und nahm selber nur die kleinen Wäldchen und die Felder, die weniger günstig gelegen waren. Dieses edle Verhalten sorgte dafür, dass der Obermeier nicht in große Not kommen sollte. Dafür wurde der Waldbauer von den anderen Bauern mit Achtung belohnt.

Rafaels Eltern waren gutmütige und fleißige Menschen, die ihre nun vier Kinder über alles liebten. Auf dem Hof lebten mit den zwei Mägden auch noch drei Knechte, von denen die beiden jüngeren die Brüder des Bauern waren. Jetzt im Winter saßen alle, nachdem die Tiere gefüttert und versorgt waren, in der Tenne am warmen Buchenholzfeuer und erzählten dabei Geschichten vergangener Tage. Dabei tranken sie warme Milch, Kamillen- oder Hagebuttentee.

Auf diesem Hof musste keiner hungern, denn der Bauer teilte gern und war immer sehr großzügig. Das war keineswegs alltäglich; denn oft dachten die Bauern nur an ihr eigenes leibliches Wohl, und der Knecht bekam nur vom einfachsten Essen etwas ab. Bei Rafaels Vater aber bekamen alle das Gleiche –: gab es Schinken. dann bekamen alle Schinken; gab es Haferschleim, dann aßen auch alle Haferschleim.

So saßen auch am Abend von Rafaels Geburt alle am offenen Kaminfeuer und erwarteten voller Spannung die Niederkunft. Als dann der Bauer freudestrahlend die Tenne betrat und zielstrebend zur Truhe ging, um dort die Flasche mit Wacholderschnaps hervorzuholen, standen alle erwartungsvoll von ihren Stühlen auf.

„Es ist uns ein kleiner Rafael geschenkt worden!", rief der Bauer voller Freude und forderte dabei alle auf:

„Kommt, lasst uns ein Gläschen darauf trinken!"

Dann holte er noch einige Mettwürste und ein Töpfchen Mostrich heran:

„Kommt! Lasst es euch schmecken. Heute lassen wir es uns gut gehen!", lud der Bauer alle Anwesenden zum Essen ein.

Rafael war ein sehr umgängliches Baby: Er schrie sehr selten; und wenn ihn jemand anschaute, wurde er bestimmt mit einem Lächeln belohnt. Überhaupt hörte man in dieser Familie oft die Kleinkinder aus vollen Munde vor Glück jauchzen. So wuchsen die Kinder – eingebunden in die Arbeiten des Hofes – heran: Jeder wurde nach seinen Begabungen gefordert und gefördert.

Die ersten Aufgaben, die Rafael im Alter von vier Jahren bekam, waren das Einsammeln der Hühnereier aus deren Nestern und das Füttern der Hühner. Irgendwann kam das Gänsehüten dazu. Außerdem musste Rafael auch noch gemeinsam mit seiner Mutter Unkraut im Gemüsebeet des Hofes jäten. An all diesen Arbeiten wurde er von seinen Geschwistern oder den Knechten und Mägden herangeführt.

Gabriel, der sechs Jahre älter war als Rafael und einmal den Hof weiterführen sollte, war ein gutmütiger und kräftiger junger Mann, der wusste, was seine Pflicht war. Im Alter von dreizehn Jahren konnte Gabriel schon den Pflug mit dem Ochsengespann so gut führen wie ein Erwachsener. Keiner sah Gabriel jemals schlecht gelaunt oder gar böse. All seine Aufgaben erledigte er zuverlässig mit seiner ausgeglichenen Art. Auch wenn er den halben Tag den schweren Pflug geführt hatte, ließ er es sich nicht nehmen, zuerst die Ochsen zu versorgen, bevor er sich um sein eigenes Wohl kümmerte. Denn Gabriel liebte die Tiere des Hofes über alles; und er litt mit ihnen, wenn eines geschlachtet werden musste.

Jonathan, der zweitälteste Sprössling der Familie, war handwerklich begabt, weshalb ihn der Bauer oft zum Ausbessern der Stallungen mitnahm. Auch für das Beschaffen von Feuerholz fühlte Jonathan sich verantwortlich. Im Winter fällte er im kleinen Wäldchen, das auch zum Hof gehörte, drei große Buchen, um diese im Laufe des Jahres zu Brennholz zu verarbeiten. Für seine Geschwister war es eine willkommene Abwechselung, ihm beim Fällen der großen Bäume zuzuschauen.

Jonathan, der trotz der niedrigen Außentemperaturen nur eine ärmellose Lammfellweste am Oberkörper trug, machte dabei eine gute Figur. Es hatte schon etwas Athletisches, wie kraftvoll er sein Beil zum Baum führte! Als die Klinge in das Holz des Baumes eindrang, flogen die Holzsplitter nur so. Unermüdlich führte er dann das Beil zum Baum. Dies erzeugte rhythmische Geräusche, die in dem Wäldchen widerhallten. Wenn dann der Baum sich letztendlich knackend zum Fallen neigte, trat er leichtfüßig an die Seite und rief lauthals:

„Gebt acht, Baum fällt!"

Und schon fiel der Baum mit einem ungeheuren Krachen. Kaum lag der Baum am Waldboden, tänzelte Jonathan auf dem Stamm herum, um ihn mit dem Beil leichthändig auszuästen.

Das einzige Mädchen unter den Geschwistern hieß Anne, die genau wie die Bäuerin eine gute Seele war. Anne hatte rotblondes Haar, war von kräftiger Statur, und ihre Wangen leuchteten bei Aufregung rot. Sie half ihrer Mutter bei fast allen Arbeiten. Besonders gut verstand sie es, leckere Speisen zuzubereiten. Sie musste aber auch die drei Kühe des Hofes melken und danach einen Teil der Milch zu Butter verarbeiten. Dann gehörte auch das Wäschewaschen am Bach zu ihren Aufgaben.

Einmal in der Woche wurde außerdem das eigene Brot gebacken, was ebenfalls mit sehr viel harter Arbeit verbunden war: Denn zuerst musste der Teig geknetet und gewalkt werden. Nur das Vorheizen des Backofens im Backs wurde von den Männern übernommen. Die harte Arbeit am heißen Ofen war dann wieder die Arbeit der Frauen. Natürlich teilten sich die Mägde Leni und Barbara sowie die Bäuerin diese Arbeiten untereinander auf; und das gemeinsame Arbeiten machte den Frauen viel Freude.

So vergingen die Jahre. Sie lebten mit den Jahreszeiten, wie es alle Bauern vor ihnen auch getan hatten. Im Frühjahr wurde mit Hilfe des Ochsengespanns gepflügt, um wenig später den Samen in die Erde zu bringen. Der Hof verfügte über einige fruchtbare Ackerflächen, dessen westfälischer Boden aus saftigem schwarzem Sand bestand. Dort säten die Knechte Alfons und Burkhard Roggen, Hafer oder Weizen, nachdem der Acker durch das Pflügen vorbereitet worden war.

Auch der Gemüsegarten wurde umgegraben, um ihn für die neue Bepflanzung vorzubereiten. Diese Arbeit übernahmen der Knecht Gustav und Rafael. Der Bauer und Gabriel kümmerten sich um die Versorgung des Viehs: Sie mussten sich um die Fütterung und das gesundheitliche Wohl der Tiere bemühen. Es gab auf dem Hof drei Pferde, zwei Ochsen, zehn Ziegen, drei Kühe, drei Kälber, sieben Schweine, fünf Ferkel, dazu auch noch etliche Hühner, Enten, Gänse, Tauben, Kaninchen und einen Wachhund. Das war schon eine Menge Tiere, die versorgt werden mussten. Dann gehörten zum Hof noch die Bienenstöcke, um die sich Gustav kümmerte.

Im Sommer wurde bei strahlenden Sonnenschein Heu gemacht. Daran waren alle Männer des Hofes beteiligt. Die Männer stellten sich mit den Sensen in einer schräg verlaufenden Reihe auf. Dann wurde die Sense nochmals gedengelt und mit dem Stein abgezogen. Gemeinsam fingen die Männer bald an, ihre Sensen fast synchron durch das hohe Gras zu führen. Diese Arbeit sieht so einfach aus. Aber jeder, der schon einmal Gras mit einer Sense geschnitten hat, weiß, wie mühselig es ist. Sirrend bahnte sich die blanke Klinge schneidend ihren Weg durchs Gras.

Die Bäuerin brachte später im Laufe des Tages mit Hilfe eines Handkarrens, dessen Ladefläche mit Stroh ausgestopft war, tönerne Flaschen mit Essigwasser. Die total verschwitzten Männer tranken von dem für lange Zeit durststillenden Getränk und aßen einige von den dick belegten Wurstbroten, die ebenfalls von der Bäuerin mitgebracht worden waren.

Nach einer halben Stunde Erholungspause nahmen die Männer, wie auf ein Kommando, die schwierige Arbeit wieder auf. Das frisch geschnittene Gras duftete durch die darin enthaltenen Wildblumen aromatisch. Wenn es von der Sonne getrocknet war, begann der nächste Arbeitsschritt. Anne, Leni und Barbara sammelten mit Hilfe ihrer Harken das geschnittene Gras auf und formten es dann zu großen Haufen. Der Bauer kam anschließend mit dem Leiterwagen, der von den beiden hellbraunen Arbeitspferden gezogen wurde, um das Tierfutter für die nächste Winterzeit einzufahren. Sobald das Heu im Stall gelagert war, durfte es vorerst auch wieder regnen, damit die Steckrüben und die Getreidesorten ihren letzten Wachstumsschub vor der Ernte bekommen konnten.

Der Sommer ließ den Bewohnern des Hofes keine Freizeit; es wurde von Sonnenaufgang bis Sonnenuntergang gearbeitet. Alle auf dem Hof verrichteten ihre Arbeit gewissenhaft; und wenn sie im Nachhinein das Ergebnis der Mühsal sahen, waren sie stolz auf das Vollbrachte. Die einzigen Ruhezeiten waren die drei Mahlzeiten, die mit Freude erwartet wurden.

Nur der Sonntag war ein Ausnahme-Tag: Nach dem Füttern der Tiere ging es in die Kirche. Danach hatten die Bewohner des Hofes Zeit zur eigenen Verfügung. Alle zogen ihre beste Kleidung an und genossen die Freizeit – jeder nach seiner Fasson. Am späten Abend endete dann die Freizeit mit dem Melken der Kühe und der zweiten Fütterung der Hoftiere.

Im Spätsommer wurde das Getreide geerntet. Dabei kamen die Sensen wieder zum Einsatz. Diesmal wurden die geschnittenen Strohhalme von den jungen Männern und den Mägden aufgenommen und zu Garbengebinden mit Hilfe von etwa fünf Strohhalmen zusammengeknotet. Diese Arbeit war eine riesige Plackerei. Und ganz besonders die Binder litten nach ihrem Tageswerk unter den zahlreichen kleinen Verletzungen, die schrecklichen Juckreiz hervorriefen. Sie waren durch das Hantieren mit den scharfen Schnittstellen der Halme entstanden. Die Garbenbunde wurden anschließend mit dem Pferdefuhrwerk abgeholt und in die Scheune verbracht.

War das Wetter am nächsten Tag noch gut, so wurde auf dem von den Mägden ordentlichst abgefegten Hofplatz mit dem Dreschen des Getreides begonnen. Das Dreschen übernahmen die Söhne des Bauern, was sie sehr gewissenhaft durchführten: Die drei Jungs stellten sich mit ihren Dreschflegeln im Halbkreis auf, und die Mägde brachten die Garbenbunde heran. Als der Platz mit den Garben ausgelegt war, begannen die Brüder, die Gebinde im Rhythmus abwechselnd auszudreschen. Die Frauen sangen dazu fröhliche Lieder, und der Bauer reichte allen ein Pinnecken mit Schnaps. Alle freuten sich über die gute Ernte und die prallen Ähren, denn das bedeutete für alle Brot und damit Leben.

Dann wurde das ausgeschlagene Stroh in die Scheune verbracht. Das nutzte man noch als Streu für die Tiere oder als Baumaterial. Die losen Getreidekörner wurden zusammengekehrt und in Stoffsäcke gefüllt. Am Abend dieses Tages hatten die Brüder einen Muskelkater; doch es standen viele wertvolle, mit Getreidekörnern gefüllte, Säcke auf dem Hof. Der Bauer brachte die Säcke mit dem Leiterwagen zur Wassermühle des Dorfes, wo das Getreide in den nächsten Wochen zu Mehl verarbeitet wurde.

Kurze Zeit später begann die Steckrübenernte. Dabei fuhr der Bauer ganz langsam mit dem Pferdefuhrwerk durch das Rübenfeld. Alle anderen männlichen Bewohner des Hofes waren mit Mistgabeln bewaffnet. Sie stachen mit einer Spitze der Gabel vorsichtig in die Rübe, um diese dann mit Schwung in den Wagen zu wuchten. So wurde das Feld langsam abgeerntet.

Derweil kümmerten sich die Frauen um das leibliche Wohl aller: Die sehr anstrengende Erntezeit sollte ihnen ein wenig angenehmer gestaltet werden. An diesem Tage bekamen die Männer als Belohnung für die harte Arbeit die leckersten Pfannekuchen mit Mus und verschiedenen zuckersüßen Marmeladen. Als dann die abgekämpften Männer die Tenne betraten, erklang ein freudiges Juchzen, und die jungen Burschen schlugen sich vor Freude und Übermut gegenseitig auf die Schultern.

Nein, während der Mahlzeit war es nicht still. Nach dem Dankgebet, das vom Bauern gesprochen wurde, brach es aus den Burschen heraus: Jeder wollte vor den Frauen der fleißigste Rübenstecher gewesen sein. Alle prahlten mit ihrer Kraft. Die jungen Mädchen und Frauen mischten dann lauthals mit und fingen an, neckisch zu sticheln. Leni, die den Männern die gefüllten Teller reichte, griff beherzt in Rafaels blonde Lockenmähne und wuselte durch sein Haar, um dann stichelnd zu behaupten:

„Und du warst doch bestimmt der Fleißigste?"

Rafael, der in seinem jugendlichen Alter mit der weiblichen Neckerei überhaupt nicht umgehen konnte, errötete und blieb still. Leni legte dann auch noch einmal nach:

„Na, wer wird denn da rot werden? So ein fleißiger und hübscher Bursche wie du hat das doch gar nicht nötig!"

Rafael, dem das jetzt doch ein wenig zuviel wurde, antwortete:

„Jetzt übertreibst du aber maßlos!"

Obwohl Leni recht hatte, denn Rafael war immer sehr fleißig und dazu ein bildhübscher junger Mann, machte die Bäuerin mit einem scharfen Blick, der die Magd Leni traf, Schluss mit der Neckerei.

In den folgenden Wochen wurden die Obstbäume abgeerntet. Der Hof verfügte über Kirschen, Äpfel, Birnen und Pflaumen. Die Speisekammer befand sich in einem Raum unter der Erde. Sie füllte sich zusehends: Da gab es Töpfchen mit Honig, Musen, Marmeladen sowie Säcke mit Mehl und Hafer, Kisten mit Äpfeln, Birnen, Bohnen, Erbsen, Möhren und Rüben. An der Decke hingen geräucherte Würste und Schinken. Darunter waren auch große Tontöpfe mit gesalzenen bzw. in Essig eingelegtem Schweine- oder Rindfleisch.

Es wurde aber nur so viel eingekellert, wie die Bewohner des Hofes zum Leben benötigten. Dies festzulegen gehörte zu den wichtigsten Aufgaben der Bäuerin. Sie musste dabei die Verderblichkeit und Not-Rationen bei zu vermutenden Miss-Ernten einrechnen, sich also darum bemühen, die richtige Auswahl zu treffen. Denn das konnte über Leben und Tod der Sippe entscheiden. Was nicht zum Überleben benötigt wurde, verkaufte man auf dem Wochenmarkt im Dorf. Hierzu brachte der Bauer die Mägde samt der zu verkaufenden Ware mit der Pferdekutsche dort hin.

Der Bäuerin war es gelungen, so gut zu wirtschaften, dass der Hof – trotz der Steuerabgaben – Bargeld zurücklegen konnte. Der Bauer verfügte tatsächlich über drei Goldgulden, sieben Silbertaler und sechsundfünfzig Kupferpfennige, was dem Hof eine gewisse Sicherheit gab.

Leicht verderbliche Ware wurde sofort verbraucht. Die Bewohner des Waldbauernhofes lebten also zur Erntezeit sehr gut und abwechselungsreich: Oft gab es dann Obstkuchen, Apfelpfannekuchen oder Apfelkompott, was alle auf dem Hof sehr erfreute.

Als die Felder dann abgeerntet waren, wurde in der Kirche das Erntedankfest gefeiert. Kurze Zeit darauf hielt man auf dem Dorfplatz einen großen Jahrmarkt ab: Sogar aus Paderborn kamen Händler ins Dorf, um ihre Ware feilzubieten. Für die heiratsfähigen Burschen aus dem Dorf gab es zu dieser Zeit Gelegenheit, sich nach einem Mädchen umzusehen. Einige Musiker spielten mit Geige, Trommel und Flöte zum Tanz unter der Linde auf. Alle trugen ihre Trachten. Da jedes Dorf seine eigene hatte, entstand ein buntes Bild. Vielfach wurde Bier ausgeschenkt, was die Bauern ausgiebig nutzten.

Unter den halbstarken Männern kam es durch den enthemmenden Alkohol auch zu Raufereien, die oft mit einem blauen Augen, einer blutigen Nase oder ausgeschlagenen Zähnen endeten. Ernsthafte Verletzungen trug aber keiner davon, da die Kampfhähne von anderen Anwesenden schnell getrennt wurden.

Auch Rafael besuchte mit seinen Brüdern den Markt. Jeder von ihnen hatte vom Vater zwei Kupferpfennige erhalten, was für einige Liter Bier reichen sollte. Rafael schaute sich bei den Verkaufsständen um: An einem Stand, an dem Seifen, wohlriechende Kräuter und Waschzuber angeboten wurden, traf sein Blick die tiefdunklen Augen der jungen Händlerin, die mit ihren Eltern die Ware feilbot. Sie hielt dem Blick seiner schönen blauen Augen stand und lächelte ihn freundlich an.

Rafael spürte sein Herz stürmisch pochen, denn der Anblick dieser Schönheit verschlug ihm den Atem. Das Mädchen hatte langes, tiefschwarzes glänzendes Haar. Sie trug ein hautfarbenes Leinenkleid, das mit aufwendigen Stickereien verziert war. Schüchtern ging er direkt an den Verkaufsstand und griff aus einer Laune heraus nach einer der Seifen, um daran zu schnuppern.

„Die Seife riecht aber schön nach Waldmeister", brachte er nur hervor.

Mit einem strahlenden Lächeln entgegnete sie:

„Das ist ja auch eine Waldmeisterseife!"

Rafael ärgerte sich ein wenig über seine dumme Bemerkung. Immer noch schaute er das fremde nette Mädchen von oben bis unten an und dachte dabei:

„So lieblich, dass es nicht zu glauben ist! Leichtfüßig wie eine Elfe – so zierlich und fein! Die blasse Haut von edler Schönheit, und diese Lippen – kirschrot und voll!"

Dann fragte Rafael mit fester Stimme, weil sie ihn für einen ganzen Kerl halten sollte:

„Maidchen, was kostet wohl die Seife?"

„Einen viertel Pfennig das Stück", entgegnete sie.

Rafael kaufte die Waldmeisterseife und stellte dabei eine weitere Frage:

„Woher stammt Ihr denn? Ich habe Euch noch nie in Delbrügge gesehen."

„Aus Salzkotten, junger Herr. Unser Kotten befindet sich in der Nachbarschaft der Ölmühle", gab sie freundlich zur Antwort.

„Nennt Ihr mir Euren Namen, Maidchen?", hakte Rafael weiter nach.

„Ich bin die Marie vom Steingräber Kotten. Und wer bist du?", entgegnete Marie.

„Ich komme vom Waldbauernhof, der in Richtung Lippling liegt, und heiße Rafael", sagte Rafael freudig, da sie anscheinend Interesse signalisierte.

Nun wandte sich Rafael ihren Eltern zu:

„Liebe Leute, darf ich euer Töchterlein für zwei, drei Tänzchen entführen?"

Den Eltern von Marie gefiel dieser blondgelockte kräftige und braungebrannte Bursche. Sie nickten wohlwollend.

Rafael streckte Marie seine kräftige Hand entgegen, die sofort von der zarten Hand Maries ergriffen wurde.

Schnell eilten sie zu der Tanzlinde, wo die Musiker schon seit einiger Zeit aufspielten. Beide blickten sich beim Tanz tief in die Augen und ihre Hände waren ineinander gefangen. Für das Tanzpaar schien die Welt stehen zu bleiben, als gäbe es nur noch zwei Menschen auf dem Marktplatz. Sie drehten sich zu den Rhythmen der ländlichen Musik, und ihre Herzen waren voller Freude.

Rafael wollte die Geduld von Maries Eltern nicht überstrapazieren, weshalb er sie nach dem fünften Tanz an eine der vielen Schankstätten führte, wo er mit ihr noch einen Becher Apfelsaft trank. Danach brachte er Marie schweren Herzens wieder zu ihren Eltern. Brav verabschiedete er sich und kündigte den Eltern von Marie einen Besuch an. Die Eltern bezeugten ihre Zustimmung. Denn sie erfreuten sich am Glück ihrer Tochter. Dann winkte er nochmals Marie zu und sagte:

„Wir sehen uns!" Marie antwortete neckisch:

„Das will ich doch hoffen!", und strahlte Rafael an.

Anschließend wandte sich Rafael ab, um total verwirrt seine Brüder zu suchen.

Allen auf dem Waldbauernhof fiel auf, das Rafael sich verändert hatte. Er schaute nur noch verträumt vor sich hin. Auch bei der Arbeit machte er einen unkonzentrierten Eindruck. Als der Bauer dann seine Frau fragte, was mit Rafael los sei, antwortete sie lachend:

„Unser Rafael ist zwar erst fünfzehn Jahre alt; aber ich glaube, er ist früher reif als seine älteren Brüder. Ich denke, dass er verliebt ist. Deswegen bitte ich dich, nicht so streng mit ihm zu sein."

Der Bauer brummte:

„So ist das? Jetzt verstehe ich sein komisches Verhalten."

Am nächsten Tag beauftragte der Bauer seinen Sohn Rafael, zwei Bund Weidenzweige zu besorgen. Denn die Bäuerin wollte damit Körbe flechten. Der Bauer ließ sein Reitpferd satteln und führte es am Zügel zu Rafael, um ihm das Pferd zu übergeben.

„Rafael, lass dir bei der Auswahl der Weidenzweige ruhig Zeit. Das Pferd muss auch mal richtig geritten werden, sonst rostet es noch ein", sagte der Bauer mit gutmütiger Stimme.

Rafael nickte, saß mit Schwung auf und ritt gemächlich los. Er wusste gar nicht, wie ihm geschah. Denn Vater gab ihm sein Reitpferd, was sehr ungewöhnlich war. Rafael, der schon oft die Arbeitspferde geritten hatte, machte sich auf nach Salzkotten.

Als er den Fluss Lippe über die hölzerne Brücke überquert und das Dorf Boke hinter sich gelassen hatte, dachte er nur:

„Marie, bald bin ich bei dir!"

Er durchritt ein kleines Wäldchen, wobei er sich vorsichtig verhielt, damit das Pferd sich keine Verletzungen zufügte. Nachdem er das Wäldchen hinter sich gelassen hatte, ging es im Trab weiter.

Salzkotten war durch die Salzsiedereien zu Wohlstand gelangt, weshalb sich das kleine Städtchen sogar eine Stadtmauer leisten konnte. In dieser friedlichen Zeit konnte er das Tor ohne Kontrolle passieren. Er fragte den mit einer Hellebarde bewaffneten Wachsöldner nach der Ölmühle, und dieser wies ihm freundlich den Weg. Rafael musste noch eine Steinbogenbrücke, die über das Flüsschen Heder führte, überqueren – schon stand er vor der emsig arbeitenden Ölmühle. Dort fragte er einen Müllerburschen nach dem Weg zum Steingräber Kotten. Der Bursche zeigte auf ein kleines Haus und sagte dabei:

„Dort leben die Seifenmacher."

Langsam ritt Rafael zu dem kleinen Haus, an dem Efeu und Wein an der Hauswand emporwuchsen. Vor dem Haus stand eine große Birke, an der er das Pferd anband. Mit pochendem Herzen klopfte er an die Türe und trat hinein. Maries Eltern saßen an einem großen Tisch, mit dem Befüllen kleiner Kräutersäckchen beschäftigt. Beide sahen den jungen Mann lächelnd an. Der Vater sagte:

„Ja, was für eine schöne Überraschung! Der Rafael kommt uns besuchen."

„Liebe Leute, auch ich freue mich sehr, euch zu sehen. Ist Marie auf dem Feld?", fragte Rafael.

„Marie wäscht die Wäsche direkt an der Heder oben am Waschplatz. Geh nur schnell zu ihr, sie wird sich freuen", erwiderte die Mutter.

Das ließ sich Rafael nicht zweimal sagen. Er machte sich umgehend auf den Weg.

Von weitem sah Rafael schon, wie Marie auf den Holzdielen des Waschplatzes kniend die Wäsche bearbeitete. Diese Anmut, die Marie ausstrahlte, war unglaublich. Sogar bei der schweren Arbeit machte sie eine sehr gute Figur. Es war Anfang Oktober. Deswegen waren die Temperaturen noch erträglich.

Langsam ging er auf Marie zu. Sie bemerkte ihn erst, als er direkt vor ihr stand. Dann trafen sich ihre Blicke, die direkt in ihre Seelen zu schauen schienen. Alles um sie herum verschwamm und wurde absolut unwichtig: Es gab nur noch zwei Menschen, die sehr große Gefühle füreinander hegten. Er nahm ihre linke Hand und führte sie an seinen Mund und an seine Stirn. Marie bekam eine Gänsehaut: Ein Freudenschauer nach dem anderen durchlief ihren Körper.

Nun berührte Marie mit ihrer Hand Rafaels Gesicht – halb tastend, halb streichelnd. Sie wusste: Dieser Bursche würde der Mann ihres Lebens sein. Rafael nahm Maries Hand und küsste sie ganz zart. Dann fragte er mit sanfter Stimme:

„Magst du mein Madel sein?"

Marie antwortete darauf freudestrahlend:

„Das fragst du noch? Ja, ja, ja, und tausendmal ja! Ich kann mir nichts Schöneres vorstellen!"

Sofort nahm Rafael seine Marie mit klopfendem Herzen in seine Arme. Um nicht den Unmut der Nachbarn auf sich zu ziehen, verabschiedeten sich die beiden mit dem Versprechen eines baldigen Wiedersehens.

Rafael schwang sich auf das Pferd seines Vaters, um den Heimweg anzutreten. Kaum hatte das Pferd einige Schritte getan, da stoppte Rafael es schon wieder. Er wandte sich nochmals Marie zu, damit er einen Blick ihrer rehbraunen Augen erhaschen konnte. Für wenige Sekunden schauten sich die beiden tief in die Augen – ein alles sagender Blick in die Seele! Danach spornte Rafael das Pferd an, um in leichtem Trab Richtung Heimat zu reiten. Sodann besorgte er, wie abgesprochen, die frischen Weidenzweige für seine Mutter.

Dunkle Wolken am Horizont

Am Sonntag hatten alle Bewohner des Waldbauernhofes an der heiligen Messe in der Kirche teilgenommen. Der Pastor war während der Predigt ganz aufgeregt. Dann hatte er in ungewöhnlicher Härte auf die protestantischen Abweichler geschimpft: Von „teuflischen Zuständen bei den Protestanten" sprach er, und dass die katholische Gemeinde „von solchen Abweichlern sauber gehalten" werden müsse.

Anschließend gingen die Männer wie gewohnt in den „Krug". Dort herrschte, durch die Predigt angestachelt, eine aufgeheizte Stimmung, die sich in einem lauten Stimmengewirr äußerte. Der Wirt trumpfte auf:

„Die verdammten Lutherischen sollen sogar Ordensschwestern zur Heirat bewegen!"

Darauf kam vom Müller ein entsetztes:

„Nein, das gibt es doch nicht. Das schlägt dem Fass den Boden aus! Diese Deibel haben keinen Anstand."

Der Bauer vom Schlinghof warf aufgeregt ein:

„In Prag haben die Protestanten drei gute Katholiken aus dem Rathausfenster geworfen. Die Armen sind dann zwanzig Meter in die Tiefe gefallen. Sie waren sich ihres Todes sicher. Aber dann wurden die drei von Engeln sanft von der Erde gehoben. Die Männer konnten unversehrt vor den gottlosen Häschern fliehen."

„Diese unseligen Menschen schrecken ja vor nichts zurück!", warf der Waldbauer ein.

Auch der Alkohol trug seinen Teil dazu bei, dass man sich weiter in diese Gedanken reinsteigerte. Hätte es jetzt ein Protestant gewagt, die Gaststätte aufzusuchen, wäre er ganz bestimmt ordentlich verbläut worden.

Nach dem Gaststättenbesuch wurde über das Thema auch in den Bauernfamilien gesprochen. Auf vielen Höfen war man der Meinung, dass der protestantischen Bewegung Einhalt geboten werden müsse, da diese sich wie Gottlose verhielten. Das war ständiges Gesprächsthema, nicht zuletzt auch auf dem Waldbauernhof.

Dort passierte es, dass sich Alfons plötzlich ziemlich verletzte. Dies muss nicht unbedingt darauf zurückzuführen gewesen sein, dass er mit seinen Gedanken nicht bei der Sache war, sondern bei dem, was alle gegenwärtig bewegte. Jedenfalls hatte er einen Moment lang nicht aufgepasst, war beim Schärfen seiner Sense mit dem Stein abgerutscht und hatte sich eine tiefe Schnittwunde im Handballen zugefügt. Da Alfons ein kräftiger und harter Kerl war, machte er kein Aufsehen davon: Er umwickelte die tiefe Wunde mit einem Stück Lumpen und arbeitete fleißig weiter. Auch als der Lumpen durchgeblutet war, blieb Alfons stur bei seiner Arbeit. Erst als die Bäuerin ihn beim Abendessen auf seine verletzte Hand ansprach, murmelte er etwas von:

„Is nur 'n Kratzer!" Die Bäuerin antwortete besorgt:

„Ob das ein Kratzer ist, entscheide ich, nachdem ich mir deine Verletzung angeschaut habe!"

Dann wickelte sie den Lumpen von der Wunde und erschrak, weil die Verletzung total verdreckt war:

„Das muss sofort gereinigt werden! Und dann bekommst du von mir auch ein gutes Tuch als Verband", sagte die Bäuerin beruhigend.

Daraufhin reinigte sie die Wunde mit Kamillentee und verband die Hand ordentlich. Danach wurde wie immer zu

Abend gegessen. Anschließend sprach man noch über die am folgendem Tag zu bewältigenden Arbeiten und die Neuigkeiten aus dem Dorf. Am späten Abend gingen alle auf ihre Kammern, um zu schlafen.

Am folgenden Morgen erschien Alfons nicht zum Frühstück. Als die Bäuerin besorgt in seine Kammer schaute, erschrak sie sehr: Alfons lag mit hochrotem Kopf in seinem Bett und war kaum ansprechbar. Sofort fasste sie an Alfons Stirn und stellte fest, dass er hohes Fieber hatte. Dann schaute sie sich auch noch die verletzte Hand an. Nachdem sie den Verband gelöst hatte, sah sie die stark gerötete und geschwollene Wunde.

„Um Gottes Willen! Die Schnittwunde hat sich ganz bös entzündet", dachte sie und rannte zur Tenne, wo die anderen noch beim Frühstück saßen:

„Vater, Vater, deinem Bruder geht es überhaupt nicht gut", rief die Bäuerin dem Bauern zu.

Der Bauer schnellte von seinem Stuhl hoch, sodass dieser umstürzte. Dann eilte er in die Kammer seines Bruders. Als er sah, wie schlecht es seinem Bruder ging, rief er sofort die Leni heran:

„Leni, du machst dem Alfons ab jetzt stündlich kalte Wickel. Sollte es ihm in fünf Stunden nicht besser gehen, holst du mich sofort!", sagte der Bauer mit strenger Stimme.

Alle Bewohner des Waldbauernhofes verrichteten ihre Arbeiten wie gewohnt, aber sie taten dies still und nicht mehr so unbeschwert wie sonst.

Kurz vor der Mittagszeit lief Leni zum Schweinegatter, wo der Bauer gemeinsam mit Rafael eine tragende Sau begutachtete:

„Bauer, der Alfons hat immer noch eine glühend heiße Stirn, obwohl ich ihm ständig kalte Umschläge gemacht habe", erklärte Leni besorgt.

Der Bauer schaute Rafael für einen Augenblick vollkommen ratlos an. Daraus schloss Rafael sofort, dass die Situation äußerst bedenklich war und machte folgenden Vorschlag:

„Vater, ich wüsste jemanden, der uns helfen könnte."

„Bitte, Rafael, dann hole die Hilfe für Alfons – koste es, was es wolle!", entgegnete er seinem Sohn.

Rafael sagte im Weggehen:

„Vater, ich brauche nur dein Reitpferd!"

Der Bauer machte eine abwinkende Bewegung mit seinem Arm und rief:

„Nimm es, wenn dem Alfons damit geholfen wird!"

Rafael ging eilig zu dem Pferd und sattelte es, um dann sofort loszureiten. Eine Stunde später war er in Salzkotten, wo er bei Maries Eltern vorsprach. Er berichtete ihnen von der Verletzung an Alfons Hand und dem hohen Fieber, das auf die Verletzung folgte. Marie wurde dann von ihrer Mutter aus der Kräuterkammer zu dem Gespräch dazugeholt.

Als Marie in die Stube trat und Rafael sah, lächelte sie kurz, hörte dann aber mit ernster Miene den Anweisungen ihrer Eltern zu. Danach verschwand Marie in der Kräuterkammer des Hauses. Sie erschien kurze Zeit später mit einem prall gefüllten Stoffsäckchen verschiedener Heilkräuter und war aufbruchfertig.

Da Maries Familie nicht über ein eigenes Pferd verfügte, saß Marie vorn bei Rafael mit auf. Rafael legte beide Arme um sie, damit er die Zügel des Schwarzen halten konnte. Er genoss Maries körperliche Nähe sehr, wenngleich wegen

Alfons ernster gesundheitlicher Verfassung die Stimmung eher bedrückt war.

Am Waldbauernhof angekommen, wurde Marie sofort, nach einer kurzen Begrüßung durch den Bauern, zu dem Kranken geführt. Rafael versorgte derweil das Pferd, striegelte es trocken und gab ihm danach Hafer. Marie wickelte den Verband von Alfons Hand, begutachtete und roch auch an der Wunde.

Alfons war nicht mehr bei Bewusstsein. Zudem wurde er von leichten Krämpfen geschüttelt. Marie schaute den Bauern an und wies auf einen dicken roten Strich, der – ausgehend von der Wunde – an der Hand und auf Alfons Arm verlief. Dann sagte sie mit gedämpfter Stimme:

„Das hier ist eine ganz ernste Sache! In Paderborn gibt es ein Haus, in dem man für ihn vielleicht noch etwas tun kann. Die Ordensschwestern dort helfen, wo sie können. Auch haben sie Heilkundler mit viel Erfahrung. Wir müssen schnell unbedingt hin, sonst ist Alfons ganz bestimmt in spätestens zwei Tagen tot."

Nach diesen Worten stürmte der Bauer in die Tenne und rief nach Anne. Er wies sie an, Burkhard sofort vom Feld zu holen, um den Leiterwagen anzuspannen. Außerdem solle er mit einigen Strohgarben ein provisorisches Bett auf den Wagen bauen. Während Anne mit Burkhard alles vorbereitete, machte Marie einen neuen Verband um Alfons verletzte Hand. Dann stellte sie ein fiebersenkendes und schmerzstillendes Getränk für den Armen her. Vorsichtig flößte sie ihm den Kräutertrank ein, damit er die anstrengende und überlebenswichtige Reise antreten konnte.

Der Bauer ging zu Rafael in den Pferdestall und erklärte ihm, was er zu tun habe:

„Hier hast du einen Silbertaler. Kümmere dich darum, dass Alfons die beste Versorgung erhält. Hole dir von Mutter auch noch zwanzig gekochte Eier und drei Dauerwürste!"

Rafael tat, was ihm aufgetragen wurde. Danach trug er Alfons gemeinsam mit Gabriel, Jonathan und Burkhard auf den vorbereiteten Leiterwagen. Marie und Rafael setzten sich zu dem Kranken auf die Ladefläche, und Burkhard steuerte das Fuhrwerk.

Als sie die Silhouette der Stadt Paderborn sahen, waren alle ein wenig erleichtert. Denn bald würde Alfons professionelle Hilfe erhalten. Die hohe Stadtmauer mit ihren prächtigen Wachtürmen beeindruckte alle. Eine anstrengende sechsstündige Reise lag hinter ihnen, als sie das Neuhäuser Stadttor von Paderborn erreicht hatten.

Ein Söldner der Wachmannschaft stoppte den Leiterwagen und fragte nach dem Grund für den Besuch der Stadt. Burkhard erklärte den mit einer Hellebarde und einem in der Scheide befindlichen Schwert bewaffneten Mann, dass sie ihren Onkel ins Krankenhaus bringen wollten. Der Söldner schob nachdenklich mit seiner linken Hand seinen Helm in den Nacken. Dann sagte er schroff:

„Ist es Pestilenz oder Aussatz, dann bleibt ihr draußen!"

Burkhard antwortete beschwichtigend:

„Nein, Soldat, unser Onkel hat eine schlimme Verletzung und Fieber."

Der Wachsoldat war skeptisch und rief seinen Kameraden herbei. Der kletterte auf den Wagen und schaute neugierig auf den Kranken. Marie nahm den verletzten Arm von Alfons auf und schob vorsichtig den Ärmel des Leinenhemdes hoch. So konnte er die fortschreitende Blutvergiftung gut erkennen. Der Söldner wandte sich seinem Kameraden zu und meinte kühl:

„Blutvergiftung!"

Anschließend kletterte er vom Leiterwagen. Sein Kamerad deutete mit dem Arm auf die Stadt:

„Passieren!"

Kaum hatten sie das Tor hinter sich gelassen, eröffnete sich ihnen die ganze Pracht dieser Stadt. Als erstes fiel natürlich der mächtige Turm des Domes ins Auge. Viele kunstvoll verzierte Fachwerkhäuser säumten die Wege. An allen Ecken wurde Handel getrieben; lauthals bot man Waren feil. Geistliche zogen diskutierend durch die Gassen – und überhaupt war überall ein buntes Treiben voller Leben. Aus einem Badehaus heraus konnte lautes Gelächter bis auf den Weg vernommen werden.

Sie überquerten mit dem Leiterwagen eine Holzbrücke, die über einen der vielen verzweigten Seitenarme der Pader führte. Burkhard erkundigte sich bei einer Ordensschwester, die den Weg kreuzte, nach dem Hospital. Die Schwester erklärte freundlich, dass sich das Hospital in der direkten Nachbarschaft des Domes befinde.

Alfons war durch das fiebersenkende Mittel, das er von Marie erhalten hatte, seit einer Stunde wieder bei Bewusstsein. Natürlich war er sehr verwundert, dass sie durch Paderborn fuhren. Außerdem klagte Alfons über sehr starke Schmerzen in seinem kranken Arm. Rafael sprach beruhigend auf seinen Onkel ein.

Als sie am Abend das Ziel erreicht hatten, klopfte Rafael an der Pforte des Hospitals und ging hinein. Eine Schwester saß in einem Vorraum. Sie rollte gerade gewaschenen Verbandsstoff auf. Rafael stellte sich der Schwester vor und erklärte ihr den Grund seines Besuches.

Die Schwester verschwand dann wortlos in einem Nebenraum; danach erschien sie wieder mit zwei Krankenhausknechten. Die Männer kletterten dann ungefragt auf den Leiterwagen, um Alfons zu holen. Burkhard und Rafael halfen den beiden Knechten beim vorsichtigen Herunterheben des Schwerkranken und beim Transport ins Krankenhaus.

Das Krankenhaus hatte drei große Räume von gleicher Größe. Ein Raum war für die harmlosen Krankheiten und Verletzungen, der zweite für die schweren Fälle, und der dritte war das Hospiz. Leider schafften die Knechte den Alfons in den zweiten Raum. Rafael fiel auf, dass Alfons immer noch einen verwirrten Eindruck machte. Er schaute Rafael mit großen geröteten Augen an und stammelte:

„Ich will heim!"

Rafael versuchte zu trösten und sagte sanft:

„Onkel Alfons, du musst erst mal gesund werden. Dann darfst du wieder nach Hause."

Es nutzte nichts. Alfons, der das nahende Unheil wohl spürte, wimmerte nervös:

„Ich will heim!"

Jetzt war Rafael auch schon ein wenig ratlos:

„ Aber Onkel ..."

„Ich will heim!", unterbrach ihn Alfons wie ein trotziges Kind.

Nun gesellte sich Marie zu den Männern und berichtete ihnen:

„Ich habe gerade mit der Ordensschwester und dem Heilkundler gesprochen. Sie werden sich gleich um Alfons kümmern. Wir sollen uns in der Stadt eine Herberge suchen, denn Alfons wird morgen unsere Hilfe benötigen."

Das war das Zeichen zum Aufbruch. Die drei verabschiedeten sich von Alfons und machten sich auf die Suche nach einer Herberge. Die fanden sie in der Nähe des Krankenhauses, wo auch die beiden Pferde untergestellt und mit Futter versorgt werden konnten. Rafael und Burkhard spannten die Pferde ab. Danach wurden sie noch gestriegelt und gefüttert. In der Herberge gab es auch einen leckeren Haferbrei mit süßer Früchtesoße.

Nach dem Abendessen wollte Burkhard sofort zu Bett gehen, da er sehr erschöpft war. Marie und Rafael aber dachten noch nicht an Schlaf: Kaum waren sie außer Sichtweite der Herberge, liefen sie Hand in Hand durch die Gassen. An einer Häuserwand rankten sich uralte Kletterrosen empor, deren süßlicher Duft die beiden betörte. Die Verliebten waren trotz des ernsten Hintergrunds dieser Reise heiter, und sie hatten auch kein schlechtes Gewissen dabei. So schlenderten die Glücklichen durch die prächtige Stadt.

Als sie in der Nähe des Rathauses mehrere Trommeln rhythmisch spielen hörten, trieb die Neugier sie dorthin. Ein Offizier, mit eindrucksvoller Kleidung und schneidigem Hut mit Feder, stoppte das Trommeln mit einer Bewegung des rechten Arms. Er trug einen breiten Gürtel, an dem ein fein gearbeiteter Degen baumelte. Mit fester Stimme richtete er dann seine Ansprache an die umstehenden Passanten:

„Ihr jungen Herren, wollt ihr denn nicht euren katholischen Glauben verteidigen? Wollt ihr euch eure Traditionen und Werte verbieten lassen? Wollt ihr denn zusehen, wie eure Glaubensbrüder in Böhmen abgeschlachtet werden? Nein, gewiss wollt ihr helfen! Und ich weiß, wie: Werdet

Söldner bei uns. Schreibt euch bei uns ein und bringt Waffen mit. Ihr bekommt umso mehr Sold, je besser eure Waffe ist. Fasst euch ein Herz, bevor unsere Lande von den satanischen Protestanten übernommen werden. Schreibt euch ein, Männer! Schreibt euch ein!"

Dann hob er die Hand, und die drei Trommler legten wieder los. Die insgesamt sechs Söldner machten einen feschen Eindruck. Besonders der Fähnrich mit der großen bunten Kompaniefahne und dem schicken, mit einer Feder versehenen Hut sah sehr eindrucksvoll aus. Als dann der Fähnrich mit der riesigen Fahne auch noch die akrobatischsten Vorführungen veranstaltete, kamen die Zuschauer nicht mehr aus dem Staunen heraus. Solch eine Vorstellung sah man auch in der Stadt nicht alle Tage. Und tatsächlich traten dann mehrere junge Männer heran, begleitet von ihren Vätern, um sich einzuschreiben.

Der Schreiber zeigte den jungen Burschen, wo sie ihr Zeichen machen sollten. Hatte einer unterschrieben, gab es für ihn erst einmal einen großen Krug Bier. Die Werber mussten hier eine weitere Woche Söldner sammeln, bevor die neu aufgestellte Kompanie zum Regiment stoßen sollte.

Dann wollte Marie gerne noch ein wenig die Stadt erkunden. Deshalb zog sie sanft an Rafaels Hand. Er verstand sofort und löste seinen Blick von dem bunten Treiben der Werber, um wieder seiner großen Liebe die volle Aufmerksamkeit zu schenken. Hand in Hand gingen sie weiter – vorbei an dem Franziskanerkloster direkt zu einem großen Springbrunnen, der vom Quellwasser der Pader gespeist wird. Es war noch warm; und so erfrischten sich die beiden, indem sie sich das Gesicht mit dem kristallklaren Wasser wuschen. Aus einer Gaststätte hörte man fröhliches Flöten und Lautenmusik. Das Liebespaar lauschte noch eine Weile den schönen Klängen.

Irgendwann traten sie dann den Weg zur Herberge an. Kurz, bevor sie diese erreichten, gaben sie sich einen leidenschaftlichen Kuss. Sie konnten kaum voneinander lassen. In der Herberge hatten die beiden getrennte Kammern, denn der Wirt achtete auf Anstand und Sitte.

Am folgenden Morgen genossen Burkhard, Rafael und Marie das Frühstück, um dann dermaßen gestärkt Alfons im Krankenhaus zu besuchen.

Als die drei in den Saal der Schwerkranken traten und Alfons erblickten, erschraken sie sehr: Alfons lag mit wachsgelbem Gesicht und weit geöffneten Augen auf seinem Lager. Sie konnten sein Stöhnen schon beim Eintreten vernehmen. Direkt am Lager erkannten sie dann den Grund für die augenscheinliche Veränderung seines Befindens: Der Heilkundler hatte Alfons den Arm über dem Ellenbogen abgenommen, um sein Leben zu retten.

Eine Ordensschwester trat zu den erschrockenen Besuchern und überbrachte keine guten Nachrichten. Die Schwester erklärte ihnen nämlich:

„Liebe Leute, euer Alfons hat eine ganz schlimme Blutvergiftung. Der Heilkundige hat versucht, die Vergiftung aufzuhalten, indem er den Arm abnahm. Leider haben wir vor einer Stunde gesehen, dass die Vergiftung immer weiter in seinem Körper ihr böses Werk fortführt. Alfons wird noch heute vor den Herrn treten. Deswegen wird er gleich in den Hospiz-Saal verlegt. Es tut mir sehr leid für euch!"

Rafael antwortete entsetzt:

„Das darf doch wohl nicht wahr sein! Der Alfons ist stark. Der schafft das schon!"

Daraufhin nahm die Schwester Rafaels Hand, wobei sie nur leicht den Kopf schüttelte. Dann rief sie die Krankenhaus-Knechte, die Alfons vorsichtig in den Hospiz-Saal brachten. Burkhard, Marie und Rafael folgten den Knechten.

Was sie in diesem Saal sahen, ließ ihnen das Blut in den Adern gefrieren: Auf acht Lagern wurden todkranke Menschen versorgt. Das einzelne Lager bestand aus einem großen Strohsack und einem Federkissen. Jedes Lager verfügte dann auch noch über zwei hölzerne Eimer: einen Eimer für frisches Wasser, einen anderen für alle Arten menschlicher Ausscheidungen. Die Knechte des Hospizes waren ständig damit beschäftigt, die Eimer neu aufzufüllen oder die Ausscheidungen zu entsorgen.

Auf dem ersten Lager lag eine total entstellte Frau. Die Ärmste hatte wohl mit Mutterkorn verseuchtes Mehl gegessen. Jetzt hatte sie kastaniengroße, eitrige Geschwüre am ganzen Körper. Aus glasigen Augen schaute sie wimmernd den Neuankömmling an. Dem Kranken auf dem nächsten Lager ging es nicht besser: Dieser schaute apathisch mit weit geöffneten Augen an die Zimmerdecke, wobei er wie ein Fisch an Land nach Luft schnappte. Bei jedem zweiten Atemzug bildeten sich kleine rote Schaumbläschen auf seinen Lippen.

Alfons, der von sehr starken Wundschmerzen geplagt wurde, verbrachte man nun auf das dritte Lager, welches am Tag zuvor frei geworden war. Das nächste Lager belegte ein Mann, der sich mit beiden Händen den Bauch hielt und dabei unruhig hin und her wälzte. Unentwegt stammelte er:

„Ich platze, ich platze gleich! Oh je! Oh je!"

Seine stark geröteten Augen kullerten unruhig in ihren Höhlen, als suchten sie hoffnungsvoll nach Hilfe. Zwischen den Kranken bewegten sich unermüdlich einige Ordensschwestern, um hier Schmerzen zu lindern oder dort Trost zu spenden. Auch Alfons sah sehr mitgenommen aus: Unentwegt bildeten sich kleine Schweißtröpfchen auf seiner sehr blassen Stirn. Er machte einen verwirrten Eindruck, und er litt unter starkem Schüttelfrost. Burkhard, Marie und Rafael standen voller Sorge vor Alfons Lager, währenddessen eine Schwester sein Gesicht wusch.

Nachdem Alfons ein wenig frisch gemacht worden war, fragte die Schwester die Umstehenden:

„Wollen wir für den Scheidenden bitten?"

Die drei Begleiter nickten traurig. Die Schwester machte ein Kreuzzeichen, und sie schlossen sich dem an. Schon begann die Schwester mit dem Gebet:

„Heilige Maria Mutter Gottes, bitte für uns Sünder, jetzt und in der Stunde unseres Todes. Heilige …"

Nach dem Gebet wies sie die Begleiter an, für zehn Minuten den Raum zu verlassen. Da Alfons noch bei Bewusstsein war, fragte sie ihn unter vier Augen:

„Bruder im Glauben, hast du mir noch was zu sagen? Bereust du etwas?"

„Schwester, vergib mir, ich habe jedes Jahr 'ne Wurst aus der Speisekammer genommen, ohne den Bauern gefragt zu haben. Dann hab ich, ach dann hab ich die Erna vom Wecker-Hof sehr lieb gehabt, ohne sie zu heiraten", sagte er röchelnd mit schwacher Stimme.

Die Schwester sprach ein leises Gebet vor sich hin, um sich anschließend nochmals an Alfons zu wenden:

„Deine Schuld ist dir vergeben! Du kannst jetzt deine Seele fliegen lassen und vor den Herrn treten!"

Doch ein wenig erschrocken schaute er die Schwester mit glasigen Augen an, um dann mit schwacher Stimme zu entgegnen:

„Und ich dacht' noch, das wird wieder!"

Die Schwester schaute Alfons traurig an und schüttelte ganz langsam den Kopf. Sodann stand sie von Alfons Lager auf, um seine Begleiter zu holen. Alle drei setzten sich ganz nah zu Alfons, weil sie ihm wenigstens Halt geben wollten. Rafael hielt noch Alfons Hand, als dieser nach einem letzten kurzen Blickkontakt in eine tiefe Ohnmacht fiel.

Um diese unerträgliche Spannung zu unterbrechen, erzählte Rafael leise verschiedene Geschichten von gemeinsamen Erlebnissen, so von den verbotenen Angelausflügen, die immer sehr viele Vorbereitungen erforderlich machten. Er erzählte davon, wie sie das Rosshaar zusammengeknotet hatten, um an lange Schnüre zu gelangen. Er erinnerte an die vielen gefangenen Forellen und daran, was für Strafen ihnen gegolten hätten, wenn sie beim Wildern an der Lippe erwischt worden wären. Er erzählte und erzählte…

Ihm kam auch der Knecht Bollenkemper in den Sinn, der in Delbrügge wegen eines gewilderten Rebhuhns vor Gericht gestellt worden war. In anderen Gegenden hätte es dem Knecht den Kopf gekostet; aber in Delbrügge hielt man es für angebrachter, nur ein Exempel zu statuieren.

Und hierzu konnte er viel erzählen, zumal sie nach der Verhandlung an der Richtstätte bei der körperlichen Züchtigung hatten zusehen dürfen: Bollenkemper musste seine Hand auf den Richtblock legen. Dann schlug der Scharfrichter kräftig mit der flachen Seite des Schwertes auf die

Hand. Man hatte es hören können, wie die Handknochen brachen. Der Bollenkemper schrie damals schrecklich vor Schmerz und war von da an ein Krüppel. Denn leider wuchsen die Knochen schief wieder an, sodass die Hand ständig schmerzte und sehr entstellt war.

Alfons Atmung wurde, während Rafael die alten Geschichten erzählte, immer schwächer. Irgendwann setzte sie dann spontan ganz aus. Als Rafael bemerkte, dass Alfons nicht mehr atmete, nahm er noch einmal dessen Hand und legte sie ein wenig später auf seinen Bauch, um danach die weit geöffneten Augen des Toten zu schließen.

Anschließend ging Rafael zur Oberin, um ihr vom Tod des Onkels zu berichten. Bei dieser Gelegenheit gab er, wie es ihm vom Vater aufgetragen worden war, der Oberin den Silbertaler, die gekochten Eier und den Schinken. Die Schwester Oberin nahm diese Spenden voller Freude entgegen und sagte dann:

„Danke, junger Mann! Wenn du wüsstest, wie vielen Menschen ihr mit euren großzügigen Spenden helfen werdet! Gott möge es deinen Eltern und dir vergelten."

Damit war das Gespräch beendet. Rafael ging wieder zu den anderen ans Totenbett:

„Burkhard, bitte mache unseren Leiterwagen reisefertig", sagte Rafael, um sich danach an Marie zu wenden:

„Mein lieber Schatz, hier hast du fünf Kupferpfennige! Bitte besorge schwarzen Stoff!"

Marie antwortete bedrückt:

„Ja, das will ich tun."

Rafael ging zur Herberge, um dort die Zeche zu begleichen. Als er wenig später wieder aus der Herberge herauskam, stand Burkhard vor dem fertig angespannten Leiterwagen. Gemeinsam warteten sie auf Marie, die nach kurzer Zeit mit einem Ballen von schwarzem Stoff erschien. Nun schnitten sie schmale Streifen aus dem Stoff, um diese als Schleifen an die senkrechten Stäbe des Leiterwagens zu binden.

Burkhard und Rafael gingen danach wieder ins Hospiz und verbrachten Alfons mit Hilfe zweier Krankenhausknechte auf den Wagen. Marie hatte derweil schwarze Schleifen in die Mähnen der Zugpferde geflochten. Nachdem sie Alfons gebettet hatten, deckten sie ihn mit dem restlichen schwarzen Stoff ab.

Am späten Nachmittag schnalzte Burkhard mit seiner Peitsche in die Luft, um die beiden Zugpferde anzutreiben. Auf der Heimreise saßen Rafael und Marie neben dem Toten. Die Menschen, die den Leiterwagen sahen, verstanden sofort: einige nickten, andere machten ein flüchtiges Kreuzzeichen. Beim Passieren des Stadttores erkannte der Wachsöldner den Leiterwagen wieder und fragte bedauernd:

„Gab es keine Hilfe mehr?"

„Nein, die Vergiftung des Blutes war schon zu weit fortgeschritten. Da gab es keine Rettung mehr", erklärte Rafael kurz.

Der Söldner winkte den Trauerwagen durch das Tor. Langsam setzten sie die Reise fort. Mitten in der Nacht erreichten sie dann die Hofeinfahrt des Waldbauernhofes, wo sie von der Schäferhündin Sesa freudig empfangen wurde. Die vom Hundebellen aufgeweckten Hofbewohner liefen aufgeregt in die Tenne. Alfons und Marie betraten sie mit ernsten Gesichtern, um die schlechte Nachricht zu überbringen. Als der schlaftrunkene Bauer die Kinder sah, war er schlagartig hellwach und fragte entsetzt:

„Was ist denn nur passiert?"

„Vater, Alfons ist gestorben", sagte Rafael stockend.

„Macht den Tisch frei und holt meinen Bruder hinein", sagte der Bauer ernst.

Die Frauen reagierten sofort und räumten den langen Esstisch frei. Die Männer, darunter auch der Bauer, bewegten sich langsam gesenkten Hauptes aus dem Haus, um Alfons hineinzuholen. Sie legten ihn auf den Tisch. Dann machten sich die Frauen des Hofes daran, Alfons auszukleiden und zu waschen. Der Bauer schickte Jonathan in Alfons Kammer, um die beste Kleidung des Verstorbenen in die Tenne zu holen.

Nachdem sie ihn gewaschen hatten, zogen die Frauen Alfons dessen gute Kleidung an. Sie stellten sechs große Kerzen um Alfons herum auf. Danach verließen alle außer dem Bauern die Tenne und gingen schlafen. Marie schlief bei der Magd Barbara. Am nächsten Morgen sollte sie von Rafael nach Hause gebracht werden. Der Bauer hielt, wie es Brauch war, allein bei seinem Bruder Totenwache.

Die Nachricht von Alfons' Tod hatte sich in Windeseile bei den Nachbarn und Freunden der Familie herumgesprochen. So versammelten sich zwei Dutzend Menschen zum gemeinschaftlichen Rosenkranzgebet.

Als die Gebete gesprochen waren, kam es zu einer merkwürdigen Begebenheit: Die sehr alte Tante Lucia, die mit gebeugter Körperhaltung vor Alfons Leichnam stand, führte ein lautes Selbstgespräch:

„Verflucht sind wir alle! Großes Unheil wird über uns kommen. Das hier ist nur der Anfang!"

Die Umstehenden schauten die alte Magd Lucia verwundert an. Was sollte dieser Unfalltod denn mit dem Glück der anderen zu tun haben? Lucia war als 30-jährige Frau von einem wildgewordenen Rind überrannt worden, wobei sie sich schwere Verletzungen zugezogen hatte. Ein Heilkundiger konnte ihr Leben retten, aber ihre Wirbelsäule blieb so verkrümmt, dass sie nur eine gebeugte Haltung einzunehmen vermochte.

Seit dieser Zeit war sie schon ein wenig merkwürdig. Aber dieser Weissagung wegen machte sie sich absolut unmöglich. Die Leute schüttelten nur ihre Köpfe und unterhielten sich von den Kriegs-Neuigkeiten aus den östlichen Ländern. Man sprach auch davon, dass die Katholiken in starke Bedrängnis geraten seien, und ob man den Glaubensbrüdern nicht in ihrer Not helfen müsse.

Da berichtete Burkhard von den Werbern in Paderborn, die noch auf gute kräftige Katholiken warten würden. Dieser Bericht sorgte bei den Bauern für eine aufgeheizte Stimmung. Jeder wollte der beste Katholik sein: Entsprechend hagelte es Hass-Tiraden gegen die Protestanten. Man war sich in der Runde einig, dass auch aus der Bauernschaft junge Männer abkommandiert werden müssten.

Derweil brachte Rafael seine geliebte Marie mit dem Pferd des Vaters zu ihren Eltern. Als die beiden die Lippebrücke erreicht hatten, machten sie eine kleine Pause. Rafael stieg vom Pferd ab und band es am nächsten Baum an. Danach hob er seine Marie mit seinen starken Armen vom Pferd. Da es sehr warm war, erfrischten sie sich an einer seichten Stelle des Flusses, indem sie bis zu den Knien durchs eiskalte Wasser wateten. Rafael konnte seine Augen nicht von Marie lassen: Ihr Wesen und ihr Äußeres berührten sein Herz zutiefst. Auch ohne ein Wort zu sprechen, fühlte er sich immer verstanden. In ihrer Nähe war Rafael glücklich – egal, wo sie sich aufhielten. Marie strich Rafael durchs Haar und hauchte leise:

„Du bist mein größter Schatz! Ich liebe dich über alles."

Rafael gab Marie daraufhin einen innigen Kuss. Aber viel Zeit für Zweisamkeit blieb den beiden nicht; denn Rafael musste nach Hause reiten, weil er noch vor Anbruch der Dunkelheit auf dem elterlichen Hof zurück sein wollte.

Maries Eltern waren voller Freude, als sie ihre Tochter endlich wieder in die Arme schließen konnten. Rafael übergab ihnen fünfundzwanzig Kupferpfennige für die Kräuter zur Heilbehandlung von Alfons und die Begleitung zur Klinik, die ihre Tochter sehr viel Zeit gekostet hatte. Die Eltern bedankten sich für die gute Bezahlung, aber sie machten auch keinen Hehl daraus, dass sie das Geld bitter benötigten.

Mit der Ankündigung, bald wiederzukommen, verabschiedete Rafael sich, um dann so rasch wie möglich nach Hause zu reiten. Dort musste er noch das Pferd versorgen, bevor er darüber informiert wurde, dass er gemeinsam mit seinen Brüdern den Sarg seines Onkels tragen solle. Jonathan hatte mit seinem Vater vorgefertigte Bretter aus dem Holzschuppen geholt und daraus einen schönen Sarg getischlert.

Als Rafael die Tenne betrat, lag Alfons schon in dem gerade erst angefertigten Sarg. Rafael dachte bei dem Anblick:

„Soll das wirklich alles gewesen sein? Der Alfons war doch immer ein guter Mensch gewesen. Für uns Kinder hatte der Onkel immer ein offenes Ohr. Oft übernahm er für uns Arbeiten, wenn wir nicht mehr konnten oder nicht so recht wollten. Er schlichtete auch, wenn der Vater oder die Mutter uns mal böse waren. Er war halt ein guter Mensch: Ich hoffe, dass ihm das ewige Licht leuchtet!"

Am folgenden Nachmittag fand dann die Beerdigung statt. Der Friedhof war mit Alfons Freunden und Verwandten gefüllt. Als Rafael gemeinsam mit seinen Brüdern, Onkeln und dem Waldbauern, den Sarg auf der Schulter, Richtung Grabstelle gingen, hörte man hier und da ein Schluchzen. Nachdem Alfons hinabgelassen war und sich alle von ihm verabschiedet hatten, mussten die Brüder das Grab anschließend zuschaufeln. Da sie Alfons sehr gemocht hatten, war es ihnen eine Ehre, ihm diesen letzten Dienst zu erweisen.

Später traf man sich auf dem Waldbauernhof, um dem Leichenschmaus beizuwohnen. Der Bauer hatte ein kleines Fass Bier gestiftet. Es gab auch Brot und Wurst für alle. Das war so üblich. Und entsprechend musste es auch auf dem Waldbauernhof gemacht werden. Von Trauer war jetzt nicht mehr viel zu verspüren. Zwar wurde noch von dem Verstorbenen gesprochen, aber man lachte schon wieder laut oder diskutierte heftig.

Vor allem gab es ein zentrales Thema: Alle bewegte der in den östlichen Landen wütende Krieg. Da auch der Pastor der Einladung zum Leichenschmaus gefolgt war, nutzte dieser die Gelegenheit, um für die katholische Sache Werbung zu machen. Die umstehenden Männer lauschten den Ausführungen des Pastors, der voller Sorge erläuterte:

„Liebe Glaubensbrüder, unsere katholischen Freunde in Böhmen und Prag sind in Bedrängnis. Nie war es seit den Kreuzzügen ins Heilige Land leichter für einen Christenmenschen, sich einen Platz im Himmel zu erarbeiten. Wer sich von euch dafür entscheiden sollte, für unsere Sache zu kämpfen, wird seine Belohnung im Himmel erhalten. Meldet euch beim kaiserlichen Heer und kämpft für die Gerechtigkeit!"

Die Bauern waren sich einig, dass sie Männer aus ihrer Mitte auswählen müssten, die zu den Kämpfen entsandt werden sollten. Man war auch der Meinung, dass dieser Krieg nicht sehr lange andauern würde.

Als alle Gäste den Waldbauernhof wieder verlassen hatten, wurden noch die gewohnten Hofarbeiten verrichtet. An diesem Abend gingen alle Hofbewohner sehr früh in ihre Betten. Denn die vergangene Woche war voller schlechter Ereignisse: Sie waren emotional erschöpft und suchten Erholung im heilsamen Schlaf.

Am folgenden Morgen rief der Bauer alle Bewohner des Hofes in die Tenne. Mit ernster Miene verkündigte er:

„Meine Lieben, ich habe mich dazu entschlossen, drei Männer unseres Hofes zu den Landsknechten zu entsenden. Ich möchte, dass Rafael, Jonathan und Gustaf sich bei den Werbern in Paderborn melden. Da dadurch drei gut arbeitende Männer auf unserem Hof fehlen werden, müssen alle anderen viel mehr Arbeit stemmen. Ihr habt unseren Pastor ja gehört: Es geht um unser aller Seelenheil! Ich denke, unsere katholischen Heere werden die Probleme innerhalb eines halben Jahres gelöst haben."

Rafael, der sich lieber in den nächsten Monaten mit Marie verheiratet hätte, setzte in ungewohnter Weise zum Widerspruch an:

„Ja, aber ich w…!"

Da der Vater keinen Widerspruch duldete, fiel er seinem Sohn brüsk ins Wort:

„Heiraten kannst du auch in einem halben Jahr noch! Jetzt tut ihr das, was ich euch anweise!"

Der Waldbauer sagte das mit solch einem Nachdruck, dass keiner mehr wagte, sich dagegen aufzulehnen. Dann fügte er noch hinzu:

„In drei Tagen geht es nach Paderborn! Ich statte euch bis dahin noch ordentlich aus."

Bald machte der Bauer sich auf den Weg, um gutes Schuhwerk und angemessene Kleidung für seine Männer zu besorgen.

Rafael ging total schockiert in den Holzschuppen. Er nahm ein kleines Steineichen-Holzstück aus einem der Regale. Danach begab er sich in die kleine Werkstatt des Bauernhofes, ergriff dort eines der Schnitzmesser sowie einige Stecheisen und begann zu schnitzen:

Zuerst fertigte er zwei haselnussgroße Kreuze, dann zwei Herzen und zwei Augen. Alle Schmuckstücke waren von gleicher Größe – versehen mit einer geschnitzten Öse. Er nahm zwei lederne Sehnen und zog jeweils von jedem einen Anhänger auf. Eines der selbst angefertigten Schmuckstücke hängte er sich um den Hals, den anderen Talisman steckte er in einen schönen Lederbeutel und hängte sich diesen ebenfalls um.

Dann ging er schnell der gewohnten Arbeit nach. Als sie erledigt war, nahm er eines der braunen Arbeitspferde, um nach Salzkotten zu reiten. Der Braune war zwar bei weitem nicht so schnell und wendig wie der Schwarze, aber er war ausdauernd. Es war nicht so einfach, ihn zu reiten, aber

Rafael kannte das Pferd sehr gut, sodass er mit ihm fertig wurde.

So erreichte Rafael am frühen Abend Maries Elternhaus. Stürmisch pochte er an der Tür des kleinen Hofes. Erschrocken vom heftigen Pochen öffnete Maries Vater die Tür:

„Mein Sohn, was ist denn nun schon wieder passiert?", fragte er, als er Rafael erkannte.

„Ich muss in den Krieg. Ich muss…", brach es aus Rafael heraus.

Als Marie seine Stimme hörte, stürmte sie aus ihrer Kammer, um sich in seine Arme zu werfen. Marie fragte lächelnd:

„Konntest du es ohne mich nicht mehr aushalten?"

Rafael, der jetzt mit der fröhlichen Art von Marie nicht richtig umgehen konnte, antwortete ein wenig verwirrt:

„Nein! – das heißt ‚ja'! Marie, mein Vater schickt mich für unbestimmte Zeit fort! Ich muss in den Krieg in die östlichen Lande."

Maries Enttäuschung und ihre Sorge um Rafael spiegelten sich in ihrem Gesicht wider. Ihre Augen füllten sich mit Tränen. Aber sie versuchte, Haltung zu wahren, denn Marie wollte es ihrer großen Liebe nicht so schwer machen, Abschied zu nehmen. Traurig übergab Rafael ihr das kleine Ledersäckchen und sagte:

„Ich habe ein kleines Geschenk für dich, mein Schatz!"

Marie öffnete vorsichtig das kleine Ledersäckchen und entnahm ihm den Talisman. Neugierig begutachtete sie die drei hölzernen Anhänger, um sich anschließend das Lederbändchen um den Hals zu hängen. Dann wies Rafael mit dem Finger auf die einzelnen Anhänger:

„Das Herz hier steht für meine große Liebe: für dich. Das Kreuz soll dir Schutz durch unseren Herrn geben; und das kleine Auge soll dir sagen, dass ich immer bei dir bin, auch wenn es nur in Gedanken ist!"

„Du hättest mir mit Silber oder Gold keine größere Freude machen können! In diesem wunderschönen, von dir selbst angefertigten Talisman zeigt sich deine ganze Liebe zu mir. Deine Sorge um mich berührt mein Herz: Ich will für immer dein sein. Auch wenn wir jetzt nicht den Bund eingehen können –: Ich werde auf dich warten. Ich versichere dir: Wenn deine Hände mich aus irgendeinem Grund nicht mehr berühren dürfen, sollen mich keine Hände mehr berühren – niemals, niemals mehr! Auf ewig dein!", sagte Marie mit sanfter Stimme.

Maries Eltern, die alles mit angehört hatten, waren sehr gerührt. Die Mutter hatte Tränen in den Augen, der Vater legte seine Hand auf Rafaels Schulter:

„Mein Sohn, du hast hier deinen Platz in unserem Hause. Du bist jederzeit willkommen! Egal, was passiert –: Wir halten dir deinen Platz frei!"

Rafael fühlte sich von dieser Familie angenommen. Es zerriss ihn innerlich, jetzt für lange Zeit von ihnen weggehen zu müssen. Stockend, immer wieder nach Worten suchend, antwortete er:

„Dank euch für so viel Zuneigung! Ich werde euch nie enttäuschen – nie!"

Die Mutter, die immer noch sehr traurig schien, wandte sich Marie zu:

„Liebe Marie, für mich seid ihr verheiratet! Wenn du möchtest, dürft ihr auf deine Kammer."

Dann fragte sie ihren Mann:

„Wir wollten doch heute noch Opferkerzen in der Kirche anzünden. Wollen wir jetzt gehen?"

Der Vater nickte verstehend und gab Rafael stumm die Hand. Danach machte er sich mit seiner Frau auf. Die Tür fiel ins Schloss. Marie und Rafael teilten sich einen Becher Wein. Da sagte Marie in der plötzlich aufgekommenen Stille mit fester Stimme:

„Ich gehe gleich in meine Kammer. Warte hier!"

Rafael kam das sonderbar vor. Worauf sollte er warten? Was wollte sie allein dort in der Kammer?

Marie hatte sich in der dämmrigen Schlafkammer ausgezogen. Das kleine Lampenlicht warf Reflexe auf ihre helle, reine Haut. Schnell hatte sie sich gewaschen und ihre Haare gebürstet. Dann legte sie sich auf das Bett, die dünne Decke gerade so weit hochgezogen, dass ihre Brüste mehr als nur erahnbar waren.

„Rafael, komm zu mir!"

Rafael trat ein und erblickte seine Marie: So hatte er sie noch nie gesehen. Marie bedeutete ihm mit einer noch fremdartigen, dennoch gleichzeitig schon vertrauten Geste, zu ihr zu kommen. Er zog seine Jacke aus und ließ sie zu Boden fallen – und dann sich selbst: in Maries Arme. Er war atemlos. Sie erschien ihm wie die schönste und anmutigste aller Frauen. Sein Herz klopfte wild: Er küsste sie auf die Lippen, und plötzlich waren ihre Hände überall: halfen ihm aus den Kleidern, streichelten und liebkosten ihn. Rafael küsste ihre Brüste – schon die Brüste einer Frau –, konnte sein Verlangen nach ihr kaum beherrschen. Mit jedem Zentimeter ihres Südens, den seine Hände erkundeten, glaubte er im Osten seiner Zukunft mit ihr den glühenden Sonnenball aufgehen zu sehen: Sonne und Mond, Tag und Nacht – das würden sie fortan teilen; das war die Summe ihrer beider Leben.

Dann plötzlich waren sie eins, fanden ihren Rhythmus: Rafael blieb nicht unbemerkt, dass Marie trotz ihrer Jugend offenbar praktisches Wissen in dieser „Sache" hatte, deren Bedeutung sie eben erst entdeckten. Dennoch war das für beide das erste Mal gewesen. Was würde die Zukunft bringen? Im Augenblick schien die Zukunft wie eine große, öde Wüste des Krieges, ein Land ohne Liebe, ohne Zärtlichkeit, sich bedrohlich vor ihnen auszudehnen. Das ging ihnen im Dunkel der Kammer, im schwachen Schein der Öllampe, durch den Kopf.

Dann schreckten sie plötzlich hoch: Die Kleider – los in die Kleider! Die Eltern können jeden Moment zurückkommen. Es war ihnen äußerlich nun kaum etwas anzusehen. Doch der Wissende hätte ihre geröteten Wangen bemerkt, das Leuchten ihrer Augen, und einen winzigen magischen Funken in ihrem Lächeln – das geheime Zeichen des Erkennens.

Sie gingen in die Tenne. Dort saßen die Eltern und hatten das Abendessen zubereitet.

„Rafael, bevor du den Heimweg antreten musst, möchte ich, dass du noch mit uns isst", bat ihn die Mutter.

Dies tat Rafael gern. Er konnte auch beim Essen seine Augen nicht von Marie lassen. Nachdem sie gegessen hatten, stand er langsam auf und verabschiedete sich:

„Wir werden uns für lange Zeit nicht mehr sehen. Aber seid versichert: Sobald die Protestanten besiegt sind, komme ich wieder!", sagte Rafael hoffnungsvoll.

Er gab seiner Marie noch einen zärtlichen Kuss, um dann das Pferd zu besteigen und davonzureiten, ohne zurückzublicken. So konnte er auch nicht sehen, dass Marie weinte: Ihr liefen die Tränen über die Wangen und fielen auf den staubigen Boden des Hofes, wo sie kleine Krater hinterließen – viele kleine Krater.

Unter Landsknechten

An dem Morgen, an dem die drei vom Waldbauern Ausgewählten sich beim Kaiser verpflichten sollten, herrschte auf dem Hof angespannte Stille. Beim Frühstück schwiegen alle außer Gustaf, der sich sehr über die vom Bauern spendierten Waffen und Kleidungsstücke freute. Pausenlos bedankte sich Gustaf und prahlte von der guten Qualität der geschenkten Sachen.

Und tatsächlich: Der Waldbauer hatte sich wirklich nicht lumpen lassen. Für jeden der Männer gab es eine Muskete und einen Degen. Dann hatte er vorzügliche Stiefel aus bestem Leder anfertigen lassen. Dazu gab es noch für jeden zwei Leinenhemden und eine Wildlederhose sowie einen schönen breiten Gürtel, an dem man so einiges anhängen konnte. Außerdem erhielten sie einen Filzhut mit breiter Krempe. Und zum Schluss bekamen alle noch einen Dolch, damit es ihnen ermöglicht würde, sich selbst bei einem Überraschungsangriff ihrer Haut zu erwehren.

Als Rafael, Jonathan und Gustaf ihre neue Kleidung angelegt hatten, konnten die Mägde nicht mehr schweigen. Barbara rief übermütig:

„Ihr seid so fesch in diesem Zwirn! Ich hoffe, ihr schaut in der Ferne nicht nur den Röcken hinterher."

Leni legte noch eins drauf:

„Und mit den Waffen seht ihr auch so richtig gefährlich aus!"

Als sich die Männer verwundert umschauten, lachten alle in der Tenne laut los. Das Lachen hatte etwas Befreiendes. Denn für einen Augenblick kreisten in der Hofgemeinschaft die Gedanken nicht nur um den Abschied und die Gefahr des Krieges, in den die Männer nun bald ziehen würden.

Der Bauer spannte zusammen mit Burkhard den Leiterwagen an und stellte als kleine Überraschung noch einen Handkarren, auf dem sich ein Stoffzelt befand, auf die Ladefläche.

„Ihr müsst mir versprechen, dass ihr immer aufeinander achten werdet", bat die Bäuerin fast flehend.

Dann sagte sie streng:

„Lasst euch dort nicht mit den Frauen ein! Die wollen nur euer Geld."

Schließlich gab sie noch zu bedenken:

„Tötet immer nur, wenn es keine andere Möglichkeit mehr geben sollte. Und bleibt anständig!"

Da der Weg nach Paderborn anstrengend und zeitaufwendig war, forderte der Bauer seine Jungs und den Knecht auf, sich rasch zu verabschieden. Der Abschied fiel den Männern sehr schwer. Die besorgten Mahnungen der Bäuerin verstärkten das Gefühl der Ungewissheit. Rafael sprach als einziger:

„Liebe Mutter, wir werden deine Ratschläge beherzigen; und wir wollen versuchen, anständig zu bleiben! Aber was mir besonders am Herzen liegt, ist Marie. Bitte, Mutter, haltet Kontakt zu meiner Liebsten! Und falls es nötig sein sollte, kümmert euch um sie!"

Die Bäuerin antwortete unter Tränen:

„Mein lieber Sohn, mach dir keine Sorgen! Ich verspreche dir, dass ich mich um deine Marie kümmern werde."

Man konnte unschwer erkennen, wie Rafael eine riesige Last von den Schultern fiel. Er wandte sich seinen Weggefährten zu und sagte:

„Los, packen wir's!"

Dann schwang er sich auf den Leiterwagen. Man hatte das Gefühl, dass Rafael dachte, wenn er jetzt schnell machen würde, wäre er schneller wieder zuhause. Auch Jonathan und Gustaf kletterten auf den Leiterwagen. Damit begann die Fahrt ins Ungewisse. Der Waldbauer schnalzte mit seiner Gerte, um damit die Arbeitspferde zum Ziehen anzutreiben.

Langsam entfernte sich der Leiterwagen unter dem Gebell der Hündin Sesa vom Waldbauernhof. Die Frauen des Hofes hielten sich gegenseitig tröstend in den Armen. Anne war außer sich vor Abschiedsschmerz. Irgendwie schien sie zu spüren, dass eine Zeit der gnadenlosen Umwälzung auf alle zukommen würde. Die Tränen rollten ihr pausenlos über die Wangen. Sie schaute dem Wagen nach, als wäre ein Teil von ihr auf ihm.

Einige Stunden später erreichten die Männer eines der Stadttore von Paderborn. Als der Wachsoldat die drei zukünftigen Landsknechte auf der Ladefläche in ihrer neuen Kleidung erblickte, meinte er:

„Na, ihr wollt wohl zu den Soldaten? Da werden euch aber erst einmal die Hammelbeine langgezogen. Macht euch auf allerhand gefasst. Das wird bestimmt kein Zucker-schlecken!"

Jonathan erwiderte trotzig:

„Wenn du es bei den Soldaten geschafft hast, schaffen wir das schon lange!"

Der Wachsoldat antwortete drohend:

„Werd' mal nicht frech, Bürschchen. Du wirst schon merken, was ich meine!"

Dann ließ er den Leiterwagen passieren. Langsam fuhr der Bauer durch die Gassen der Stadt. Auch an diesem Tag war wieder ein buntes Treiben vor und in den Gaststätten.

„Hier in der Stadt leben die Menschen ein ganz anderes Leben als wir auf dem Dorf", sagte Rafael.

Er wunderte sich über den großen Wohlstand, der da zu herrschen schien. Dann fragte der Bauer irgendwann einen jungen Burschen, wo sich die Werber wohl aufhalten wür-den. Der Bursche wies dem Waldbauern den Weg. So dau-erte es nicht mehr lange, bis sie vor dem Tisch der Werber standen.

An diesem Tag war ein stattlicher Leutnant namens Wie-se der Werber. Dieser Leutnant trug eine Augenklappe. Langes lockiges Haar von schwarzer Farbe quoll unter dem Filzhut hervor. Mit markigen Geschichten von erlebten Schlachten und Abenteuern versuchte er, die Neugier bei den jungen Männern zu wecken.

Rafael, Jonathan und Gustaf verabschiedeten sich mit einem kräftigen Händedruck vom Waldbauern. Der sagte dann seinen Leuten mit ernster Miene:

„Verhaltet euch wie richtige Männer, und macht mir und unserer Gemeinde keine Schande! Ich erwarte von euch, dass ihr erst nach Hause kommt, wenn die katholische Sache gesiegt hat. Mit eurem Sold könnt ihr den Lebensunterhalt gut bestreiten. Ihr braucht nichts für den Hof abgeben. Das Geld soll ganz allein für euch sein. Ich bete für euch!"

Danach ging der Waldbauer zum Leiterwagen. Ohne sich noch einmal zu seinen Leuten umzuschauen, machte er sich auf den Heimweg. Die drei drängten sich dann durch die Menschentraube, die sich um das Werbervolk gebildet hatte. Mit dem Handkarren gestaltete es sich sehr umständlich, bis an den Werbertisch gelangen zu können. Nur mit Hilfe von Ellenbogenhieben und Fußtritten gelang es ihnen schließlich. Rafael sprach den am Werbertisch sitzenden Schreiber an:

„Guter Mann, wir möchten bei euch in den Dienst treten!"
Der Schreiber rief lächelnd in Richtung des Leutnants:
„Wiese, hier haben wir nochmals drei kernige Burschen!"
Dann wandte sich der Schreiber wieder den Männern vom Waldbauernhof zu:

„Beim kaiserlichen Herrn wollt ihr also in den Dienst treten? Erzählt mir erst einmal, was ihr an Waffen besitzt! Und dann möchte ich wissen, was für einen Sold ihr euch vorstellt."

Der Leutnant Wiese gesellte sich nun zu den verhandelnden Männern. Rafael legte seine nagelneuen Waffen auf den Werbertisch; Jonathan und Gustaf taten es ihm gleich. So lagen nun drei Dolche, drei Degen, drei Musketen und eine Axt auf dem Tisch. Leutnant Wiese sagte staunend:

„Schöne Waffen. Gute Qualität. Respekt! Aber was soll die Axt?"

„Falls wir gemeinsam gegen unseren Feind antreten müssen, kann ich es Ihnen zeigen, mein Herr!", sagte Jonathan grinsend.

Der Leutnant zog die Stirn ein wenig kraus:

„Das werden wir dann sehen. Die Waffen sind schon einmal von bester Qualität. Aber könnt ihr auch damit umgehen?"

Rafael übernahm das Antworten:

„Wir haben keine Erfahrung mit dem Kriegshandwerk, mein Herr. Aber da wir an unserem Leben hängen, werden wir es schnell erlernen."

Der Leutnant gab sich jetzt väterlich:

„Was ihr noch nicht könnt, bringen wir euch bei! Am Anfang müsst ihr euch mit drei Gulden pro Nase begnügen. Wenn ihr eure erste Feuertaufe hinter euch habt, erhaltet ihr einen Gulden mehr."

Rafael, der wusste, dass es für sie sowieso keine andere Wahl gab, entgegnete:

„Danke! Damit sind wir zufrieden."

Als Rafael diese Antwort ausgesprochen hatte, mischte sich der Schreiber wieder ein:

„Also, ich setze für euch bis zur Feuertaufe drei Gulden fest. Dann müsst ihr mir eure Namen, euren Geburtsort und das Geburtsdatum nennen. Ihr macht danach euer Zeichen darunter – und wir sind im Geschäft."

Er nahm sogleich alle Daten in sein Soldbuch auf. Dann forderte er, während er mit seinem Finger auf den frisch geschriebenen Text deutete:

„Mach dein Zeichen hierhin!"

Jonathan machte aber kein Zeichen, sondern er schrieb seinen Namen. Das konnte er, denn die Mutter von Jonathan und Rafael war bis zu ihrer Hochzeit von ihren Eltern zur christlichen Erziehung ins Kloster bei Dahlheim geschickt worden. Dort lernte sie unter anderem das Lesen und Schreiben. Dies gab sie dann an ihre Familienmitglieder weiter.

Der Schreiber staunte nicht schlecht, denn die Wenigsten waren in der Lage, ihren Namen zu Papier zu bringen. Als dann auch noch Rafael sauber und ordentlich seinen Namen niederschrieb, konnte der Schreiber nicht mehr schweigen:

„Jetzt haben wir hier schon zwei Männer, die schreiben können. Hoffentlich können die auch kämpfen!", sagte er scherzhaft und untermalte das mit einem dümmlichen Gelächter.

Jonathan kniff seine Augen zu kleinen Sehschlitzen zusammen, wodurch er einen sehr gefährlichen Gesichtsausdruck bekam. Dann zischte er los:

„Wenn ich schreib, dann schreib ich. Und wenn ich kämpf, dann kämpf ich. Da gibt's nichts zu beweisen!"

Der Schreiber räusperte sich und brachte dann nur noch ein „Los, der nächste" raus. Also trat Gustaf vor und machte sein Zeichen, das aus zwei Kreisen und einem Dreieck bestand. Diesmal verkniff sich der Schreiber einen Kommentar.

Nun wurden die Männer gemeinsam mit zwei anderen Freiwilligen zu einem Zelt geführt, das hinter dem Schreibertisch aufgestellt war. Im Zelt standen zwei Bänke und ein weiterer Tisch. Hier sollten sie nun das versprochene Bier bekommen. Ein gestandener Kürassier begrüßte die fünf neuen Kameraden:

„Burschen, ihr habt es richtig gemacht. Es wartet auf euch das Abenteuer sowie ein guter Sold. Nun zu eurem Wohl!"

Danach schenkte er den Männern jeweils einen Krug mit Bier ein und stieß dann auch selber mit ihnen an. Nachdem er einen großen Schluck genommen und den Krug polternd abgesetzt hatte, wischte er sich den Schaum von seinem gepflegten Schnauzbart gelassen mit dem Handrücken ab und sagte:

„Ab morgen wird erst eine harte Ausbildung auf euch zukommen. Aber denkt immer daran, dass diese Zeit irgendwann wieder vorbeigeht. Auch ich werde euch ausbilden. Nur dann kann ich nicht mehr so freundlich sein wie jetzt. Denkt immer daran: Bier ist Bier, und Schnaps ist Schnaps! Ich werde euch zu einer schlagfertigen Rotte zusammenschmieden."

Er nahm erneut den Krug mit Bier, um einen kräftigen Schluck zu trinken:

„Mein Name ist Hagen. Ich bin Kürassier vom Rang eines Feldwebels. Ab morgen nur noch ‚Herr Feldwebel' für euch!"

Die fünf neuen Landsknechte stimmten ein:

„Jawoll, Herr Feldwebel!"

Hagen schenkte den jungen Männern einige weitere Krüge Bier ein. Etwa eine Stunde später gesellte sich Leutnant Wiese zu seinen neuen Landsknechten. Zuerst nahm er einen großen Schluck Bier aus dem Krug, der ihm von Hagen gereicht worden war. Dann bezeugte er voller Genuss:

„Ach, das tat gut! So, Männer, morgen geht euer Abenteuer los! Im Anschluss an den Morgenappell marschieren wir nach Bielefeld. Dort treffen wir auf unser Regiment. Leider kann ich nicht genau sagen, wann wir die Lager in Bielefeld abbrechen und nach Osten gegen unseren Feind ziehen. Wir werden aber alles geben, um euch vorher noch einiges in Sachen Kampftechnik und Taktik beizubringen. Wenn mein Krug ausgetrunken ist, gehen wir zu unserem

Quartier, das uns großzügigerweise vom Fürstbischof zur Verfügung gestellt worden ist."

Gesagt – getan: Als der Krug geleert war, stand Leutnant Wiese auf, nahm Haltung an und gab das Kommando:

„Feldwebel Hagen, übernehmen Sie die neue Rotte! Morgen, mit meinem Erscheinen, brechen wir nach Bielefeld auf. Ich erwarte, dass die Truppe ab zehn Uhr marschfertig ist. Zapfenstreich!"

Feldwebel Hagen wandte sich sogleich mit total verändertem Gesichtsausdruck den Männern seiner Rotte zu und rief:

„Männer, vor dem Zelt Aufstellung nehmen! Wir marschieren nun in Marschordnung zum Schlafquartier. Marsch!"

Die jungen Männer, die solche Befehle nicht gewohnt waren, liefen geradezu ungeordnet vor das Zelt.

„Marschordnung, Zapfenstreich –: Was soll das wohl nur bedeuten?", dachte Rafael.

Kaum standen sie vorm Zelt, als Wiese schon wieder lospolterte:

„Was ist das denn hier für ein Sauhaufen! Könnt ihr euch nicht in einer Reihe aufstellen? Los, los, los, eine Reihe bilden – aber schnell!"

Die fünf Männer waren noch kein eingespielter Haufen; entsprechend erbärmlich sah die Reihe aus. Da sie ja auch einiges zu schleppen oder zu ziehen hatten, ersparte Hagen sich weitere Kommentare zu dem Erscheinungsbild seiner bislang unvollzähligen Rotte. Der Feldwebel stellte sich neben die Reihe seiner Leute und gab dann den Befehl:

„Marsch!"

Und die Männer marschierten. Was noch keiner von ihnen wissen konnte: Sie würden noch sehr lange gemeinsam marschieren.

Kurze Zeit später hatten sie das Quartier erreicht, und Hagen öffnete die Tür zu einem Schlafsaal. Dieser Saal, der sonst von der Verstärkung der Stadtwache genutzt wurde, konnte etwa dreißig Männer beherbergen. Gut zwanzig Männer hielten sich in dem Saal auf, als die fünf zuletzt Geworbenen gemeinsam mit Hagen eintraten.

Beim Anblick von Hagen standen sie schlagartig auf und nahmen Haltung an. Der älteste dieser Männer marschierte schnurstracks auf den Feldwebel zu und machte eine zackige Meldung. Das hatte man den neuen Landsknechten in den letzten Tagen so beigebracht. Feldwebel Hagen konnte man ansehen, dass er mit der geleisteten Arbeit zufrieden war. Dann sagte Hagen noch:

„Zapfenstreich!"

Anschließend machte er eine Kehrtwende und verließ ohne Gruß den Saal. Die Landsknechte löschten die umstehenden Kerzen des Gewölbesaals. Nur vier große Kerzen, die an einem quadratischen Stützpfeiler hingen, der sich in der Mitte des Saales befand, ließ man weiterbrennen. Ohne zu sprechen machten sich die Landsknechte bereit für die Nacht.

Rafael legte seine Sachen ordentlich zusammen, um sich dann auf den Strohsack zu legen, der für ihn vorgesehen war. Von seinem Lager aus konnte er durch ein Fenster den Sternenhimmel erblicken und dachte:

„Wie erfreulich wäre es, wenn ich mit meiner Marie diesen schönen Sternenhimmel betrachten könnte. Sie fehlt mir so sehr – ihr Duft und ihre sanfte Art. Wie sie mich anschaut oder wie sie mit mir spricht –: All das ist so einzigartig und so wunderbar!"

Mit diesen Gedanken und seiner rechten Hand am selbstgeschnitzten Talisman tastend, schlief er voller Sorge um seine große Liebe ein.

Am nächsten Morgen um acht Uhr weckte der Älteste seine Kameraden mit dem Ruf:

„Stehet up Männer, dat Tageswerk wartet!"

Rafael hatte sehr unruhig geschlafen. Er war erstaunt, dass bei den Landsknechten so spät geweckt wurde:

„Auf dem Waldbauernhof waren wir um diese Uhrzeit schon seit drei Stunden wach und davon zwei Stunden am Arbeiten."

So erhoben sich fünfundzwanzig Männer, noch ein wenig schlaftrunken, aus ihren Lagern. Hier hörte man einen Mann husten, und da reckte jemand stöhnend seine Arme; ein anderer rieb sich den Schlaf aus den Augen. Im Hinterhof des Hauses, in dem sich der Saal für die Wachmannschaften befand, standen mehrere Schwengelpumpen. Die Männer gingen mit freiem Oberkörper hinaus in die schon kühle Herbstluft, um sich unter den Wasserpumpen zu waschen. Schon bei dieser einfachen Gelegenheit zeigte sich, wie wichtig Kameraden sind. Denn beim Waschen pumpt einer, und der andere wäscht sich.

Etwa zur gleichen Zeit brachten einige Diener des Fürstbischofs wie jeden Tag für die neuen Landsknechte Brote, Wurst, Käse und Milch. Die Rationen wurden unter der Aufsicht des Ältesten gerecht aufgeteilt. Nach dem ausgiebigen Frühstück machten sich die Männer marschfertig.

Als dann um zehn Uhr Leutnant Wiese und Feldwebel Hagen hoch zu Ross erschienen, standen die Landsknechte schon in Reihe angetreten da, um Befehle zu empfangen. Auch die restlichen Werber hatten sich bereits eingefunden: darunter ein Fähnrich, zwei junge Trommler, ein Flötist und zwei Musketiere.

Wiese sah trotz seiner Augenklappe prächtig aus: Sein gepflegtes lockiges Haar reichte bis zu seiner Schulter, und sein Brustharnisch glänzte in der Herbstsonne. Lächelnd ritt er gemeinsam mit Hagen die Front der Landsknechte ab. Der Fähnrich hielt die Truppenfahne in den Wind, auf dem der heilige Sebastian zu sehen war – von etlichen Pfeilen durchbohrt. Dann bauten sich die beiden Offiziere vor ihren Landsknechten auf, und Wiese erklärte kurz:

„Wir marschieren am heutigen Tag nach Bielefeld, wo wir an der Sparrenburg auf unser Regiment stoßen. Dort werden wir dann noch einige Tage verweilen, um weiter in Richtung Osten zu ziehen. Wir müssen heute einen strammen Marsch hinlegen, damit wir vor Anbruch der Dunkelheit unser Ziel erreichen. Landsknechte, in Marschrichtung antreten! Landsknechte – marsch!"

So setzte sich der neue Teil einer Kompanie in Bewegung – vorweg der Fähnrich, der die Fahne offen geschultert hatte. Direkt dahinter marschierten die beiden altgedienten Musketiere, gefolgt von den Trommlern, von denen immer einer den Takt für den Marsch angab. Der Flötist mischte sich einfach unter die gemeinen Landsknechte.

Bei solch einer kleinen Truppenstärke marschierten die Soldaten in Zweierreihen. Die beiden Offiziere ritten mal an der Seite der Landsknechte, mal wieder voraus, oder sie ließen sich zurückfallen – ganz wie es ihnen beliebte. Die Nachhut bildete ein zweispänniger Planwagen, auf dessen Kutschbock der Kutscher und ein Landsknecht Platz hatten.

Auf die Ladefläche des großen Planwagens durften die neuen Landsknechte all ihre sperrigen Sachen laden.

Auch die drei vom Waldbauernhof luden ihren Handkarren samt Zelt auf den Wagen. Rafael marschierte neben seinem Bruder. So konnte er sich lange Gespräche mit irgendeinem Fremden sparen.

Er wollte nicht sprechen – nein, er wollte mit seinen Gedanken spielen. Zu seiner Marie wollte er sich träumen, beim Marschieren. Er wollte im Grunde nicht hier sein und wer weiß wohin marschieren, sondern eigentlich etwas Sinnvolles machen. Getreide aussäen –: Das mochte er, oder auch bei der Ernte zupacken. Das war seine Welt. Aber das hier war ganz etwas anderes: Da gab es nur Befehl und Gehorsam sowie irgendwelche komischen Sitten. Das eintönige Trommeln wurde gelegentlich von einem fröhlich beschwingten Flötenspiel unterbrochen. So fiel das Marschieren auf den staubigen Wegen nicht ganz so schwer.

Als der kleine Trupp nach einem sechsstündigen Marsch den Ort Friedrichsdorf erreicht hatte, befahl Leutnant Wiese laut:

„Alles halt! Wir rasten hier für eine Stunde. Macht schnell ein Feuer!"

Dann sprach er kurz mit Feldwebel Hagen, um anschließend gemeinsam mit ihm in das Dorf zu reiten. Etwa zwanzig Minuten später kamen die beiden mit einem Sack voll Brote, dazu sechs toten Kaninchen und acht toten Hähnchen, angeritten. Der Feldwebel Hagen brachte dem ältesten der Landsknechte die Leckereien und sagte gutgelaunt:

„Hier! Kaninchen abziehen lassen und die Hähnchen rupfen, Gewürz dran – und ab damit übers Feuer! Aber im

Laufschritt! Wir müssen weiter. Sorge dafür, dass gerecht geteilt wird! Holzteller sind auf dem Planwagen."

Auch Jonathan erhielt ein Hähnchen zum Rupfen. Da der Hahn noch warm war, lösten sich die Federn sehr gut: Ruckzuck war er ohne Federn. Derweil hatte Rafael einen frischen Ast als Spieß vorbereitet. Da die Männer sehr hungrig waren, hingen Hähnchen und Kaninchen in Rekordzeit über dem Feuer. Alle arbeiteten Hand in Hand. So wurde aus dem zusammengewürfelten Haufen eine kleine Einheit.

Es gab zwar nicht viel Fleisch für die Männer. Aber dank des reichhaltig vorhandenen Brotes sind alle satt geworden. Bevor weitermarschiert wurde, musste erst das offene Feuer gelöscht und die militärische Ordnung wieder hergestellt werden. So ging es weiter Richtung Bielefeld.

Kurz vor Sonnenuntergang hatten sie dann die Sparrenburg erreicht. Unter dem Gegröle der alten Hasen schritten die neuen Landsknechte durch das Tor der Sparrenburg. Darüber hing die aus rotem Stoff bestehende Fahne des Regimentes, auf der ein stilisierter Adler mit einer kleinen Kreuzkrone auf dem Haupt zu sehen war. Die Altgedienten zeigten mit den Fingern auf die Neuen und fingen lauthals an zu frotzeln:

„Guck dir einer mal diese Rotärsche an!"

Ein anderes Musketier pflichtete spuckend bei:

„Die sind ja total grün hinter den Ohren! Was soll'n wir denn mit denen?"

Ein alter Kanonier spöttelte lachend:

„Die müssen doch noch an Mutters Brust!"

Auch einige Weiber des Trosses stimmten mit ein:

„Wo haben die denn nur diese Bübchen geworben? Wie sollen wir denn mit denen einen Sieg erringen?"

Die neuen Landsknechte, die solch derbe Sprüche aus den Münden von Frauen nicht erwartet hatten, wendeten ihren Blick verschämt von den Frauen ab.

Viel mussten sich die jungen Männer noch anhören. Manch einer ballte seine Faust in der Tasche. Sie hatten aber von Hagen gehört, dass es drakonische Strafen für Schlägereien unter der Fahne geben würde. So schluckten sie ihren Gram runter. Leutnant Wiese gab den Befehl:

„Alles Halt! In Front zu mir Aufstellung nehmen!"

Dann stieg er von seinem Pferd ab und übergab den Zügel einem Pagen. Als dann ein weiterer Mann auf Wiese zukam, rief er mit fester Stimme:

„Zur Meldung an unseren Hauptmann: Die Augen rechts!" Und weiter:

„Herr Hauptmann, ich melde: Fünfundzwanzig neue Landsknechte unter unserer Fahne!"

Dann übernahm der Hauptmann Alterheld das Wort:

„Seid gegrüßt, Männer! Denkt euch nichts bei der derben Begrüßung durch eure Kameraden. Es ist seit alters Sitte, dass ihr erst richtig dazugehört, wenn ihr eure erste Schlacht geschlagen habt. Unsere Regimentsstärke beläuft sich auf ungefähr dreitausend Mann. Wir haben elf Fahnen, eine Regimentsfahne und zehn Kompaniefahnen. Merkt sie euch! Das kann lebenswichtig für euch werden! Solange wir in Bielefeld lagern, stehen die Fahnen hier im Hof der Burg in ihren Standartenhaltern. Sobald wir weiterziehen, übernehmen unsere Fähnriche diese wieder.

Ihr werdet gleich eurer Kompanie zugeführt. In den nächsten Tagen wird euch eine kleine Ausbildung zuteil.

Passt gut auf! Denn auch das ist überlebenswichtig. Ich werde euch leider nicht sagen können, wann und wohin wir aufbrechen, denn wir müssen immer den Verrat befürchten. Ein dreifaches Hoch auf unseren Kaiser! Hoch! Hoch! Hoch!"

Die neuen Landsknechte stimmten mit kräftigen Stimmen ein:

„Hoch! Hoch! Hoch!"

Danach führte Feldwebel Hagen seine neuen Männer zur Kompanie, die außerhalb der Burg das Lager aufgeschlagen hatte.

Der Lagerplatz befand sich auf einer großen Wiese im Schatten des Burgberges. Es gab eine Reihe von zehn Holzhütten, vor denen in Front die drei Zelte der Offiziere aufgebaut waren. Links und rechts im rechten Winkel zu den Holzhütten befanden sich auch noch etliche weitere Zelte. Als erstes fielen die vier offenen Feuer auf, über denen große Kochtöpfe hingen: Einige Frauen, die dem Tross angehörten, bereiteten dort ihre Speisen zu, die sie dann für einige Kupferpfennige feilboten.

Die neuen Landsknechte trauten kaum ihren Augen: Sie sahen etliche Kinder umhertollen. Auch wurde an verschiedenen Stellen im Lager frisches Bier ausgeschenkt. Es erklang fröhliches Flötenspiel. Zudem waren Trommeln und Lauten zu vernehmen. Es wurde sogar getanzt. Nur die bewaffneten Wachsoldaten, die immerzu ihre Runden drehten, erinnerten an ein Militärlager.

Auch hier im Lager sorgten die Neuen für Aufsehen. Die zehn Unteroffiziere kamen sofort zusammen, um sich ihre neuen Kameraden anzuschauen. Aus den fünfundzwanzig Männern sollten nun drei Rotten gebildet werden, die dann jeweils einem Unteroffizier zu unterstellen waren. Jonathan, Rafael und Gustaf wurden dem Unteroffizier Wolf zugeteilt.

Wolf war von sehr kräftiger Statur mit der Körpergröße eines Hünen, um die vierzig Jahre alt. Er hatte eine Glatze. Sein Kinn wurde von einem langen Bart verdeckt. Seine eine Wange zierte eine derbe Narbe, die ein Andenken aus einer vergangenen Schlacht war. In dieser Schlacht hatte er außerdem drei Finger der linken Hand verloren, mit der er versucht hatte, einen Hieb abzuschwächen, der auf sein Gesicht gerichtet war. Dies gelang ihm damals auch, denn sonst hätte er wohl sein Leben verloren. Unteroffizier Wolf begrüßte seine Männer mit den Worten:

„Willkommen in unserer Familie! Ich werde morgen früh um zehn Uhr mit eurer Ausbildung beginnen. Gehorcht meinen Anweisungen; dann werden wir eine schlagkräftige Rotte! Ich habe eine Holzbude für euch freigehalten. Falls ihr Zelte besitzt, könnt ihr diese drüben aufbauen. Lasst euch nicht von den anderen Kameraden ärgern oder gar zu Schlägereien verleiten!"

Rafael fiel sofort die ruhige Stimme des Unteroffiziers auf, die gar nicht zu seinem groben Aussehen passte. Die drei vom Waldbauernhof holten ihr Zelt vom Planwagen, um es hastig aufzubauen. Da sie aufgrund des ungewohnten Marschierens doch ein wenig erschöpft waren, brauchten sie dafür ziemlich lange. Anschließend schauten sie den kochenden Frauen in die Töpfe, um vielleicht noch an eine Mahlzeit zu kommen. In seiner höflichen Art fragte Rafael eine Köchin:

„Gutes Fräulein, verkauft Ihr mir einen Teller von eurem leckeren Gemüse?"

Der jungen hübschen Köchin fiel Rafaels gutes Benehmen sofort auf. Und so musterte die Strohblonde mit ihren strahlend blauen Augen Rafael von oben bis unten, bevor sie antwortete:

„Euch immer, mein Herr! Drei Pfennige für den Teller."

Rafael kaufte sich für drei Kupferpfennige ein gutes Gemüse mit Fleischeinlage. Die Köchin, die aus Bayern stammte, schaute Rafael, der mit seinem Teller zur nächsten Schankstelle ging, nach.

„Fescher Bursche", dachte sie.

Zu seinem Gemüse kaufte er sich auch noch einen Krug Bier. Jonathan und Gustaf taten es ihm gleich. So gestärkt gingen sie ins Zelt, um sich in ihre Decken einzurollen. Alle drei schliefen sofort ein.

Am nächsten Morgen um acht Uhr ertönte ein Trompetensignal, anschließend der langgezogene Ruf eines Wachsoldaten:

„Kooompaniiie aufgestanden!"

Mit diesem Ruf erwachte das Leben im Lager. Man hörte Stimmengewirr, dazu metallisches Scheppern und die Befehle bei der Vergatterung der ablösenden Wache. Auch Rafael, Gustaf und Jonathan, die gemeinsam in ihrem Zelt übernachtet hatten, wurden dadurch geweckt.

„Ab jetzt beginnt das richtige Landsknechtleben", sagte Rafael zu seinen Gefährten.

Gustaf, der niemals in seinem Leben bis acht Uhr schlafen durfte, bekannte:

„Mir gefällt es hier! Es gibt was zu Essen und gutes Bier. Im Lager haben wir Unterhaltung. Und schöne Weiber sind hier auch. Ja, arbeiten müssen wir natürlich; aber das ist doch viel leichter als die Arbeit auf dem Felde."

Jonathan sagte darauf:

„Warte mal ab! Wenn das Hauen und Stechen anfängt, sprechen wir uns wieder – von wegen leichter als auf dem Hof!"

Gustaf antwortete lachend:

„Hier bekommen wir aber noch richtig viel Geld für unsere Arbeit. Auf dem Hof gab es Kost und Unterkunft, und am Sonntag Geld für drei Bier im Dorfkrug. Aber kann ich mir an jeden Abend drei Bier leisten."

Rafael entgegnete ein wenig enttäuscht:

„Hat es dir auf dem Waldbauernhof denn nicht gefallen? Du wurdest doch immer von uns behandelt wie ein Familienmitglied. Außerdem hast du vom Bauern doch auch einmal im Jahr neue Kleidung bekommen."

Gustaf sah das aber etwas anders und erwähnte gereizt:

„Aber das Heiraten hat der Bauer mir verwehrt!"

Jonathan versuchte, Gustaf zu besänftigen:

„Mein Vater konnte es dir nicht erlauben, das weißt du genau. Wie hätte er denn noch zusätzliche Personen auf dem Hof ernähren sollen? Du hättest den Waldbauernhof verlassen und dich alleine durchschlagen müssen. Der Bauer hat nach einer Möglichkeit für dich gesucht; aber er hatte einsehen müssen, dass es die nicht gibt."

Darauf erwiderte Gustaf:

„Und deswegen wurden wir ja vom Bauern hierhin geschickt, worüber ich jetzt sehr froh bin!"

Rafael, dem das Gerede langsam zu dumm wurde, sagte als letztes:

„Du solltest nicht so undankbar gegenüber meinem Vater sein. Bedenke, dass er dir eine hervorragende Ausrüstung überlassen hat, wodurch du nun einen sehr guten Sold erhältst. Gustaf, du bist jetzt nicht mehr an meines Vaters Weisungen gebunden. Mach, was du willst!"

Jonathan fing an zu drängeln:

„Los, los, wir müssen uns fertig machen. Ich habe großen Hunger!"

Als sie ihr Zelt verließen, erwartete sie vor dem Versorgungszelt eine lange Schlange von Menschen. Die Wartezeit wurde mit einer großen Schale von Hirsebrei und einer dicken Scheibe Brot belohnt. Diese Mahlzeit und das Mittagessen waren ein Teil des Soldes. Dafür mussten sie somit nicht zahlen. Rafael wunderte sich, dass die strohblonde Schönheit vom Vortag hier zusammen mit drei anderen Frauen die Lebensmittel verteilte. Sie begrüßte Rafael:

„Guten Morgen, mein Herr!"

Der antwortete mit weicher Stimme:

„Nennt mich nicht Herr, ich heiße Rafael."

„Dann müsst Ihr mich aber auch Gerlinde nennen", rief sie ihm entgegen, als sie ihm den Brei auf den Teller füllte.

Sie kniete sich zu ihrem Korb, um ihm ein Töpfchen mit Honig zu entnehmen. Mit Hilfe eines kleinen Löffels füllte Gerlinde ein wenig Honig über Rafaels Hirse. Dann übergab sie den gefüllten Teller mit einem strahlenden Blick, der niemanden kalt lassen konnte.

„Was für schöne blaue Augen sie doch hat! Und dazu diese blonde Wuschelmähne. Gerlinde wird sich vor Verehrern nicht retten können", dachte Rafael und musste dabei schmunzeln.

Während er sich mit dem Teller einen Platz zum Essen suchte, war er in Gedanken aber bei seiner Marie:

„Meine liebe Marie, wenn du nur bei mir wärst! Hier lauern nicht nur die Gefahren des Kampfes. Aber mache dir keine Sorgen. Ich werde stark sein, denn ich bin für immer dein!"

Nachdem die Männer gegessen hatten, machten sie sich bereit für den Dienst. In voller Montur wartete die Rotte auf ihren Vorgesetzten. Punkt zehn Uhr stapfte der stämmige Unteroffizier Wolf heran:

„Guten Morgen, Rotte", rief er seinen Leuten zu. Im Chor antworteten die Männer:

„Guten Morgen, Herr Unteroffizier."

Mit ernstem Gesichtsausdruck eröffnete Wolf ihnen sodann:

„Als erstes möchte ich euch erklären, was ihr tun müsst, um auf dem Schlachtfeld zu überleben. Denn eins ist klar: Nur wenn ihr am Leben bleibt, seid ihr uns nützlich! Ich erwarte von euch, dass ihr als Mitglied meiner Rotte aufeinander achtet. Das bedeutet für jeden Einzelnen: Kommt einer in Bedrängnis, helfen die anderen. Wir können nur als Rotte überleben. Helden oder Einzelgänger, die ausschließlich auf sich selber achten, können die ganze Gruppe in Gefahr bringen. Also: Augen auf, und bei Bedarf ordentlich zulangen. Wir halten zusammen. Bei uns kämpft keiner allein! Ich möchte, dass ihr Freunde werdet. Doch falls das aus irgendwelchen Gründen nicht möglich sein sollte, verlange ich von euch wenigstens gegenseitigen Respekt! Habt ihr mich verstanden, Männer?"

Die Männer schauten sich kurz verdutzt an und beantworteten die Frage mit einem:

„Jawohl, Herr Unteroffizier!"

Erfreut über die ordentlich dargebrachte Antwort, schritt Wolf zu dem Waffenständer, der gut bestückt neben einem Zelt stand, um eine Hellebarde zu entnehmen. Mit dieser

Waffe ging er dann auf seine Leute zu, um ihnen zu erklären:

„So, Landsknechte, jetzt zeige ich euch, wie man eine Hellebarde optimal einsetzt. Diese Waffe ist sehr vielseitig. Und wer richtig damit umgehen kann, ist nicht so leicht niederzumachen. Wie man sieht, kann man mit der Waffe zustoßen, aber auch Hiebe austeilen. Und schaut euch den kleinen Haken neben der Spitze an: Damit kann der geübte Kämpfer sein Gegenüber leicht entwaffnen. Seht ihr, ungefähr so!"

Wolf schwang die Hellebarde so behände gegen einen fiktiven Feind, dass die Neuen ins Staunen kamen. Wolf, der durch die kurze Vorführung ein wenig ins Schwitzen gekommen war, warf jedoch ein:

„Diese Waffe ist aber noch nicht für euch geeignet. Unsere Feldwebel nutzen sie im Gefecht, um zögerliche Landsknechte zum Angriff zu bewegen. Die Unteroffiziere benutzen sie, wenn sie als Wachhabende die Wache leiten."

Dann stellte Wolf die Hellebarde in den Waffenständer, um als nächstes eine Pieke zu entnehmen. Nun erklärte er:

„Als nächstes haben wir die Pieke aus Eschenholz, die mit einer eisernen Spitze versehen ist. Diese Pieke nutzt man im besten Fall aus der Gruppe heraus. Ihr werdet jetzt lernen, wie diese Waffe in der Gruppe genutzt wird. Los, Männer, Pieken aufnehmen!"

Die Neuen gehorchten: Jeder nahm eine Pieke auf. Sie stellten sich damit in einer Reihe hin.

„So, Männer, ihr bildet jetzt aus neun Leuten ein Quadrat!", befahl Wolf.

Es dauerte ein wenig, bis die Neuen diesen Befehl ausgeführt hatten; aber als es soweit war, stand die Formation einigermaßen. Alle neun Männer hielten ihre Pieke senkrecht in die Höhe.

„Das sieht ja richtig gut aus! Aber ihr müsst euch auch mit den Pieken fortbewegen können. Das üben wir jetzt. Also, vorwärts marsch!", befahl Wolf nun.

Die neun Männer marschierten los. Einer trat dem anderen versehentlich in die Hacken. Schon stolperte der erste Landsknecht. Man hätte lachen können – so lustig war dieser Anblick. Die Marschierenden erweckten den Eindruck, als hätte man neun Dorftrottel auf das kaiserliche Heer losgelassen. Aber Unteroffizier Wolf lachte nicht – nein, er schrie:

„Was ist das denn hier für ein Sauhaufen! Seid ihr denn total verblödet? Könnt ihr nicht gehen? Das Ganze noch einmal! Vorwärts marsch!", befahl er, nachdem die Männer sich wieder ordentlich aufgestellt hatten.

Kaum hatten die Neuen einige Schritte getan, brüllte Wolf los:

„Ihr Vollidioten! Wenn ihr nicht gleich vernünftig marschiert, hole ich einen Feldwebel. Wenn der sieht, wie ihr marschiert, jagt er euch mit der Hellebarde über diesen Platz. Der macht dann keine Scherze! Der sticht dann zu! Aufstellung nehmen! Vorwärts – marsch!"

Und die Männer gehorchten.

„Aufstellung nehmen und dann marschieren!"

Immer wieder die gleichen Befehle. Unterdessen begann es zu regen – nein: zu schütten. Ein heftiger Wind hatte den Regen mit sich geführt, der sich über die Marschierenden ergoss. Wolf, ein Vorgesetzter durch und durch, ließ sich dadurch nicht beirren und führte seine Ausbildung fort.

Lebbock, einer der neun Exerzierenden, wollte bei dem einsetzenden Regen wegrennen, um irgendwo in den Hütten des Lagers Schutz zu suchen. Der ehemalige Schneidergeselle war einundzwanzig Jahre alt, von sehr hagerer Statur, hatte nach unten hängende Schultern sowie eine sehr blasse Gesichtsfarbe. Die Ohren des Ärmsten waren abstehend. Dazu hatte er auch noch eine sehr spitze Nase. Dieser Lebbock war schwach und machte überhaupt nicht den Anschein eines Landsknechts.

Kaum hatte sich der junge Lebbock umgedreht, um wegzulaufen, ging noch ein viel schlimmeres Unwetter los – und das hieß Unteroffizier Wolf! Der schrie:

„Was zum Teufel ist denn in dich gefahren! Alles halt! Du da, sofort stehenbleiben!"

Jetzt verstand der kleine Lebbock, dass er gemeint war, blieb stehen und drehte sich um. Total erschrocken musste er feststellen, dass Wolf bereits direkt vor ihm stand. Zu seiner Entschuldigung wollte er sagen:

„Herr Unteroffizier, ich hab gedacht, wegen des Regens und …"

Lebbock schaffte es nicht, zu Ende zu reden, als Wolf loslegte:

„Wer zum Teufel hat dir dummem Wurm erlaubt zu denken! Kämpfen sollt ihr, nicht denken! Kämpfen! Kämpfen! Hast du dummer Wurm das verstanden? Hast du?"

Der kleine Lebbock, total verängstigt, versuchte zu antworten. Aber Unteroffizier Wolf ließ das nicht zu. Immer, wenn Lebbock ansetzte, etwas zu sagen, kam Wolf mit einer neuen Bemerkung:

„Weißt du eigentlich, was Feldwebel Hagen mit dir gemacht hätte, wenn du das im Gefecht gewagt hättest?",
brauste Wolf weiter auf.

Lebbock, der auch nicht der Intelligenteste war, setzte zur
Antwort an:

„Ääähh, hmm…"

Darauf platzte Wolf los:

„Er hätte dich mit der Hellebarde aufgespießt! Er hätte
dich quieken lassen wie eine abgestochene Wildsau! Wie
eine Wildsau! Zur Warnung an deine Kameraden sage ich
es dir nochmals: abgestochen wie eine Wildsau!"

Nun standen die beiden in strömendem Regen ganz dicht
zusammen, sodass sich die Nebelschwaden, die ihren Mündern beim Atmen entwichen, vermischten. Der Lebbock sah
ganz elend aus, vor Kälte und Angst schlotternd und nass
bis auf die Knochen. Lebbocks Filzhut gab dem Starkregen
nach; seine Krempe hing ihm fast bis auf die Schultern.

Die anderen acht Landsknechte schauten sich stumm, in
ihrer Formation stehend, das traurige Schauspiel an. Sie
waren ja selber nass bis aufs letzte Hemd. Nun waren sie
froh gewesen über die Atempause, die ihnen Lebbock verschafft hatte.

„So, jetzt bewegst du deinen nassen Arsch zu den anderen
Kameraden und gehst an den dir zugewiesenen Platz. Den
verlässt du nur auf meinen Befehl, verstanden? Los, los!",
befahl Wolf mit wesentlich ruhigerer Stimme.

„Jawohl, Herr Unteroffizier", antwortete Lebbock, um
dann schnell an seinen Platz zu laufen.

Die Stimmung der neuen Landsknechte war auf den Tief-
punkt gefallen, als Wolf einen neuen Befehl gab:

„Rotte Wolf zum Angriff!"

Die Leute wussten nicht, was zu machen war. Deshalb blieben sie stehen, um ihn anzustarren. Sie starrten, wie eine Schafherde es tut, wenn sie in die Enge getrieben wird. Als der Unteroffizier das sah, konnte er nicht mehr anders, als laut zu lachen:

„Eine durchnässte, dumme Schafherde", dachte er dabei.

Dann sagte er:

„Beim Angriff müsst ihr die Pieken waagerecht halten und neben mir weitermarschieren! Verstanden?"

Und jetzt noch einmal:

„Rotte Wolf zum Angriff!"

Die Männer taten dann, was er ihnen aufgetragen hatte. Das sah sogar richtig gut aus. Wolf ging mit gezogenem Degen neben seiner Rotte und führte sie so gegen einen fiktiven Feind. Dies tat er in alle Himmelsrichtungen – und zwar immer und immer wieder.

Da es nicht aufgehört hatte zu regnen, passierte das, was passieren musste: Gustaf, der mit seinen einunddreißig Jahren auch nicht mehr der Jüngste war, fiel, nachdem er einen Seufzer ausgestoßen hatte, der Länge nach in den Matsch. Rafael und Jonathan, die direkt neben Gustaf marschierten, wollten ihm helfen. Aber Wolf, der dies sah, unterband es mit dem Ausruf:

„Wagt es nicht, während des Angriffs aus der Formation auszubrechen! Der Leutnant lässt euch wegen Fahnenflucht aufhängen, wenn ihr das im Ernstfall macht!" Und gleich anschließend:

„Los, weiter Angriff!"

So marschierten sie für eine weitere Stunde in Angriffsformation über die mittlerweile total matschige Wiese, ohne sich um den am Boden liegenden Gustaf zu kümmern. Dann kam vom Unteroffizier der Befehl:

„Alles halt! Morgen zur gleichen Uhrzeit auf dieser Wiese antreten. Für heute ist Dienstschluss. Kümmert euch um euren kranken Kameraden!"

Die total durchnässten und erschöpften Soldaten rannten zu dem auf dem Bauch liegenden Gustaf. Die besorgten Kameraden zogen den total verschmutzen Gustaf aus dem knöcheltiefen Schlamm. Voller Mitleid half auch der kleine Lebbock, Gustaf aufzurichten.

Georg, ein kräftiger Kerl von fünfundzwanzig Jahren, sammelte stumm die Pieken ein, um sie in den Waffenhalter zu bringen. Auch Georg hatte sich vor einigen Tagen dem Kaiser verpflichtet. Zuvor arbeitete er lange beim Dorfschmied.

Als die total erschöpfte Rotte sich an den Hütten vorbeischleppte, lugte Gerlinde aus einer der Türen hervor, um dann mit einem Tuch in den Händen in Richtung Rafael zu tänzeln. Mit einem milden Lächeln begrüßte sie ihn und sagte:

„Grüß Gott, Rafael. Hier, trockne dein Haar, sonst holst du dir noch den Tod!"

Rafael, der von Gerlindes ehrlich gemeinter Fürsorge sehr überrascht war, nahm das Tuch gerne an. Er trocknete sein Gesicht und rubbelte seine blonde Lockenmähne, um dann auch Gustaf das Tuch zu reichen, der sich schon wieder besser fühlte.

„Danke, liebe Gerlinde, Gott vergelte dir deine Gutmütigkeit!", bedankte sich Rafael bei ihr.

Die Männer gingen in ihre Zelte und Hütten, um sich trockene Wäsche anzuziehen. Danach machten sie sich hungrig zu den Versorgungszelten auf, um sich die Mägen mit Spanferkel oder Hähnchenfleisch vollzuschlagen. Nachdem der Hunger gestillt war, musste natürlich auch der Durst gestillt werden. Das taten sie, indem sie Unmengen von Bier tranken. Mit dem Bier verschwand auch die Müdigkeit aus den Knochen. Die neun Kameraden saßen dann geschlossen in einem der Schankzelte und stimmten Lieder an:

„Was woll´n wir trinken sieben Tage …?"

Sie stießen an und erzählten von zuhause. Auf diese Weise wuchs langsam zusammen, was für lange Zeit zusammengehören würde.

Nachts um elf Uhr ertönte schließlich wieder ein langanhaltendes Trompetensignal, und dann der Ausruf:

„Zaaapfeenstreich!"

Der Schankwirt stellte sofort das Ausschenken ein. Er gab auch keine Krüge mehr aus.

„Landsknechte, Zapfenstreich! Wenn ihr jetzt so gut seid und in eure Hütten geht! Der Wachhabende kommt gleich. Dann ist es besser, wenn ihr nicht mehr hier seid!" sagte der Wirt mit ruhiger Stimme.

Die Männer standen auch gleich auf, um Ärger zu vermeiden. Ein Landsknechtslied grölend gingen sie in Richtung ihrer Schlafplätze:

> *„Wenn die Landsknecht trinken,*
> *sitzen sie in Klimpen.*
> *Wenn die Sternlein blinken,*
> *schwingen sie die Humpen.*
> *Küsst ein jeder eine blitzsaubere Dirn,*
> *dreimal auf den Mund,*

dreimal auf die Stirn."

Am folgenden Morgen um acht Uhr ertönte das gewohnte Signal der Trompete und der langgezogene Ruf:

„Koompaniiie aufstehen!"

Nach dem Frühstück, das an diesem Tag aus Rührei mit Brot und einer Schale Milch bestand, gingen die Männer wie abgesprochen um zehn Uhr zum Exerzierplatz. Sie stellten sich wieder in Reihe auf und warteten auf ihren Unteroffizier. Der erschien dann auch pünktlich und legte sofort los:

„Moin, Männer! Heute wollen wir ein wenig mit unseren Degen üben. Seht ihr die Strohpuppen dort hinten? Holt sie hierher, und dann fangen wir an!"

Die drei Puppen, die aus soliden Holzständern mit aus Stroh geformten Körpern bestanden, wurden von den Männern herangetragen. Wolf nahm seinen Degen und zeigte mit übertriebener Gestik, was sie an den Puppen üben sollten. Er erklärte:

„Abwehren, abwehren, hauen und dann stechen! Noch mal: abwehren, abwehren, hauen und zustechen! Verstanden?"

Dann gingen jeweils drei Mann vor die Puppen, um die Aktionen zu üben! Dabei gab Wolf unentwegt die Anweisungen:

„Abwehr, Abwehr, dann hauen und danach stechen!"

Die Männer übten Stunde um Stunde, bis ihnen trotz der kühlen Temperatur der Schweiß den Rücken herunterrann.

„Rotte Wolf: in Reihe aufstellen!", rief der Unteroffizier.

Sofort stellten sich die Männer wie angewiesen auf, um weitere Befehle entgegenzunehmen. Wolf sprach mit ruhiger Stimme:

„Jetzt merkt euch eins für die Zukunft: Wenn ihr euch im Gefecht befindet, legt euer anerzogenes Mitleid beiseite! Sowas hat auf dem Schlachtfeld nichts zu suchen. Zögert nie, sondern handelt! Solltet ihr im Angesicht des Feindes zögern, wird dieser die Gunst nutzen, um euch zu töten. Ja, er wird euch töten. Zögern heißt sterben! Also merkt euch: Schneller müsst ihr sein, und ohne Skrupel. Wer kämpft, muss töten wollen, sonst wird er selbst das Opfer sein! Habt ihr mich verstanden?"

Alle Männer der Rotte riefen laut heraus:

„Jawohl, Herr Unteroffizier!"

Dann ergriff Wolf wieder das Wort:

„Morgen früh um neun wird Oberst Falkenhayn anreisen und das Regiment übernehmen. Ich habe also keine Zeit mehr, euch noch etwas beizubringen. Aber ich werde euch im Gefecht zur Seite stehen. Richtet euch auf einen langen Marsch ein, Männer. Für heute ist Dienstschluss!"

Im Weggehen sagte er noch lachend:

„Wenn ihr wollt, dürft ihr die Puppen abbrennen! Die brauchen wir nicht mehr."

Am folgenden Morgen ertönte früher als gewohnt das Wecksignal, denn Oberst Falkenhayn sollte das Regiment in voller Ordnung antreffen. Die Leute, die zum Regiment gehörten, wozu auch der Tross zählte, bauten nach dem Frühstück emsig die Zelte und Hütten ab. Alles, was zu verstauen war, wurde auf Karren und Leiterwagen gebracht.

Der bevorstehende Aufbruch führte zu einer ansteckenden Unruhe, die bald alle Kompanien befallen hatte: Hier hörte man ein lautes Lachen, und drei Meter weiter war jemand am Fluchen. Der eine suchte sein Gewehr, der nächste brauchte Stauplatz für das geliebte Federbett. Ein Landsknecht gab seiner Dirne zwei schallende Ohrfeigen, weil sie seiner Meinung nach den Lastkarren nicht ordentlich genug bepackt hatte.

Da wurden Stiefel geputzt und Pferde gestriegelt oder Arbeitspferde vor die Kanonen gespannt. Die Frauen vom Versorgungszelt schleppten metallisch scheppernde Töpfe und Pfannen auf ihre Lastkarren, wobei sie sich aufgeregt unterhielten.

Die drei vom Waldbauernhof hatten ihren Handkarren beladen und suchten nun eine Möglichkeit, diesen auf einem der Pferdegespanne mitnehmen zu lassen. Aber keiner hatte Interesse, seinen Stauraum für diese neuen Burschen zu verschwenden.

Gerlinde beobachtete Rafael bei seinen Bemühungen. Aber ihr war klar, dass er keinen Erfolg haben würde. Wer möchte sich schon Ballast von Fremden aufbürden lassen? Irgendwann erbarmte sich Gerlinde: Sie ging mit in die Hüften gestemmten Händen auf Rafael zu. Mit einem strahlenden Lächeln, wobei sich kleine Grübchen auf ihren Wangen bildeten, sagte sie:

„Rafael, auf meinem Lastkarren ist noch Platz für eure Habe!"

Rafael dachte:

„Warum ist sie eigentlich immer so freundlich zu mir?"

Dann bedankte er sich herzlich:

„Danke, Gerlinde! Ich verspreche dir auch im Namen meiner Freunde, dass es dein Schaden nicht sein soll."

Gerlinde antwortete neckisch:

„Ja, da bin ich mal gespannt! Jetzt müsst ihr aber die Sachen aufladen. Es bleibt nicht mehr viel Zeit, bis wir aufbrechen werden."

Gesagt – getan! Die Männer vom Waldbauernhof hoben den schweren Handkarren auf Gerlindes Lastkarren, der von einem strammen Haflinger namens Hugo gezogen wurde.

Dann eilten sie zu dem Sammelplatz der Kompanie. Gerlinde stellte Hugo einen Eimer mit Wasser hin. Während er trank, klopfte sie sanft seine Mähne.

Eine halbe Stunde vor dem erwarteten Eintreffen des Oberst holten die Fahnenjunker die Fahnen der Kompanien aus der Sparrenburg ab. Die Kompanien des Regiments bauten sich in U-Formation auf dem geräumten Marktplatz Bielefelds auf.

Welch ein grandioser Anblick: An die dreitausend Mann unter Waffen, mit tollen Uniformen und teils aufpolierten Harnischen und Helmen! Alle Landsknechte hatten Kleidungsstücke oder Schärpen im kaiserlichen Rot. Die zehn Regimentsfahnen flatterten im herbstlichen Wind, und der Aufmarsch wurde vom Sonnenschein gekrönt.

Als dann der Oberst Falkenhayn zusammen mit zwanzig Dragonern im Galopp auf den Marktplatz stürmte, hagelten die Befehle nur noch so über den Platz. Hauptmann Alterheld ritt dem Oberst entgegen, begrüßte ihn militärisch und übergab ihm sein Regiment.

Danach ritten sie gemeinsam die Front der U-Formation ab. Die ersten drei Kompanien bestanden aus der Kavallerie, und zwar aus Dragonern, Lanzierern und Kürassieren. Es folgte eine Batterie mit Kanonieren und acht modernen

Geschützen. Die letzten fünf Kompanien bestanden aus Pikenieren, Musketieren und Grenadieren.

Dann erreichte Oberst Falkenhayn die Kompanie von Leutnant Wiese, zu der auch Rafael gehörte. Der Leutnant rief:

„Stillgestanden! Die Augen rechts!"

Alle Landsknechte spurten daraufhin so zackig, als würden sie durch unsichtbare Fäden gesteuert. Der Oberst ritt in die Mitte der U-Formation und erklärte seinen Landsknechten:

„Männer, wir haben einen weiten Weg vor uns! Lasst uns keine Zeit verlieren, um unsere Glaubensbrüder in Böhmen zu unterstützen. Gott lenke unser Tun und gebe uns Kraft!"

Dann rief er im Befehlston:

„Landsknechte, rechts um! Vorwärts marsch! Mir nach!"

Zusammen mit Hauptmann Alterheld an der Spitze ritt der Oberst, gefolgt von den zwanzig Dragonern der Leibgarde, langsam voran. Dann schloss sich eine Kompanie nach der anderen an, bis sich ein langer Lindwurm von Landsknechten gebildet hatte. Die Trommler gaben den Takt für die Marschgeschwindigkeit vor, und die Flötisten lockerten das Ganze mit ihren fröhlichen Tönen auf. Den bei weitem größten Teil des Heerzuges aber bildete der Tross, bestehend aus Frauen, Kindern und Händlern. So ging es langsam vorwärts durch fremde Landschaften – einem unbekannten Feind entgegen.

Lange Märsche

Leutnant Wiese und Feldweibel Hagen führten die Kompanie hoch zu Ross an. Den beiden folgten ebenfalls zu Pferde der Fähnrich Breuer und sein Stellvertreter, Unteroffizier Voss. Dahinter marschierten an die hundertfünfzig Pikeniere und nochmals hundertfünfzig Musketiere. Da Rafael und die beiden anderen vom Waldbauernhof noch ohne Kampferfahrung waren, marschierten sie bei den Pikenieren.

Das Fußvolk marschierte in Vierer-Reihen, um den Heereszug nicht zu lang werden zu lassen. Rafael, Gustaf, Jonathan und der kleine Lebbock bildeten eine solche Reihe. In einem guten Tempo ging es vorwärts. Die Männer, die kaum jemals über Paderborn hinausgekommen waren, schauten sich voller Interesse die fremde Umgebung an. Zuerst ging es nach Detmold, dessen wunderschöne Fachwerkhäuser ein wenig anders gebaut waren als die Häuser der Heimat. Rafael war ganz erstaunt über diese Pracht und den sichtbaren Reichtum.

Das Regiment hatte hier Passierrecht. Deshalb mussten keine Kampfhandlungen befürchtet werden. Zur Versorgung des Regimentes wurde die Versorgungskompanie entsandt, um Lebensmittel heranzuschaffen. In den Dörfern rund um Detmold nahm man von jedem Bauern oder Müller, der aufgesucht wurde, den fünften Teil – egal, ob Vieh oder Getreide. Den entsetzten Bauern zeigte man die Depesche des Kaisers vor. Damit war schon alles gesagt.

Wenn dann doch jemand aufbegehren wollte, wurde zuerst sanfte Gewalt angewandt. War der derart besteuerte

Bauer handgreiflich geworden, so brach man diesen Widerstand mit Hilfe eines Degenstiches oder Musketenschusses.

Das gesamte Regiment rastete während dieser Zeit an den Externsteinen. Rafael hatte niemals in seinem Leben eine solch bizarre Felsformation gesehen.

„Dass diese hohen Steintürme nicht umfallen", dachte er voller Bewunderung.

An diesem Ort hatten schon vor unzähligen Generationen Menschen heidnische Götter verehrt, bevor die Christen dem ein Ende machten. Neben den Gesteinsformationen lag ein großer See, dessen Wasser bei Sonnenschein azurblau strahlte.

„So bekomme ich ja wenigstens was von der Welt zu sehen, wenn ich schon nicht bei Marie sein darf", dachte Rafael.

Derweil wurden von einigen Frauen des Trosses Speisen zubereitet, die man bei Rückkehr der Versorgungskompanie ausgab. Nach etwa drei Stunden Rast ging es weiter in Richtung Hameln.

In den Abendstunden wurden die Zeltlager aufgebaut, was den Männern zusätzlich noch einige Mühen abverlangte. Durch ein Trompetensignal entließ man dann die Landsknechte in den Dienstschluss. Nur die Männer, die zur Wache vergattert worden waren, mussten weiterarbeiten: Für das Regiment verrichteten vier Männer pro Kompanie den Wachdienst.

Diesmal wurde auch Rafael dazu bestimmt. Die ausgewählten Landsknechte hatten sich beim Wachhabenden zu melden. Dieser ließ sie in Reihe antreten, klärte sie über ihre Pflichten auf, um dann das Wort:

„Vergatterung!" zu rufen.

Von da an bildeten die Landsknechte die Wachmannschaft des Regimentes. Bei einem Wachvergehen drohte dem Landsknecht die Peitsche oder der Strang. Rafael ging gemeinsam mit einem älteren Mann Namens Gerold auf Streife. Da es noch nicht dunkel war, konnte sich Rafael ein wenig mit der Gegend vertraut machen. Dann fragte er:

„Du, Gerold, warst du schon einmal auf Wache?"

„Ja, mein Junge, das war ich", antwortete Gerold mit ruhiger Stimme.

„Rafael, du brauchst nicht aufgeregt sein. Wir sind hier noch nicht in Feindesland. Wir müssen also keine nächtlichen Überraschungsangriffe befürchten. Das heißt aber nicht, dass wir uns deswegen für ein Nickerchen in eine Ecke legen dürfen! Wenn der Wachhabende uns dabei ertappen sollte, würden wir am nächsten Morgen am erstbesten Baum hängen!"

Das sagte Gerold eindringlich, wobei er seine wuchtigen Augenbrauen hochzog, um das noch mehr zu betonen.

Die in den Dienstschluss Entlassenen entzündeten die Lagerfeuer und halfen eiligst beim Aufbauen der Schankstellen, um sich von den Wirten des Trosses noch einige Liter Bier ausschenken zu lassen. Während die einen tranken und dabei ihren Feierabend genossen, machte Rafael zusammen mit Gerold seine erste Runde ums Lager. Da Rafael vom Marsch des Tages schon ein wenig erschöpft war, musste er unentwegt gähnen. Gerold mahnte wieder:

„Jungchen, schlaf mir nur nicht ein!", um danach über Rafaels natürliches Verhalten ein wenig zu schmunzeln.

So wurde es Nacht. Rafael schaute bei seinem Rundgang um das Regimentslager oft zu den Lagerfeuern, deren Flammen Wärme und Schutz verhießen. Irgendwann erschollen die Trompetensignale, und der langanhaltende Ruf war zu hören:

„Zaaaapfeeenstreich!"

Darauf erstarb nach kurzer Zeit das Leben im Lager, und es wurde sehr still. Jetzt vernahm man nur noch das gelegentliche Bellen der Wachhunde des Trosses. Es war eine sehr klare Nacht, wobei sich der Sternenhimmel in seiner vollen Pracht darbot. Immer wieder ertappte sich Rafael dabei, dass sein Blick sich gen Himmel verirrte:

„Welch eine Pracht und Herrlichkeit", dachte Rafael, und seine Müdigkeit war dem neugierig wachen Erleben der Nacht gewichen.

Beim vorsichtigem Durchstreifen der an dem Lager gelegenen Wiesen hörte man das Fiepen der Mäuse. Und aus einer Baumgruppe, die einige hundert Meter neben der Wiese lag, meldete sich ein Kauz zu Wort. Da der Ruf des Kauzes in Rafaels Heimat als ein Unheil bringendes Omen galt, drängte er zum raschen Passieren der Baumgruppe. Gerold, der aus Köln stammte, war ein wenig verwundert über diesen Aberglauben.

Nach dem dreistündigen Rundgang meldeten sich die beiden beim Wachhabenden im Wachzelt. Der Wachhabende teilte nun zwei andere zum Streifengehen ein. Rafael und Gerold durften sich für zwei Stunden im Wachzelt auf ein Lager legen. Danach wurden sie vom Wachhabenden rüde mit dem Ausruf

„Männer, auf!" aus dem Tiefschlaf gerissen.

Man gönnte den beiden schlaftrunkenen Männern noch einen Schluck Wasser, drückte ihnen die Signalhörner und ihre Waffen in die Hände, um sie anschließend in die eiskalte Nacht zu schicken. Rafael sehnte sich zurück ins warme helle Zelt, da er durch die Müdigkeit noch empfindlicher für die Kälte war. Bibbernd ging er gemeinsam mit Gerold über den Lagerplatz. Diesmal mussten die beiden die andere Lagerseite bewachen.

Nach einiger Zeit in der Kälte waren die Sinne der Männer wieder hellwach und äußerst angespannt. Denn die Augen hatten sich an die Dunkelheit gewöhnt. So konnten sie auch ohne Fackeln die Umrisse von Gegenständen oder Tieren gut erkennen: Gerold und Rafael beobachteten eine ganze Rotte Wildschweine – anscheinend dadurch in Verwirrung gebracht, dass ihre Schlafwiese von einem Zeltlager belegt war. Lachend flüsterte Rafael Gerold zu:

„Hast du gehört, wie sich der dicke Eber bei uns beschwert hat?"

„Ja, ja, Rafael, hab ich. Ich bin aber auch froh, dass der sich nicht dazu entschlossen hat, seinen Frust an uns auszulassen", flüsterte Gerold leise zurück und untermalte das mit einem Kichern.

Der Tau, der ihre Kleidung klamm machte, kündigte den nahenden Morgen an. Irgendwann konnte man im Osten einen silbrigen Streifen erahnen, der langsam die Dunkelheit wegschob. Nun ließen sich von den beiden schon bald nicht nur Umrisse von Gegenständen erkennen, sondern auch wieder ihre Feinheiten. Zwar sah man noch alles in schwarz-weiß; aber es dauerte nicht mehr lange, und der Sonnenball überschritt den Horizont. Die Hähne, die sich in Käfigen irgendwo beim Tross befanden, begannen zu krähen.

Als um etwa acht Uhr der Weckruf durch das Regimentslager ertönte, wurde die Wache unterbrochen: Alle Wachsoldaten meldeten sich am Zelt des Wachhabenden zurück.

Dort erhielten sie dann ein gutes Frühstück, das die Versorgungsfrauen zubereitet hatten. Nach dem Frühstück wurden die Männer auf vier große Planwagen verteilt.

Als dann das Lager abgebrochen war und das Regiment weiterzog, durften die Männer auf den Wagen schlafen. Jeweils drei Kompanien folgten einem der Wachplanwagen. Sobald aber das Regiment stoppte, um eine Pause zu machen, weckte man die Männer wieder, damit sie die Pausierenden beschützen konnten.

Da Rafael und Gerold sich gut verstanden, lagen sie im Planwagen nebeneinander. Das Ruckeln und Schaukeln des Wagens machte es ihnen nicht einfach, einschlafen zu können. Da sie aber sehr erschöpft waren, fielen sie in einen flachen unruhigen Schlaf. Rafael spürte eine innere Anspannung, als er an seine Familienangehörigen dachte. Ihm schossen verschiedene Gedanken durch den Kopf:

„Geht es Mutter und Vater gut? Schaffen sie wohl die viele Arbeit auch ohne uns? Was macht denn nur meine Marie?"

Irgendwann wachte er mit klopfendem Herzen auf. Gerold, der schon länger wach war, fragte:

„Na, Rafael, hast du Heimweh?"

Rafael, der wirklich sehr unglücklich war, erzählte Gerold seine Geschichte. Gerold spielte, während Rafael davon berichtete, mit seinem grauhaarigen Kinnbart und nickte dabei oft verständnisvoll.

Dann fing Gerold an zu erzählen. Er berichtete Rafael von seiner schönen Heimatstadt Köln: vom großen Strom Rhein, der sein Bett neben der Stadt hat, von den Segelbooten und Flößen, die sich auf dem Fluss bewegen usw. Er beschrieb, wie bei Sonnenschein die strahlend weißen Segel der Segelboote leuchten. Dann sprach er auch vom großen Dom, der die Stadt krönt: wie es in der Kirche hallt, wenn dort gesungen wird, und wie bei Sonnenschein die bunten Kirchenfenster einen zum Staunen bringen.

Er erzählte außerdem noch davon, wie es ihn zu den Landsknechten getrieben hatte. Er sprach von seiner Frau, von den drei wundervollen Kindern und davon, wie er sie durch die Pocken verlor, hier bei den Landsknechten aber ein neues Zuhause gefunden habe.

Rafael packte Gerold fest an die Schulter, blickte ihm ergriffen in die Augen und sagte:

„Gerold, irgendwann wirst du die Kraft haben, wieder nach Köln zurückzukehren. Bestimmt!"

Gerold schaute nachdenklich auf die helle Wagenplane; sein Blick schien aber zugleich in die Ferne zu schweifen. Dann stellte er mit einer leichten Verbitterung fest:

„Ja, eines Tages werde ich vielleicht heimkehren. Allerdings wird das dann nicht mehr so sein, wie es einmal war: Die Orte meiner glücklichen Vergangenheit werden mir bestimmt Schmerzen bereiten. Mein Junge, merke dir eines: Nichts ist für immer! Nein, ich muss es anders sagen: Nichts hier auf Erden ist für immer! Es klingt zwar banal, aber es ist so: Alles vergeht. Die Blume verblüht, mein Degen wird verrosten, und mein Körper wird verfallen. Rafael, halte dir das immer vor Augen! Dann wirst du nicht zerbrechen am Unglück."

Da brummte ein kräftiger Landsknecht, der ebenfalls auf dem Wagen lag:

„Könnt ihr eure blöden Weisheiten später austauschen? Ich will pennen. Gebt endlich Ruhe!"

Gerold sagte beschwichtigend:

„Ja, ja, ist gut! Wir sind schon ruhig!"

Rafael war über Gerolds Nachsichtigkeit ein wenig verwundert und wollte dem Fremden ein wenig den Marsch blasen:

„Für wen im Gottes Namen hältst …!"

Gerold aber drückte seine Hand unsanft auf Rafaels Mund, um dessen Schimpftirade zu unterbrechen. Dabei flüsterte er Rafael ins Ohr:

„Rafael, leg' dich niemals mit solch altgedienten Burschen an, wie mit dem da! Die kämpfen hinterhältig! Die bringen dich ohne mit der Wimper zu zucken um!"

Rafael nickte. So hauten sich die beiden wieder hin, um noch ein wenig zu dösen.

Am Abend wurde wie gewöhnlich ein Wachwechsel durchgeführt und die neue Mannschaft vergattert. Das Regiment hatte Hameln schon weit hinter sich gelassen. Es folgte nun dem Flusslauf der Leine. In der kleinen Stadt Einbeck, in der überwiegend Protestanten lebten, wurde das nächste Nachtlager errichtet. Die einzelnen Rotten quartierten sich nun selber in den Häusern ein.

Den entsetzen Bürgern und Bauern blieb nichts anderes übrig, als sich der gewaltigen Übermacht zu fügen. So mussten die braven Menschen ertragen, dass die Speisekammern leergeräumt wurden und dass sich verschwitzte, stinkende Soldaten in ihre guten Federbetten legten.

Die Landsknechte brauchten sich nicht um ihr eigenes Benehmen zu kümmern, denn Protestanten waren Feinde und somit Freiwild. Die Einbecker mussten viel ertragen: Denn nicht nur die Landsknechte, sondern auch Leute aus dem Tross begannen bei den Bürgern Gewalt anzuwenden

– jedenfalls, wo es sich vielleicht hätte lohnen können, Wertsachen zu erpressen.

Rafael und die Rotte, der er angehörte, hatten sich in einem Bürgerhaus einquartiert. Wie die Landsknechte erfuhren, gehörten dem Hausherrn noch eine Wassermühle und zwei Windmühlen. Er war somit sehr reich.

Unteroffizier Wolf, der schon einige Gefechte hinter sich hatte und wusste, dass er mit seinem Sold keine sorglose Zukunft haben würde, begann den Mühlenbesitzer zu piesacken. Der saß schwitzend mit versteinertem Blick am Tisch in der Tenne, als Rafael seine Kammer bezog.

Weil er mit seiner Habe beschäftigt war, hatte Rafael da noch gar nicht wahrgenommen, dass der Mann dort unter Zwang saß. Rafael wollte sich gerade auf den Weg machen, um sich etwas Gutes zum Essen zu besorgen, als Unteroffizier Wolf mit eiskalt zischender Stimme auf den Mühlenbesitzer einsprach:

„Sag mir, wo du dein Geld hast! Sag es mir, bevor ich mich vergesse! Denk auch an deine Frau und dein Mägdelein! Die brauchen dich noch! Wo sollten die bleiben, wenn du nicht mehr lebst? Du willst doch nicht mit der Gewissheit sterben, dass deine Liebsten sich als Dirnen im Tross durchschlagen müssen, oder?"

Der Mühlenbesitzer war starr vor Angst und antwortete nicht. Auch seine Frau und die etwa zwölfjährige Tochter waren in der Tenne. Sie mussten mit ansehen, was dem Hausherrn angetan wurde. Als Rafael durch die Tür seines Zimmers lugte, konnte er beobachten, wie Wolf, der eine Muskete in der einen Hand hielt, den armen Mann in den gepflegten Kinnbart fasste, um mit aller Kraft daran zu ziehen.

Die Tochter fing an zu weinen, als sie ihren Vater in dieser erniedrigenden Situation erblicken musste. Das machte den Unteroffizier aber nur wütender. Er polterte los:

„Du, Dirne, wenn du nicht sofort aufhörst zu flennen, schieße ich deinem Vater den Kopf entzwei!"

Als sie an seinen kalten Augen erkannte, dass der Mann es absolut ernst meinte, weinte sie nicht mehr, sondern schluchzte nur noch gelegentlich. Rafael war wirklich sehr schockiert über den total veränderten Wolf. Aber in seiner Situation war es ihm nicht möglich, sich gegen einen Offizier aufzulehnen. Dann riss Unteroffizier Wolf den Mühlenbesitzer so stark an seinem Ohr, als wollte er es abreißen. Er hatte die Waffe immer noch in seiner anderen Hand. Dabei schrie er wie von Sinnen:

„Sag mir jetzt, wo das Geld versteckt ist, sonst weiß ich nicht, was passiert!"

Der gepflegt aussehende Mühlenbesitzer blieb trotz der Misshandlungen stumm wie ein Fisch. Rafael, der immer noch das Geschehen von seiner Kammer aus verfolgte, konnte nicht verstehen, warum der Mann so sehr an seinem Geld hing. Der Mühlenbesitzer musste doch verstehen, dass es hier um Leben und Tod ging.

Wolf hatte gesehen, dass die körperlichen Quälereien nicht weiterhalfen. So ließ er denn vom Mühlenbesitzer ab und wandte sich ohne Worte der Hausherrin zu: Er hielt ihr die Waffe vor den Kopf und fuhr ihr mit der anderen Hand unter den Rock, um ihr damit brutal in die Schamgegend zu fassen. Die wimmernde Frau versuchte trotz der vorgehaltenen Waffe, seine Hand wegzudrücken. Aber der Unteroffizier war ihr körperlich weit überlegen. Die Tochter, die in

Wolf den leibhaftigen Teufel vermutete, weinte bei diesem Anblick wieder lauthals.

Jetzt konnte Rafael sich nicht mehr zurückhalten: Er stürzte in die Tenne, um mit beschwörender Stimme auf den Mühlenbesitzer einzureden:

„Mann, bist du des Wahnsinns? Der Unteroffizier macht ernst. Wenn du noch länger schweigst, werden deine Frauen geschändet, und ihr erlebt den nächsten Tag nicht mehr! Gib dem Unteroffizier dein Geld! Dann werdet ihr alle am Leben bleiben! Überlege doch: Was nutzt dir dein Geld, wenn du tot bist? Gib ihm dein Geld! Gib es ihm, und ihr werdet leben!"

Der Mühlenbesitzer bekam nach Rafaels deutlicher Aufforderung einen ganz klaren Blick und sagte:

„Wenn ihr mir euer Wort gebt, dass ihr meine Frauen nicht schändet und uns unser Leben lasst, werde ich euch das Geld geben. Gebt mir euer Wort!"

Unteroffizier Wolf ließ von der Frau ab, war aber durch den unverhofften Erfolg sprachlos. Rafael sagte:

„Ich gebe dir mein Ehrenwort!"

Danach schaute Rafael den Wolf auffordernd an. Wolf verstand jetzt und stimmte ein:

„Auch ich gebe dir mein Ehrenwort! Die Männer meiner Rotte werden dich dazu auch noch schützen."

Der Mühlenbesitzer ging zur Feuerstelle, um die Asche zu beseitigen. Danach räumte er die Steine darunter beiseite. Mit einer kleinen Schippe grub er ein Loch von einem Meter Tiefe. Irgendwann kam eine kleine Holzschatulle mit schweren Eisenbeschlägen zum Vorschein. Der Schlüssel für das Schatullenschloss befand sich unter einer losen Diele im Holzboden. Anschließend öffnete er die Schatulle und entnahm ihr drei gefüllte Lederbeutel, die er auf den schweren Eichentisch der Tenne stellte.

Schweigend nahm Unteroffizier Wolf die Beutel an sich. Mit einer Kopfbewegung deutete er Rafael an, ihm zu folgen. Dann ging er gemeinsam mit Rafael in die geräumige Kammer, in der sonst der Mühlenbesitzer mit seiner Frau nächtigte. Wolf schloss die Tür und haute freudestrahlend dem irritierten Rafael mit einer Hand anerkennend auf die Schulter. Bestgelaunt sagte er:

„Mensch, Rafael, das hast du wirklich gut gemacht! Ohne dich hätte ich alle drei halb totschlagen müssen, bevor die mir ihren Schatz gegeben hätten. Nun lass uns einmal schauen, was wir gewonnen haben!"

Er öffnete die kleinen Lederbeutel, um den Inhalt aufs Bett zu schütten. Man sah Wolf an, dass die klingenden Gold-, Silber- und Kupfermünzen sein Herz beglückten.

„So, Rafael, da ich ein Edelmann bin, bekommst du für deinen Einsatz ein Drittel des Schatzes von mir."

Er zählte ab und warf jede dritte Münze in einen Lederbeutel. So bekam Rafael einen Beutel mit zehn Gold-, fünfundzwanzig Silber-, und einundvierzig Kupfermünzen überreicht. Wolf stellte Rafael noch eine Bedingung:

„Hier hast du deinen Lohn! Aber dafür musst du auch noch auf die Sicherheit der Leute achten."

„Danke für dein Vertrauen. Ich will gerne auf die Familie achtgeben", entgegnete Rafael, und ging danach direkt in die Tenne, um die armen Leute darüber zu informieren.

Als Rafael in die Tenne trat, schmiegten sich die Frauen in die Arme des Familienoberhauptes. Sie wollten wohl dort Schutz vor den verbrecherischen Landsknechten suchen.

„Ihr braucht euch nicht mehr zu fürchten! Ich bin zu eurem Schutz eingeteilt worden. Diesen Befehl werde ich sehr gerne durchführen. Ich möchte, dass ihr euch jetzt etwas zu Essen einpackt und Wasser abfüllt. Anschließend geht ihr in meine Kammer. Dort werden wir zu Abend essen und danach ruhen“, erklärte Rafael.

Der Mühlenbesitzer nickte misstrauisch. Aber da es keine andere Wahl gab, tat er, was Rafael ihm auftrug. In der kleinen Kammer legte Rafael seine Waffen ab und machte es sich mit Hilfe mehrerer Decken auf dem Holzboden bequem. Mit einem Anflug von Ironie sagte Rafael:

„Jetzt steht doch da nicht wie versteinert rum! Fühlt euch wie zu Hause!“

Hiernach fasste Rafael in seine Umhängetasche, um den Geldbeutel hervorzuholen. Wortlos hielt er diesen dem Mühlenbesitzer hin. Der zögerte noch, danach zu greifen, da er an ein gemeines Spiel dachte. Aber Rafael forderte ihn mit milder Stimme auf:

„Nimm schon! Es ist doch deiner. Ich bin kein Dieb.“

Ungläubig nahm der Mann das Geld entgegen und brachte dabei nur ein leises „Danke“ hervor.

Während Rafael in dieser Nacht auf seine Gastgeber aufpasste, geschah viel Schreckliches in der kleinen Stadt. Nicht nur Landsknechte stahlen, mordeten und vergewaltigten, sondern auch viele Mitglieder des Trosses nutzten den rechtlosen Raum.

Am nächsten Morgen konnte jeder die Folgen der Nacht sehen, denn der Bürgermeister hing am Halse aufgehängt aus einem Fenster des Rathauses. Offensichtlich war er gefoltert worden, denn seine Augenhöhlen waren leer, und an seinen Fingern befanden sich keine Fingernägel mehr.

Dann waren noch zwei Mitglieder des Rates in der Linde erhängt worden, die vorm Rathaus stand.

In der Bäckerei hatten dämonische Sadisten den Bäcker im eigenen Ofen lebendig verbrannt, während sie sich an der schönen Bäckersfrau vergingen, die sie zuvor an Händen und Füßen am hölzernen Arbeitstisch festgenagelt hatten. Man fand die Frau lebend und versorgte ihre körperlichen Verletzungen. Aber ob es für ihre seelischen Wunden Hilfe geben würde, war mehr als fraglich.

Zur gewohnten Zeit sollte, wie es immer üblich war, angetreten und weitermarschiert werden. Die Frau des Mühlenbesitzers nahm beim Abschied beide Hände von Rafael in die ihrigen, um ihm zu sagen:

„Danke, dass Ihr uns beschützt habt! Auch für das Geld, das Ihr uns wiedergegeben habt, seid gedankt. Kaum einer hätte so gehandelt, wie Ihr es tatet. Falls Ihr eines Tages Hilfe benötigen solltet, wendet euch an uns. Denn wir stehen sehr tief in Eurer Schuld. Der Herr segne und schütze Euch auf all Euren Wegen!"

Auch der Mühlenbesitzer fasste Rafael voller Dankbarkeit am Oberarm an und sprach:

„Fremder, Gott vergelte Ihnen Ihre Brüderlichkeit! Ihr und all eure Familienmitglieder seid in meiner Familie immer willkommen!"

Rafael schaute sich noch zur Tochter der Familie um. Die Züge der Angst waren aus ihrem Gesicht verschwunden. Voller Vertrauen blickte sie Rafael an.

Nachdem sich Rafael für die Segenswünsche bedankt hatte, wandte er sich ab, um pünktlich beim Antreten zu erscheinen.

Das ganze Regiment zog durch die Kleinstadt. Als die Landsknechte am Rathaus vorbeimarschierten, wendeten einige der Kameraden ihren Blick vom entstellten Bürgermeister ab, der immer noch am Seil aus dem Fenster hing. Manche deuteten mit ihren Zeigefingern auf den liquidierten Bürgermeister und die anderen beiden getöteten Ratsmitglieder, um dabei lauthals zu lachen.

Rafael, der wieder neben Jonathan, Gustaf und Lebbock marschierte, fragte die Kameraden:

„In dieser Stadt haben wir wohl ganz schön gewütet, was?"

Gustaf sprang sofort auf die Frage an:

„Jau, das haben wir wohl! Ich habe einem sturen Protestanten ein Säckchen mit Goldmünzen abgenommen. Die Frau des sturen Hundes hat erst das Versteck verraten, als es für ihn zu spät war!"

Rafael, der neugierig geworden war, hakte nach:

„Wie – zu spät? Hast du ihn verjagt?"

Gustaf fing dümmlich an zu lachen und antwortete:

„Nein, verheizt hab ich ihn!"

„Was hast du getan?", setzte Rafael nach.

„Ich hab den sturen Hund von Bäcker in seinen eigenen Ofen gejagt und diesen dann richtig gut eingeheizt! Der hat ein ganz schönes Theater gemacht. Gejault wie ein Wolf hat der. Dann hat seine schöne Frau das Versteck verraten."

Was er der Frau mit Hilfe eines anderen Kameraden angetan hatte, erwähnte er nicht. Er fühlte sich bei dieser Angelegenheit selber nicht so richtig wohl. Rafael wurde rot vor Zorn und fauchte den erschrockenen Gustaf an:

„Du hast einen Mann bei lebendigem Leib verbrannt – vor den Augen seiner Frau, nur um ans Geld zu kommen?

Bist du des Wahnsinns? Bei uns auf dem Hof hast du so was aber nicht gelernt. Dafür schmorst du in der Hölle, Gustaf!"

Gustaf, der sich wegen des Goldes sicher fühlte, versuchte sich zu rechtfertigen:

„Das waren Protestanten, unsere Feinde! Die wollen wir doch besiegen, oder? Beim Kampf sterben auch Feinde. Das ist nun einmal so. Und auf euren Hof kehre ich sowieso nicht mehr zurück, denn ich kauf mir vom Gold selbst einen kleinen Hof. Dann bin ich mein eigener Herr, und ich muss niemandem mehr dienen!"

Mit dem letzten Satz war das Gespräch beendet, denn Rafael war von den Schutzbehauptungen, die Gustaf vorbrachte, angewidert.

Am späten Abend wurde das Zeltlager in der Nähe eines Baches aufgeschlagen. Nach dem Aufenthalt in der Stadt Einbeck traf Rafael beim Abendessen das erste Mal wieder auf Gerlinde.

„Na Rafael, hast du in der Stadt auch richtig Beute gemacht? Die meisten Kameraden sind sehr zufrieden mit dem, was sie vorgefunden haben!", sagte Gerlinde, als sie Rafaels Teller mit Haferbrei und zwei Mettwürstchen füllte.

„Gerlinde, du müsstest mich doch schon ein wenig kennen. Ich stehle nicht!", bekannte Rafael ziemlich ablehnend.

„Wie willst du denn zu Geld kommen?", fragte Gerlinde, verwundert über Rafaels Äußerung.

„Ich will gar nicht zu Geld kommen, sondern den Feind in Böhmen besiegen, und dann wieder nach Hause. Und überhaupt: Ich erhalte doch noch meinen Sold", sagte Rafael.

Darauf entgegnete Gerlinde:

„Mit deinem Sold wirst du nicht weit kommen. Schau doch mal, wie die anderen Landsknechte ihre Weiber verwöhnen, und was sie sich für tolle Kleidung leisten! Wenn du da mithalten möchtest, musst du dir aber noch was einfallen lassen!"

Rafael nahm seinen Teller entgegen und sagte im Weggehen:

„Ich habe hier kein Weib. Und ich möchte auch keines! Außerdem bin ich ein Bauer und kein Adliger!"

Enttäuscht über Rafaels Äußerung sah sie ihm traurig nach.

Tag um Tag wurde weitermarschiert. Abends baute man die Zeltlager auf, und am nächsten Morgen ging es nach einem gediegenen Frühstück recht rasch voran. So zog das Regiment an Göttingen vorbei, um dann in Mühlhausen Angst und Schrecken zu verbreiten.

Nach Mühlhausen marschierte das Regiment durch das katholische Weimar. Dort wurde kein Proviant eingetrieben. Dementsprechend war man bei der Bevölkerung gern gesehen.

Oberst Falkenhayn führte das Regiment geschickt an Chemnitz vorbei, da er dort starke Verbände der Union befürchtete. Es ging weiter nach Dresden, wo die kaiserlichen Truppen unter Jubel der Bevölkerung begrüßt wurden. Als die Wachsoldaten auf der Befestigungsanlage der Stadt die kaiserlichen Fahnen sichteten, gaben sie dies mit Horn-Signalen bekannt. Auf das Signal hin begannen alle Kirchenglocken zu läuten.

Für die Landsknechte war es ein sehr erhebendes Gefühl, über die riesige Brücke in die Stadt zu ziehen und dabei von jubelnden Menschen begrüßt zu werden. Aus allen Häusern waren sie auf die Straßen der Stadt geströmt, um die kaiserlichen Liga-Truppen zu empfangen. Lange hatten die Bürger der Stadt befürchtet, dass der Kaiser die Stadt samt Böhmen aufgeben würde. Als jetzt schon das zweite Regiment in die Stadt gezogen war, hielten sie es für ein Wunder. Auf dem Marktplatz wurde das Regiment vom Bürgermeister und seinen Ratsmitgliedern begrüßt.

Man hatte bereits eine große Wiese vor der Stadt zum Lagern vorbereitet. Neben dem Regiment von Oberst Falkenhayn befand sich das bayerische Regiment von Oberst Götz von Linne. Die beiden Obristen trafen sich am gleichen Abend zur Lagebesprechung. Der Bürgermeister Dresdens hatte pro Regiment zehn Fässer Wein gespendet: So stießen alle Landsknechte auf das zukünftige Schlachtenglück an. Bis zum Zapfenstreich wurde gesoffen, wobei man zünftige Soldatenlieder sang.

Am folgenden Morgen zogen die beiden Heerzüge gemeinsam weiter, um sich dann vor der Stadt Most mit acht weiteren Regimentern zu vereinigen. Solch einen Anblick hatte noch keiner der Landsknechte erlebt: Etwa fünfundzwanzigtausend Landsknechte aus vielen unterschiedlichen Ländern waren dort versammelt. Eine schier unüberschaubare Anzahl Kompanien schlug dort ihre Lager auf. Dies vereinigte Heer wurde dann vom Kurfürsten Maximilian angeführt.

Am gleichen Tage fand noch eine Lagebesprechung mit allen Obristen statt. Jeder Oberst kam mit seinen Fähnrichen, die sich um das große Zelt des Kurfürsten aufstellten. An die achtzig Fähnlein konnte man an diesem Tag zählen. Der Kurfürst wies an:

„Der Tross kann am morgigen Tag nicht mitziehen, da es zum Gefecht mit der Union kommen wird. Eure Landsknechte sollen sich auf einen zähen Kampf einstellen, der auf Leben und Tod geht! Gebt euren Männern auch weiter, dass ich ihnen den Mut und die Kampfeskraft zutraue, unseren Feind besiegen zu können. Der Herr stehe uns allen bei! Sieg oder Tod!"

Daraufhin zogen die Obristen ihre Degen, die sie, zum Sturm weisend, schräg gen Himmel hielten und dabei ausriefen:

„Sieg oder Tod!"

Feuertaufe

An diesem Morgen wurde ungewöhnlich früh das Signal zum Aufstehen gegeben. Alle Landsknechte fühlten, dass eine große Sache in der Luft lag. Deshalb machte sich Nervosität in der Truppe breit. Einige der Männer waren ganz still geworden und in sich gekehrt; andere waren gereizt und so nervös, dass sie ständig ihre Waffen überprüften oder ohne Ziel hin und her rannten.

Jonathan hatte beim Auftrag, Holz zu holen, mit Landsknechten anderer Regimenter sprechen können. Davon berichtete er Rafael:

„Die Regimenter aus Bayern hatten schon richtig heftige Gefechte auf dem Weg hierhin. Eine Kompanie hat sogar hundert Mann im Kampf verloren. Ich glaube, jetzt wird es auch für uns ernst!"

„Ja, jetzt wird es ernst. Wir müssen zusehen, dass wir immer nah zusammenbleiben. Falls einem von uns etwas zustößt, kann der andere zuhause mitteilen, was geschehen ist", sagte Rafael.

Dann ertönte das Trompetensignal zum Antreten. Alle Kompanien stellten sich in Reihe auf. Der Leutnant ritt auf seinem edlen Pferd in Front zu seiner Kompanie. Man konnte seine Kampfeslust erahnen. Er feuerte seine Männer an:

„Kameraden, noch an diesem Tag werden wir auf unseren Feind treffen. Wie ich annehme, seid ihr von euren Unteroffizieren gut eingewiesen und vorbereitet. Ich sehe in euren Augen die Entschlossenheit, die wir brauchen, um den Gegner zu vernichten. Die Parole unseres Kurfürsten lautet: ‚Sieg oder Tod'. Und in diesem Sinne: Auf in den Kampf! Rechts um, marsch!"

Die Landsknechte der Kompanie drehten sich rechts um und begannen zu marschieren. Auch alle anderen Kompanien, die von ihren Kompanieführern eingewiesen worden waren, taten es ihnen gleich. Und so zog das Heer mit Trommelklang und Flötenmusik in Richtung Prag. Die Landsknechte hatten ihre Helme und Harnische ordentlich geputzt; und auch die Waffen waren in sehr guten Zustand. Wenn einer der Landsknechte sich umschaute, um sich das Heer anzusehen, bot sich ihm ein atemberaubender Ausblick auf einen Lindwurm mit prächtigen, wehenden Fahnen und zünftig gekleideten Landsknechten. So mancher, der Zeuge dieses Anblickes war, dachte stolz:

„Was für eine prächtige Armada! Und ich gehöre ihr an. Das werde ich noch meinen Enkeln erzählen können!"

Nach einigen Stunden Marsch löste sich der Heerzug auf: Die einzelnen Regimenter nahmen die ihnen angewiesenen Warteräume ein. In den Kompanien gaben die jeweiligen Kompanieführer die Befehle zur Formationsaufnahme. Die Unteroffiziere übernahmen ihre Rotten, sodass sich alle Landsknechte auf ihren Stammplätzen befanden.

Rafael war gemeinsam mit Jonathan, Gustaf, Lebbock und den anderen seiner Rotte rechts außen in der dritten Reihe der Pikeniere-Formation. Alle Männer der Formation richteten ihre Pieken senkrecht in die Höhe. Der Fähnrich Breuer hielt sich gemeinsam mit seinem Stellvertreter, Unteroffizier Voss, in der Mitte der Formation auf. Auch die Trommler, die auf Anweisung den Marsch-Takt angaben, hatten ihren Platz in der Nähe der Fahne. So ging es dann auf Befehl von Leutnant Wiese weiter vorwärts.

Die Männer waren in einer ungeheuren Anspannung und schwiegen alle. Nur vereinzelt hörte man noch Befehle wie „Rotte Wolf, mehr links!" oder „Schritt halten!"

Nachdem das Heer eine Stunde in Kampfformation durch offenes Gelände marschiert war, konnte man hinter der Kuppe eines Berges die Kirchturmspitzen der Stadt Prag erkennen.

Danach dauerte es nicht mehr lange, bis die feindlichen Truppen zu sehen waren. Die protestantischen Truppen hatten sich auf dem sogenannten „weißen Berg" teilweise verschanzt oder waren dort aufmarschiert. Sie hatten somit eine günstige Ausgangsposition. Beim Anblick des Feindes gedachte Rafael seiner geliebten Marie:

„Ob ich noch einmal dein schwarzes Haar berühren darf? Deine Liebe lässt mich – auch im Anblick des Feindes – nicht verzagen!"

Bei diesen Gedanken berührte er mit der linken Hand den hölzernen Talisman auf seiner Brust. Jonathan wiederum betete leise vor sich hin:

„Du deckst einen Tisch für mich angesichts meiner Gegner …"

Dann feuerten die Protestanten ihre ersten Kanonenschüsse auf die kaiserlichen Truppen ab. Weit vor den marschierenden Regimentern schlugen die Geschosse ein, weshalb sie noch ohne Wirkung waren. Bei jedem Abschuss duckten sich die mit Helmen bewehrten Köpfe der Landsknechte ein wenig, als würden sie dies auf Befehl tun.

Etwas später lösten sich aus dem Feindesheer zwei Schwadronen Reiter, die kühn auf die Regimenter von Oberst Falkenhayn und Oberst Götz von Linne zustürmen wollten. Die Landsknechte der rechten Formationen erkannten, dass der Angriff ihnen galt und sahen mit einem flauen Gefühl im Magen die schwer bewaffneten Reiter tosend herangaloppieren. Feldwebel Hagen, der hinter seinen Kameraden marschierte, rief beruhigende Befehle:

„Standhalten, Männer, standhalten!" und „Ruhig bleiben! Wir lassen die Pferdchen abprallen."

Dann schrie Leutnant Wiese mit heiserer Stimme:

„Angriffsformation!"

Umgehend senkten die ersten drei Reihen ihre Pieken in die waagerechte Stellung. Zur gleichen Zeit starteten auch noch an die fünf Kompanien feindlicher Musketiere und Pikeniere ihren Angriff auf die rechte Flanke der kaiserlichen Truppe. In dichten Reihen ritten die Dragoner entweder mit Steinschlossgewehren im Anschlag oder mit Lanzen auf Wieses Kompanie zu. Es gab auch Pferde, die zwei Kämpfer auf dem Rücken trugen. Das hatte den Vorteil, dass einer der Männer das Pferd führte, aber der andere seine Muskete auf den Feind abschießen konnte.

Rafael sah den Feind langsam, wie in Zeitlupe, heranstürmen: die vor Anspannung verzerrten Gesichter der Reiter und die offenen Münder der Offiziere, die ihre Soldaten mit Kampfgeschrei anspornten. Und er sah die von den beschlagenen Hufen der Pferde hochgeschleuderten Dreckklumpen sowie letztlich auch die langgezogenen Rauchfahnen der abgeschossenen Musketen.

Dann kam der laute Aufprall der Lanzenreiter, als sie auf die Pikeniere der kaiserlichen Truppen stießen. Es fielen Schüsse, die – von beiden Seiten aus nächster Nähe abgegeben – das Sterben hinter einem rauchigen Schleier verdeckten. Man erkannte kaum die schmerzhaft verzogenen Gesichter der von Lanzen Durchbohrten oder die Augen des Feindes, die ihr zu tötendes Ziel suchten. Aber man hörte die Wutschreie derer, die sich im Kampf mit Hiebwaffen befanden.

Irgendwann sah Rafael einen Reiter, der ihn töten wollte. Er bemerkte an seinen Augen, dass er ihn ausgesucht hatte. Rafael ließ sofort die Pieke fallen und holte die fertiggeladene Pistole, die an seinem Gürtel baumelte, hervor. Er spannte den Hahn im Bruchteil einer Sekunde, hielt dann die Waffe gegen den Angreifer und feuerte. Die Lanze des Gegners fiel aus der kraftlos gewordenen Hand. Der Reiter stürzte sogleich, hinterrücks den Zügel noch haltend, vom Pferd. Das Pferd stieg, irritiert vom stramm zurückgezogenen Zügel, und der feindliche Kämpfer, dessen Fuß sich im Steigbügel verfangen hatte, wurde in verzerrter Art und Weise hin und her geschleudert. Nachdem das Pferd dreimal gestiegen war, ging es in Front der Pikeniere durch, dabei seinen Herrn hinter sich her ziehend.

Rafael bückte sich, um seine Pieke wieder aufzunehmen. Aber plötzlich drehte sich alles in seinem Kopf, sodass er sich übergeben musste. Die Protestanten hatten eine riesige Bresche in die Reihen der Kaiserlichen geschlagen. Trotzdem hielt die Formation von Wieses Einheit, und es wurde erbittert weitergekämpft.

Rafael schaute zu seinen Leuten. Da traute er seinen Augen nicht: Jonathan hieb mit seiner Streitaxt um sich, als wolle er Bäume fällen. Der kleine Lebbock hatte mit seiner Pieke ein Pferd durch einen gezielten Stich in die Brust gestoppt. Den Reiter, der sich mit einem Degen zu wehren versuchte, nahm sich nun Jonathan vor. Er wich den Degenstichen geschickt aus. Als er dann eine Chance sah, durchschlug er mit seiner Axt den Brustharnisch des Gegners. Dieser hauchte daraufhin brüllend sein Leben aus.

Gustaf wiederum hielt mit beiden Händen die Spitze einer gegnerischen Lanze fest und schaute sich dabei hilfesuchend um. Denn ohne einen Kameraden war er in dieser Situation kampfunfähig. Der Reiter, dessen Lanze wie von Schraubstöcken gehalten wurde, ließ die Lanze los, um seinen Degen zu greifen.

Da erkannte Lebbock die Situation blitzschnell, griff ebenfalls zum Degen und erstach den Reiter hinterrücks. Als der verletzte Reiter vom Pferd glitt, stürzte sich Gustaf mit seinem Dolch auf ihn, um seinen Hals damit zu durchbohren. Der feindliche Reiter hatte, anders als der Bäcker im Backofen, nicht lange leiden müssen.

Leutnant Wieses Kompanie schmolz dahin wie Schnee auf einer heißen Herdplatte. Die gut ausgebildeten Dragoner bekamen die Oberhand: So fiel Pikenier um Pikenier erschossen oder erschlagen zu Boden. Zu allem Elend strömten auch die feindlichen Pikeniere heran. Wiese rief beschwörend:

„Aufschließen, Männer! Lücken schließen! Nicht unsere Deckung aufreißen lassen! Aufschließen!"

Jonathan wehrte sich seiner Haut mit allen Mitteln. Einen Dragoner, der seine Lanzenspitze in die Brust eines kaiserlichen Kampfgefährten gebohrt hatte, holte er mit Hilfe der Streitaxt vom Pferd. Zuerst hatte er dem Ärmsten das Knie zerschlagen, wobei der Reiter dann schreiend vom Pferd fiel. Dann erledigte er den kampfunfähigen Dragoner, indem er ihm mit der Axt durch den Helm den Schädel spaltete.

Lebbock wiederum hielt den Gegnern seine Pieke entgegen und stieß dann damit in die Hälse der Pferde, wenn diese sich in der richtigen Kampfentfernung befanden. Durch diese schmerzhaften Verletzungen wurden die Pferde störrisch und brachten dadurch ihre Reiter in große Nöte.

Für einige Minuten konnte man wegen des Pulverdampfs die Hand vor Augen nicht mehr erkennen. Und so schossen die Musketiere einfach ins Ungewisse, wobei es aufgrund der zahlreichen Gegner bestimmt hier und da einen Treffer gegeben haben muss.

Als ein leichter Wind wieder für einen Durchblick sorgte, erschraken die Kameraden: Die feindlichen Pikeniere hatten die kaiserlichen Kompanien von der linken Flanke in die Zange genommen. Rafael sah, wie sich die Pikeniere gegenseitig aufspießten. Da sich beide Seiten leicht vorwärts bewegten, wurde so mancher Pikenier von seinen Kameraden in die Pieken des Gegners geschoben. Derart ineinander verkeilt, versuchten die Kämpfer sich mit Handfeuerwaffen Luft zu verschaffen.

Der Boden des Schlachtfeldes füllte sich langsam mit Toten und laut jammernden Verletzten. Als Rafael sich zu der Truppenfahne umsah, traute er seinen Augen nicht: Der Fähnrich sackte von einer Kugel getroffen weg. Sein Stellvertreter ergriff sofort wieder die Fahne, um sie hochzuhalten. Einige Landsknechte, die sich hinter Rafael aufgehalten hatten, sahen alles verloren und versuchten zu fliehen. Die über das freie Feld Fliehenden wurden aber von den immer zahlreicher heranströmenden Feinden gestellt und niedergemacht.

Zu allem Unglück schlug ein Kanonengeschoss in Leutnant Wieses Formation. Ein Trommler, drei Pikeniere und der neue Fähnrich lagen zerrissen am Boden.

„Ohne Fahne wird hier gleich Panik ausbrechen, und wir sind alle verloren", dachte Rafael.

Er drängelte sich durch seine Kameraden hindurch dorthin, wo der von etlichen Splittern getroffene neue Fähnrich tot am Boden neben der ramponierten Kompaniefahne lag. Rafael bückte sich nach dem durchlöcherten Tuch, um es dann mit dem Ausruf

„Hier ist die Fahne! Männer, hier müsst ihr euch einigeln!", in die Höhe zu halten.

Er schwenkte die Fahne hin und her, sodass die Kameraden verstanden, was zu tun war. Die noch kampffähigen Landsknechte von Leutnant Wieses Kompanie scharten sich um Rafael. Immerhin waren an die hundertfünfzig

Männer verblieben, die sich mit viel Mut der Übermacht stellten.

Der Regimentsführer Oberst Falkenhayn erkannte den Ernst der Lage, in der sich Leutnant Wieses Kompanie befand. Nach kurzer Beratung mit Hauptmann Alterheld entschlossen sie sich, mit Hilfe der Leibgarde einzugreifen. Hoch zu Ross, mit gezogenen Degen, gab Oberst Falkenhayn den Befehl:

„Für Gott und Kaiser, Angriiiiff!"

Gemeinsam mit Hauptmann Alterheld führte Oberst Falkenhayn die Leibgarde in den Kampf. Die Leibgarde, allesamt bestausgebildete Dragoner, verstanden ihr Handwerk. Denn kaum waren sie bei Wieses ins Straucheln geratener Kompanie angekommen, schien sich das Blatt zu wenden: Die Dragoner schossen erst ihre Steinschlossgewehre ab, als die Feinde nicht mehr zu verfehlen waren. So kam es dann zu einen gewaltigen Schusswechsel, als die Kontrahenten aufeinanderprallten. Danach war durch den Pulverdampf die Sicht sehr eingetrübt und man hörte nur den metallischen Klang von gegeneinander geschlagenen Degen. Dazwischen erklangen die Hilferufe der verwundeten und sterbenden Kämpfer.

Rafael versuchte, sich langsam in Richtung Feind zu schieben, um damit auch seine Kameraden dazu zu bewegen, mehr Druck auf den Feind aufzubauen. Auf einmal hörte Rafael eine ihm bekannte Stimme:

„Das hast du gut gemacht, Jungchen!"

Er drehte sich um: Hinter ihm stand, mit einem derben Kratzer an der Stirn, sein Freund Gerold.

„Gerold! Mensch, ganz schön dicke Luft hier!", rief Rafael, hocherfreut über Gerolds Anblick.

„Da sagste was, Rafael! Halt du schön unser Fähnchen fest! Dann wird alles gut", antwortete Gerold.

Rafael bestätigte das lachend:

„Darauf kannste Gift nehmen. Die bleibt in meinen Händen!"

Kaum hatte er dies ausgesprochen, da brüllten die in Stellung gebrachten Geschütze los. Die Geschosse gingen direkt in dem nachrückenden Feind nieder und richteten dort große Vernichtung an. Der Angriff der Protestanten kam dadurch ins Stocken. Und als dann plötzlich auf Befehl vom Kurfürsten die Kaiserlichen auf ganzer Linie angriffen, zogen sie sich sogar teilweise zurück in ihre Ausgangsstellungen.

Leutnant Wiese war vom Pferd gefallen, von zwei Gewehrkugeln getroffen. Nach einer kurzen Ohnmacht hatte er sich aber wieder aufgerappelt und ist mit letzter Kraft auf sein Pferd gestiegen. Die Kugeln waren in seinen rechten Oberschenkel geschlagen. So saß er mit vorgebeugtem Oberkörper auf dem Pferd. Der Versuch, Haltung zu wahren, erzeugte bei ihm eine sehr schmerzverzerrte Grimasse, die durch die Augenklappe noch leidender wirkte. Trotzdem nahm er alle Kraft zusammen, um mit dem Degen zum Himmel weisend den Gegenstoß zu befehlen:

„Vorwärts, Männer!", rief er noch ein wenig heiserer als gewöhnlich.

Die verbliebenen Kämpfer befanden sich aber immer noch in einem verbissenen Kampf mit den protestantischen Dragonern. Die Gegenwehr der Protestanten nahm dann jedoch mit dem Eingreifen der Leibgarde des Obersten rapide ab.

Gerold stand mit seinem Steinschlossgewehr neben Rafael. Nach dem umständlichen Laden des Gewehres legte er es in den Gabelstock, um dann ruhig zielend auf einen der Gegner zu schießen. Wie Rafael sehen konnte, schoss Gerold sehr gut. Denn nach jedem Schuss fiel ein Feind zu Boden. Gerold war die Ruhe selbst. Auch nach einem Treffer zeigte er keine Freude darüber, sondern blieb ruhig und gefasst.

Die Luft war angefüllt vom Schwefelgeruch, und die Kugeln der Kanonen zogen über Wieses Einheit hinweg in die feindlichen Linien. In der vordersten Reihe von Leutnant Wieses Kompanie waren die Gegner total ineinander verbissen. So merkten die verlorenen Protestanten nicht, dass die Ihrigen gar nicht mehr nachrückten – und als sie es merkten, war es zu spät. Eine Weile hielten zwei Dutzend Dragoner den Widerstand noch aufrecht. Eingekreist und von einer Übermacht angegriffen, erwehrten sie sich kühn mit ihren Degen.

Um dem sinnlosen Gemetzel ein Ende zu setzen, gab deren Fähnrich den Befehl, die Waffen zu strecken. Denn von allen Seiten wurde auf sie eingeschossen und -gestochen. Er selbst hielt seine Fahne mit dem Stoff nach unten, was für die Kaiserlichen ein eindeutiges Zeichen war.

Oberst Falkenhayn bahnte sich, gefolgt von der Leibgarde, den Weg durch seine Pikeniere hin zu den Besiegten. Als der feindliche Fähnrich den Oberst sah, sagte er mit kraftloser Stimme:

„Wir erbitten Quartier, Herr Oberst."

„Ist gewährt, meine Herren! Aber Waffen und die Pferde gehen an die Kameraden hier", antwortete der Oberst und wies dabei auf seine Pikeniere.

So stiegen die Protestanten von ihren Pferden ab und übergaben deren Zügel den umstehenden Männern. Stolz und erhobenen Hauptes gingen so etwa zwanzig Dragoner in Gefangenschaft.

Dann entdeckte Alterheld Leutnant Wiese, der immer noch in vorgebeugter Haltung auf seinem Pferd saß. Auf Wieses blasser Stirn stand kalter Schweiß. Seine Gesichtszüge waren von Schmerzen gezeichnet.

„Um Gottes Willen, Wiese! Ihr seid ja verwundet! So, Wiese, Sie nehmen sich jetzt zehn Mann und bringen mit denen die Gefangenen nach hinten. Danach melden Sie sich sofort beim Feldscherer. Der flickt Sie dann wieder zusammen", befahl Alterheld in aller Deutlichkeit.

Wiese blickte nur kurz auf, nickte, und machte, was ihm befohlen worden war.

Alle Regimenter der Katholiken waren jetzt im Vormarsch auf die feindlichen Stellungen. Über die Protestanten war förmlich ein Sturm losgebrochen. Man hörte, wie Salve auf Salve abgefeuert wurde, dazu das Gebrüll der Vorrückenden. Hauptmann Alterheld hatte die Kompanie Wieses übernommen, die er weiter nach vorn führte. Rafael trug voller Stolz die durchlöcherte Fahne, und Gerold ging mit seinem Gewehr in der Hand direkt neben ihm. Dann stieß Jonathan zusammen mit Lebbock zu den beiden. Aufgeregt erzählte Jonathan:

„Gustaf ist tot. Ich musste mit ansehen, wie es geschah."
Rafael fragte stockend:
„Tot? Wie ist es denn passiert?"
„Gustaf wollte ein wenig Beute machen und suchte deswegen die Toten oder Halbtoten nach Wertgegenständen ab. Einer der vermeintlich Toten lag neben seinem verreck-

ten Pferd. Seine Waffe, ein alter Säbel, steckte mit der Spitze im Boden, direkt vor der Hand des offenbar leblosen Mannes. Gustaf war gerade dabei, dessen Ledergürtel zu öffnen, um die daran hängenden Geldbeutel an sich zu nehmen. Plötzlich öffnete der Mann aber seine Augen. Er schaute auf Gustaf, sah dann den Säbel neben seiner Hand. Blitzschnell und ohne zu zögern packte er die blanke Klinge und stieß diese mit aller Kraft in den unteren Bereich von Gustafs Hals. Gustaf schrie entsetzlich auf und fiel dann stark blutend auf den Rücken. In dieser Lage ist er auch gestorben.

Der Kämpfer, der ihn auf dem Gewissen hatte, starb einige Minuten später an den Verletzungen, deretwegen er schon ohnmächtig dort gelegen hatte. Nur seine Hand hatte durch das Einstechen auf Gustaf noch zusätzliche tiefe Schnitte erhalten", erzählte Jonathan fast atemlos unter dem Eindruck des furchtbaren Erlebnisses.

Hauptmann Alterheld führte die stark ausgelichtete Kompanie weiter nach vorn. Die kaiserlichen Regimenter waren dann irgendwann alle am Feind. Im linken Bereich der Front, in der zum größten Teil bayerische Regimenter wirkten, flammte der Gefechtslärm jetzt erst richtig auf: Salve um Salve wurde abgefeuert. Dazwischen konnte man Hurra-Rufe vernehmen. Auf der rechten Seite der Front ebbte der Gefechtslärm hingegen merklich ab. Der kleine Lebbock rief dann plötzlich total aufgeregt:

„Freunde, seht, die lutherischen Dragoner nehmen reißaus!"

Und tatsächlich: Man konnte erkennen, dass deren Haupt-Kampftruppe flüchtete, bevor die kaiserlichen Stürmer in ihre Schanzen einbrechen konnten. Als Rafael gemeinsam mit anderen Landsknechten die Schanzen erreicht hatten, da war der Kampf in diesem Bereich der Front schon gelaufen. Viele Protestanten erbaten Quartier. Aber weitere, die noch versucht hatten zu fliehen, wurden gestellt und sofort niedergemacht.

Rafael hielt die löchrige Fahne stolz in die Höhe, während andere Landsknechte den Gefangenen ihre Wertsachen abnahmen. Jonathan hatte einen großen Krug mit Wein in einem der Zelte entdeckt, das von den Offizieren als Kommandozentrale genutzt worden war. Mit diesem Krug in seinen Händen ging er grinsend zu Rafael:

„Komm, Brüderchen, nimm erst einmal einen Schluck!“, sagte er voller Freude über die Einnahme dieser Stellung.

Rafael war sehr durstig, weshalb er sich über die nette Geste seines Bruders freute. Er nahm den schweren Krug mit einer Hand entgegen. Beim gierigen Trinken des Weines schwappte etwas davon aus dem Krug und ergoss sich auf Rafaels Kleidung.

„Jetzt du!“, sagte er auffordernd.

Jonathan nahm den Krug wieder an sich, setzte ihn an seine Lippen und nahm, ohne abzusetzen, einige große Schlucke. Dann rief Rafael Gerold, der sich seit dem Scharmützel immerzu in der Nähe der Fahne aufhielt, hinzu. Er deutete auf Gerold, der herangekommen war, und sagte dabei:

„Jonathan, das ist mein Freund Gerold, den ich während der letzten Wache kennengelernt habe. Ich hatte dir ja auch schon von ihm erzählt!“

Danach deutete er auf Jonathan und erklärte:

„Gerold, das ist mein fleißiger Bruder, ein wirklich guter Holzfäller!“

Ohne zu sprechen schauten sich Gerold und Jonathan an und gaben sich dabei die Hände.

An der linken Frontseite ebbte der Schlachtenlärm ebenfalls langsam ab. Alle konnten es kaum glauben, dass die offizielle Schlacht nach nicht einmal einer Stunde entschieden sein sollte. Auf einmal drehte sich Rafael zum rückwärtigen Schlachtfeld um. Mit einem fast verträumten Gesichtsausdruck sagte er leise zu den beiden Vertrauten:

„Schaut es euch an: Da hinten auf dem Feld liegen viele unserer Kampfgefährten. Heute morgen haben wir noch gemeinsam gegessen. Alle hatten sich für diese Schlacht herausgeputzt; und man konnte sehen, wie stolz sie waren, als wir dann gemeinsam ins Feld zogen. Mit wehenden Fahnen und Trommelschlag sind wir an diesen Ort gezogen, dessen Boden unser Blut aufsaugen sollte. Wisst ihr noch, wie sie mit stolzer Brust marschiert sind? Jedes Weib hätte sich nach den strammen Burschen die Finger geleckt!

Und jetzt schaut sie euch an, wie sie da liegen: mit verrenkten Gliedern, blutbefleckt, die Gesichter verzerrt und mit den weit geöffneten Augen gewaltsam Gestorbener. Bald schon werden sich die Raben und die Wölfe um die zerschundenen Körper kümmern. Die stolzen Männer – jetzt liegen sie da wie Misthaufen. Ja, wie Misthaufen, auf denen tausende Fliegen brummen!"

„Das ist nun einmal unser Schicksal, Rafael. Das Schicksal des Landsknechts ist es, so zu sterben – nicht wie irgendein Großvater, der in seinem Bettchen sterben darf, und dazu im Kreise seiner Familie mit dem geistlichen Segen des Pastors. Hier ist es zumeist dein Mörder, den du zuletzt erblickst. Das ist nun einmal so!", sagte Gerold fast ein wenig abgeklärt.

Da mischte sich Jonathan ein:

„Rafael, mach dir nicht so viele Gedanken! Wir können es sowieso nicht ändern. Vater hatte uns ja hierher geschickt. Wir haben uns doch nicht aus freien Stücken darauf eingelassen. Ich weiß noch genau, dass du lieber mit deiner süßen Marie eine Familie gegründet und dann mit ihr einen kleinen Kotten bewirtschaftet hättest. Beachte nur Mutters Worte! Denn wenn wir anständig bleiben und uns am Töten nicht ergötzen, dann bleibt das Glück auf unserer Seite. Hätte Gustaf ihren Worten Glauben geschenkt, würde er jetzt nicht ausgeblutet wie ein Schlachtvieh auf dem Felde liegen."

„Ihr habt ja recht, Freunde! Wir wollen, soweit das hier möglich ist, anständig bleiben und unserem Schicksal mutig entgegentreten", erwiderte Rafael nachdenklich.

Hauptmann Alterheld ließ das Signal zum Sammeln geben. Daraufhin traten alle Überlebenden der Kompanie wie gewohnt an – außer Rafael, der nicht so richtig wusste, wohin er mit der Fahne sollte. Hauptmann Alterheld stand hoch zu Ross vor der Kompanie und rief schmunzelnd:

„Herr Fähnrich, an Ihren Platz bitte!"

So marschierte Rafael an die Stelle, an der für gewöhnlich der Fähnrich steht. Er hatte ja die Fahne bei sich. Dann begann Alterheld mit seiner Befehlsausgabe:

„Männer, zuerst möchte ich euch für euren mutigen Einsatz loben! Ihr habt den massiven Angriffen der feindlichen Übermacht widerstanden, bis Verstärkung eingetroffen ist. Respekt! So manch andere Kompanie hätte sich kopflos aufgelöst. Ganz besonders möchte ich hier einen Mann loben: unseren neuen Fähnrich, der es geschafft hat, trotz des verletzungsbedingten Ausfalls von Leutnant Wiese, euch Mut zu machen. Fähnrich, vortreten!"

Rafael trat mit senkrecht gehaltener Fahne vor. Dann fragte der Hauptmann:

„Wie ist dein Name?"

„Rafael, Herr Hauptmann", antwortete er.

„Ab heute bist du offiziell Fähnrich Rafael. Dein Sold wird angepasst und du stehst ab jetzt im Rang über den Unteroffizieren. Männer: Ein dreifaches ‚Hurra' für den neuen Fähnrich!"

Die Kompanie rief im Chor:

„Hurra, Hurra, Hurra!"

Dann befahl Hauptmann Alterheld:

„Feldwebel Hagen, lassen Sie unseren Tross bis auf drei Kilometer Entfernung zu diesem Ort aufrücken. Danach errichten Sie unser Lager. Nehmen Sie dazu zwanzig Männer mit und sorgen Sie dafür, dass wir in der Nacht an einem warmen Feuer sitzen können. Unteroffizier Wolf, wählen Sie zehn Männer der Kompanie aus, um unsere Verwundeten aus dem Gelände zu bergen. Nehmen Sie dazu die zahlreich vorhandenen Gefangenen zu Hilfe."

Der Gefechtslärm im linken Bereich der Front war dann komplett verstummt. Die Protestanten hatten die Schlacht verloren. Viele Männer beider Seiten waren auf dem Feld geblieben.

Rafael schaute von der Anhöhe aus auf die Türme der Stadt Prag. Da es bereits recht dunkel war, konnte man das flackernde Kerzenlicht, das aus vielen Fenstern schien, erkennen.

„Ob die Einwohner dieser Stadt schon wissen, dass wir die Schlacht gewonnen haben? Werden wir die Stadt wohl auch noch erobern oder belagern müssen? Wenn ich mir die Türme der Stadt so ansehe, wird das Erstürmen der Befestigungsanlagen nicht einfach werden", dachte Rafael.

Was er nicht wissen konnte: Die Menschen der Stadt waren bestens über den Ausgang der Schlacht informiert. König Friedrich hatte hektisch seine Flucht aus der Prager Burg vorbereitet. Er vollzog sie inmitten der Nacht gemeinsam mit etwa dreihundert Gefährten. Die einfache Bevölkerung erwartete voller Schrecken, was der nächste Morgen bringen würde.

Die Nacht wurde für die Einheiten, die das Gelände sicherten, bitterkalt. Leute vom Tross hatten Unmengen von Holz nach vorne gebracht. So brannten überall auf den Feldern vor Prag unzählige Lagerfeuer.

Schon bei der Morgendämmerung erklang das Trompetensignal zum Wecken. Die Landsknechte schälten sich fröstelnd aus ihren Decken. Leicht verkatert, wie nach einem Saufgelage, machten sie sich auf den Weg zur Essensausgabe. Lebbock fragte ganz unverblümt in die Runde seiner Kameraden:

„Ob wir gleich die Stadt erstürmen werden?"

„Diese Stadt zu erstürmen wird nicht einfach sein. Sie hat hohe Mauern, außerdem bestimmt eine sehr starke Besatzung", antwortete Gerold besorgt.

Jonathan wandte noch ein:

„Wenn die Stadt eingenommen werden soll, dann können wir das nur schaffen, indem wir sie für Wochen belagern. Wir müssen die Bürger der Stadt vielleicht aushungern."

„Ach Jungs, lasst uns erst mal etwas essen! Dann sehen wir weiter. Die Obersten werden es uns schon wissen lassen, wo sie uns als nächstes hinjagen", bemerkte Rafael scherzend dazu.

Kurz nach dem Frühstück wurde der Befehl zum Sammeln gegeben. Hauptmann Alterheld teilte der stark dezimierten Kompanie mit, dass es gegen die Stadt Prag gehen werde. Sie sollten sich auf harte Gefechte einstellen, erklärte er. Danach ließ er seine Kompanie Richtung Stadttor losmarschieren.

Das riesige kaiserliche Heer baute sich vor den Haupttoren der Stadt auf. Rafael hielt seine durch Kampfspuren verunstaltete Fahne stolz in die Höhe. Es war Anfang November, und dementsprechend kalt. Trotzdem schien die Sonne mit einem kühlen Licht, das lange Schatten warf, wenn es auf Körper traf. So standen die Kompanien in voller Kampfformation noch einige hundert Meter von der Stadtmauer entfernt. Sie erwarteten den Befehl zum Angriff.

Da geschah das Unglaubliche: Die riesigen Tore wurden geöffnet und ein schwarz gekleideter Mann kam mit zwei unbewaffneten Offizieren der Wachmannschaft heraus, um auf die kaiserlichen Truppen zu zu schreiten. Oberst Falkenhayn ritt den drei Männern entgegen.

Als er sie erreicht hatte, stieg er von seinem Pferd ab. Der schwarz gekleidete Herr sprach kurz mit dem Oberst und wies dann mit seinem Arm in Richtung Stadt. Was so unspektakulär aussah, war die Übergabe einer Großstadt an den Kaiser.

Er war ein Ratsherr. An den übrigen Toren der Stadt taten es ihm andere Ratsherren gleich. Da ihr „Winterkönig" in der Nacht feige geflüchtet war, hatte es keinen Zweck mehr gehabt, die Stadt verteidigen zu wollen. Sie gaben ihre wunderschöne Stadt ohne Kampf her.

Oberst Falkenhayn saß wieder auf und ritt zu seinen Offizieren, um den Befehl zu geben, dass die Einheiten von Kampfformationen in die Marschordnung wechseln müssten.

Umringt von seiner berittenen Leibgarde führte Oberst Falkenhayn das Regiment in die Stadt. Die Straßen und die Wege der Stadt waren menschenleer. Nur hinter den kleinen Butzenscheiben der Häuser sah man die angsterfüllten Gesichter der Einwohner. Voller Gespür für die Gefahren, die nun überall auf sie lauern könnten, versteckten sie sich in ihren Häusern. Aber die Zeit sollte zeigen, dass es ihnen nicht helfen würde.

Die Männer der Regimenter staunten nicht schlecht, als sie diese prachtvolle und reiche Stadt durchschritten. Von den Landsknechten hatten nur wenige in ihrem Leben solch eine Pracht gesehen. Die Zunftschilder vor den Häusern deuteten die vielen unterschiedlichen Berufe an, die für den Reichtum dieser Stadt gesorgt hatten.

In kürzester Zeit waren die Stadtteile von den Obersten für die einzelnen Regimenter aufgeteilt. Jede Kompanie quartierte man in einem Stadtviertel ein. Die Feldwebel der einzelnen Kompanien teilten ihren Landsknechten die Quartiere zu.

Wenn nach dem Anklopfen geöffnet wurde, erklärte man den Besitzern, dass sie noch ein Zimmer des Hauses bewohnen dürften, die restlichen Kammern aber für die Landsknechte bereitzustellen seien. Wurde nach dem Klopfen nicht geöffnet, so gebrauchte man Gewalt – und wehe, es befanden sich dann doch noch Menschen im Hause. Denen wurde sehr übel mitgespielt: Der Tod war dann nur noch Erlösung für sie.

Die Unterkünfte wählte man je nach dem Rang der Landsknechte aus. So kam es, dass Rafael mit einigen Unteroffizieren und Offizieren im Hause eines Ratsmitgliedes untergebracht wurde. Er hatte in seinem Leben noch nie solch ein gut ausgestattetes Haus gesehen. In ihm befanden sich sieben große Eichenschränke, die mit aufwendigen Schnitzereien versehen waren. Dann gab es eine erhebliche Anzahl nicht weniger kostbar verarbeiteter Stühle. Auch befanden sich im Haus gleich zwei große Feuerstellen. In jedem Zimmer hingen schöne Ölgemälde oder Radierungen.

Die Radierung, die in seiner Kammer hing, gefiel ihm besonders gut. Sie zeigte einen üppigen Blumenstrauß, der in einer bauchigen Vase stand. Rafael mochte all die abgebildeten Blumen, wie die blaue Kornblume, den weißen Rittersporn und die knallrote Mohnblume. Margeriten rundeten das Kunstwerk ab. Was Rafael besonders beeindruckte, war der dicke Nashornkäfer, der am unteren Ende des Bildes über die abgefallenen Blütenblätter krabbelte.

Er fand die ihm zugewiesene Kammer sowieso urgemütlich, denn er hatte ein richtiges Bett mit einer Matratze und einem Oberbett, gefüllt mit Gänsedaunen. Es befand sich sogar eine Waschkommode in der Kammer, auf der eine große Porzellanschüssel samt Porzellankrug stand. Auf dem Waldbauernhof hatte es immer nur den hölzernen Waschzuber oder die Schwengelpumpe vor dem Haus gegeben.

Und wie der Zufall es wollte, wurden in diesem Hause auch einige Trossfrauen der Kompanie untergebracht, die in dem Versorgungszelt beim Kochen und dem Verteilen der

Speisen halfen. Als Rafael sich von seiner Kammer aus in den Speisesaal des Hauses begeben wollte, stieß er im Halbdunkel mit einer Person zusammen. Erschrocken schrie eine Frau auf. Diese Stimme kannte Rafael sehr gut.

„Gerlinde?", fragte Rafael sanft.

„Mensch, Rafael, du hast mich ganz schön erschreckt", äußerte Gerlinde scherzend.

Dann fragte sie in besorgtem Tonfall:

„Wie ist es dir denn während der Schlacht ergangen?"

„Komm mit mir in den Speisesaal, dann will ich es dir erzählen!", sagte Rafael.

„Der Speisesaal ist doch nur für Unteroffiziere und Offiziere, die in diesem Haus untergebracht sind", stellte Gerlinde fast flüsternd fest.

„Ja, Gerlinde, deswegen will ich ja mit dir dorthin!", antwortete Rafael nicht ohne Stolz.

Verwundert folgte Gerlinde Rafael in den Saal, wo er ihr den Verlauf der Schlacht schilderte. Er erwähnte auch den Tod von Gustaf, und dass sie seine Habseligkeiten, die noch auf ihrem Lastkarren lagen, behalten dürfe. Danach erzählte er ihr davon, dass er vom Oberst Falkenhayn zum Fähnrich befördert wurde.

Kaum hatte Rafael zu Ende gesprochen, da platzte es schon aus Gerlinde heraus:

„Ich habe gewusst, dass du was ganz besonderes bist! So schnell, wie du es zum Fähnrich gebracht hast, hat es noch niemals ein anderer geschafft. Ehrlich währt am längsten, sag ich da nur!"

„Jetzt übertreibe aber nicht, Gerlinde! Ich habe doch nur das gemacht, was fast jeder getan hätte: eine Fahne hoch-gehalten und dabei den Männern der Kompanie einen Mittelpunkt gegeben – mehr habe ich nicht vollbracht. Da gibt es keine großen Heldentaten!", stellte Rafael in aller Bescheidenheit klar.

Gerlinde aber dachte verträumt:

„Oh, Rafael, ich mag dein blondes lockiges Haar und deinen athletischen Körper. Gern würde ich in deinen starken Armen liegen. Wenn du mich mit deinen strahlend blauen Augen anschaust, schmelze ich dahin. Aber du siehst mich ja nicht an wie ein Mann, der mich begehrt, sondern nur wie ein Freund. Du trägst auch keinen Ring an deiner Hand, bist also nicht gebunden. Und in unserem Lager hast du kein Mädchen. Wie kann ich dich bloß für mich gewinnen, du feiner, ehrlicher und dazu noch mutiger Mann? Dich möchte ich an meiner Seite sehen!"

Gerlinde und Rafael saßen an dem großen Tisch im Speisesaal nebeneinander, als Unteroffizier Wolf gemeinsam mit Unteroffizier Brunner total betrunken den Saal betrat. Als Wolf die beiden erblickt hatte, grölte er los:

„Ja, schau mal einer! Der Rafael ist kaum Fähnrich, da hat er auch schon ein Liebchen! Die hätte er sich aber besser aussuchen sollen! Die ist leicht, ha, ha, ha! Da war schon jeder Bock dran!"

Gerlinde stiegen vor lauter Wut die Tränen in die Augen. Hilfesuchend rückte sie näher an Rafael heran. Brunner nickte mit seinem dicken rotwangigen Kopf unablässig, um die Äußerung von Wolf zu bekräftigen. Da erhob Rafael sich von seinem Platz, um mit ruhiger Stimme zu sagen:

„Wolf, du redest wirr! Leg dich in deine Kammer und schlaf deinen Rausch aus! Dann wollen wir die Sache noch einmal auf sich beruhen lassen. Aber vergiss auch deinen besoffenen Kumpel nicht! Nimm den mit!"

Total empört über das Verhalten seines ehemaligen Rekruten öffnete Wolf zunächst mehrmals seinen Mund, ohne dass auch nur ein Ton hervorkam. Dann polterte er aber laut los:

„Du Rotarsch, was soll ich tun? Dir werd ich's zeigen, wer hier das Sagen hat!"

Mit diesen Worten zog er seinen Degen und wollte damit Rafael attackieren. Da der sonst so exzellent kämpfende Unteroffizier Wolf sehr betrunken war, kamen seine Aktionen aber ungewohnt langsam. So wich Rafael dem auf ihn gerichteten Stich geschickt aus, ergriff dann den degenführenden Arm mit beiden Händen und drückte ihn sehr unsanft auf den Tisch.

Der betrunkene Wolf ließ vor Schmerzen seinen Degen los. Rafael schnappte sich den Degen und hieb diesen mehrfach mit der flachen Seite gegen die Tischkante, bis er zerbrach. Tobend vor Wut wollte sich Wolf auf Rafael stürzen, aber der schlug mit einer sehr eleganten Bewegung seinen Ellenbogen ins Gesicht des Angreifers. Wolf fiel ächzend zu Boden und blieb dort für eine Weile stumm liegen.

Unteroffizier Brunner war klar geworden, dass Wolf einen ranghöheren Offizier angegriffen hatte und fühlte sich wegen der drohenden drakonischen Bestrafung sehr unwohl. Er wurde kreidebleich; dazu bildeten sich auch Schweißperlen auf seiner Stirn. Er machte den Eindruck, als wäre er augenblicklich nüchtern geworden. Dann stotterte er unsicher:

„Herr Fähnrich, entschuldigen Sie unser flegelhaftes Auftreten. Es gab bei der Nachbarkompanie besten Branntwein, der aus einem Beutezug stammte. Wir haben zu viel davon getrunken. Dieser Sieg hat uns ganz närrisch gemacht."

Rafael schaute Brunner ernst an und sagte dann:

„Wolf wollte mich gerade töten. Ist das zu verzeihen? Er wollte mich umbringen, nur wegen seines falschen Stolzes. Also, passen Sie auf: Schaffen Sie Ihren Kumpel weg und wagen Sie es nie wieder, Gerlinde so unverschämt anzusprechen, sonst werden Sie es bitter bereuen. Los, Mann! Verschwinden Sie mit dem Abschaum, der da am Boden liegt!"

Ohne weitere Worte zu verlieren, ohrfeigte Brunner den am Boden liegenden Wolf, bis dieser wieder zu Bewusstsein kam. Brunner führte Wolf dann, ihn mit der Schulter stützend, aus dem Raum.

Nun wandte sich Rafael wieder Gerlinde zu, die ihn mit ihren strahlenden Augen anschmachtete:

„Sollte einer von den beiden dich nochmals derart ansprechen, lass es mich bitte wissen! Gerlinde, du musst dir einmal vorstellen, dass solche Bestien jetzt die Macht über die braven Bürger dieser Stadt haben. Ich möchte mir nicht ausmalen, was allein heute Nacht passieren wird. Und wir sind irgendwie mitverantwortlich für dieses Grauen!"

„Nein, Rafael, solange du dich nicht selbst daran beteiligst, trägst du auch keine Schuld. Du plünderst nicht und vergreifst dich nicht an den Weibern. Also bist du auch ohne Schuld", sagte Gerlinde sehr ernst.

Der Speisesaal des Hauses lag im dritten Stock und bot einen Ausblick über die Stadt – bis hin zum Fluss, der teils neben und teils durch die Stadt verlief: die Moldau. Wehmütig schaute Rafael durchs Fenster auf das grandiose Panorama der Stadt.

„Ob wir wohl nach der gewonnen Schlacht auch als Sieger dieses Krieges hervorgehen werden? Dann könnte ich ja wieder in meine Heimat zurückkehren", meinte Rafael.

Gerlinde entgegnete:

„Sei doch froh, dass du etwas von der Welt sehen darfst! Du bist ja nicht verheiratet. Genieße doch noch deine Freiheit, und schau dir die Welt an!"

„Gerlinde, du hast ja recht. Lass uns unsere Freiheit genießen", kam von Rafael als bestätigende Bemerkung.

Er meinte das aber nicht wirklich ernst. Denn in Gedanken war er schon wieder bei seiner Marie und sinnierte:

„Hier werd' ich beim besten Willen nicht alt! Für das Landsknechtsleben kann ich mich einfach nicht erwärmen. Bald gehe ich heim zu meiner Liebsten. Das Töten und Zerstören überlass ich lieber anderen. Das ist nun einmal überhaupt nicht meine Sache."

Dann sagte Rafael:

„Ich werde jetzt erst mal schauen, wo mein Bruder untergebracht wurde. Bitte gehe heute nicht allein auf die Straße! Es wird bestimmt noch sehr ungemütlich!"

Kaum hatte er den Satz ausgesprochen, da stand er auf, verabschiedete sich von Gerlinde und begab sich in seine Kammer, weil er seine Waffen aufnehmen wollte.

Anarchie

Nachdem Rafael sein Quartier verlassen hatte, ging er zum Wachlokal, um sich über den Aufenthaltsort seines Bruders zu informieren. Er befand sich im Zentrum des Stadtviertels, das Oberst Falkenhayns Regiment als Quartier belegt hatte. Als Rafael das Wachlokal betrat, traf er auf Feldwebel Hagen, der am heutigen Tage der Wachhabende war:

„Guten Tag, Herr Feldwebel, können Sie mir sagen, wo die Landsknechte der Rotte Wolf untergebracht sind?"

„Guten Tag, Herr Fähnrich, Rotte Wolf ist in der Schusterwerkstatt, die sich etwa fünf Häuser weiter in dieser Straße befindet", antwortete Hagen.

Dann wies er darauf hin:

„Sie müssen sich aber beeilen, wenn sie dort noch etwas zu erledigen haben. Etwa in einer Stunde wird Befehl zum Antreten gegeben."

Rafael bedankte sich und ging ohne Umwege zur Schusterwerkstatt. Als er den Raum betrat, sah er Jonathan, der sich angeregt mit einer rothaarigen Schönheit unterhielt. Durch ein dezentes Räuspern machte Rafael auf sich aufmerksam. Voller Freude empfing Jonathan seinen Bruder:

„Rafael, darf ich dir Isabella vorstellen! Sie ist Schneiderin und reist mit unserem Tross."

„Sei gegrüßt, Isabella. Schön, dich kennen zu lernen", sagte Rafael und streckte ihr seine Hand entgegen, die sie mit einem Lächeln schüttelte.

„Wohin hat es die anderen verschlagen?", fragte Rafael.

„Lebbock und Georg liegen in ihrer Kammer und schlafen. Einige von uns sind zur Nachbarkompanie gegangen. Die haben irgendwo Brandwein gefunden."

„Von den Brandweinleichen habe ich gerade schon welche gesehen", sagte Rafael lachend.

Er erzählte Isabella und Jonathan, was ihm gerade widerfahren war. Während sie sich unterhielten, beobachtete Rafael seinen Bruder genau. Jonathan konnte seine Augen nicht von Isabella lassen, die auf seine Blicke mit einem strahlendem Lächeln reagierte. Ihre grünen Augen hatten etwas Katzenhaftes, und so bewegte sie sich auch. Sie war ein wenig größer als Jonathan. Ihre üppigen weiblichen Rundungen betonte sie durch die Kleidung. Unwillkürlich schaute man ihr auf die Brüste oder auf den Po.

Wie Rafael bei dem Gespräch erfahren hatte, war sie acht Jahre älter als Jonathan und schon Witwe. Das Alter von Isabella und ihre Lebensverhältnisse störten Jonathan keineswegs. Man konnte geradezu spüren, wie stark Jonathans Herz für diese Frau schlug.

Dann unterbrach ein Trompetensignal, welches zum Sammeln rief, die kleine Runde. Jonathan verabschiedete sich mit einem Handkuss von Isabella. Rafael rollte seine Fahne aus und ging gemeinsam mit den Männern der Rotte Wolf zum Sammelplatz der Kompanie.

Hauptmann Alterheld schritt in ungewohnter Weise die Front zu Fuß ab. Dann gab er folgenden Befehl aus:

„Landsknechte, wir wollen jetzt unsere toten Kameraden vom Felde holen. Anschließend werden wir die Männer auf dem Prager Friedhof in einem Massengrab beerdigen. Unsere getöteten Gegner müssen auch dort unten verschwinden, denn der Blutgeruch zieht schon die Fliegen und anderes Ungeziefer an. Wir wollen doch nicht die Ruhr oder Pest heraufbeschwören! Unsere Kompanie bekommt auch hundert Gefangene zugewiesen, um den Auftrag auszuführen. Los, Männer, lasst uns mit der traurigen Arbeit beginnen!"

So machte sich die Kompanie unter Trommelklang zuerst auf den Weg zu den Pferdeställen der Prager Burg, um die dort untergebrachten Gefangenen abzuholen. Der Kompanie folgte dann auch noch eine Kolonne mit fünf Leiterwagen-Fuhrwerken, die jeweils von zwei Kaltblütern gezogen wurden.

Die Gefangenen waren wirklich sehr froh, dass man ihnen nach der verlorenen Schlacht nichts angetan hatte. Also gingen sie bereitwillig und ohne zu murren mit, um die Toten zu holen.

Die Kompanie marschierte gemeinsam mit ihren Helfern über eine der Moldau-Brücken in Richtung Schlachtfeld, um das traurige Werk anzupacken. Bereits aus der Ferne hörten die Landsknechte das Krächzen der Krähenvögel, die sich wohl schon auf die fette Beute gefreut hatten, die überall auf dem Schlachtfeld verteilt lag.

Am Schlachtfeld angekommen, stießen die Männer als erstes auf viele ineinander verschlungene Körper gefallener Pikeniere. Sie lagen da mit weit geöffneten Augen – entsetzt und von Schmerzen verzerrt, weil Metallspitzen in ihre Gedärme eingedrungen waren. Die Ärmsten sind ja genau wie die Pikeniere der anderen Seite ohne Absicht von ihren eigenen Kameraden in die Pieken des Gegners geschoben worden. Auf diese Weise konnte es geschehen, dass die Männer in dem Augenblick, als sie andere töteten, selbst ebenfalls getötet wurden. So sind sie denn auch liegengeblieben – Getöteter und Mörder verbunden durch die in die Leiber eingedrungenen Pieken.

Rafael beobachtete, wie der betrunkene Unteroffizier Wolf einige der Gefangenen anwies, die Pikeniere zu trennen. Es begann ein trauriges Schauspiel, das bei nicht wenigen Landsknechten zu blankem Entsetzen führte: Die Gefangenen zogen, um die Pikeniere trennen zu können, die Pieken aus den Körpern. Dies führte bei einigen Leichen dazu, dass deren Innereien mit hinausgezogen wurden. Den kalten Körpern entflossen dabei noch schwarze Blutklumpen. Der strenge Blutgeruch unterstrich all die Schrecklichkeiten, die man zu sehen bekam. Einer der Zwangsarbeiter musste sich über dem Leichnam eines kaiserlichen Landsknechts übergeben. Als Wolf sah, was dem Gefangenen widerfahren war, rastete er total aus:

„Du verdammter Protestant kotzt auf meinen Kameraden? Dir werde ich es zeigen!"

Dabei hatte er seinen Degen mit der zerbrochenen Klinge gezogen, um ihn abzustechen. Kreidebleich schaute der, durch die schrecklichen Eindrücke verwirrte, Gefangene den heranstürmenden Wolf an. Ohne die kleinste Hoffnung auf Rettung erwartete er sein Schicksal. In diesem Augenblick schrie Rafael mit ungewöhnlich harter Stimme:

„Unteroffizier Wolf, haltet ein! Ich befehle Ihnen: haltet ein!"

Wolf drehte sich kurz zu Rafael hin, um ihn mit einer Teufelsfratze anzugrinsen. Sofort wandte er sich wieder dem Gefangenen zu, der mit dem Rücken am Boden lag und versuchte, sich vom tobenden Wolf wegzubewegen. Mit beiden Armen nahm er eine flehende Abwehrstellung ein. Unteroffizier Wolf störte sich weder daran, noch an dem Befehl, sondern richtete seinen abgebrochenen Degen Richtung Erde und stieß diesen dann mit beiden Händen und mit aller Kraft in den Brustkorb des wehrlosen Mannes. Mit einem Schrei, ähnlich dem eines waidwunden Tieres, hauchte der sein Leben aus.

Feldwebel Hagen, der einige Meter von Rafael entfernt stand, hatte den Vorfall mitbekommen. Eiskalt rief Hagen: „Vier Männer der Rotte Wolf zu mir!"

Umgehend meldeten sich einige Männer der Rotte bei Hagen. Gemeinsam mit den Männern ging Hagen zu Wolf und sagte:

„Wolf, du weißt, was auf Befehlsverweigerung steht? Ich stelle dich hiermit unter Arrest!"

Danach wandte er sich den vier Männern zu:

„Bindet ihn und setzt ihn auf einen der Leiterwagen. Ihr braucht nicht vorsichtig mit ihm umgehen. Der ist sowieso bald so kalt wie die da auf der Ladefläche."

Dabei zeigte er auf einige der Leichen, die schon aufgeladen waren. Die Landsknechte machten, was ihnen befohlen worden war. Wolf fand sich bald gefesselt auf einem der Wagen wieder. Je mehr der Alkohol aus seinem Körper entwichen war, desto mehr wurde ihm klar, was er angestellt hatte. So begann er sogar zu weinen.

Aber keiner der Männer beachtete diese emotionale Einlage von Unteroffizier Wolf. Denn alle waren zu beschäftigt mit der traurigen Arbeit. Bei einigen der Toten war die Leichenstarre längst eingetreten. Beim Aufladen auf den Leiterwagen vermittelte das den Eindruck, als handele es sich um bizarre Skulpturen, die ihre Arme nach oben strecken und Gebete gen Himmel senden.

Feldwebel Hagen hatte inzwischen Hauptmann Alterheld über die Befehlsverweigerung von Wolf informiert. Alterheld sagte:

„Wolf hätte den Protestanten ungestraft erledigen können, wenn der Fähnrich nicht vor der versammelten Mannschaft Einhalt befohlen hätte. Wir können das nicht durchgehen lassen, sonst leidet die Disziplin. Heute Abend halten wir ein Standgericht ab. Was sich daraus ergeben wird, Feldwebel Hagen, wissen Sie ja wohl!"

Wütend darüber, dass er einen guten Unteroffizier verlieren würde, ging Hagen zu Rafael:

„Jetzt siehst du, was ein Befehl alles bewirken kann! Du hast deinen Ausbilder auf dem Gewissen. Bevor du das nächste Mal einen Befehl aussprichst, bedenke seine Folgen", schnauzte Hagen böse.

Rafael antwortete selbstbewusst:

„Wolf war vielleicht ein guter Kämpfer. Als Mensch zeigte er aber nur die schlechtesten Charaktereigenschaften. Er ist gierig, brutal, stolz und sehr bösartig. Er hat eine Bestrafung verdient!"

Hagen wandte sich ausspuckend ab und kümmerte sich wieder um die Ausführung der Aufgabe. Der erste Leiterwagen, dessen Ladefläche übervoll war mit entstellten Leichen, machte sich auf den Weg zum Prager Friedhof. Dort hatte eine andere Kompanie von den Gefangenen riesige drei Meter tiefe Gruben auswerfen lassen. In diese Gruben legten protestantische Landsknechte die Leichen, die sie von dem Leiterwagen herunterholten. Sie versuchten, die in teils sehr verrenkten Köperhaltungen befindlichen Leichen würdevoll abzulegen.

Ein Franziskaner-Pater segnete jeden Toten, indem er mit seinen Fingern ein Kreuzzeichen auf die Stirn zeichnete. Als die Reihen des ersten Massengrabes gefüllt waren, schritt er das Grab der Länge nach ab, um alle Leichen mit Weihwasser zu besprenkeln. Dabei murmelte er leise Gebete vor sich hin.

Ganz anders ging man mit den verblichenen Protestanten um. Diesen Toten wurde alles genommen, was sie am Körper trugen. Die Gefangenen mussten von den nahegelegenen Bauernhöfen Brennholz heranschaffen. Dann schichteten sie ihre ehemaligen Kameraden gemeinsam mit dem Holz auf. Ohne Gebete wurde der Scheiterhaufen mit Hilfe mehrerer Teerfackeln angezündet. Umgehend lag das Schlachtfeld unter beißendem Rauch, wodurch den Umstehenden ein weiterer schauerlicher Anblick erspart blieb.

Als der Leiterwagen, auf dem Wolf festgebunden lag, zum Friedhof aufbrach, schaute Rafael ihm lange nach. Dabei kamen sehr ungute Gefühle in ihm auf:

„Hab ich den Unteroffizier wirklich auf meinem Gewissen? Vielleicht hätte ich einfach zwischen den Gefangenen und Wolf treten sollen, dann würde der jetzt noch leben und dem Wolf geschähe nichts. Stattdessen habe ich nur den Befehl gegeben und damit keinem genutzt. Davon hatte niemand etwas – nur ich habe zusätzlich ein schlechtes Gewissen. Ich gehöre hier nicht her. Das ist nicht meine Welt!"

Der riesige Scheiterhaufen strahlte eine derartige Hitze ab, dass man sich ihm höchstens auf zwanzig Meter nähern konnte. Die Gefangenen hatten noch an die zweihundert tote Protestanten zusammengetragen. Dann aber war das Feuerholz aufgebraucht, und an den brennenden Scheiterhaufen konnten sie ja nun nicht mehr herankommen. Deshalb beschloss Hauptmann Alterheld, die Leichen in der Moldau versenken zu lassen.

So wurden die vom Prager Friedhof zurückkommenden Leiterwagen mit den toten Protestanten beladen. Von einer der hölzernen Brücken, die den Fluss überspannten, warfen dann die Gefangenen die Leichen ins Wasser. Die Körper der Toten tauchten zunächst nach dem Aufprall aufs Wasser ab, um nach ein paar hundert Meter flussabwärts wieder aufzutauchen. Die Strömung wirbelte die Leichen umher: Mal kamen Füße an die Oberfläche, mal ein graues Gesicht oder ein Gesäß.

Für die Menschen, die unterhalb des Flusses lebten, war dies schrecklich anzusehen. Je länger die Leichen im Wasser trieben und irgendwo im Totholz oder Treibgut festhingen, umso furchtbarer war der Anblick.

Derweil wandten sich zwei Unteroffiziere einer anderen Kompanie Wolf zu: Man hatte ihm seinen Gürtel und den schönen Hut weggenommen, um ihn dann in den sogenannten „Schwitzkasten" zu stecken. Der Schwitzkasten war eine Holzhütte mit einer Deckenhöhe von einem Meter fünfzig und einer Grundfläche von anderthalb Quadratmetern.

Dies bedeutete für Wolf, dass er weder liegen noch richtig stehen konnte. Wolf winkelte seine Beine an und lehnte sich mit seinem Rücken an die Holzwand. So war der Aufenthalt einigermaßen erträglich – abgesehen von anderen menschlichen Bedürfnissen, denen man dort überhaupt nicht nachzugehen vermochte. In dieser abgedunkelten Vorstufe der Hölle konnte man wirklich nur eines: nachdenken.

Aber auch dies wurde durch die aufsteigende Angst vor der zu erwartenden Bestrafung erheblich beeinträchtigt. Als erstes kamen ihm Erinnerungen aus seiner Kindheit in den Sinn. Er hatte das gutmütige Gesicht seiner Mutter vor Augen: wie sie ihn tröstete, als er sich bei der Apfel-Ernte beim Absturz aus einem Apfelbaum eine tiefe Platzwunde an der Stirn zugefügt hatte. Ganz ruhig war sie geblieben, hatte ihm ein sauberes Tuch auf die Stirn gedrückt, bis die Blutung nachließ. Ansonsten ließ sie ihn einfach weinen und summte immerzu eine beruhigende Melodie. Die Magd war von ihr zum Heilkundler geschickt worden, um ihn zur Hilfe zu holen. So war alles wieder gut geworden: Von der Wunde blieb nur noch eine blasse Narbe übrig.

Jetzt aber gab es keine Hilfe mehr für ihn: Hier war er allein und furchtbar einsam. Ja, mutig war er auch gewesen in seinem Leben. Als die Wölfe ihr Dorf bedrohten und immer wieder zerrissene Haustiere vorgefunden wurden, hatten sein Vater und er Nachtwache gehalten. Trotz des tief bis ins Mark gehenden Geheuls der Bestien waren sie ruhig geblieben, um dann weiter ihre nächtlichen Runden zu machen. Tagsüber hatte der vierzehnjährige Wolf gemeinsam mit seinem Vater, auf den er unendlich stolz gewesen war, Wolfsfallen gebaut und diese aufgestellt. So konnten sie innerhalb eines halben Jahres acht Wölfe fangen. Oft lebten die Wölfe noch, wenn sie in der Falle saßen. Er hatte seinem Vater dabei zugesehen, wie dieser die Tiere mit einem Musketenschuss erledigte.

Damals empfand er als Junge Mitleid mit den Wölfen. Doch sein Vater erklärte ihm, dass entweder der Wolf oder der Mensch leben könne: beide zusammen – das würde nie klappen. Und der Junge verstand es. Stolz war er gewesen, als es hieß, sie würden ihrem Namen „Wolf" alle Ehre machen. Man sagte:

„Familie Wolf vergrämt die Wölfe!"

Die stickige Luft im Schwitzkasten hatte seinen Kopf zum Brummen gebracht. Seine Augen brannten wie Feuer, sein Herz klopfte ihm hoch bis in den Hals – so sehr fürchtete er sich vor dem folgenden Morgen. Er versuchte, sich wieder an die schönen Momente aus seinem Leben zu erinnern. Auch an seine Liebe dachte er zurück:

„Ja, Magda, dich hab ich geliebt – so sehr, wie keinen anderen Menschen! Für dich bin ich zu den Landsknechten gegangen. Denn ich wollte uns einen eigenen Hof beschaffen, und das auf einem ehrlichen Weg. Sogar bis zum Unteroffizier hab ich es gebracht, aber Geld gespart habe ich nicht. Magda! Magda, wie konnte ich unser Ziel nur aus den Augen verlieren? Ob du immer noch auf mich wartest? Wofür ich die Beute und den Sold ausgegeben habe, fragst du dich? Magda, für Huren, für Schnaps und für das Spiel war das! Du verstehst das nicht, Magda? Nein, du kannst es nicht verstehen! Magda, der Krieg zerfrisst den Kämpfer von innen!

Als ich den ersten Gegner töten musste, konnte ich in der folgenden Nacht nicht schlafen. Ich fühlte mich so einsam, hatte niemand, mit dem ich sprechen konnte. Da sind die Kameraden auch kein Trost! Der Schnaps beruhigte mich und legte einen Schleier des Vergessens auf meine Seele. Bei den leichten Mädchen wärmte ich meine ausgekühlte Seele auf: Ich wollte das Leben spüren und genießen. Das Würfelspiel vertrieb meine Langeweile, die ich zwischen den Diensten hatte. Und darüber bist du mir immer fremder geworden. Ich habe deinen Duft vergessen, obwohl ich noch weiß, dass ich ihn gemocht hatte.

Nun bleiben mir nur noch wenige Stunden bis zum Standgericht. Und auf einmal bist du wieder der Mittelpunkt meiner Gedanken. Du warst das Beste, was mir in meinem Leben passiert ist. Vielleicht werden wir uns in einer anderen Welt wieder begegnen! Wir werden uns an unseren Herzen erkennen. Auf Wiedersehen, Magda, auf W…"

Mit diesen Gedanken fiel er in einen unruhigen, oberflächlichen Schlaf. Am folgenden Morgen wurde der Schwitzkasten geöffnet. Wolf fiel förmlich aus der Hütte, da es wieder Nachtfrost gegeben hatte. Er war total durchgefroren. Zwei Feldwebel holten in ab. Beide trugen die beeindruckenden Bihänder über der Schulter.

Mehr stolpernd als gehend bewegte Wolf sich zwischen den Feldwebeln zum Standgericht. Es bestand aus drei Personen, die an einem, mit weißem Tuch bedeckten, Tisch saßen: Das waren Hauptmann Alterheld, und mit ihm zwei andere Hauptmänner des Regimentes als Richter. Hauptmann Alterheld begutachtete Wolf, der ihm total zusammengefallen und verwirrt vorkam. Dann sagte er:

„Mensch, Wolf, was machen se denn da fürn Mist. Ich kenne Sie doch ganz anders! Sind se krank?"

Wolf antwortete unsicher:

„Nein, krank bin ich nicht! Ich wollte doch nur meine toten Kameraden verteidigen!"

Hauptmann Erich entgegnete knapp und sehr kühl:

„Mit einer Befehlsverweigerung gegenüber einem ranghöheren Offizier kann man das jedoch nicht bewirken!"

„Aber das war doch mein Rekrut, Herr Hauptmann", sagte Wolf verwirrt.

Hauptmann Erich antwortete bösartig:

„Wir waren alle einmal Rekruten; doch das heißt noch noch lange nicht, dass man uns nicht gehorchen muss, oder?"

Nun mischte sich auch der dritte Richter, Hauptmann Kühn, ein:

„Das Schlimmste, was Sie getan haben, Herr Unteroffizier, war die Befehlverweigerung im Beisein der einfachen Landsknechte. Würden wir Sie jetzt ungeschoren davonkommen lassen, verlören wir unsere Glaubwürdigkeit. Ich denke, Sie wissen selber schon, was auf Sie zukommt?"

Wolf nickte und senkte bedrückt sein Haupt. Die Richter zogen sich kurz zur Beratung in ein Offizierszelt zurück. Die beiden Feldwebel hatten Wolf in ihrer Mitte und stützten sich dabei gelassen auf ihren Bihändern ab. Als die Richter zur Urteilsverkündung erschienen, nahmen die Feldwebel wieder Haltung an. Alterheld ergriff das Wort:

„Im Namen des Kaisers erfolgt folgendes Urteil: Das Gericht verurteilt den Angeklagten Wolf zum Tode durch den Strang. Das Urteil wird gleich im Anschluss an die Verhandlung vollstreckt."

Der arme Wolf wurde von den Feldwebeln zum Richtplatz geführt. Dort warteten schon zwei andere Delinquenten auf ihre Hinrichtung. Der Henker hatte seine lange Leiter an eine uralte Eiche gelehnt. Er befestigte mit geschickten Griffen einen Hanfstrick an einem dicken Ast der Eiche. Die Schlinge mit dem dahinterliegenden Knoten war vorher schon angefertigt worden. Dann gab er seinen Helfern ein Zeichen. Diese griffen sich einen der zum Tode

Verurteilten, um ihn in Begleitung eines Geistlichen zur Leiter zu bringen. Der Geistliche murmelte seine Gebete. Er sagte auch zwischendurch immer wieder:

„Bereue, bereue deine Sünden!"

Die Helfer banden die Hände des Delinquenten zusammen und schoben ihn dann bis zur Leiter. Der auf der Leiter stehende Henker nahm sein Opfer in Empfang. Dabei griff er ihn unter die Achseln und zog ihn dann Stiege um Stiege die Leiter hoch. Einer der Henkershelfer schob von unten nach. Anschließend ging alles sehr schnell: Schlinge um den Hals, Knoten bis in den Nacken geschoben – und ein Schubs. Man hörte vor dem Schubs höchstens noch ein Wimmern oder ein leises Flehen. Aber die meisten zum Tode Verurteilten wollten sich bis zum Schluss keine Blöße geben. So ist auch der erste der drei Männer still in den Tod gefallen. Nur zwei- bis dreimal hatte er mit den Beinen gezappelt. Damit war alles zu Ende.

Nachdem der zweite Mann getötet am Seil hing, war Wolf dran. Wolf biss sich auf die Lippen, um nicht loszuweinen, als sie ihn banden. Beim Hochzerren auf die Leiter dachte er nur:

„Herr, vergib mir. Bitte lass mich keine Schmerzen spüren!"

Dann fühlte er schon das kratzige Seil an seinem Hals. Der Henker schob und zog an dem groben Strick, was Wolf als ein wenig schmerzhaft empfand. Seine letzten Gedanken waren:

„Mensch, Henker, sei doch nicht so grob mit mir!"

Irgendwie war Wolf überrascht, als er von der Leiter gestoßen wurde. Schon als der Strick, der um seinem Hals hing, sich wieder straffte, war für ihn alles dunkel. In dieser

Sekunde arbeitete keiner seiner Sinne mehr. Auf der Richtstätte herrschte absolute Stille.

Die drei Erhängten baumelten an den Stricken. Aufkommender Wind ließ sie hin und her schaukeln, als wären sie Marionetten. Und der Wind brachte Schnee mit, der sich wie Puderzucker über die Landschaft legte. Dass die drei im Baum Hängenden damit voll bedeckt waren, ließ bei deren Anblick den Eindruck absoluter Verlassenheit aufkommen.

Derweil nutzte Rafael seinen dienstfreien Tag, den man ihm aufgrund der Bestattungsarbeiten – wie allen Kameraden seiner Kompanie – als Belohnung gab. Er hatte ungewöhnlich lange geschlafen, aber unruhig und von schlimmen Träumen geplagt. Denn was er am Vortage gesehen hatte, konnte er nicht mehr vergessen. Die Bilder der grausam entstellten Opfer dieses Krieges hatten sich in jede Windung seines Gehirns eingebrannt.

Beim Frühstück gesellte sich Gerlinde zu Rafael und Jonathan. Gerlinde wollte ihren Rafael mit Leckereien verwöhnen: Sie machte ihm Spiegeleier mit Schinkenspeck. Dazu gab es Brote, die dick mit Butter geschmiert sowie mit leckerem Käse belegt waren. Sie hatte in den frühen Morgenstunden Kuhmilch gekauft und sie draußen abkühlen lassen, damit Rafael eine Schale mit frischer Milch trinken konnte. Er zeigte sich einmal mehr über Gerlindes Fürsorge erstaunt und sagte:

„Du bist ein Schatz, Gerlinde!"

Diese Bemerkung griff Jonathan auf, um festzustellen:

„Nein, nicht nur das: Du bist wirklich ein Engel!"

Er unterlegte das Gesagte mit einem breiten Lächeln, wobei man seine weißen Zähne sehen konnte. Gerlinde quittierte die Komplimente mit Bescheidenheit:

„Jetzt hört aber mal auf, ihr beiden. Das ist doch selbstverständlich! Für so nette Burschen muss man doch ein kleines gemütliches Zuhause schaffen. Was habt ihr denn sonst vom Leben?"

Rafael ging durch den Kopf:

„Ein kleines Zuhause zu schaffen – das versucht die liebe Gerlinde wirklich! Und in Grundzügen erreicht sie es auch, soweit das hier möglich ist."

Dann fragte er Gerlinde:

„Was hast denn du von deinem Leben? Uns zu bewirten kann für dich doch auch nicht richtig beglückend sein, oder?"

„Oh doch, das kann es! Eure Zufriedenheit ist mein Lohn", sagte Gerlinde fröhlich und bestimmt.

Nach dem reichhaltigen Frühstück machten sich die Brüder auf den Weg, um ein wenig die Stadt zu erkunden. Die Einheimischen trauten sich zu dieser Zeit kaum auf die Straße, da es immer wieder zu Übergriffen durch die kaiserlichen Landsknechte gekommen war. Die von Furcht geplagten Bürger blieben lieber auf engstem Raum in ihren noch verbliebenen Zimmern, als sich auf die gefährliche Straße zu wagen. Oberst Falkenhayn hatte per Dekret verlautbaren lassen, dass jedem, der auf sein Eigentum verzichtet, freies Geleit bis zu den Grenzen der Stadt zugesagt werde.

Von dem Angebot wurde aus Furcht vor dem Verbleiben reichlich Gebrauch gemacht. So gingen die beiden Brüder durch menschenleere Gassen. Am Ende einer Gasse stürzten fünf Landsknechte lachend aus der Werkstatt eines Goldschmiedes. Als die Brüder an dem Haus ankamen, sahen sie, dass die schwere und eigentlich gut gesicherte Tür mit Hilfe eines Rammbocks gewaltsam geöffnet worden war. Neugierig schauten sie in das Innere der Werkstatt: Gleich im kleinen Vorraum fanden sie den erschlagenen Meister in einer riesigen Blutlache auf dem Bauch liegend vor.

Die gespensige Stille, die rundherum herrschte, ließ weiteres Unheil erahnen. Sie gingen weiter in das Gebäude hinein: Zuerst begutachteten sie die hinter der Werkstatt liegende gute Stube. Auch hier war, wie in der Werkstatt, einiges an Inventar umgeschmissen oder mutwillig zerstört worden. Mit angespannten Sinnen wagten sie sich weiter bis in den nächsten Raum vor. Als sie in das Schlafzimmer schauten, bekam Jonathan bei dem Anblick, der sich ihnen bot, einen riesigen Schreck: Eine Frau, etwa Anfang dreißig, lag mit starrem, an die Decke gerichtetem Blick auf dem Rücken in ihrem Bett.

Rafael ging dann direkt in das Zimmer. Denn er dachte, man könnte ihr noch helfen. Aber es gab für diese Frau keine Hilfe mehr. Rafael fielen die Einblutungen in ihren Augen auf; auch benetzte schäumender Speichel ihre Lippen. Würgemale an ihrem Hals und dazu der entblößte Unterleib erklärten einiges. Rafael drückte der Ärmsten die Augen zu, faltete ihre Hände und bedeckte den nackten Unterleib mit einer Decke.

„Hoffentlich musste die Frau nicht so sehr leiden", dachte Rafael.

Jonathan sagte zu Rafael:

„Was sind denn das nur für Menschen, die so was tun!"

Rafael äußerte dazu empört:

„Pervertierte Kameraden! Krieg stumpft die Menschen derart ab, dass sie so etwas übers Herz bringen."

In den nächsten beiden Zimmern befand sich ebenfalls niemand – nur sterbliche Überreste der früheren Bewohner. Jonathan drängte schon, das Haus zu verlassen, da sie doch alles gesehen hätten. Da fiel Rafael eine kleine Tür in der Ecke des Schlafzimmers auf.

Sein Blick konnte sich von der Tür nicht lösen. Er musste einfach die Tür des Kabuffs öffnen. Kaum hatte er das getan, erschraken die Brüder erneut: Ein kleines Mädchen von etwa fünf Jahren mit blonden Locken hockte dort. Es starrte sie fragend mit weit geöffneten Augen an. Die Kleine zitterte am ganzen Körper; ihre Augen verrieten beispielloses Entsetzen.

Rafael packte sie umgehend und hielt ihre Augen zu, um ihr den Anblick der getöteten Eltern zu ersparen. Das Mädchen gab keinen Ton von sich, als Rafael mit ihr auf dem Arm das Haus verließ. Jonathan folgte den beiden. Er war zutiefst erschüttert. Rafael dachte:

„Das arme Ding hängt in meinen Armen wie ein Holzklotz. Sie erwartet jetzt bestimmt wieder so eine Grausamkeit, wie sie es vielleicht bei ihren Eltern erlebt hat."

Schnell gingen sie durch die verschneiten Gassen, bis sie Rafaels Quartier erreicht hatten. Dann klopfte Rafael an der Tür und wartete ungeduldig, bis einer der Unteroffiziere geöffnet hatte. Mit der Kleinen auf dem Arm stürmte er durchs Haus zu Gerlindes Kammer.

Ohne zu klopfen platzte er in ihr Zimmer, um die erschrockene Gerlinde atemlos anzustarren. Gerlinde war gerade dabei, ihr Haar in einer Keramikschüssel zu waschen, als Rafael samt Kind in der Kammer stand. Wasser tropfte von ihrem nassen Haar herab auf das dünne Hemdchen, das sie trug. Rafael sagte leicht verwirrt:

„Ich habe dir jemanden mitgebracht."

„Die anderen Männer bringen ihrer Liebsten Blumen mit. Und du kommst gleich mit einem Kind herangestürmt! Was soll ich dazu sagen?", stellte Gerlinde verwundert fest.

Sofort wandte sich Gerlinde dem kleinem Mädchen mit den großen Augen zu:

„Ach, du liebes Püppchen, du zitterst ja! Du bist bestimmt total durchgefroren! Warte, ich zieh mich erst einmal richtig an. Dann mache ich uns eine warme Milch mit Honig."

Schnell schlüpfte Gerlinde in ihr Kleid und nahm das Mädchen auf den Arm. Dabei sah sie Rafael ernst an, um dann mit der Kleinen in der Küche zu verschwinden. Langsam ging Rafael den beiden nach. Als er durch den Spalt der geöffneten Küchentür schaute, kam bei ihm stark das Gefühl der Sehnsucht nach einem Leben in Harmonie und Liebe auf: Denn Gerlinde erwärmte die Milch in einem kleinen Kupferkessel über der Feuerstelle, während das Mädchen sie mit beiden Armen umarmte und sich mit dem kleinen Köpfchen an ihre Wange anlehnte. Dieses friedliche Bild, das in völligem Gegensatz zu dem in der Goldschmiede Geschehenen stand, sorgte bei Rafael zugleich für schwere Gewissensbisse:

„Meine Kameraden sorgen hier für Angst und Schrecken, und ich bin mit daran beteiligt. Jetzt versuche ich hier Hilfe zu leisten. Da draußen aber passiert in einer anderen Kammer schon wieder gleiches wie zuvor – einfach Unmenschliches", dachte Rafael verbittert.

Dabei umfasste er den hölzernen Talisman, den er wie immer am Hals trug.

Gerlinde setzte sich mit dem Mädchen an den großen Tisch im Speisesaal. Vorsichtig goss sie die aufgewärmte Milch in ein Schälchen, gab mit einem kleinen Löffel Honig dazu und rührte langsam die Milch um, bis der Honig sich auflöste. Da die Kleine keine Anstalten machte, das Schälchen aufzunehmen, flößte Gerlinde ihr ganz sanft und unter gutem Zureden die Milch ein. Dies wirkte sofort, denn das vorher blasse Gesicht begann zu leuchten. Besonders die Wangen der Kleinen zeigten plötzlich eine gesunde rote Farbe.

Aber kein Ton kam über die Lippen des armen Mädchens. Sprechen konnte oder wollte es nicht, da es in ihrem noch begrenzten Wortschatz wahrscheinlich keine Ausdrücke für das Erlebte gab. So brachte Gerlinde das Mädchen in ihr Bett, legte sich neben sie und summte ihm beruhigende Melodien vor, bis es einschlief.

Aber friedlich schlafen konnte das Mädchen gewiss nicht: Immer wieder gab es jammernde Laute von sich und wehrte sich mit Händen und Füßen gegen eine fiktive Mörderbande. Gerlinde jedoch benahm sich so gut wie eine leibliche Mutter: Ganz nah schmiegte sie sich an das schwitzende und zitternde Kind. Sie fand auch beruhigende Worte, wenn es vor Angst wieder aufschreckte.

Diese Nacht und die Nächte der folgenden Tage waren sehr anstrengend für Gerlinde. Trotz der fast schlaflos durchgemachten Nächte blieb sie aber geduldig mit der Kleinen. Kein böses Wort kam ihr über die Lippen; auch zwang sie sie nicht dazu, endlich zu sprechen – ganz im Gegenteil: Sie ging immer liebevoll mit ihr um. Am Tage verrichtete sie ihre Arbeiten gemeinsam mit dem Kind, und danach spielte sie mit ihm: So wurden Schneemänner gebaut und selbstgebastelte Bötchen in der Moldau auf die Reise geschickt, wurde Kuchen gebacken oder eine Stoffpuppe genäht.

Gerlinde zeigte dem Mädchen auch die wunderschönen Eisblumen an den Glasscheiben. Auf dem Markt kaufte sie ihm neue Kleidchen, oder sie bereitete ihm die leckersten Speisen zu. Das alles tat sie ganz selbstlos. Sie betrachtete es als Belohnung, wenn das Mädchen ein schüchternes Lächeln von sich gab oder sich bei ihr die Angst in den Augen in einen unbekümmerten Glanz verwandelte.

Rafael beobachtete das Verhältnis der beiden voller Zufriedenheit. Seitdem Gerlinde dem Kind etwas wie eine Mutter geworden war, bewunderte er sie immer mehr. Längst war er ja nicht nur von ihrem Äußeren angetan.

Ohne ein Wort zu verlieren, gab er Gerlinde einen Teil seines Soldes. Sie verhielten sich fast wie ein verheiratetes Paar. Auch Gerlinde spürte, wie sehr er sie mochte. Das beflügelte sie, ihn noch mehr zu verwöhnen. Wenn die anderen Unteroffiziere mit am Tisch saßen, schenkte sie zuerst Rafael den Tee ein. Oft hatte Gerlinde auch kleine Extras für Rafael besorgt: einmal ein gekochtes Hühnerei, einmal ein schönes Stück Käse. Keinem blieb Gerlindes Interesse an Rafael verborgen. Einige der Unteroffiziere fingen an, eifersüchtig zu lästern:

„Die Schlampe schmeißt sich an den Fähnrich ran. Das ist ja schon penetrant, wie sie sich an den ranmacht."

Rafael war für einige Wochen mit dem Auftrag beschäftigt, konfiszierte Möbel oder andere Wertgegenstände für die Offiziere zu verschicken. Er stellte die Fuhren zusammen und suchte Freiwillige unter den Landsknechten, die für einen kleinen Extra-Sold den Transport übernahmen.

Mehr und mehr protestantische Familien kehrten Prag für immer den Rücken. Die täglichen Übergriffe durch die kaiserlichen Truppen und die schlechter werdende Versorgungslage machten ein weiteres Ausharren fast unmöglich. Alle, die über die nötigen Mittel verfügten, suchten sich eine neue Heimat. Denen, die blieben, ging es überhaupt nicht gut: Lebensmittel wurden unerschwinglich, und die Rechtlosigkeit führte zu ständiger Angst bei den Einheimischen.

Die Weihnachtszeit änderte nichts am Verhalten der Sieger: Es wurde weiterhin misshandelt und gestohlen. Rafael verbrachte die Heilige Nacht gemeinsam mit Gerlinde, dem kleinen Mädchen und Jonathan mit seiner Isabella. Das Haus, in dem Rafael einquartiert war, verfügte über eine gute Stube, in der sich auch ein Kachelofen befand. Diesen Raum hatte sich Rafael für die Feierlichkeit gesichert. Vorab wurde von Rafael der Ofen gut vorgeheizt, um es bei dem Fest gemütlich warm zu haben.

In den letzten Tagen hatte es zwar nicht mehr geschneit, aber dafür lag die Landschaft jetzt unter beißendem Frost. Die klirrende Kälte sorgte dafür, dass die von der Lebensmittelknappheit geschwächten Menschen jetzt an Lungenentzündung oder anderen schlimmen Infekten erkrankten sowie teilweise auch daran starben.

Gerlinde hatte einen Hasen organisiert und diesen köstlich zubereitet, außerdem auch allerhand süßes Gebäck hingestellt. Zur Verblüffung seines Bruders verlobte sich Jonathan in dieser Nacht mit Isabella. Die beiden waren ein

Herz und eine Seele. Man merkte, dass sie füreinander bestimmt waren. Jonathan erzählte:

„Wenn der Krieg aus ist, gehen Isabella und ich nach München. Dort machen wir eine kleine Schreinerei auf. Ich arbeite ja so gerne mit Holz. Und der Hof in der Heimat ist doch zu klein, um uns alle ernähren zu können."

Rafael wandte ein:

„Aber bis nach Bayern? Ist das nicht ein wenig weit weg?"

Jonathan erklärte ihm:

„Meine Liebste stammt doch von dort. Ich will, dass sie sich zuhause fühlt, wenn wir uns verheiraten."

In guter Stimmung saßen sie beisammen und tauschten kleine Geschenke aus. Jonathan übergab der Kleinen ein selbstgebasteltes Puppenbettchen. Und Rafael schenkte dem Mädchen eine Kette, die aus vielen bunten Holzperlen bestand. Isabella hatte für sie ein Kleid sowie eine schöne bunte Schürze geschneidert. Von Gerlinde bekam das Mädchen eine Haarbürste und eine Haarspange geschenkt. Die Augen der Kleinen glänzten vor Freude: In ihnen spiegelten sich die unzähligen Kerzenlichter wider, die zur Feier des Tages angezündet worden waren.

Als Gerlinde das Geschenk überreichte, kam von der Kleinen ganz unverhofft ein

„Danke, Mama!"

Zuvor hatte das Mädchen, seit es sich in der Obhut von Gerlinde befand, ja keinen Ton von sich gegeben. Diese beiden, von der Kleinen ausgesprochenen Wörter sorgten dafür, dass sich die Augen von Gerlinde mit Tränen der Rührung füllten. Gerlinde dachte:

„Mein liebes Schätzchen, glaube mir: Wir werden bald eine richtige Familie sein. Niemals lassen wir dich allein! Und Rafael wird dein Vater."

Gerlinde ging in die Knie, um auf Augenhöhe mit dem Mädchen zu sein. Dann sagte sie ohne eine Spur von Druck in der Stimme:

„Schätzelein, nenn mir doch bitte mal deinen Namen!"

„Ro… äh… Rosanah", äußerte sie schüchtern und mit leiser Stimme.

„Das ist aber ein schöner Name", sagte Rafael zu dem Mädchen.

Um das Kind nicht weiter zu überfordern, wandten sie sich dem Hasenbraten zu. Es wurde reichlich gegessen, und dazu guter Wein getrunken. Diese Nacht gestaltete sich durch Rosanah wirklich zu einer ganz besonderen und unvergesslichen Heiligen Nacht.

Gleich in den ersten Tagen des neuen Jahres musste Rafael dann allerdings eine längere Reise unternehmen. Er war zum Zugführer eines Beute-Transportes bestimmt worden und hatte seit Wochen mit Vorbereitungen zu tun. Ziel war Nürnberg, wo er die Heimatadressen zweier bayerischer Offiziere aufsuchen sollte. Der Zug bestand aus drei Rotten, die aus unterschiedlichen Kompanien hervorgingen.

Zu Rafaels Freude befand sich Gerold unter den Männern der einen Rotte. Die zweite Rotte war die ehemalige Einheit von Wolf, in der auch Rafaels Bruder diente. Die Männer der dritten Rotte waren Rafael gänzlich unbekannt. Alles in allem waren es zusammen neunundzwanzig Mann, inbegriffen Unteroffizier Raune und Fähnrich Rafael.

Rafael und der Unteroffizier führten den kleinen Zug hoch zu Ross an. Danach folgten drei große Planwagen, die mit in Stroh verpackten Kostbarkeiten gefüllt waren. Auf jeder der Kutschböcke saßen drei Männer: in der Mitte der Kutscher, links und rechts davon mit Musketen bewaffnete Landsknechte. Im Laderaum der großen Wagen saßen zwischen der Ladung noch jeweils sechs Männer. Gezogen wurden diese große Lasten von starken Kaltblütern.

Als der Zug mit seiner Reise begann, schien die Sonne, und ein blauer Himmel leuchtete über den Planwagen. Es war immer noch empfindlich kalt. So bliesen die Pferde beim Atmen lange Dampffahnen aus ihren Nüstern. Die Männer auf den Kutschböcken kniffen die Augen zusammen, denn das von den Schneekristallen reflektierte Licht schmerzte. Sie waren froh darüber, dem Dienst-Alltag der Prager Burg entfliehen zu dürfen. Man hörte, wie sie sich auf den Wagen gut gelaunt unterhielten.

Knirschend bahnten sich die großen Räder ihren Weg durch den Schnee. Alle zwei Stunden ließ Rafael haltmachen. Dann bekamen die Pferde Wasser oder Hafer, und die Männer konnten sich kurz die Beine vertreten.

Einmal versuchten die Landsknechte während einer Pause einen Schneehasen zu erlegen. Die eilig abgeschossenen Steinschlossgewehre verfehlten aber ihr Ziel und schreckten den Hasen nur auf. Alle Männer, die diesem Schauspiel beiwohnten, freuten sich darüber, dass Meister Lampe Haken schlagend davonkam.

Rafael war sich der Gefährlichkeit seiner Mission bewusst, denn in jedem Wäldchen könnten Wegelagerer oder vagabundierende Söldner lauern. Diesmal führte er nicht die Kompaniefahne, sondern die Fahne der Liga. So war der Zug für Freund und Feind klar zu erkennen.

Der Weg, auf dem sich der Zug bewegte, führte durch einige Dörfer. In Windeseile sprach sich der Kutschen-Konvoi bei den Einheimischen herum. Dementsprechend war kein Mensch mehr auf den Wegen zu sehen. Nur hinter den Scheiben sah man schemenhafte Schatten, die nach dem Konvoi Ausschau hielten. Als sich dann der Tag neigte, beschloss Rafael, im nächsten Dorf Quartier für die Nacht zu machen.

Der verschneite Weg führte in Richtung eines Hügels, von dem aus die Silhouette eines Dorfes zu erkennen war. Da gab es eine Kirche, die sich über mehrere Fachwerkhäuser-Gruppen erhob. Erst beim Einziehen ins Dorf konnten die Landsknechte wahrnehmen, dass die Fenster der Häuser zerschlagen waren und einige der Häuser bis auf wenige erhaltene Mauern verbrannt. Auch die Kirche des Dorfes hatte kein heiles Fenster mehr.

Als der Zug dann den Kirchplatz mit der obligatorischen Linde in dessen Mitte erreichte, erkannten sie, dass hier ein großes Strafgericht abgehalten worden war. Denn in den weit verzweigten Ästen des uralten Baumes hingen an die zwanzig Personen, die wohl bei beißendem Frost erhängt worden waren: Sie hingen dort mit weiß-blauen Gesichtern, die aussahen, als hätte man sie mit Pulverschnee bestäubt.

Voller Abscheu und mit Bestürzung ging Rafael, sein Pferd am Zügel hinter sich her ziehend, durch das offenbar kaum noch bewohnte Dorf. Er musste dann auch nicht mehr lange suchen, bis er die nächste Schandtat entdeckte: In den abgebrannten Häusern lagen zuhauf Knochenreste und zum Teil halbverbrannte Körper.

„Ob das ebenfalls die Unsrigen waren? Was hat das hier denn mit dem katholischen Glauben zu tun? In der Bibel steht doch gar nicht, dass man Männer aufhängen und Frauen und Kinder in ihren Häusern verbrennen muss, wenn sie einem anderen Glauben angehören", dachte Rafael, und wandte sich angewidert ab.

Als er zur Kirche hinüberschaute, sah er, wie eine Person durch die Tür ins Kirchenschiff rannte.

„Ah, ein Plünderer! Dem werden wir es zeigen", sagte Rafael und schrie schon seine Befehle:

„Rotte eins: Kirche umstellen, Rotte zwei: in die Kirche und den Dieb festsetzen!"

Die Landsknechte stürmten sofort mutig los. Es dauerte auch nicht lange, bis der kleine Lebbock strahlend mit dem vermeitlichen Dieb aus der Kirche herauskam. Lebbock hielt den jungen Mann fest am Kragen. Der „Plünderer" ließ alles mit sich machen. Seine Schultern hingen herunter, als würden sie von einer unsichtbaren Kraft niedergedrückt. Die Arme ließ er kraftlos baumeln; sein mittellanges schwarzes Haar hing strähnenweise in seinem Gesicht. Lebbock schubste den jungen Burschen vor sich her, bis sie direkt vor Rafael standen.

„Da hast du den Plünderer! Sollen wir ihn zu den anderen in die Linde hängen?", fragte Lebbock ernst.

Der arme Bursche mit seinen etwa dreizehn bis vierzehn Jahren fiel auf die Knie. Mit vorwurfsvoller Stimme schrie es aus ihm heraus:

„Nein, nein! Erst habt ihr meine Eltern und unsere Nachbarn gequält und getötet! Dann kommt ihr wieder, um die umzubringen, die irgendwie überlebt haben. Das darf nicht sein! Ihr seit keine Christenmenschen, sondern gemeine Mörder – nein: Teufel seid ihr, ganz miese Teufel!"

Der empörte Lebbock zog seinen Degen und schrie voller Wut:

„Du gemeiner Hund, dir werd ich's zeigen!"

„Halte bitte ein, Lebbock", sagte Rafael mit milder Stimme.

Und Lebbock, der schon einmal die Folgen einer Befehlsverweigerung erfahren hatte, stoppte sofort die geplante Aktion. Dann wandte sich Rafael dem Jungen zu und sprach ihn an.

„Komm, Junge, steh auf! Dir tut hier keiner was. Wir hielten dich für einen gemeinen Plünderer. Komm, steh auf!"

Der Junge schaute Rafael erstaunt an. Erst jetzt konnte man eine tiefe Wunde sehen, die an seiner Wange klaffte. Rafael streckte dem Jungen seine Hand entgegen, um ihm aufzuhelfen. Ungläubig sah er auf Rafaels Hand, bevor er sie ergriff. Dann stand er ruckartig auf. Die nicht ganz frische Wunde auf der Wange des Jungen war mit blutiger Borke überzogen; der obere Teil war sogar entzündet.

„Lebbock, hole mal bitte den klaren Korn aus meiner Satteltasche", sagte Rafael.

Nachdem Lebbock ein wenig in der Tasche herumgewühlt hatte, brachte er den Schnaps und ein Stück sauberes Tuch. Raphael nahm den Alkohol, befeuchtete das Tuch damit und tupfte die Wunde vorsichtig ab. Dem Jungen liefen bei dieser Prozedur vor Schmerzen die Tränen über die Wangen.

„Wer hat dir denn den Riss verschafft?", fragte Rafael.

„Das waren die Monster, die auch das ganze Dorf verwüstet haben", sagte der Junge.

Darauf entgegnete Rafael:

„Wir werden uns jetzt in den heilen Häusern da hinten einquartieren. Du kommst mit mir und erzählst erst einmal die ganze Geschichte. Wie heißt du eigentlich?"

Der Junge nannte ihm nun seinen Namen:

„Ich heiße Androsch, mein Herr."

„Folge mir, Androsch", forderte Rafael ihn ruhig auf.

Dann ging er zu den anderen Männern. Androsch gehorchte und folgte Rafael auf dem Fuße.

Gemeinsam mit Jonathan, Lebbock und Gerold bezog Rafael das kleine Fachwerkhaus des Schmiedes. Die Räumlichkeiten lagen verlassen da; aber es war zu sehen, dass den ehemaligen Bewohnern keine Zeit geblieben war, irgend etwas für eine vielleicht vorgesehene Flucht mitzunehmen. Den Männern, die es sich jetzt in diesem Haus gemütlich machten, war ziemlich klar, dass die Besitzer des Hauses nicht mehr lebten.

Da sie genügend Proviant auf ihren Planwagen verstaut hatten, wurde an der Feuerstelle bald gebrutzelt. Gerold zeigte beim Kochen sein vielfältiges Können. Er hatte Kaninchen geschlachtet und einen Hasenpfeffer zubereitet. Als erstes bekam Androsch von Gerold einen großen Teller mit der Speise gereicht. Androsch konnte es kaum fassen, als er einen Teller mit warmer Mahlzeit in seinen Händen hielt: Gierig schaufelte er das gut gewürzte Hasenpfeffer in sich hinein. Er spürte förmlich, wie jeder Löffel seinen Körper belebte.

Die letzten Tage hatte Androsch damit verbracht, sich zu verstecken. Bei der Eiseskälte wäre er fast erfroren. Hinzu kam der unselige Hunger. Denn die Landsknechte, welche das Dorf vernichteten, ließen keine Lebensmittel übrig. Alles hatten sie mitgenommen, was nicht niet- und nagelfest war. Nur ein paar trockene Brotkrumen waren liegengeblieben, womit er seinen Hunger kaum stillen konnte. Was Rafael und seine Männer für ihn taten, bedeutete ihm etwas wie eine Rückkehr ins Leben.

Satt und durchs Feuer gewärmt, stieg ein Gefühl der Geborgenheit in ihm hoch. Lebbock, der Androsch wenige Stunden zuvor noch aufhängen wollte, meinte:

„Sag mal, Rafael, sollen wir den Androsch nicht fragen, ob er mit uns gehen will? Hier kann er ja wohl nicht bleiben! Denk mal an den Lindenbaum!"

Rafael wandte sich darauf direkt an Androsch:

„Du hast gehört, Androsch: Die Männer würden sich freuen, wenn du mit uns ziehst. Wenn du möchtest, setzt du dich morgen früh nach dem Frühstück auf einen der Planwagen. In deinem Dorf gibt es doch vorerst keine Zukunft mehr für dich."

Die umstehenden Männer nickten und stimmten Rafael zu. Androsch wusste nicht, was er sagen sollte. Freudentränen liefen an seinen Wangen hinunter. Noch am Morgen dieses Tages hatte er gedacht, dass er verhungern oder erfrieren würde. Und nun hatten ihm die fremden Männer die Tür zum Weiterleben geöffnet. Jonathan fasste Androsch an der Schulter:

„Das wird schon wieder, mein Junge! Solange man lebt, gibt es die Chance für einen neuen Anfang."

Mit dankbarem Blick schaute Androsch die Männer an und sagte mit leiser Stimme:

„Ja, ich will mit euch gehen. Hier gibt es ja niemanden mehr. Was soll ich hier allein?"

Jonathan holte eine Decke und hängte sie Androsch über die Schultern. Der Junge nahm die Decke gerne an, legte sich auf eine Bank, die neben der Feuerstelle stand, und schlief darauf umgehend ein. Kurze Zeit später hatten sich auch alle anderen zum Schlafen hingelegt, da es am nächsten Morgen früh weitergehen sollte.

Außer den zwei Männern, die Wache hatten, schliefen alle, als plötzlich Wölfe ins Dorf kamen. Die Pferde, die in einer heilen Scheune untergebracht waren, wieherten unruhig.

Als sich die Wachen auf den Weg machten, die Scheune zu kontrollieren, entzündeten sie vorher Pechfackeln. Unter dem hin- und herspringenden Fackellicht suchten die Männer angestrengt nach dem Grund für die Unruhe. In der Scheune kümmerten sich die Wachleute darum, die Pferde mit gutem Zureden und ein wenig Hafer zu beruhigen. Das gelang auch; aber die Stille war nun gespenstisch.

Da kein Laut mehr zu hören war, wurde ihnen diese Situation unheimlich. Schnell verschlossen sie die Scheune und liefen zur Schmiede, wo Rafael mit seinen Leuten schlief. Ungeduldig klopften die Männer an der Tür, die dann von Gerold, der noch völlig verschlafen aussah, mit vorgehaltenem Steinschlossgewehr geöffnet wurde.

Den Männern war klar, dass sie sich im Krieg befanden, und dass es sich bei dieser Angelegenheit um einen Überraschungsangriff handeln könnte. Nach kurzem Austausch über das Vorgehen weckte Gerold zuerst Rafael, danach alle anderen. Schnell wurden noch mehr Fackeln entzündet, und die Männer dieser Rotte gingen schwer bewaffnet hinaus in die Nacht.

Da hatten die Pferde schon wieder angefangen zu wiehern. Vorsichtig, immer ein wenig nach Deckung suchend, schlichen die Männer durchs Dorf. Als sie die halbverbrannten Häuser erreichten, machte Georg eine schreckliche Entdeckung: Er hatte über die zerfallene Mauer eines Hauses gelugt – und sah, dass sich im Fackellicht des offenen Raums, dessen Decke eingestürzt war, zahllose kalt leuchtende Augenpaare spiegelten. Vor Schreck ließ Georg seine Fackel fallen und schrie vor Entsetzen. Es waren Wölfe, die sich über die in den Häusern befindlichen Leichen hergemacht hatten. Sie fletschten bösartig die Zähne und stürzten sich hungrig auch auf Georg.

Da es sich um ein Rudel von etwa fünfundzwanzig Wölfen handelte, konnten sie es sich erlauben, zwei bis drei Menschen anzugreifen. Bösartig und gierig vor Hunger trieben die Tiere ihre Zähne in den sich heftig wehrenden Georg. Das warme Blut, das den Tieren entgegenfloss, spornte ihren Beutetrieb noch mehr an, sodass Georg nur ein oder zwei vergebliche Hilferufe von sich geben konnte, ehe er ohnmächtig wurde und kurz danach starb.

Die Nachfolgenden verstanden nicht sofort, was geschehen war. So schossen zwei Landsknechte aufs Geratewohl ihre Steinschlossgewehre ab. Danach sahen sie nur einige Schattenwesen weghuschen. Sie konnten sich keinen Reim darauf machen, worum es sich handelte. Erst als die Männer den schrecklich entstellten Körper von Georg fanden, wussten sie, dass es Wölfe gewesen waren.

Lebbock, der sich seit der Gefechtsausbildung in Bielefeld mit Georg angefreundet hatte, war total geschockt und am Boden zerstört. Ununterbrochen sprach er auf Jonathan ein:

„Das darf doch wohl nicht wahr sein! Ausgerechnet der gutmütige Georg musste so grausam sterben. Ist dir aufgefallen, dass Georg nie bösartig oder habgierig war? Und nun liegt er zerfetzt bei den anderen Toten. Ich kann das nicht verstehen! Das ist doch nicht gerecht, oder?"

Jonathan versuchte, Lebbock zu beruhigen und entgegnete:

„Ach, Lebbock, du weißt doch: Das Schicksal schlägt zu, wann und wo es will – ob jemand gut oder böse ist, spielt dabei keine Rolle. Georg hat jetzt seinen Frieden."

Aber Lebbock war untröstlich und sagte:

„Georg war doch noch nicht einmal verheiratet. Und als Geselle in der Schmiede hatte er es auch nie leicht!"

Jonathan sah ein, dass seine Worte ihn nicht beruhigen könnten. So schwieg er und hörte nur noch zu. Sofort befahl Rafael, vor der Scheune ein großes Lagerfeuer zu machen und stockte die Wache auf vier Mann auf. Es gab dann in dieser Nacht auch keine Zwischenfälle mehr. Die Männer schliefen sehr unruhig. Ihre Träume waren angefüllt mit den schrecklichen Bildern der Nacht.

Am Morgen danach ließ Rafael seine Männer etwas später wecken. Er wusste, dass sie alle schlecht geschlafen hatten. So waren sie denn auch in keiner besonders guten Verfassung, als sie Aufstellung nahmen. Dann sprach Rafael zu seinen Soldaten:

„Männer, ihr wisst ja alle, was in der letzten Nacht passiert ist. Wir werden jetzt sämtliche intakten Häuser nach Brennholz absuchen und in einer Ruine einen Scheiterhaufen für Georg errichten. Und da wir schon dabei sind, möchte ich euch auch an eure Christenpflicht erinnern: Wir werden die Toten aus der Linde ebenfalls verbrennen. Ich mag es nicht, wenn diese schwarzen Krähenvögel sich am Menschenfleisch mästen."

Dabei deutete er auf die Schwärme von Raben, die das Dorf umkreisten und ihre krächzenden Laute ausstießen. Da es keine angenehme Arbeit war, die Rafael den Männern aufgetragen hatte, ging ein leises Raunen durch die Reihen. Rafael vernahm es und handelte danach, indem er sich eine lange Leiter griff, die er an die Linde stellte. Mit seinem scharfen Dolch schnitt er einen Strick nach dem anderen ab, sodass die Toten in den Schnee plumpsten, als wären sie überreifes Obst.

Als die Männer das sahen, war kein Murren mehr zu vernehmen: Alle fassten mit an. Es dauerte keine Stunde, da brannte der Scheiterhaufen lichterloh. Von der abstrahlenden Hitze des Feuers bekamen die umstehenden Landsknechte rotglühende Gesichter.

Nach dieser unangenehmen Arbeit spannten die Männer die ausgeruhten Haflinger wieder vor die Planwagen, und die Reise ging weiter. Obwohl ein Landsknecht sein Leben gelassen hatte, waren sie immer noch ein Zug von neunundzwanzig Männern.

Rafael hielt alle dazu an, sehr wachsam zu sein. Denn er ging davon aus, dass Wegelagerer oder Deserteure in den Wäldern lauern könnten. Auch das ungewöhnlich große Wolfsrudel, das sie in der letzten Nacht erlebt hatten, bereitete ihm Kopfweh:

„Wenn die Wölfe uns in der nächsten Nacht wieder attackieren sollten, dann kann ich die Leute nicht mehr zur Weiterfahrt drängen", dachte Rafael.

Zu diesen Sorgen kam noch eine schlechte Wetterlage. Es war sehr windig. Dazu fing es wieder an zu schneien, was für Mensch und Tier sehr kräftezehrend war. So ließ Rafael viel öfter als gewohnt eine Pause einlegen, um die Landsknechte mit wärmendem Tee zu versorgen. Auch die Pferde wurden regelmäßig abgerieben. Dazu bekamen sie zusätzlich zum Hafer noch Mohrrüben.

So kämpfte sich der kleine Zug durch die verschneite Landschaft, um die Stadt Kladno zu erreichen. Der Weg führte durch tiefe Wälder; aber sie trafen auf der ganzen Strecke keine Menschenseele. Nur gelegentlich überquerten aufgescheuchte Wildschweine den Weg. Alle Männer atmeten auf, als sie gegen Abend die Stadttore Kladnos sahen.

Auch diese Stadt war von kaiserlichen Truppen übernommen worden. So war es für Rafaels Zug kein Problem, ein vernünftiges Quartier zu bekommen. Ein kurzes Gespräch mit dem Stadtkommandanten – und schon hatte Rafael gute Ställe für die Pferde sowie eine Unterkunft für seine Truppe bei der Stadtwache.

Für diese Nacht mussten sie hinter den Stadtmauern keine hungrigen Wölfe oder Wegelagerer mehr fürchten. Der Krieg hatte auch in dieser Stadt das Leben verändert: Genau wie in Prag gab es für die Bürger der Stadt Belastungen durch zusätzliche Steuern. Auch zu Übergriffen bei den Einwohnern kam es täglich: Fast jeden Morgen fand man erschlagene oder erschossene Menschen in den Gassen.

Das Schneetreiben gefährdete die Weiterfahrt mit den Planwagen. Ab einer bestimmten Schneehöhe hätten die Haflinger, obwohl sehr kräftig, die Last nicht mehr durch den Schnee ziehen können. Dies machte Rafael Sorgen, weshalb er gemeinsam mit Unteroffizier Raune überlegte, wie sie weiter vorgehen sollten. Raune war der gleichen Meinung wie Rafael, dass bei anhaltendem Schneetreiben eine Weiterreise nicht möglich sei. Für Pferdeschlitten war die Ladung zu umfangreich. Also blieb nur die Möglichkeit eines längeren Aufenthaltes in der Stadt.

Am nächsten Morgen strahlte aber die Sonne. Der blaue Himmel vertrieb alle Bedenken. Nachdem sich die Männer gewaschen und gestärkt hatten, ließ Rafael die Pferde anspannen und gab den Befehl zum Aufbruch. Denn er wollte die Gunst der Stunde nutzen, um so weit wie möglich vorwärtszukommen.

Wider Erwarten war das der Planwagenkolonne auch möglich: Sie zogen ohne Aufenthalt durch stark zerstörte Dörfer, die von allen Menschen verlassen waren. Beim Durchschreiten dieser Dörfer wurde den Männern ganz unheimlich zumute. Die toten, teils scheibenlosen Fenster verrieten sofort, dass kein Leben mehr in den Häusern war.

Rafael trieb seine Leute, von denen einige vielleicht in Gedanken bei ihren Heimatdörfern waren, stets zur Eile, wenn sie wieder eines der Geisterdörfer erreicht hatten. Er wollte vermeiden, dass die Landsknechte beim Stöbern in diesen Dörfern einmal mehr irgendwelche Schrecklichkeiten erblicken müssten. Rafael hatte das Gefühl, dass der Anblick von sadistischen Bluttaten nicht gut für die Moral der Landsknechte wäre.

Auch Androsch wurde beim Anblick dieser Dörfer sehr still. Als der Zug das Geisterdorf Bolahn passierte, lief ein herrenloser Dackel bellend neben dem Planwagen her, auf dem sich Androsch befand. Einer der Landsknechte griff zu seinem Gewehr und sagte:

„Dem streunenden Mistkäfer brenn ich eins auf den Pelz!"

Aber Androsch fasste dem Landsknecht sanft von hinten auf die Schulter. Der verdutzte Mann schaute sich um und sah in die sich mit Tränen füllenden Augen von Androsch, der flehend sagte:

„Mein Herr, bitte nicht! Lass ihn mir! Der ist genauso allein wie ich."

Der Landsknecht mochte den Jungen. Deshalb ließ er den Hund leben. Er sorgte sogar dafür, dass der Planwagen kurz anhielt. Androsch hüpfte vom Wagen, packte sich den still gewordenen Hund und ließ sich dann wieder von den anderen Männern auf den Wagen heben.

Er strahlte vor Freude über das ganze Gesicht. Pausenlos bedankte er sich bei den Männern, die mit ihm auf dem Wagen saßen. Von diesem Tag an sah man Androsch immer nur noch in Begleitung des Hundes. Er teilte Bett und Essen mit ihm; und er nannte ihn Bronko.

Gegen Abend durchfuhren sie das teilweise zerstörte Dorf Duvice. Auch hier trieb Rafael zur Eile. Einige Kilometer hinter dem Dorf ließ er die drei Wagen auf einer lichten Wiese zur Wagenburg formieren. Die braven Haflinger wurden sofort trocken gerieben sowie danach mit dicken Decken gewärmt. Es wurden Pflöcke in die Erde getrieben, um die Pferde daran festzubinden. In der Mitte der Wagenburg errichtete man dann ein großes Lagerfeuer. Auch wurden die Männer, die Wache halten mussten, bestimmt. Die anderen durften sich frei bewegen.

Kurz vor Sonnenuntergang hörten die Landsknechte das erbärmliche Muhen einer Kuh. Während der Arbeiten hatten sie es nicht hören können, aber nun vernahmen sie es ganz genau. Denn der leichte Wind trug es zu ihnen hin: „Muh! Muh! Muh!"

Da viele der Männer Bauern waren, bevor sie Landsknechte geworden sind, wussten sie, dass die Kuh gemolken werden musste. Vielleicht war das Dorf schon vor einer Woche gefallen – und mit ihm seine Einwohner. Die sonst so gierigen Beutemacher hatten die Kuh wohl einfach übersehen oder vergessen.

Einige der ehemaligen Bauern konnten es nicht ertragen, dass dieses arme Geschöpf so leiden musste. Rafael erlaubte den Landsknechten, die Kuh zu holen. So zogen sechs schwer bewaffnete Männer los. Einige Stunden später kamen sie gut gelaunt mit einer Kuh im Schlepptau zum Lager zurück.

Die Kuh hatte vor dem verschlossenen Tor des Stalles gestanden und auf ihren Besitzer gewartet. Als dann die Landsknechte in den Stall schauten, war sie ihnen gutmütig entgegengekommen. Sie schien zu wissen, dass diese Männer sie von ihren Schmerzen befreien könnten. Ab jetzt gab es für die Männer des Zuges frische Milch. Die am Wagen angebundene Kuh machte keinerlei Probleme, sondern trottete brav hinter dem Zug her.

Von nun an meinte das Wetter es gut mit der kleinen Kolonne: Es gab keinen Frost mehr, und die Sonne strahlte. Die verschneite Landschaft war von atemberaubender Schönheit. Unendlich viele Eindrücke erschlossen sich den Landsknechten auf dem Weg nach Karlovy Vary: Sie sahen ein verschneites Fluss-Tal, dessen Wasser sich tief in den Fels gefressen hatte. Das im Sonnenschein strahlende Wasser war von azurblauer Farbe und floss dazu mit einer sehr hohen Strömungsgeschwindigkeit dahin.

Am Ufersaum des Flusses spiegelte sich jeder Sonnenstrahl in dem zur Mitte hin wachsenden Eis. Dieser Teil des Weges erinnerte die Männer nicht mehr an den Krieg, der ihnen in den letzten Tagen immer vor Augen war. Irgendwann führte der Weg über eine sehr alte hölzerne Brücke. Da die überhaupt nicht vertrauenswürdig aussah, ließ Rafael den kleinen Zug anhalten.

Vorsichtig ging Rafael zu Fuß über die Brücke. Er kontrollierte die Festigkeit des Holzes, indem er kräftig drauftrat. Dann legte er sich am Brückenrand auf den Bauch, um das Brückengestell zu untersuchen. Als er die halbmorschen Holzbalken sah, wurde ihm klar, dass er es mit den voll beladenen Planwagen nicht über die Brücke schaffen würde. Mit einem Satz sprang Rafael wieder hoch und ging zu seinen Männern. Dann rief er:

„Alles absitzen!"

Er wartete, bis sich die Landsknechte versammelt hatten, um dann zu befehlen:

„Männer, wir müssen unsere Planwagen abladen und die Ladung an die andere Seite tragen. Wenn wir mit den beladenen Wagen über die Brücke fahren würden, wäre das Selbstmord. Die Brücke ist morsch, und sie führt über ein etwa fünfzehn Meter tiefes Fluss-Tal. Also, Männer: Krempelt die Ärmel hoch und lasst es uns anpacken!"

Ohne zu murren begannen die Männer mit der Arbeit. Sie trugen schwere Truhen mit bestem Leinen, Silbergeschirr, Teppiche von höchster Qualität, Schatullen mit Geld und Schmuck, sowie sehr schön verarbeitete Möbelstücke an die andere Seite des Tales. Anschließend zogen sie die Truppen-Kuh über die marode Brücke. Als dann ein Planwagen nach dem anderen die Brücke passierte, ging das gut voran, da die Ladeflächen leergeräumt waren.

Ganz langsam fuhr jedes der Gespanne über das knarrende und ächzende Holz. Es befand sich auch nur noch ein Kutschführer auf dem jeweiligen Wagen. Nachdem der letzte Planwagen des Zuges die andere Tal-Seite erreicht hatte, ließ Rafael drei Flaschen mit hochprozentigem Schnaps durch die Reihen gehen und lobte seine Mannschaft:

„Männer, ihr habt wie so oft zusammengestanden! Ihr habt bisher euren Auftrag gut ausgeführt. Deshalb bin ich mir sicher, dass wir den Rest des Weges ebenfalls durchstehen werden. Prost!"

Nach seiner Ansprache nahm auch Rafael einen großen Schluck aus der Pulle. Die Wagen wurden wieder ordentlich beladen, um die Reise in Richtung Weiden fortzusetzen. Die Gegend um Bayreuth musste unter allen Umständen umgangen werden, da dort starke protestantische Verbände lagen. Rafael war von Hauptmann Alterheld dahingehend gewarnt worden, und er richtete sich dankbar danach. Auch achtete er darauf, keine Lagerfeuer in der Nacht mehr zu entfachen. Denn Rafael wollte vermeiden, dass feindliche Späher auf den kleinen Beutezug aufmerksam würden. Stattdessen ließ er schon am frühen Nachmittag Rast mit Lagerfeuern machen, damit sich seine Männer aufwärmen und ihre Speisen zubereiten konnten.

Die Dörfer, welche ab der Stadt Weiden auf ihrem Weg lagen, hatte der Krieg bisher offenbar nicht in Mitleidenschaft gezogen. Kleine Kinder rannten manchmal sogar neugierig den Planwagen hinterher oder winkten ihnen zu. Die Dorfgemeinschaften waren noch vollkommen intakt; auch das wirtschaftliche Leben blühte.

So konnte die kleine Kolonne auf den Märkten einiges kaufen. Weil es in den vorhergehenden Wochen gefroren hatte, schlachtete man erst jetzt überall in den Dörfern Schweine. Es gab Wurst und Koteletts zu kaufen. Für Rafaels kleine Einheit entstanden also keine Engpässe, was die Versorgung mit Lebensmitteln anging.

Nach drei weiteren Tagesmärschen ohne Zwischenfälle erreichten sie die Stadtmauer von Nürnberg. An einem der prächtigen Stadttore zeigte Rafael der Stadtwache ein Schreiben von Hauptmann Alterheld. In dem Schreiben wurde erklärt, um was für eine Einheit es sich handelte und welcher Auftrag sie nach Nürnberg führte. Der Kommandant der Stadtwache stellte sofort einen Wachsoldaten ab, der die Einheit zum Bürgermeister führen sollte.

So zogen die Planwagen in die Stadt ein, ohne irgendwelche Abgaben tätigen zu müssen. Der Mann geleitete den Zug durch unzählige Straßen und Gassen. In manchen Straßen stand ein Prachtbau neben dem anderen. Etliche der oft dreistöckigen Häuser waren mit Schiefertafeln gedeckt und mit eigenen kleinen Türmchen verziert. Manche waren zwar schon zweihundert Jahre alt, aber trotzdem sauber und gepflegt.

Der Weg zum Rathaus führte aber auch durch weniger schöne Gegenden. Dort stanken die Gassen penetrant nach Urin oder faulenden Speisen. Den Gestalten, die sich in diesen Gassen bewegten, hätte man nicht in der Nacht begegnen wollen. Auch sah man dort oft alte Menschen betteln, die zum Arbeiten zu schwach waren.

Aber derartige Gassen gab es in jeder Stadt. Die Pracht von Nürnberg konnte dadurch nicht geschmälert werden, dessen Silhouette neben den Kirchtürmen durch den zentralen Punkt des großen Wehrturms gebildet wurde.

Irgendwann erreichten sie dann den Rathausplatz. Dort ging der Wachsoldat gemeinsam mit Rafael zu den Wachsoldaten des Rathauses, um sich anzumelden. Er wurde in den Ratssaal gebeten, wo er auf den Bürgermeister warten sollte.

Der prächtige Ratssaal war mit einer edlen Holzvertäfelung ausgestattet. Viele Bilder und Wandgemälde schmückten den Raum. Rafael schaute sich die Bilder in aller Ruhe an. Ein kleiner Druck gefiel ihm besonders gut:

Dort war ein Ritter der alten Zeit zu sehen, der müde von den vergangenen Schlachten des Weges ritt. Er schien seinen Tod vor Augen zu haben, denn sein alter Rappe hatte den Schädel eines Menschen vor seinem Huf. Im Hintergrund des Bildes baute sich der Teufel in all seiner Bedrohlichkeit auf. Ungerührt vom Teufel schien der Reiter ohne Angst seines Weges zu ziehen. Ein treuer Hund folgte mit gesenktem Kopf seinem, den Tod schauenden, Herrn. Man gewann den Eindruck: Nie würde er von seiner Seite weichen – nie. Dieser Anblick rührte Rafael:

„Ein Mensch, der so in sich gefestigt ist, dass er dem Teufel, ja selbst dem Tod ohne Furcht entgegentritt, kann ein gutes Vorbild sein. Auch wenn nur der treue Hund ihn begleitet und er niemanden hinter sich hat, dem er Mut beweisen müsste, geht er seinen Weg. Was für ein edler Mensch, der seine Mitte in sich beherbergt! Ich hoffe, dass auch ich zumindest annähernd soviel Kraft in mir trage und eines Tages diesen Weg in Würde gehen kann."

Mehrere Gemälde waren auch vorherigen Ratsherren oder Bürgermeistern gewidmet, die sich um Nürnberg verdient gemacht hatten. Ein weiterer Druck zeigte ein zum Gebet gefaltetes Paar Hände eines älteren Menschen. Die Hände ließen die Spuren der harten Arbeit erkennen, die sie zu leisten hatten. Die Art, wie die Hände gefaltet waren, verdeutlichte, mit welcher Innigkeit der Betende sein Gebet verrichtet hat.

Ein anderer Druck bezog sich auf Meister Lampe, wie er sich in einen Topf drückte. Die ängstlichen Augen und die angespannte Haltung, die dem Hasen im Falle einer Gefahr die schnelle Flucht ermöglicht hätte, waren wunderbar zu erkennen.

„Dieser Künstler hatte ein sehr gutes Gespür dafür und die außergewöhnliche Begabung, Gesehenes zu Papier zu bringen. Wahrlich ein großer Meister seiner Zunft!", dachte Rafael.

Er war noch in Gedanken versunken, als der Bürgermeister in den Saal stürmte:

„Willkommen, Herr Fähnrich! Wie ich höre, haben Sie die Einheit sicher hierher geführt. Sie haben einige Sachen für Hauptmänner mitgebracht, die aus dieser Stadt stammen. Einer der Männer ist sogar zufälligerweise mein Bruder.

Die Planwagen werden nun von uns übernommen. Ich gebe Ihnen einen schriftlichen Beleg darüber mit auf den Rückweg. Erst wird aber unser Kämmerer die Ladungslisten auf Vollzähligkeit überprüfen. Das heißt also für Sie, dass Ihnen noch einige Tage des Aufenthaltes in Nürnberg vergönnt sind. Sie bekommen wie gewöhnlich zusammen mit Ihren Männern Unterkunft bei der Stadtwache."

Rafael bedankte sich mit den Worten:

„Herr Bürgermeister, ich freue mich über Ihre Gastfreundschaft. Ich kann es kaum erwarten, Ihre schöne Stadt zu erkunden. Zu Ihrer Information: Wir führen eine Kuh und einen Hund mit, die zu meiner Einheit gehören."

„Sogar eine Kuh? Aber das ist ja Ihre Sache, Herr Fähnrich! Übrigens –: Alle sind über den Sieg, den unsere Heere in Prag errungen haben, hocherfreut. Es ist nahezu grandios, wie wir den Winterkönig in die Knie gezwungen haben. Nun kann der Krieg ja nicht mehr lange dauern, oder?", fragte der Bürgermeister gutgelaunt.

Rafael antwortete ein wenig zurückhaltend und mit gesenktem Blick:

„Auch die kämpfende Truppe ist über den Sieg sehr erfreut! Falls dieser Sieg zum Ende des Krieges führen könnte, wären alle glücklich. Denn wenn man die Folgen der Kampfhandlungen betrachtet, kann nur Friede das Ziel aller Christenmenschen sein!"

Der Nürnberger Bürgermeister nickte anerkennend, aber er dachte dabei:

„Komischer Vogel, dieser Fähnrich! Jetzt kann er richtig Beute machen und sich ganze Güter in Böhmen unter den Nagel reißen! Aber dann faselt er was vom schnellen Frieden. Ein Glück, dass mein Bruder von einem ganz anderen Kaliber ist. Der versorgt sich und seine Verwandten mit den schönsten Beutestücken!"

Dann sagte er:

„Nochmals danke, Herr Fähnrich, dass Sie den Transport der Gegenstände so reibungslos durchgeführt haben. Ich wünsche Ihnen noch einen schönen Aufenthalt in Nürnberg und eine gute Rückreise zu Ihrem Standort."

Der Bürgermeister streckte Rafael die Hand entgegen. Nach der Verabschiedung ging Rafael wieder zu seinen Männern, die bei den Planwagen warteten. Als dann der vom Bürgermeister geschickte Kämmerer samt seiner Diener erschien, ließ Rafael antreten.

Als die drei Rotten in Reihe aufgestellt waren, übergab Rafael die Planwagen zusammen mit den Ladungslisten. Danach führte er seine Einheit zu den Unterkünften. Die Männer hatten anschließend dienstfrei. Rafael bezog zusammen mit Gerold, Jonathan, Unteroffizier Raune und Androsch eine große Kammer.

In den nächsten Tagen schauten sich die Männer die Stadt Nürnberg genauer an. So lernten sie auch ein heimisches Gebäck kennen, das allen sehr gut schmeckte. Genannt wurde es „Lebkuchen"; man bereitete es aus den unterschiedlichsten Zutaten zu. Alle mochten diesen Kuchen, der haltbar und sehr nahrhaft war. Auch sorgte Rafael dafür, dass Androsch gemeinsam mit ihm den großen Wachturm der Stadt besteigen durfte.

Solch eine gigantische Aussicht hatten die beiden noch niemals genossen. Die schwindelerregende Höhe machte Androsch zuerst ein wenig Angst. Es dauerte aber nicht lange, da hatte er sich daran gewöhnt und schaute über die Dächer der Stadt. Besonders lustig fand es Androsch, dass die Menschen von da oben aussahen wie Ameisen. Auch Rafael gefiel diese Aussicht. Er fühlte sich fast losgelöst von allem: Die Sorgen und Probleme, die ihn sonst beschäftigten, erschienen von dort aus ganz fern.

So erlebten die Männer von Rafaels Einheit noch einige unbeschwerte Tage, bevor sie die Rückreise zu ihrem Standort antraten. Für den Rückweg bekamen sie nur eine einspännige Kutsche zugeteilt, auf der einige Zelte und Proviant mitgeführt werden konnten. Die drei schweren Planwagen mit den sechs Haflingern waren nämlich ein Teil der abzuliefernden Beute.

Rafael führte gemeinsam mit Unteroffizier Raune die Einheit hoch zu Ross an. Die Landsknechte marschierten aufgeteilt in drei Rotten hinterher. Danach folgte die Kutsche mit den Zelten, an der auch die Kuh festgebunden war.

Auf dem Rückweg war es zu keinen weiteren Zwischenfällen gekommen, da es Rafael gelang, den feindlichen Einheiten aus dem Weg zu gehen. Nach einem anstrengenden dreiwöchigen Marsch sahen sie die Türme Prags wieder. Als der Zug eine der Brücken passierte, die über die Moldau führte, war es für die Männer, als kämen sie nach Hause.

Entscheidungen

Voller Stolz marschierte Rafaels kleine Einheit in Prag ein. Er hielt die vom Wind flatternde kaiserliche Fahne hoch, als er in die Prager Burg ritt. Dann ließ er seine Männer in aller Ordnung antreten.

In Windeseile hatte sich im Regiment herumgesprochen, dass die drei Rotten von der großen Reise zurückgekehrt seien. So dauerte es nicht lange, bis Hauptmann Alterheld und der arg mitgenommene Leutnant Wiese bei der angetretenen Truppe erschienen. Als Rafael sah, dass beide zu Fuß anmarschierten, befahl er Raune abzusitzen, und tat dies selber ebenfalls. Alterheld und Wiese gingen direkt auf Rafael zu, um die militärische Meldung entgegenzunehmen:

„Zur Meldung an die Kompanieführer: Die Augen rechts! Fähnrich Rafael meldet sich mit siebenundzwanzig Mann und einem Kompaniejungen zurück. Die Ware wurde ordnungsgemäß abgeliefert, aber wir haben vorher leider Landsknecht Georg durch einen Wolfsangriff verloren."

Dann zeigte Rafael dem Hauptmann die schriftliche Bestätigung des Nürnberger Kämmerers. Anschließend erteilte Alterheld dem Leutnant Wiese das Wort, der ja eigentlich der Kompanieführer war. Wiese bedankte sich bei den Männern für ihren Einsatz. Er gab allen, die bei dem Auftrag dabei waren, eine blaue Woche. Wer Wiese länger kannte, sah, dass er nur noch ein Schatten seiner selbst war.

Der Feldscherer, der Barbier und Wundarzt gleichzeitig war, hatte ihm nach der Schlacht am Weißen Berg übel mitgespielt. Wiese war seinerzeit noch selbst zum Sammelplatz der Verletzten geritten. Aber dort angekommen, musste ihm vom Pferd geholfen werden; denn Wiese hatte schon viel Blut verloren und war sehr schwach. Die Knechte des Scherers trugen den blutverschmierten Leutnant in ein Mannschaftszelt.

Da Wiese Schusswunden im Bein hatte, zerschnitten die Knechte seine Hose mit einem sehr scharfen Messer. Dabei sahen sie, dass die Schüsse aus nächster Nähe erfolgt sein mussten, da die Kugeln bei beiden Verletzungen hinten ausgetreten waren: Der Austrittskanal war sehr groß und die Wunde zerfranst.

Ein Knecht eilte hiernach zum Feldscherer und berichtete, dass Wiese bereit sei. Daraufhin eilte der Scherer zu ihm, schaute kurz über die Wunden und holte die passenden Gerätschaften herbei. Er wusste, dass die Stoff-Fetzen, die die

Kugeln mit in die Wunde gerissen hatten, entfernt werden mussten, um schwere Entzündungen zu vermeiden.

So nahm er einen metallisch glänzenden, vorn abgerundeten Stab und führte ihn in die Wunde ein, den er dann mehrfach hin und her bewegte. Drei Knechte waren nötig, um Wiese festzuhalten. Man hatte ihm einen Holzstab zwischen die Zähne geschoben. So konnte er immerhin seinen Schmerz wegbeißen.

Halb ohnmächtig vor Schmerz hatte Wiese bei der Prozedur zugesehen. Und tatsächlich –: Der Scherer konnte Stoff-Fetzen und Knochensplitter aus den Wunden entfernen. Danach nahm er Nadel und Faden und nähte die Wunden gut zu. Als die Knechte des Scherers rotglühende Brenneisen zum Ausbrennen der Wunden heranbrachten, war Wiese wieder insoweit bei sich, dass er mit den Worten

„Scherer, Kühe und Pferde kannst du brennen, aber mich nicht!", verhindern konnte, dass sie zum Einsatz kamen.

Somit stand Wiese numehr mit bleicher Gesichtsfarbe und total abgemagert vor Teilen seiner Kompanie. Rafael dachte bei diesem Anblick:

„Armer Leutnant, du wirst ganz bestimmt keinen Angriff mehr anführen! Sie werden dir hier ein erbeutetes Gut vermachen und dich dann wegloben."

Wiese befahl seinen Männern:

„Nochmals Dank für euren Einsatz! Und zum Gedenken unseres Kameraden Georg ein dreifaches Hoch!"

Sofort schallte es aus dreißig Kehlen:

„Hoch, hoch, hoch!"

Im Burghof hallte der Ruf der Männer an den Gebäuden derart wider, dass es sich anhörte, als riefen dreihundert Landsknechte. Dann ergriff Wiese nochmals das Wort:

„Für Rafaels Einheit Dienstschluss! Weggetreten!"

In alle Richtungen stoben die Landsknechte auseinander.
Rafael nahm sein Pferd und führte es an dem Zügel zu
Androsch, der als Einziger auf dem Burghof stehen geblieben war. Total verunsichert stand er da, mit Bronko neben
sich.

„Androsch, du kommst mit mir!", sagte Rafael.

Da huschte gleich ein Lächeln durch Androschs Gesicht,
denn er mochte den Fähnrich sehr. Lachend gesellte sich
dann auch Jonathan zu den beiden, wobei er auf die Kuh
deutete:

„Rafael, du hast deine Kuh vergessen!", frotzelte er gutgelaunt.

Der schaute seinen Bruder groß an, um dann unvermittelt
loszuprusten:

„Ha, ha, ha … die Kuh! Wenn Gerlinde die sieht… ha,
ha, ha …Die wird aber Augen machen!"

Dabei haute er sich mit einer Hand auf den Schenkel.
Rafael konnte fast nicht mehr aufhören, herzlich zu lachen.
Denn in diesem Augenblick fiel die ganze Last der letzten
Wochen von ihm ab. Er war erleichtert, dass nur ein Mann
bei diesem schwierigen Auftrag gestorben war. Und so
lachte er und strahlte über das ganze Gesicht. Seine Seele
war voller Glücksgefühle und Zufriedenheit.

Auf direktem Wege gingen die drei dann mit ihren tieri-
schen Begleitern zu Rafaels Quartier. Rafael pochte an die
Eingangstür; und wider Erwarten öffnete die vor Freude
strahlende Gerlinde die schwere Tür. Sofort fiel sie dem
überraschten Rafael um den Hals, um ihn mit einem Kuss
auf die Wange zu empfangen. Dann ließ sie ihn unvermittelt wieder los, um sich rufend in Richtung Tür zu drehen:

„Rosanah, komm schnell! Der Papa ist wieder daheim."

Es dauerte auch nicht lange, da kam ein gut gekleidetes Mädchen angerannt. Rafael breitete seine Arme aus und fing das Mädchen auf, um es mit den Worten „Rosanah, mein kleines Prinzesschen!" in die Luft zu halten.

Auch Isabella war sofort zu dem Quartier geeilt, als sie erfahren hatte, dass Rafaels Einheit wieder am Standort war. Doch als sie ihren Jonathan erblickte, verlangsamte sich ihr Gang. Mit durchdringenden Augen fixierte sie ihren Liebsten. Und alle, die bei dieser Begegnung anwesend waren, spürten die tiefe Zuneigung, die beide füreinander empfanden. Da Jonathan immer noch die Kuh am Seil hielt, rief er lachend:

„Nun komm schon endlich zu mir! Du siehst doch, dass ich verhindert bin!"

Isabella ließ sich nicht zweimal bitten: Sie stürzte sich nahezu auf Jonathan, um ihn mit Küssen zu überschütten. Irgendwann räusperte sich Rafael und sagte dann zu allen, die da versammelt waren:

„Schaut her, wen wir noch bei uns aufnehmen wollen!"

Dabei wies er auf Androsch, der sich aber verlegen abwendete. Gerlinde blickte Rafael kurz aus den Augenwinkeln an, um sich dann Androsch zuzuwenden:

„Na, junger Mann, wie ist denn dein Name?"

„Androsch, gnädige Frau."

„Sei willkommen, Androsch. Mein Zuhause soll auch dein Zuhause sein!", sagte Gerlinde, wie es ihrem freundlichen Wesen entsprach.

Sie legte eine Hand in seinen Nacken und fuhr danach wuselnd durch sein Haar. Rafael gefiel es sehr, wie sich Gerlinde verhielt. Dann erwähnte er noch den Dackel

Bronko und die Kuh. Selbst da blieb Gerlinde verblüffend offen. So freute sie sich über den eifrigen Wachhund; und Milch oder Butter waren in dieser Zeit auch sehr willkommen.

Die Tiere bekamen ihren Platz in dem zum Quartier gehörenden Stall. Dort erhielten sie sofort Futter. Der Hund wurde trocken gestriegelt, die Kuh gemolken. Dann schickte Gerlinde alle Anwesenden in die Stube, die gut vorgewärmt war, weil sich in ihr der Kachelofen befand. Sie bereitete Tee sowie ein kleines Festmahl zu: Gut gelaunt servierte sie ihren Gästen knusprige Hähnchen und dazu frisches Brot. Bis in die späten Abendstunden hinein berichteten die Männer von dem, was sie erlebt hatten.

Am nächsten Morgen beschloss Rafael, sich mehr um Androsch zu kümmern. Er hatte im Tross immerhin verwahrloste und jeglicher Erziehung entzogene Kinder gesehen, denen im späteren Leben nur das Stehlen oder Betteln bleiben würde, um sich irgendwie durchzuschlagen.

So sollte es Androsch nicht ergehen. Er wollte dem Jungen vorleben, welche Arbeiten ein Mann verrichten können muss: Als erstes zeigte er ihm die Brennholz-Beschaffung. In einer Scheune des Hauses lagen bereits ausgeästete Holzstämme. Mit einer Zweimann-Säge machten sich die beiden daran, einen Stamm in passende Scheiben zu zersägen. Rafael erklärte geduldig, wie man die Säge handhaben muss, sodass sie nach anfänglichen Schwierigkeiten den Säge-Rhythmus fanden.

Nachdem sie einige Scheiben vom Stamm abgesägt hatten, nahm Rafael ein Beil. Er zeigte dem arbeitswilligen Androsch, wie das Werkzeug richtig geführt wird. Der saugte alles, was ihm Rafael erklärte sowie vormachte, wissbegierig auf und versuchte, es ihm gleichzutun.

Danach versorgten die beiden Gerlindes Haflinger Hugo, Rafaels Reitpferd, und die Kuh. Auch das Melken der Kuh wurde Androsch beigebracht. Rafael war sehr zufrieden mit Androsch. Er wusste, dass er in ihm einen ungeschliffenen Diamanten gefunden hatte, der mit seiner Hilfe veredelt würde.

In den folgenden Tagen beobachtete Rafael, wie sich Androsch entwickelte. Das erfreute ihn so sehr, dass er beschloss, den Jungen zu belohnen: Bei einem Meisterschmied in der Prager Stadt ließ er ein Jagdmesser und vierzig Pfeilspitzen anfertigen. Irgendwann rief Rafael den Jungen zu sich, um ihm zu sagen:

„Mein Junge, ich bin sehr zufrieden mit dir! Deswegen habe ich mich entschlossen, dir ein Geschenk zu machen."

Dann übergab er ihm das Messer und die Pfeilspitzen. Mit leuchtenden Augen nahm Androsch das Geschenk entgegen. Noch nie hatte er solch ein wertvolles Geschenk bekommen. Aber das größte Geschenk war, dass Rafael „mein Junge" zu ihm gesagt hatte. Androsch stotterte überwältigt:

„Da… äh danke, mein Herr!"

„Sag doch einfach ‚Rafael' zu mir! Morgen, wenn wir alle Arbeiten verrichtet haben, fertigen wir aus den Pfeilspitzen richtige Pfeile. Dafür brauchst du auch das scharfe Jagdmesser."

Und tatsächlich –: In den nächsten Tagen arbeiteten und werkelten die beiden gemeinsam. Irgendwann hatten sie an die vierzig Pfeile angefertigt. Danach schnitzten sie aus Eschenholz noch zwei prächtige Bögen, die sie mit Darmsehnen versahen. Die ersten Schießübungen veranstalteten sie anschließend auf dem Exerzierplatz der Burg. Dazu hatte Rafael einen großen Stoffsack mit Stroh gefüllt und diesen an einen Holzpfahl gelehnt, der in die Erde gerammt war.

Aus dreißig Metern Entfernung schossen sie dann auf den Sack. Lautlos suchte der Pfeil sein Ziel. Die Pfeile waren von den beiden perfekt angefertigt worden und somit relativ schussgenau. Androsch war geradezu ein Naturtalent: Jeder seiner Schüsse traf das Ziel. Rafael warnte den Jungen aber:

„Androsch, ziele nur dann auf etwas Lebendiges, wenn du es töten möchtest. Der Bogen ist kein Spielzeug, sondern eine Waffe. Bitte bedenke meine Worte, wenn du den Bogen zur Hand nimmst!"

„Ja, Rafael, das werde ich ganz bestimmt tun!", versprach Androsch.

Auch die kleine Rosanah und Gerlinde waren aufeinander eingespielt. Wenn sie zusammen arbeiteten, sangen sie aus voller Kehle und waren mit Begeisterung bei der Sache. Das Quartier hatte sich zu einer Art Zuhause entwickelt, ohne dass die Bewohner es so nannten.

Jonathan besuchte Rafael während der freien Woche noch einmal, weil er ihm eine freudige Nachricht überbringen wollte. In bestem Zwirn stand er lächelnd vor der Tür, als Rafael öffnete:

„Bruderherz, hast du ein wenig Zeit für mich? Lass uns einige Schritte gehen!"

„Natürlich, Jonathan, warte einen Augenblick! Ich ziehe mir nur eine Jacke an", erwiderte Rafael.

Sie gingen durch die Gassen der Stadt, während Jonathan das Gespräch erst auf schlimme Ereignisse der vergangenen

Tage lenkte: Einige Landsknechte hatten nämlich in ihrer Bierlaune einen Einheimischen in einen der tiefen Burgbrunnen gestoßen. Der Ärmste war vermutlich schon vor dem Aufschlagen aufs Wasser tödlich verletzt worden, sodass ihm ein jämmerliches Ertrinken erspart blieb.

Das hatte zur Folge, dass sich ein paar Einheimische zusammentaten, um unerkannt den betrunkenen Landsknechten aufzulauern. Und tatsächlich hatten sie einige überwältigen können, um sie dann ebenfalls in einen der Brunnen zu werfen.

So konnte niemand mehr wissen, welche Brunnen noch sauber waren, und welche von einem verwesenden Leichnam verseucht. Also wollte man nun einen Brunnen nach dem anderen daraufhin überprüfen, ob sich darin Leichen befänden. Dies aber konnte kaum bewerkstelligt werden, da sich die Männer hätten abseilen müssen, die Brunnenwände jedoch im Winter glatt und rutschig waren.

Der Stadtkommandant hatte allerdings darauf bestanden, dass alle Kompanien Männer abstellen sollten, um Wasser heranzuschaffen – nunmehr aus den Bächen, die um Prag verliefen. Denn die Moldau eignete sich in dieser Zeit nicht zur Versorgung mit Wasser, da in ihr immer wieder Kadaver gesichtet wurden.

„Ich denke, in der nächsten Woche wird auch unsere Kompanie einige Männer entsenden müssen. Das ist nicht ungefährlich, denn es befinden sich noch kleine Gruppen marodierender protestantischer Kämpfer in der Gegend!", sagte Jonathan.

Rafael zog seine Stirn kraus und entgegnete:

„Ach, Jonathan, wir werden sehen, was kommt! Warum sollen wir uns heute den Kopf darüber zerbrechen, was nächste Woche passieren könnte? Erzähl mir lieber einmal deine gute Nachricht!"

„Ja, die gute Nachricht! Du hast es nun mal selber erlebt! Isabella und ich –: Wir lieben uns! Wir wollen nicht länger warten. Du weißt doch: Es kann jeden Tag was Schlimmes geschehen. Wir werden heiraten, auch ohne dass unsere Eltern ihren Segen geben können. Isabella meint ebenfalls, dass wir keine Zeit mehr verstreichen lassen dürfen!", sagte Jonathan freudestrahlend.

Rafael fasste seinen Bruder mit beiden Händen an die Schulter, um ihn leicht zu schütteln:

„Du alter Haudegen, hast du es endlich geschafft? Ich wünsche euch alles erdenklich Gute. Wann soll die Hochzeit denn stattfinden?", fragte Rafael.

Jonathan kündigte an:

„Am Sonntag ist es so weit. Dann feiern wir schön zusammen!"

Rafael begrüßte dies mit den Worten:

„Das wird ein heiteres Fest werden. Ich freue mich sehr darauf, mit euch zu feiern!"

Er fasste dabei nachdenklich den hölzernen Talisman auf seiner Brust an:

„Ach, Marie, uns war das leider nicht vergönnt. Was bürdet uns das Schicksal nur auf!", sinnierte er.

In den nächsten Tagen waren alle Kameraden und Freunde damit beschäftigt, die Hochzeit vorzubereiten: Es wurden zehn Hähnchen und ein Schwein geschlachtet; man bereitete süße Hirse und Haferbrei vor; Gerlinde band gemeinsam mit Rosanah Kränze aus Mistelzweigen und rot leuchtenden Hagebutten.

Rafael hatte den großen Speisesaal seines Quartiers für die Feierlichkeit gesichert. Die Trauung fand in der Herz-Jesu-Kirche statt und wurde von Franziskaner-Pater Gregor abgehalten. Er war gemeinsam mit dem Regiment bis nach Prag gezogen. Pater Gregor wollte mit seiner Anwesenheit den Ängstlichen Mut machen, die Aufbrausenden besänftigen, und den Sterbenden beistehen. Wie er den Hochzeitsgästen versicherte, waren ihm Hochzeiten aber am liebsten. Ganz besonders mochte er die Feierlichkeiten nach dem Erteilen des Sakramentes.

Isabella trug ein selbstgefertigtes Kleid aus hellem Leinen, das mit feinen Stickereien verziert war. An allen Säumen des Kleides verliefen abwechselnd stilisierte Rosen und Kornblumen, die mit einem grünen Band verbunden waren. Ihr wunderschönes rotes Haar hatte sie mit einem Spitzentuch abgedeckt. Als Jonathan seine Braut zum ersten Mal in ihrem Kleid sah, blieb ihm die Luft weg. Er dachte nur:

„Womit habe ich soviel Glück verdient, Herr? Habe ich es wirklich verdient?"

Dem Brautpaar stand das Glück förmlich ins Gesicht geschrieben. Alle konnten sehen, was sie in jenen Stunden fühlten. Nachdem sie sich vor dem Altar das Ja-Wort gegeben hatten, sang ein Knabenchor, den Rafael organisiert hatte, das „Ave Maria".

Etwa dreißig Gäste feierten anschließend gemeinsam mit dem Brautpaar: Es wurde Bier und Wein getrunken; alle aßen sich richtig satt an den köstlichen Speisen. Ein Flötist und ein Trommler spielten auf, und es wurde ausgelassen zu fröhlicher Musik getanzt. Gerlinde und Rafael tanzten oft zusammen, was beiden große Freude bereitete. Auch

Androsch und Rosanah feierten mit den Erwachsenen. Sie verhielten sich schon fast wie Geschwister.

Es war bereits kurz vor Mitternacht, als Gerlinde die beiden Kinder zu Bett brachte. Danach ging sie zurück zum Fest. Sofort suchte sie wieder Rafaels Nähe. Irgendwann an diesem Abend fragte sie ihn:

„Wir passen doch so gut zusammen. Ich mag dich sehr. Dazu haben wir auch schon zwei Kinder, einen Hund und 'ne Kuh. Sollen wir nicht ebenfalls heiraten?"

Rafael senkte seinen Blick zu Boden. Gerlinde kam es wie eine Ewigkeit vor, bis er endlich antwortete:

„Ich mag dich doch auch! Aber da ist jemand – ein Mädchen, dem ich ein Versprechen gegeben habe. Ich darf sie nicht verleugnen. Denn dann würde ich mich auch selbst verleugnen. Bis jetzt hege ich sehr tiefe Gefühle für diese Frau. Auch wenn ich es wollte –: Ich könnte mein Spiegelbild nicht mehr ertragen!"

Ihr war die Enttäuschung deutlich anzumerken, als sie antwortete:

„Von deinem Versprechen wusste ich nichts. Doch bedenke: Geheiratet hast du noch nicht! Und als du das Versprechen gabst, kanntest du mich ja nicht. Da standest du somit auch nicht vor einer Wahl. Jetzt ist es ganz anders: Du kannst wählen. Aber da gibt es noch eine ganz wichtige Sache: Ich kann die beiden Kinder nicht allein erziehen und ernähren; und mit unehelichen Kindern nimmt mich kein Mann mehr. Es hängt sich doch keiner, außer uns, Blagen anderer Leute an den Hals!"

Von diesen Worten tief berührt, antwortete er:

„Du willst eine schnelle Entscheidung. Die wird es ganz sicher nicht geben! Aber sorgen werde ich für euch. Das verspreche ich dir!"

Gerlinde stellte dazu klar:

„Ich dränge dich bestimmt nicht! Du weißt doch, was ich für dich empfinde! Nimm dir Zeit zum Nachdenken. Aber lass mich nicht ewig zappeln! Das habe ich nämlich nicht verdient."

Lange schauten sich die beiden tief in die Augen. Sie wussten, dass ein unsichtbares Band sie jetzt schon vereinte.

In den frühen Morgenstunden verabschiedeten sich die letzten Hochzeitsgäste. Für alle Beteiligten war diese Feier ein unvergessliches Ereignis. In den folgenden Wochen kümmerte sich Rafael um die beiden Kinder – ganz besonders aber um Androsch.

Viele Landsknechte spielten in ihrer freien Zeit Würfelspiele und soffen dazu Bier, oder sie jagten irgendwelchen Röcken hinterher. Doch Rafael gefiel dieses unstete Leben nicht: Er wollte sich lieber sinnvoll betätigen. Immer, wenn er seine Aufgaben bei der Kompanie erledigt hatte, eilte er zu seinem Quartier, um sich mit den Kindern zu beschäftigen. So brachte Rafael Androsch verschiedene Tischlerarbeiten bei. Zuerst bauten sie eine kleine Fußbank: Sie schnitzten, sägten und passten an, wobei sie sich unterhielten.

„Du, Androsch, gib mir mal das Stecheisen, was da neben dir liegt", bat Rafael und deutete mit der Hand auf die Stecheisen.

„Das schmale hier?", fragte Androsch und hielt dabei ein Eisen hoch.

„Ja, genau!", bestätigte Rafael das, um dann mit der Frage zu kommen:

„Sag mal, fühlst du dich wohl bei uns?"

Nach einer langen Pause antwortete Androsch:

„Ich fühle mich wohl bei euch, aber meine Eltern fehlen mir halt sehr!"

Androsch wirkte abwesend, als er das sagte; und seine Augen hatten dabei jeglichen Glanz verloren. Dann sprach er weiter:

„Rafael, es waren deine Kameraden, die meine Eltern erschlugen. Ich hatte mich verstecken können, als die Bestien kamen. Sie schrien immerzu ,Wo ist das Geld? Wo sind die Gulden und Taler?'. Meine Eltern hatten aber nichts versteckt: Sie hatten einfach nichts! Der einzige Schatz, den sie besaßen, das war ich! So sagten sie mir es immerzu: ,Du bist unser größter Schatz!' Doch Gold und Silber waren bei ihnen nicht zu holen.

Zuerst erschlugen sie den Vater. Aber Mutter konnte den Männern auch nicht mehr erzählen als er. Deshalb stieß ihr ein Landsknecht sein Florett mitten ins Herz, sodass sie ebenfalls verstarb. Der Kämpfer prahlte dann noch über diesen perfekten Todesstoß. Was sie eigentlich haben wollten, nämlich den Schatz, den haben sie nicht bekommen. Der sitzt nämlich hier neben dir."

Rafael, der davon total ergriffen war, wuselte nach den letzten Worten Androsch durch das Haar:

„Ja, du bist wie ein Schatz! Da hatten deine Eltern recht. Deine Familie wurde von kaiserlichen Landsknechten ausgelöscht. Ich hoffe, du kannst mir irgendwann verzeihen, dass auch ich einer von denen bin."

Androsch wurde sehr nervös und entgegnete:

„Nein, du bist keiner von denen. Du bist ein guter Mensch. Niemals hättest du so etwas wie diese Bestien getan!"

Aber die beiden werkelten nicht nur zusammen, sondern sie gingen auch angeln oder jagen. Es war mitten im Februar, als die Versorgungslage in Prag ein wenig angespannt war und dadurch die Preise für Lebensmittel extrem anzogen. So kam es, dass alle Offiziere und Unteroffiziere die Genehmigung erhielten, in ihrer freien Zeit zu fischen oder zu jagen, um das Nahrungsangebot zu bereichern.

Rafael ging zuerst mit Androsch in die Pferdeställe, um einen Bund Haare von den Mähnen zu besorgen. Er zeigte seinem Zögling, mit welchen Knoten die Haare miteinander verknüpft werden müssten, damit sie den Fluchten eines überlisteten Fisches widerstehen konnten. Danach fertigten sie sich zwei lange Ruten aus Weidenholz und besorgten sich beim Schmied zehn Metallhaken, die einen Widerhaken besaßen.

So ausgerüstet begaben sie sich trotz der Kälte spät abends an die Moldau, um dann die mit Würmern beköderten Haken in die Fluten zu werfen. Da die Strömung der Moldau relativ stark war, zerteilte Rafael mit dem Dolch eine seiner bleiernen Pistolenkugeln und hängte diese kleinen Stückchen an die Angelschnüre. Und tatsächlich wurde die gute Vorbereitung mit vielen Fischen belohnt: Sie fingen zwölf große Quappen, die besonders im Winter sehr beißfreudig sind. Androsch war begeistert von jedem neu gefangenen Fisch. Voller Neugier begutachtete er die gefangenen Fische. Fasziniert von der Färbung und der Zeichnung dieser Art meinte er:

„Die sehen ja fast aus wie Eidechsen, die keine Beine haben!"

„Ja, sie sehen wirklich ein wenig eidechsenartig aus. Aber glaube mir: Die sind sehr schmackhaft und lassen sich gut braten!"

Die Moldau zeigte sich an diesem Abend von einer sehr schönen Seite: Es spiegelten sich die Lichter der Stadt in den Fluten des Flusses; dazu spendete der Vollmond noch sein eigentümliches Licht. In der Ferne hörte man, wie Männer derbe Soldatenlieder sangen.

Die beiden Angler machten dann irgendwann ein kleines Lagerfeuer, um sich daran zu wärmen. Rafael erzählte Androsch von seinem lieben Onkel Alfons: dass der ihm alles über das Fischen beigebracht und gemeinsam mit ihm große Bachforellen und noch größere Lachse gewildert habe. Auch von der Verletzung, die sich Alfons durch die Sense zuzog, an der er letztendlich sterben musste, erzählte er dem Jungen:

„Du hattest aber einen sehr lieben Onkel. Ich werde für ihn beten!", sagte Androsch.

Da ging Rafael nur ein Gedanke durch den Kopf:

„Was für ein guter Junge! Seine Eltern hatten recht damit, dass er einen Schatz in sich birgt. So ein edler junger Mensch!"

Stolz gingen die beiden erfolgreichen Angler mit ihrer Beute in die Küche des Quartiers. Gerlinde war total überrascht, dass ihre Männer so viele große Fische gefangen hatten:

„Das wird aber ein Festmahl!", stellte Gerlinde erfreut fest, als sie die Fische entgegennahm.

Die Fische wurden in Butter gebraten und voller Genuss von Rafael und seinen Leuten verspeist.

Ein andermal gingen die beiden gemeinsam mit Bronko auf die Jagd. Von einem Bauern hatten sie sich Eicheln und Kastanien gekauft, um Rotwild anzufüttern. Sie nahmen ihre selbstgebauten Bögen und ein Steinschlossgewehr, um sich an der Futterstelle auf die Lauer zu legen. Rafael und Androsch hatten sich aus Totholz eine Art Unterstand gebaut, in dem sie sich versteckten. Dieser Unterstand war sogar mit zwei Schießscharten versehen, die genau in eine kleine Lichtung des Waldes wiesen.

So warteten die drei auf das Wild, welches sich hier immerzu sattgefressen hatte. Zuerst ließen sich nur Eichelhäher und Elstern blicken, um sich gegenseitig zu bestehlen. Rafael und Androsch machte es richtig Freude, diese Vögel zu beobachten. Der Eichelhäher mit den blauen Inseln in seinem Gefieder gefiel ihnen am besten, obwohl auch die Elstern durchaus ansehnlich waren.

Auf einmal lächelte Rafael, wies den fragenden Blick Androschs in die Richtung, in der er Schneeglöckchen erblickt hatte, und sagte flüsternd:

„Der Winter liegt im Sterben. Daran sieht man das!"

Androsch nickte mit einem Lächeln auf den Lippen. So verging die Zeit rasend schnell. Die beiden Jäger fragten sich langsam, ob sich noch Wild an diesen Ort verirren würde. Aber etwa vier Stunden später kam eine ganze Rotte Wildschweine.

Bronko erwies sich als perfekter Jagdhund, denn er verhielt sich total still, als die Tiere sich zeigten. Mit vorher verabredeten Handzeichen einigten sich die beiden auf ein

Schwein, das erlegt werden sollte: Sie nahmen die Pfeile, spannten die Bögen, fixierten das Ziel – und schossen.

Beide Pfeile fanden ihr Ziel fast gleichzeitig: Die dicke Sau drehte sich quiekend im Kreis. Die anderen Schweine blickten verwirrt um sich. Dann flohen sie voller Panik. Bronko stürzte sich auf die waidwunde Sau und verbiss sich in deren Ohr. Rafael nahm sein Steinschlossgewehr, rannte damit aus dem Unterstand zu der Wildsau, schoss aus nächster Nähe auf sie, und beendete damit ihr Leben.

Als er sicher war, dass sie wirklich tot war, ging er in die Hocke und klopfte dem Tier auf den Nacken:

„Es tut mir irgendwie leid, dass du dein Leben lassen musstest, damit wir leben können", murmelte er leise vor sich hin.

Danach schickte er Androsch los, um das mitgebrachte Tragegestell und die dünnen Seile aus dem Unterstand zu holen. An einem Baum befestigte er die Seile so, dass in seiner Schulterhöhe zwei Schlaufen herunterhingen. Die Hinterläufe der Sau brachte er an jeweils einer Schlaufe an. Sie hing dann kopfüber über dem Waldboden. Mit seinem scharfen Dolch öffnete Rafael anschließend den Bauch des Schwarzkittels, räumte die Bauchhöhle aus und entnahm von den Innereien nur Leber, Herz und Nieren. Den Rest entsorgte er auf dem Waldboden. Für Bronko schnitt Rafael eines der Ohren ab, worauf sich der Dackel voller Gier stürzte.

Nachdem das Schwein ausgenommen und auf Parasiten überprüft war, hoben sie es gemeinsam runter. Rafael, der das Schwein nicht allein auf die Prager Burg tragen wollte, löste die Hinterläufe aus. Die Schinken wurden mit Bändern zusammengebunden, sodass Androsch sie über den

Schultern tragen konnte. Der Rest des Schweins landete auf dem Tragegestell, das Rafael trug.

Ungewohnt schwer beladen machten sich die erfolgreichen Jäger auf den Weg ins Quartier. Dort angekommen, waren sie ziemlich erschöpft. Aber dennoch gingen sie mit Hilfe von Gerlinde, Isabella und Jonathan daran, das Schwein zu verarbeiten: Da wurde gesäubert, portioniert, gesalzen, in Essiglake eingelegt – oder gleich gebraten. Jedoch ging ihnen diese Arbeit irgendwie gut von der Hand. Denn alle wussten, dass es für die nächsten Wochen die leckersten Speisen geben würde. Jonathan erwähnte beiläufig:

„Rafael, du bist morgen zum Wasserholen eingeteilt. Du wirst auch von Lebbock begleitet, wie ich vom Feldwebel Hagen erfahren habe."

Rafael sah nichts besonderes an diesem Auftrag. Deshalb antwortete er beiläufig:

„Wasserholen? Ja, dann kommen Lebbock und ich einmal wieder gemeinsam vor die Tore von Prag."

So arbeiteten sie bis tief in die Nacht hinein, um dann völlig erschöpft auf ihre Lager zu fallen.

Visionen

Rafael war mit zwei Rotten von fünfzehn Mann zum Wasserholen entsandt worden. Als Fähnrich war Rafael der ranghöchste der Rotte, weshalb er das Kommando hatte.

Die Männer verhielten sich sehr umsichtig und ruhig, denn sie wussten um die Gefahr hier im Feindesland. Vor einer Anhöhe, die der „Karge Kropf" genannt wurde, verlief ein kleiner Bach, der kühles, kristallklares Wasser führte.

Aber kaum waren die Fässer von der Ladefläche abgeladen und die Männer begannen gerade mit dem Befüllen, da wurden sie von elf Reitern angegriffen. Diese Kampfgruppe hatte sich gekonnt in einem kleinen Wäldchen verborgen gehalten. Nun griffen sie mutig die überraschten Kaiserlichen an. Rafael schrie geistesgegenwärtig:

„Zu den Waffen, Männer! Wir nutzen den Lastkarren als Deckung!"

Die Kameraden vertrauten Rafael und blieben ruhig. Jeder tat das, was zu tun war: Die sechs Pikeniere bauten sich in Richtung Reiter vor dem Karren auf. Vier der Musketiere sprangen auf den Karren und legten ihre Steinschlossgewehre an. Zwei der Männer spannten das Zugpferd ab, damit es nicht mit der Deckung durchgehen konnte.

Schon fielen die ersten Schüsse der protestantischen Reiter, die bei Rafaels Rotten ihre ersten Opfer fanden: Einem der Musketiere war ein Geschoss in die linke Hand geschlagen, und einen der Pikeniere traf es am Schienbein. Lebbock war mit Rafael an die Stirnseite des Wagens gelaufen, um mit ihren Musketen in die Reitergruppe schießen zu können. Als Rafael das Weiße im Auge des Feindes erkennen konnte, gab er den Befehl zum Feuern. Er schrie:

„Feuer frei!"

Dann fielen gleich mehrere Schüsse: Seine Männer schossen gut, denn drei Reiter fielen sofort von ihren Pferden. Rafael und Lebbock hatten noch mit dem Abfeuern ihrer Musketen gewartet. Doch dann hielten auch sie in die kleine Reitergruppe. Wieder zwei Treffer: Zwei weitere Reiter fielen aus dem Galopp vom Pferd. Schon hatten die übrigen Reiter den Wagen erreicht: Es begann ein Schießen, Hauen und Stechen aus nächster Nähe. Da stieg ein Pferd, und dort fiel ein Musketier vom Lanzenstich getroffen, schrecklich schreiend auf den Boden. Hier und dort kreuzten sich die Degen, als gefochten wurde. Auch Rafael kämpfte mit seinem Degen: Zwei, drei Hiebe eines Reiters hatte er abwehren können, aber dann stach der Reiter so geschickt zu, dass Rafael weder ausweichen noch abwehren konnte. Auf diese Weise durchbohrte die feindliche Klinge seine Schulter.

Irgendwann erkannten die Reiter, dass dieses Scharmützel nicht zu gewinnen war. Genauso schnell, wie sie gekommen sind, waren sie auch wieder verschwunden. Im eiligen Rückzug vergaßen sie aber nicht ihre verletzten Mitstreiter: Äußerst geschickt nahmen sie die Verletzten mit aufs eigene Pferd, um dann im Galopp zu verschwinden. Vom Feind blieben zwei Kämpfer verblichen liegen. Rafaels Rotte hatte zum Glück nur sechs Verletzte zu beklagen.

Rafael war kurz ohnmächtig. In dieser Zeit hatte Lebbock ihn mit Stoff-Fetzen verbunden. Als er wieder zu sich kam, fühlte er sich relativ gut; nur dieser bohrende Schmerz plagte ihn. Das Pferd wurde wieder angespannt, die Fässer schnell mit Wasser befüllt – und dann ging es umgehend in die Prager Burg.

Rafael wurde von Lebbock in sein Quartier gebracht, wo er seine Verwundung behandeln lassen musste. Gerlinde empfing ihn voller Sorge und sagte beim Betrachten der Verwundung:

„Ich glaube, das ist noch einmal glimpflich abgegangen. Hätte der Stich eine handbreit tiefer gelegen, sähe es schlimmer aus!"

Dann reinigte sie die Wunde und legte einen Kräuterverband an. Rafael ging es noch bis zur frühen Abendstunde gut; er hatte großen Appetit und kaum Schmerzen. Doch später bekam er Fieber. Auch begann er sehr unruhig zu schlafen. Ein beklemmendes Gefühl stieg in ihm auf; zudem war er unzufrieden mit sich. Unruhig wälzte sich Rafael auf seinem Lager hin und her. Es kam ihm vor, als ginge er durch tiefschwarzen Rauch.

Als dieser Rauch ein wenig verflogen war, erkannte er, dass er sich auf einem Hügel befand. Von diesem Hügel schaute er hinab auf eine Walstatt, auf einen riesigen Kampfplatz. Er hörte Trommeln, welche er so oft beim Marschieren gehört hatte. Auch Flöten hörte er jetzt, die bei langen Märschen immer ihre einfachen Melodien von sich gaben. Dazu mischten sich Trompetensignale, welche zur Befehlsweitergabe dienten.

Langsam verschwanden die dichten Wolken. Aber es blieb ein leichter Nebel. Hier vom Hügel aus erkannte er jetzt, dass sich dort unten Truppen sammelten. Nein, es waren schon keine Truppen mehr, sondern ganze Heerscharen! Er sah viele Fahnen, und er fragte sich, ob seine dabei sei. Doch wegen des Nebels, der eine genaue Sicht behinderte, war eine Bestimmung nicht möglich.

Als dann die Armeen sich auf der Walstatt gesammelt hatten, stieg der Nebel gen Himmel. Was er jetzt sah, war so grausam, dass er schreien wollte. Aber so sehr er sich auch anstrengte: Er brachte keinen Ton heraus. Er riss seinen Mund auf, aber seiner Kehle entwich nicht der geringste Laut. Die beiden Armeen, die sich gegenüberstanden, konnte man an anhand der Bekleidung nicht voneinander unterscheiden: Alle Landsknechte trugen schwarze Kleidung. Auch die Brustpanzer sowie die Helme schienen schwarz zu sein. Selbst die Federn, die so gern an Hüte oder Helme gesteckt wurden, waren schwarz.

Nun sah Rafael die Kämpfer wie durch ein Fernglas: Die Uniformen der Landsknechte hingen in Fetzen von ihren Körpern, und ihre Helme waren wie ihre Waffen voller Rost! Rafael versuchte erneut nach Hilfe zu schreien, aber seine Stimme versagte abermals.

„Oh nein, oh nein, was soll das nur!", ging ihm durch den Kopf.

Als er dann auch noch die Gesichter und die Hände der Landsknechte sah, packte ihn das blanke Entsetzen:

„Das sind ja die vor langer Zeit Verblichenen", dachte er rasend vor Angst.

Denn er erblickte in ihnen seine alten Mitstreiter, die wie gewohnt ihre Waffen hielten – nur jetzt in knöchernen Fingern.

„Was soll das hier nur?", kam es wieder in ihm hoch.

Die Pferde waren allesamt schwarz und schauten aus rotglühenden Augen.

„Das ist ja Teufelwerk! Wer will mich hier nur martern?", fragte er sich.

Dann erkannte er sogar seine Fahne: Auch sie hing in Fetzen.

„Das sind meine Jungs!", stellte er ungläubig fest:

„Eine Armee der Toten? Nein, nein, das kann nicht sein! Wir kämpfen doch für eine gute Sache", versuchte er sich zu trösten.

Nun gingen die beiden Armeen auf der Walstatt aufeinander los. Das Donnern der Kanonen, Gewehre und Musketen erinnerte an ein wüstes Gewitter. Dazu gesellten sich die metallischen Klänge der Degen, Säbel und Schwerter. Und als drittes stimmte das Kampfgeschrei der Toten mit ein. Welch ein ohrenbetäubendes Spektakel! Alles, was sie einmal bis zur Perfektion gelernt hatten, führten sie jetzt aus: Hauen, Stechen, Schießen und Reiten –: alles, um zu vernichten.

Rafael wäre am liebsten weggerannt, aber seine Beine wollten nicht gehorchen. Er erkannte jetzt auch brennende Dörfer, schreiende Frauen und weinende Kinder.

„All das hast du schon einmal gesehen!", kam es in ihm hoch.

Als Rafael das ertragen hatte, was er nun ertragen musste, herrschte auf einmal Stille. Es kam ihm vor, als sei er plötzlich taub geworden, und er rieb sich die Ohren. Dann gingen die beiden Armeen, die gerade noch so verbissen gekämpft hatten, merkwürdigerweise auseinander. Es schien so, als wollten sie in ihrer Mitte einen Weg freimachen, der direkt auf Rafael zu führte.

Die Stille wurde nun abgelöst vom Vogelgezwitscher plötzlich umherfliegender Singvögel und von fröhlichen Kinderstimmen. Es war so, als begänne die Sonne zu scheinen, wie sie es im Hochsommer zur Mittagszeit bei wolkenlosem Himmel tut – förmlich ein Strahlen, das bis ins Herz reichte und es von innen wärmte. Und wirklich: Unzählige Kinder gingen auf dem Weg, den zuvor die Kämpfer freigemacht hatten.

In der Mitte der Kinder bewegte sich ein Mann, der in ein weißes Gewand gekleidet war. Er bewegte sich fast wie schwebend auf Rafael zu. Die Todeskämpfer am Rande des Weges fielen auf die Knie. Selbst die Pferde verneigten sich vor diesem Mann.

Mit seinem Erscheinen war Rafael sehr ruhig geworden. Er fühlte sich plötzlich so geborgen, als wäre er in seines Mutters Schoß. Auch der widerliche Verwesungsgeruch, der sich auf der Walstatt festgesetzt hatte, wich jetzt dem Geruch von wohlriechenden Blumen.

Etwa zehn Meter vor Rafaels Standplatz blieb der Mann stehen. Die Kinder, die sich um ihn scharten, sahen sehr glücklich aus. Sie alle schauten gutmütig zu Rafael hinauf. Der Mann in ihrer Mitte hatte langes schwarzes Haar und einen gepflegten Bart. Mit einem Blick, der Vertrauen erweckte, schaute auch er Rafael an. Dann sprach er:

„Hatte ich euch nicht gelehrt, das Töten zu unterlassen?"

Rafael antwortete:

„Töten? Ich verstehe nicht ganz!"

Der Mann aber fragte Rafael:

„Warum bekämpft ihr euch denn? Seid ihr nicht eigentlich Brüder?"

Rafael entgegnete verwirrt:

„Wir kämpfen hier für den wahren Glauben."

Der Fremde lächelte gutmütig:

„Kämpfen und Glauben –: Passt das zusammen? Hatte ich euch nicht mit auf den Weg gegeben, auch die andere Wange hinzuhalten, wenn dir ein Bruder auf deine Wange schlägt?"

Diese Frage kam Rafael sehr merkwürdig vor. Aber als sein Blick über die Hände des Fremden schweifte, erschrak er bis ins Mark:

„Da sind ja Wundmale auf den Händen!", dachte er.

„Wundmale!", hämmerte es in seinem Kopf.

Und dann brach es aus ihm heraus:

„Herr!" Dann noch einmal: „Mein Herr!"

Rafael fiel auf die Knie. Unter Tränen kam über seine Lippen:

„Jesus, mein Herr!"

„Ja, Rafael", sprach Jesus, „ich möchte, dass du meine Gebote achtest. Ich habe dich dazu auserwählt, in meinem Sinne zu handeln. Du sollst dich um die Unschuldigen dieser Tage kümmern."

Dabei wies er mit einer weit ausholenden Bewegung auf die umstehenden Kinder:

„Du sollst einer der Gerechten unter den Völkern sein!"

„Ja, mein Herr, ich will tun, was du mir auferlegst!", sagte Rafael mit fester Stimme.

Dann strömten all die schlimmen Erlebnisse, die er während dieses schrecklichen Krieges hatte, über seine Lippen, als wäre ein Damm gebrochen. Verständnisvoll hörte Jesus sich an, was Rafael an Furchtbarem zu berichten hatte. Dann sagte er:

„Was geschehen ist, liegt hinter dir. Aber von jetzt an wirst du einen sinnvollen Weg verfolgen. Die Vergangenheit soll dich nicht mehr bedrücken!"

Rafael fühlte sich von allen Lasten befreit und unheimlich stark. Jesus hob seine rechte Hand, deren Finger das Victory-Zeichen andeuteten, um Rafael zu segnen. Rafael schloss ergriffen die Augen und senkte sein Haupt.

Bald spürte er, wie jemand sanft seine Schulter berührte. Eine ihm bekannte Stimme sprach auf ihn ein. Aber er hatte das Gefühl, als kämen diese Worte aus einer anderen Welt. Er hörte das Gesprochene, konnte es aber nicht irgendwie einordnen. Rafael öffnete langsam seine Augen, um sich zu orientieren: Er fand sich in seinem Lager liegend, mit Gerlinde an seiner Seite sitzend:

„Na, mein Lieber, bist du wieder bei dir?", sagte Gerlinde ruhig.

Ohne seine Antwort abzuwarten, sprach sie weiter:

„Du hattest hohes Fieber und warst zwei Tage ohne Bewusstsein."

Rafael dachte ein wenig enttäuscht:

„War das alles nur phantasiert?"

Dann ließ er von diesem Gedanken ab, weil er dem folgen wollte, was er im Schlaf vernommen hatte: Ja, er werde sich ändern und wegkommen von all dem Töten und Morden. Er werde sich aus den Klauen der dunklen Mächte lösen und nicht mehr bei ihnen mitwirken – weg von dem Einfluss des Bösen, der alle und alles anzustecken vermag. Er nahm sich vor, sich einer Welt zu entziehen, der es meist gelingt, die Wahrheit zu verdrehen und alles umzumünzen, was einmal gut und wertvoll war. Dann hörte er Gerlinde wieder:

„Du bist immer noch ein wenig durcheinander. Werde du erst einmal richtig wach, dann sprechen wir! In einer halben Stunde komme ich wieder in deine Kammer und bringe dir auch einen kräftigen Hirsebrei mit."

Gerlinde verließ etwas bedrückt, aber lächelnd das Zimmer. Rafael richtete sich unter leichtem Schwindel in seinem Bett auf. Dann fasste er einen folgeschweren Entschluss:

„Ab jetzt diene ich nur noch einem Herren! Ich bin mir sicher: Mir wird es an nichts mangeln!"

Dabei schaute er aus seinem Fenster: Es war Frühling, und die Blüten der im Hof stehenden Apfelbäume leuchteten in einem Zartrosa.

Fahnenflucht

Da nur derjenige Sold bekam, der auch arbeitete oder kämpfte, entschloss sich Rafael, wieder am Dienst teilzunehmen. Die Stichwunde war relativ gut verheilt. Insofern meldete er sich beim Feldwebel Hagen zurück. Der begrüßte Rafael freundlich und erklärte ihm:

„Rafael, ich habe da einige Aufgaben: Wähle dir eine aus! Da ist die Burgwache, die du für diese Woche führen könntest. Oder du könntest einen Aufklärungstrupp anführen, um die verlassenen Dörfer auf feindliche Truppen zu überprüfen. Aber falls du dich noch ein wenig schwach fühlen solltest, darfst du auch die Kerkerwache anführen."
Rafael überlegte nicht lange und antwortete:

„Ich würde sehr gerne die Kerkerwache übernehmen!"

„Gut, dann trage ich dich dafür ein. Heute Abend um acht Uhr beginnt deine Wache. Die Wachübergabe findet vor dem Rathausgebäude statt, da sich der Kerker ja in dessen Kellergewölben befindet", erklärte Hagen.

So fand sich Rafael gegen neunzehn Uhr dreißig im Wachlokal seiner Kompanie ein, um die Wachmannschaft von acht Mann abzuholen. Er führte seine Leute zum Rathaus, ließ sie in Reihe antreten und vergatterte sie. Die Männer, die abgelöst werden sollten, wurden von einem

Leutnant herangeführt und Rafaels Leuten gegenübergestellt. Der Leutnant befahl seiner Wachmannschaft:

„Stillgestanden!"

Rafael tat es ihnen gleich. Als alle Männer strammstanden, rief Rafael laut und langgezogen:

„Aaaaablösung!", und dann

„Rechts um – marsch ins Gebäude!"

Der Leutnant führte daraufhin seine Mannschaft zum Wachlokal seiner Kompanie, um dort die Männer in den verdienten Dienstschluss zu entlassen.

Der Kerker verfügte über ein Wachlokal, das mit vier Lagern, einem Tisch und fünf Stühlen ausgestattet war. Außerdem gab es in diesem Keller sechs Zellen, in denen bis zu zehn Gefangene Platz fanden. Rafael übernahm mit seinen Männern vierzig Gefangene.

Es handelte sich dabei nicht etwa um Diebe oder Betrüger, sondern um gefangene Offiziere und den gesamten Prager Rat. Den Wärtern kam es durchaus ein wenig seltsam vor, diese feinen Herren hinter Gittern zu sehen. Sie trugen Kleidung aus bestem Tuch. Besonders die hohen Offiziere machten großen Eindruck auf die Wachen, die ja allesamt aus bescheidenen Verhältnissen stammten.

Zwei Männer bewachten den Eingang des Kerkers. Die schwere Eingangstür hatte sehr starke Beschläge und bestand aus massivem Eichenholz. Des Weiteren hatte sie einen Durchguck, der mit einer Holzklappe verschlossen werden konnte. Sie war auch mit einem Türklopfer aus Metall versehen, der eine dämonische, schreiende Fratze darstellte.

Gelegentlich fanden sich Familienangehörige der Gefangenen ein, die mit Hilfe des Klopfers auf sich aufmerksam machen konnten. Hatte der Wachhabende gute Laune, dann gewährte er Einlass – falls nicht, ließ er die Armen fortjagen.

Zwei weitere Landsknechte machten ständig ihre Runden im Kerkergang, um bei den Gefangenen erst gar nicht das Gefühl einer heimeligen Atmosphäre aufkommen zu lassen. Dadurch ließ sich vermeiden, dass sich die Gefangenen womöglich zusammenrotteten, um einen Ausbruchsversuch zu starten.

Die anderen vier Wachmänner durften sich im Wachlokal frei bewegen: Entweder wurde Karten gespielt, oder ein wenig geruht bzw. gegessen. Trotzdem mussten sie ihre Waffen immer in ihrer unmittelbaren Nähe haben, um bei einem Befreiungsversuch oder einer Revolte sofort eingreifen zu können.

Rafael, der ja im Haus eines Ratsmitgliedes sein Quartier hatte, wollte wissen, wer denn sein Gastgeber sei. So ging er von Zelle zu Zelle und rief:

„Ist unter Ihnen ein Herr Kaplitz, meine Herren?"

An der dritten Zelle meldete sich ein etwa vierzigjähriger Mann, der ganz in schwarz gekleidet war, mit fester Stimme:

„Ja, hier! Hat man endlich das Lösegeld für mich gezahlt?"

„Nein, mein Herr, da muss ich Sie enttäuschen. Soweit ich unterrichtet bin, wurde auch kein Lösegeld für die hier einsitzenden Herren gefordert. Ich habe mein Quartier in Ihrem Haus und begegne fast täglich Ihrer Frau und Ihren Kindern", sagte Rafael.

„Ach so! Ich dachte, ich dürfte nun endlich dieses Loch verlassen", entgegnete der Gefangene.

Rafael sagte ernst:

„Ihr müsst wissen, dass Ihr mit einem Lösegeld wahrscheinlich nicht davonkommen werdet. Es wird eine Gerichtsverhandlung geben, bei der man entscheidet, was mit Ihnen geschieht. Ich muss Sie enttäuschen: Es ist mit dem Schlimmsten rechnen, denn das Haus Habsburg will wohl Abschreckung!"

Kaplitz wurde nach diesen Worten leichenblass. Der vorher noch so stolze Mann fiel förmlich in sich zusammen. Dann sagte er stotternd:

„Wollt Ihr mir Angst machen, Herr Fähnrich? Macht es Euch etwa Spaß, ein solches Spiel mit mir zu treiben? Schämt….!"

„Nein, ich bin nur ehrlich zu Euch! Bereitet Euch auf das Schlimmste vor – rate ich nur!", unterbrach Rafael den Mann und beendete das Gespräch.

Rafael war ein wenig enttäuscht von dem Verhalten des Gefangenen.

„Habe ich es denn nötig, mich wegen meiner Ehrlichkeit beschimpfen zu lassen?", dachte er.

Nachdem Raphael in das Wachlokal zurückgegangen war, um sich einen Tee zu kochen, hörte er jemanden rufen:

„Herr Fähnrich! Herr Fähnrich!", hallte es bis ins Wachlokal. Dann ertönte eine andere Stimme:

„Halt's Maul, du Schreihals, sonst stopfe ich es dir!"

Sofort ging Rafael in den Kerkergang zurück, um zu sehen, was dort vor sich ging. Kaplitz diskutierte lautstark mit der Wache. Der Wachmann hatte schon seine Hand am Handstück seines Degens, als Rafael hinzukam:

„Ach, Herr Fähnrich, ich wollte mich bei Ihnen entschuldigen. Ich habe Sie voreilig verurteilt. Wirklich, es tut mir leid!", sagte Kaplitz.

„Ja, Herr Kaplitz, ist schon in Ordnung. Wenn ich mich in Ihrer Lage befinden würde, wäre ich ebenfalls gereizt. Ich lege Ihnen trotzdem nahe, Ihre Angelegenheiten besonnen anzugehen. Denken Sie an die Zukunft Ihrer Familie!", gab Rafael zu bedenken.

„Ich will Ihren Rat beherzigen, Herr Fähnrich. Dürfte ich Sie um eine Feder und um ein Blatt Papier bitten?", fragte Kaplitz jetzt voller Vertrauen.

Rafael nickte und schickte den Wachmann los, Schreibzeug aus dem Wachlokal zu holen. Ohne ein weiteres Wort zu verlieren, übergab Rafael Herrn Kaplitz die Sachen, um sich dann ins Wachlokal zurückzuziehen.

Am frühen Morgen, als sich die Wachmänner gerade abgelöst hatten, ging Rafael wieder zu Kaplitz:

„Herr Kaplitz, haben Sie jetzt etwas für mich?"

Kaplitz stand umgehend von seinem Lager auf. Er hatte ein kunstvoll zusammengefaltetes Stück Papier in der Hand und sah total übernächtigt aus, als er Rafael sein Schreiben reichte:

„Herr Fähnrich, bitte übergeben Sie den Brief meiner Frau, damit sie erfährt, wie es um mich steht!"

„Das will ich gern tun, mein Herr! Noch ein Rat an Sie: Lassen Sie alle Hoffnung hinter sich. Dann schmerzt der Abschied nicht so sehr!", sagte Rafael mit sanfter Stimme und nahm den Brief entgegen.

Es war von seiner Seite gesagt worden, was zu sagen war. So wendete Rafael sich ab, um dem Gefangenen einen letzten Dienst zu erweisen. Dann rief er einen der Wachmänner zu sich:

„Ich habe eine Sonderaufgabe für dich. Bringe diesen Brief in mein Quartier und übergib ihn Gerlinde! Gerlinde möchte ihn dann an Frau Kaplitz weiterleiten und ihr dazu sagen, sie solle dir folgen. Außerdem teilst du Gerlinde mit, Frau Kaplitz habe von uns nichts zu befürchten. Verstanden?"

„Jawohl", entgegnete der Wachmann, der sich insgeheim über die Abwechslung freute.

Rafael gab ihm den Brief sowie ein weiteres Schriftstück, das dem Wachmann bestätigte, im Auftrag des Fähnrichs zu handeln.

Zwei Stunden später kündigte sich der Besuch mit dem durchdringenden Klopfen des Türklopfers an. Der Wachmann, der an der Tür Wache tat, schaute in den Durchguck, um anschließend seinen Kameraden zusammen mit der ihm fremden Frau hereinzulassen. Sie wirkte sehr verängstigt, als Rafael sie sofort empfing und zu einer der leeren Zellen führte:

„Frau Kaplitz, ich werde jetzt Ihren Mann herbringen lassen. Sie können hier ungestört sprechen."

Gleich schickte er einen Wachmann los. Als das Ehepaar aufeinandertraf, kam es zu einer innigen Umarmung. Für Frau Kaplitz war das alles ein wenig zu viel: Sie bekam einen Weinkrampf. Rafael ließ dann die beiden allein, obwohl das strengstens verboten war. Nach etwa zwei Stunden veranlasste er, dass ein Wachmann dem Ehepaar Tee brachte und ihm ausrichten ließ, dass ihnen noch eine halbe Stunde verbliebe, um sich zu verabschieden.

Rafael suchte dann persönlich das Ehepaar auf. Als er ihnen gegenübertrat, waren sie wieder sehr gefasst. Sie gaben sich noch einmal die Hand und einen Kuss. Anschließend ging Herr Kaplitz zurück in seine Zelle. Rafael schloss ihn dort wieder ein und brachte sodann Frau Kaplitz zum Ausgang. Sie gab Rafael die Hand und sagte:

„Haben Sie Dank, Herr Fähnrich. Gott vergelte es Ihnen, dass ich noch einmal einige Stunden mit meinem Ehemann verbringen durfte."

Rafael nickte und verabschiedete sich von Frau Kaplitz.

Auch diese Wachwoche ging vorüber. Rafael nahm dann wieder am normalen Dienst teil. So blieb ihm am Nachmittag immer noch Zeit, sich um seine Ziehkinder zu kümmern. Er unternahm mit ihnen kleine Ausflüge, zeigte ihnen Pflanzen, die im Frühjahr wuchsen, und klärte sie auch über deren Heilkräfte auf.

Rosanah war total begeistert von den Schlüsselblumen, die in großen Kolonien auf einer Feuchtwiese wuchsen. Rafael nannte diese Blumen „Himmelsschlüsselchen" und wies Rosanah auf die fein geäderten Blätter der Pflanze hin. Mit Hilfe des Blattes konnte man die Pflanze, auch ohne dass die goldgelben Blüten schon ausgebildet waren, bestimmen.

Androsch interessierte sich viel mehr für die Pestwurz, die ebenfalls in großen Mengen auf den Feuchtwiesen zu finden war.

„Androsch, siehst du diese rosarote Blüte? Aus dieser Blüte hat man in früheren Zeiten einen Sud gekocht, um damit die Beulen von Pestkranken zu bestreichen. Man sagt, dass es für die Kranken wohltuend und schmerzlindernd gewesen sei, wenn man sie damit behandelte", erläuterte Rafael ihm.

„Ich werde es mir merken", antwortete Androsch, der alles, was ihm erklärt wurde, wissbegierig aufsaugte.

„Kinder, seht ihr da unten diese kleine gelbe Blüte, die fast aussieht wie ein verkümmerter Löwenzahn? Das ist der Huflattich! Auch den müsst ihr euch merken. Denn immer, wenn ihr in eurem Leben Husten oder Atembeschwerden haben solltet, könnt ihr euch damit helfen. Ihr macht euch daraus einen Tee oder ihr benutzt ihn zum Inhalieren beim Dampfbad!", führte Rafael dazu aus.

Er war sich sicher, dass die Kinder dieses Wissen mit in ihr Leben nehmen würden. Auch Gerlinde hatte etwas von diesen Unternehmungen. Denn die Kinder, die diese Frau liebten, brachten ihr die schönsten Blumen in großen Mengen mit.

Diese Zeit zog zahlreiche Veränderungen nach sich: Viele Prager Einwohner hatten der Stadt oder ihren Vororten den Rücken gekehrt. Die ständige Willkür der Sieger war für die protestantische Bevölkerung kaum noch zu ertragen, weshalb man in andere Städte floh, Haus und Hof zurückließ und nur sein nacktes Leben rettete. Die Felder blieben an vielen Stellen unbestellt. So wurde das Nahrungsangebot immer dürftiger.

Doch aufgrund des seit Wochen anhaltenden angenehmen Sommerwetters konnten die Frauen der Stadt ihre Wäsche am Fluss waschen. Die sonst so mühselige Arbeit ging ihnen bei dem schönen Wetter gut von der Hand. Die Kinder brachten Gerlinde Kornblumen und Klatschmohn von ihren Ausflügen mit. Und gelegentlich hörte man die Frauen auch wieder bei ihrer Arbeit singen. Zum ersten Mal seit

Beginn der Kampfhandlungen stellte sich offenbar so etwas wie Alltagsnormalität ein.

Aber es schien nur so: Denn gerade jetzt fanden die Gerichtsverhandlungen gegen die Widersacher des Hauses Habsburg statt. Die Verhandlungen wurden mit aller Härte durchgeführt. Die Beweisführung erfolgte teilweise mit Foltermethoden.

Anders als von den Beschuldigten erwartet, gab es siebenundzwanzig Todesurteile. Die armen Seelen hatten gedacht, sie würden davonkommen, indem sie auf einen Teil ihres Vermögens verzichteten. Aber die Richter ließen keine Gnade walten. Die protestantischen Anführer verloren zuerst ihr gesamtes Hab und Gut, und dann ihr Leben.

Am 21. Juni ließ der Feldherr Wallenstein den Altstädter Rathausplatz mit einigen seiner Eliteeinheiten abriegeln. In der Woche vorher hatte man ein riesiges hölzernes Schafott errichtet. Die ganze Stadt war auf den Beinen, als die Hinrichtungen vollzogen werden sollten: Viele kaiserliche Landsknechte wollten dem Schauspiel beiwohnen. Und auch große Teile der Bevölkerung füllten den Platz sowie die umliegenden Gassen. Die Delinquenten wurden mit einem großen Leiterwagen vom Kerker abgeholt. Einen Mann nach dem anderen führte man zur Hinrichtungsstätte. Mit freiem Oberkörper mussten sie alle vor ein auf dem Schafott befindliches Kreuz niederknien.

Die Gerichtsdiener wie auch der Henker waren mit Masken unkenntlich gemacht. Der Henker stützte sich mit beiden Händen auf die Parierstange seines Schwertes, bis er ein Zeichen von einem Gerichtsdiener bekam. Auf das Zeichen hin schritt der Henker schnell hinter sein Opfer, hob behende sein schweres Schwert und schlug zu. Die einen

Zuschauer schrien vor Entsetzen, die anderen grölten und scherzten voller Genugtuung. Der Kopf fiel plumpsend vor seinen Besitzer. Dann stürzte der blutspritzende Oberkörper des Ärmsten ganz langsam auf die Holzbretter.

Der Henker ging zurück zum Ausgangspunkt und stützte seine Hände wieder auf den Griff seines Schwertes. Sechs in schwarz gekleidete Diener nahmen den Körper auf. Danach trugen sie ihn von der Hinrichtungsstätte weg. Ein anderer Diener nahm den mit Blut besudelten Kopf des Hingerichteten und verwahrte ihn in einem Korb. So sollte es an diesem Tag vierundzwanzigmal geschehen. Es war fast so, als würde im Theater immer wieder die gleiche Szene wiederholt.

Rafael begleitete Frau Kaplitz, die durch das Gerichtsurteil mittlerweile auch mittellos geworden war, zum Richtplatz. Bei ihrer Vermählung hatte sie ihrem Mann versprochen, seinem Weg immer zu folgen. Das wollte sie auch an diesem schweren Tag so halten. Deshalb hatte sie sich mit Hilfe von Rafael in die dritte Reihe vor dem Schafott gekämpft. Und tatsächlich: Einem Wunder gleich trafen sich die Blicke des Ehepaares. Kaplitz nickte seiner Frau zu, rang sich ein Lächeln ab und ging voller Würde seinen letzten Gang.

Frau Kaplitz, die auch zwei kleine Kinder zu versorgen hatte, war untröstlich. Als der Kopf ihres geliebten Mannes fiel, lehnte sie ihr Gesicht an Rafaels Schulter und weinte bitterlich. Rafael konnte nicht so richtig begreifen, was er hier mit ansehen musste. Er dachte:

„Da werden die militärisch besiegten Feinde enteignet und abgeschlachtet. Wozu das ganze? Was soll dieser blanke Hass? Ich glaube, ich sollte meine Träume ernst nehmen! Das alles hier läuft in eine völlig falsche Richtung! Mein Weg ist ein anderer – gewiss nicht dieser. Zerstören und sinnlos töten ist nicht mein Ding! Ich möchte wieder Samen in die Erde stecken und die Früchte meiner Arbeit wachsen sehen. Ich muss etwas tun!"

Das Grölen der Menge riss Rafael aus seinen Gedankengängen. Wieder sollte ein Mann durchs Schwert sterben. Frau Kaplitz war fast besinnungslos vor Trauer. So entschied Rafael, diesen grausamen Ort zu verlassen.

Kaum hatte er einige Schritte mit ihr getan, da wurde sie ohnmächtig. Er fing Frau Kaplitz auf, bevor sie zu Boden fiel und trug sie auf seinen Armen bis in die nächste Gasse. Dort setzte er sie in einer Gaststätte auf einen Stuhl, um ihr dann einen Becher kühles Wasser zu reichen. Langsam kam sie wieder ein wenig zu sich. Mit trübem Blick schaute sie Rafael an:

„Es wäre besser gewesen, man hätte meine Kinder und mich auch gleich hingerichtet. Wovon soll ich denn jetzt nur leben? Ich habe nichts mehr. Nur das nackte Leben ist mir geblieben!"

Rafael antwortete nüchtern:

„So wie Ihnen geht es jetzt sehr vielen Menschen. Aber bitte vertrauen Sie mir! Ich werde für Sie nach einer Lösung suchen. Glauben Sie mir, ich finde einen Weg für Sie und Ihre Kinder! So lange wohnen Sie mit Ihren Kindern bei Gerlinde und mir!"

Als Rafael gemeinsam mit Frau Kaplitz das Quartier erreicht hatte, ging er sofort zu Gerlinde, um ein klärendes Gespräch zu führen:

„Gerlinde, wir müssen reden", sagte Rafael ein wenig aufgeregt.

„Gibt es etwas Wichtiges? Komm, lass uns ins Speise-
zimmer gehen! Da sind wir jetzt ungestört", schlug Gerlinde vor, die fast zu jeder Zeit gut gelaunt war.

Während sie für Rafael einen Tee zubereitete, fing Rafael
an zu erzählen:

„Ich kann nicht mehr! Ich kann es einfach nicht mehr!"

„Was kannst du nicht mehr, Rafael?", fragte Gerlinde.

„Ich kann diese Ungerechtigkeiten, die wir hier begehen,
nicht mehr ertragen! Wir töten, rauben und zerstören. Das
will ich einfach nicht mehr. Ich möchte wieder säen und
ernten. Ich will aufbauen statt abreißen! Außerdem möchte
ich Kinder froh aufwachsen sehen. Stattdessen erblicke ich
fast täglich halbverhungerte Waisen, für die fast jede Hilfe
zu spät kommt."

„Ja, ja, du hast wirklich recht! Aber was möchtest du
denn nur tun?", fragte Gerlinde ein wenig verunsichert.

„Gerlinde, ich werde abhauen!", antwortete Rafael mit
einer sehr unterkühlten Stimme.

„Fahnenflucht? Du weißt, was darauf steht!", stellte Gerlinde mit dem Ausdruck des Zweifels dazu fest.

„Ja, Gerlinde, Fahnenflucht! Ich werde von einer Fahne
fliehen, die so viel furchtbares Unrecht begeht", konterte
Rafael selbstbewusst.

„Mein lieber Rafael, ich verstehe dich ja. Aber bedenke
doch die Gefahr, in die du dich dadurch begibst: Die werden dich jagen und aufhängen!", sagte Gerlinde voller Sorge.

„Vielleicht kriegen sie mich. Aber mein Seelenheil ist mir
wichtiger als mein bisschen Leben!", erwiderte Rafael voller Überzeugung.

„Die Kinder und ich –: Wir gehen mit dir! Versuche nicht, es uns auszureden. Du wirst mich nicht mehr umstimmen können. Weder die Kinder noch ich könnten einen Abschied von dir verkraften! Bedenke: Wir lieben dich doch!", beteuerte Gerlinde sehr ernst.

„Gerlinde, ich kann es dir ja wahrscheinlich sowieso nicht ausreden! Also gut, wir gehen alle zusammen! Bitte hilf mir aber bei den Vorbereitungen: Wir brauchen vor allen Dingen Pökelfleisch und eingelegten Fisch!", sagte Rafael und übergab ihr einen Beutel mit Silbertalern.

„Gut, ich werde versuchen, haltbare Ware zu besorgen. Auch meinen Planwagen werde ich schon ausstatten. Dein Zelt liegt ja sogar noch darauf!", versprach Gerlinde, die ja immer aktiv war und nicht lange zögerte, wenn sie etwas Wichtiges zu erledigen hatte.

„Wir werden auch Frau Kaplitz zusammen mit ihren Kindern mitnehmen müssen. Hier in der Stadt kommt sie unter die Räder. Sie ist jetzt mittellos. Und für eine Frau, die sonst sogar über Hauspersonal verfügte, gibt es keine Arbeit in dieser Stadt. Du weißt ja, wo sie enden würde, oder?", fügte Rafael hinzu.

„Im Hurenhaus? Na klar, als Hure könnte sie sich vielleicht noch Geld verdienen!", antwortete sie sofort und meinte das gewiss nicht ernst, sondern mit Bitternis.

Aber dann stellte sie klar:

„Ich stimme völlig mit dir überein: Wir nehmen sie natürlich mit. Platz haben wir auf jeden Fall genug auf dem Wagen; und die Kinder haben so auch Gesellschaft."

Rafael nickte anerkennend:

„Dann sind wir uns ja einig! Du wirst zwei Tage vor meiner Fahnenflucht aufbrechen. Ich nenne dir den genauen

Tag noch. Jetzt gehe ich erst mal zu Jonathan und danach zu Gerold, um mich zu verabschieden."

Rafael ging in Jonathans Quartier und holte ihn für das Gespräch ab. Der war noch ein wenig genervt, da er gerade von einer Wache zurückkehrte.

„Was ist, Rafael? Willst du mir erzählen, dass du jetzt Gerlinde heiratest?", fragte er.

„Nein, Jonathan, es geht um ganz was anderes! Komm jetzt mit mir. Ich kann hier nicht sprechen!", sagte Rafael ein wenig ungeduldig.

Jetzt ahnte Jonathan, dass es etwas Ernstes ist, was Rafael ihm erzählen wollte. So gingen sie gemeinsam auf die sonnigen Straßen Prags, um zu sprechen. Mauersegler flogen im Tiefflug über die Köpfe der Brüder und machten dabei kreischende Laute.

„Ein schöner Sommer wird das – so viele Mauersegler, wie hier jetzt umherfliegen!", stellte Jonathan fest, um das Gespräch zu beginnen.

„Ja, ein schöner Sommer! Bald beginnt zuhause die Ernte. Du weißt doch: Die brauchen dort alle Hände, die anfassen können. Ich gehe heim!", antwortete Rafael ohne weitere Erklärung.

„Wie? Du gehst heim? Du hast dich doch fürs Dienen verpflichtet! Die hängen dich auf, wenn du das machst!", gab Jonathan zu bedenken.

„Dafür müssen sie mich erst einmal erwischen. Du kennst mich ja: Ich werde mich gut vorbereiten", versuchte Rafael, Jonathan zu beruhigen.

„Deine Verfolger werden aber keine einfachen Landsknechte sein. Das Regiment hat dafür extra zwei Rotten zusammengestellt: ehemalige Waldläufer oder Jäger, die sich mit Spurenlesen und Verfolgung auskennen. Wenn du keine Papiere mit dir führst, die einen Marschbefehl bescheinigen, hängen die dich ohne Verhandlung auf. Für diese Männer ist das eine Sache der Ehre, dich zu fangen", erläuterte Jonathan weiter.

„Jonathan, ich hatte eine Vision: Ich werde Unterstützung von höherer Stelle bekommen. Mach dir um mich keine Sorgen mehr! Ich weiß, was ich tue", sagte Rafael in einer Art und Weise, die überzeugend wirkte und keinen Widerspruch zuließ.

Jonathan konnte seinen Bruder nur verwundert anschauen:

„Dann geh deinen Weg, Bruderherz! Du wirst wissen, wovon du sprichst. Ich wünsche dir alles Glück dieser Erde."

Schließlich umarmte er seinen geliebten Bruder und klopfte ihm mit beiden Händen auf die Schultern. Rafael tat das gleiche und sagte:

„Ich wünsche dir ebenfalls ein gutes Leben – mit deiner lieben Isabella! Komm, Jonathan! Ich möchte mich auch noch von Gerold verabschieden."

Jonathan und Rafael gingen zum Wachlokal der Nachbarkompanie, um sich zu informieren, wo Gerold untergebracht sei. Die Unterkunft von Gerold befand sich in einer Wassermühle. Voller Freude empfing Gerold seinen Besuch in der Tenne der Mühle. Rafael schlug vor, einen Spaziergang zu machen.

Kaum waren sie in den Gassen der Stadt unterwegs, fing Gerold an zu schimpfen:

„Unser verdammter Hauptmann – der bestiehlt uns! Obwohl er meines Wissens den Sold für unsere Kompanie vom Regiment erhalten hat, gibt er das Geld nicht weiter. Wenn die Männer nachfragen, wann wir unseren Sold bekommen, werden wir mit fadenscheinigen Ausreden vertröstet. Ich schiebe schon seit Tagen Hunger. Und meine Ersparnisse sind bereits aufgebraucht. Ich bekomme noch Geld für drei Monate."

Jonathan regte sich fürchterlich auf:

„Das kann doch wohl nicht wahr sein! Du hältst deinen Arsch hin, und euer Hauptmann kassiert das Geld?"

„Bis jetzt haben die Männer unserer Kompanie noch ihr Geld erhalten. Komm, Gerold, wir kaufen dir erst einmal was zu essen! Dann sprechen wir weiter", meinte Rafael, der sich um seinen Freund sorgte.

Im nächsten Gasthaus kehrten sie ein. Dort bestellte Rafael zwei gebratene Hähnchen mit Sauerkraut und einen großen Krug mit Bier. Die drei Männer aßen, tranken und unterhielten sich dabei. Als Gerold nach einer gehörigen Portion Sauerkraut einen zufriedenen Eindruck machte, fing Rafael vorsichtig an, sein Vorhaben zu beichten:

„Du, Gerold, bitte denke nicht, dass ich ein Feigling bin; aber ich werde nicht weiter bei den Landsknechten bleiben!"

„Hat man dich aus dem Dienst entlassen?", fragte Gerold erstaunt.

„Nein, ich begehe Fahnenflucht!", antwortete Rafael in aller Deutlichkeit.

Gerold saß zuerst noch mit weit geöffneten Mund da und schaute seine beiden Freunde ungläubig an. Dann sagte er in bestimmtem Ton:

„Ich komme mit!"

Nur diese drei Worte kamen von ihm. Aber er sagte das so, dass keine Zweifel daran aufkommen konnten: „Ich komme mit" wirkte wie „Ich vertraue dir" oder „Wir bleiben zusammen".

Rafael wusste, dass es keiner weiteren Fragen oder Bemerkungen mehr bedurfte.

„Er kommt mit. Somit bin ich nicht allein mit den Frauen und Kindern! Gut so! Gut, dass es dich gibt, mein Freund!", dachte Rafael, bevor er sagte:

„Gern gehe ich mit dir zusammen, mein Freund!"

Die folgenden Tage verbrachten sie damit, die Flucht vorzubereiten: Es wurde Hafer für die Pferde vom Regimentsfutter abgezweigt und auf dem Planwagen von Gerlinde verstaut. Gerold war der Meinung, dass er mit dem Sold, der ihm noch ausstand, drei Wagen mit Hafer füllen könnte. Rafael besorgte bestes Buchenholz und verbrachte es zusammengebunden in Bündeln unter dem Wagen. Gerlinde konnte zwei kleine Fässer mit eingelegten Heringen ergattern. Für ein Fass mit Pökelfleisch hatte sie auch schon einen seriösen Anbieter gefunden. Die Nahrungsmittel kosteten zwar ein halbes Vermögen, waren aber dafür von bester Qualität.

Frau Kaplitz durfte, nachdem sie ihren ganzen Besitz übergeben musste, immerhin ihre Wäsche und Decken behalten. So stiftete sie die Decken und Unterwäsche für alle, die sich an der Reise beteiligten. Gerlinde erzählte Frau Kaplitz nur von einer Reise zu einem Hof, der im Stift Paderborn gelegen sei. Sie wusste weder etwas von der bevorstehenden Fahnenflucht, noch von den Gefahren, die sich damit verbanden: Nur von einer guten Anstellung als Köchin und Magd erzählte Gerlinde ihr.

Dann kam der Tag, an dem Rafael Gerlinde losschickte. Zuvor wandte er sich noch Androsch zu: Er gab ihm eine fertig geladene Muskete und die Bögen mit allen vorgefertigten Pfeilen. Zudem erklärte er ihm, dass er einige Tage lang für die Sicherheit der Frauen verantwortlich sei. Voller Vertrauen übernahm dieser seine Aufgabe, ohne eine Frage zu stellen. Sein Gefühl sagte dem Jungen, dass alles so richtig sei und es keiner weiteren Erläuterungen bedürfe.

Gerlinde lenkte den Planwagen, der vom Haflinger Hugo gezogen wurde. Frau Kaplitz saß mit den kleineren Kindern auf der Ladefläche: Da war die kleine Rosanah, die gleichaltrige Erika, und der dreijährige Bruno – die Kinder von Frau Kaplitz. Androsch saß mit vorn auf dem Kutschbock und hatte Bogen und Köcher griffbereit verstaut.

Obwohl der Abschied von den anderen schwer fiel, herrschte eine fröhliche und nahezu ausgelassene Stimmung. Da auch noch die Sommersonne schien, war es fast so, als würden sie zu einem Picknick im Grünen fahren.

Knarrend bewegte sich der Planwagen unter ruckenden Stößen aus der Stadt. Und später auf der Landstraße zogen sie, wegen der total trockenen Wege, eine riesige Staubfahne hinter sich her. Bronko lief zumeist neben der Kutsche mit. Manchmal schaute er sich spähend um oder schnüffelte an irgendeiner Fährte. Und auch die am Wagen angebundene Kuh trug ihr Schicksal tapfer: Sie trottete hinter dem Wagen her, immer ein wenig in aufgewirbelten Staub gehüllt.

Frau Kaplitz sang während der Fahrt wunderschöne Lieder für die Kinder. Androsch und Rosanah war ein solch schöner Gesang bisher nicht bekannt. Das lag an dem Gesangsunterricht, den Frau Kaplitz schon als junges Mädchen erhalten hatte. Und überhaupt war diese Frau sehr gebildet; sie konnte auch sehr spannende Geschichten erzählen: Einmal erzählte sie von den Kreuzzügen im Heiligen Land, ein anderes Mal von der Entdeckung Amerikas durch Christoph Kolumbus. Die Kinder hörten gespannt zu. So verging die Zeit wie im Fluge.

Etwa alle vier Stunden hielt Gerlinde an und spannte Hugo aus, um ihn trocken zu reiben und mit Hafer zu füttern. Frau Kaplitz half dabei, so gut sie konnte. Gerlinde bewunderte, dass sie sich derart viel Mühe gab, alles richtig zu machen. Sie bereiteten auch etwas zum Essen zu, um sich anschließend noch für einen kurzen Augenblick unter einen schattenspendenden Baum zu legen.

Danach wurde Hugo wieder eingespannt, und die holprige Fahrt ging weiter. Gerlinde rastete, wie Rafael es ihr angeraten hatte, nicht in einem der verlassenen Dörfer, sondern im Schatten kleiner Wäldchen, oder nutzte andere natürliche Deckungen. Auch in der Nacht machte Gerlinde einen Bogen um die Dörfer. Als sie den geeigneten Rastplatz gefunden hatte, machte sie halt. Anschließend gab es für alle noch etwas Leckeres zu essen. Aber auf ein Lagerfeuer musste verzichtet werden, da sonst womöglich doch noch irgendwelches Gesindel auf den Planwagen aufmerksam geworden wäre.

Die kleine Schicksalsgemeinschaft erschrak fürchterlich, als ihnen eine Gruppe von fünf Aussätzigen entgegenkam. Wie vorgeschrieben, verließen die Schwerkranken den Weg, um den Reisenden nicht zu nahe zu kommen. Dabei machten die Aussätzigen mit ihren Holzklappern auf sich aufmerksam. Die Armen, die schon unter ihrer schrecklichen Krankheit zu leiden hatten, litten jetzt, da die Dörfer der Gegend von Menschen verlassen waren, noch mehr.

Zur Friedenszeit hatten die Bauern der Gegend für die Aussätzigen immer eine Stelle vor dem Dorf eingerichtet, an dem Spenden abgelegt wurden. So bekamen sie zumindest eine kleine Speise, die ihnen allein blieb. Kein Bettler hätte gewagt, etwas von diesen Gaben zu essen, da man Angst vor einer Ansteckung hatte.

Der Planwagen bewegte sich langsam an den Aussätzigen vorbei, aber keiner der Insassen mochte die Kranken genauer anschauen. Denn zu groß war das Grauen vor dem, was man hätte sehen können. Und wirklich: Die Kranken standen in ihren zerrissenen Lumpen am Wegesrand. Die teilweise durchgebluteten Verbände der offenen Wunden verströmten einen aasigen Geruch. Die Körperstellen, die nicht von den Verbänden verdeckt waren, sahen verquollen und unförmig aus. Auch die Aussätzigen wussten, dass ihr Aussehen andere Menschen schockieren würde, weshalb sie schamhaft zu Boden blickten.

Nachdem der Planwagen die Kranken etwa hundert Meter hinter sich gelassen hatte, ertönte aus Gerlindes Mund ein langgezogenes „Brr!", womit sie den Haflinger Hugo zum Anhalten brachte. Gerlinde übergab Androsch die Zügel, kletterte vom Kutschbock und anschließend von hinten auf die Ladefläche. Dort entnahm sie dem Fass etwa zehn Heringe und legte sie auf einen Tonteller. Dann lief sie zur Kuh, melkte diese und stellte den vollen Melk-Eimer auf die Ladefläche des Wagens. Sie füllte ein Tongefäß mit Milch, nahm den Teller mit Heringen, stellte die beiden Sachen an den Wegesrand und rief den Aussätzigen zu:

„Diese Gaben sind für euch. Ich hoffe, sie werden euch stärken!"

Gerlinde ging schnell zurück zum Kutschbock, aber im Gehen hörte sie die Rufe eines Aussätzigen:

„Gott vergelte euch eure Gaben! Seid gedankt für die Speisen! Gott wird es euch lohnen!"

„Danke für die Segenswünsche", dachte Gerlinde und rief dann ein „Hüa!"

Hugo zog den Planwagen wieder an, und auf der Ladefläche labten sich die Kinder an der noch warmen Milch.

Es war Nacht, als Rafael und Gerold sich zum Abreisen fertig machten. Sie kontrollierten ihre Waffen, sattelten ihre Pferde und bepackten ihre Satteltaschen mit Proviant und Kleidung. Jonathan, der in den Zeitpunkt der Abreise eingeweiht war, kam, um sich zu verabschieden. Es fielen kaum Worte; denn was sollten sich auch Brüder sagen, die ziemlich genau wussten, dass sie sich in ihrem irdischen Leben vielleicht nicht wiedersehen würden. Da gab es nicht mehr viel zu sagen, außer:

„Viel Glück, und alles Gute!"

Die Brüder sahen sich tief in die Augen, umarmten sich noch einmal, und gaben sich die Hände. Rafael dachte:

„Das Schicksal trennt uns jetzt, aber die Erinnerung an dich wird mich immer begleiten, Bruderherz!"

Gerold und Rafael saßen danach auf und entfernten sich – ohne sich nochmals umzudrehen – langsam von der Stadt. Kaum hatten die beiden Männer die Tore der Stadt verlassen, trieben sie ihre Pferde in den Galopp. Frauen und Kinder in diesen Zeiten allein reisen zu lassen, war sehr risikoreich. Deshalb wollten sie so schnell wie möglich bei ihren Schützlingen sein.

Da der Vollmond am Himmel stand, der die ganze Landschaft mit seinem kalten Licht ausleuchtete, konnten die Männer, solange die Kräfte der Pferde es zuließen, galoppieren. Zwei Knechte, die des Weges gingen, wunderten sich über die Reiter, die so zügig an ihnen vorüberritten.

„Dat waren bestimmt Melder", sagte einer der beiden.

Der andere entgegnete zustimmend:

„Jau, denk ich auch. Wirbeln ja 'ne Menge Staub auf, die Reiter!"

Erst als die Sonne den ersten silbrigen Streifen an den Horizont malte, machten sie eine Pause. Nachdem sie zunächst etwa eine halbe Stunde der Reise im Galopp hinter sich gebracht hatten, war es in einem schnellen Trab weitergegangen, um die Pferde nicht zu überlasten. Sie rieben ihre Reitpferde trocken, was diese sichtlich genossen: Mit weiten Nüstern und wachem Blick beobachteten sie ihre Reiter, die sie mit Wasser und Hafer versorgten. Die Männer bissen im Stehen in ihre Dauerwurst und spülten diese mit einem kräftigen Schluck Wein herunter. Anschließend machten sich die beiden am Bach frisch, um danach sofort wieder aufzusitzen.

Als sie weiterritten, war es taghell, und die Landschaft tat sich in ihrer sommerlichen Pracht vor ihnen auf. Am Wegesrand erblickten sie unbestellte Felder, auf denen sich nun Gräser und allerlei Blumen breit machten. Ohne Vorwarnung schnellte Rafael vom Trab in den Galopp. Die rote Feder seines Filzhutes flatterte im Wind, als er sich in die Steigbügel stellte und den rechten Arm erhob, dessen Hand zur Faust geballt war, und rief:

„Freiheit! Gerold, wir sind frei! Endlich frei!"

Jeden Meter, den er sich von seiner ehemaligen Einheit entfernt hatte, fühlte er mehr, dass eine Last von seinen Schultern gefallen war. Er nahm seine Freiheit nun zutiefst wahr. Und das zeigte er dem erstaunten Gerold auf seine Weise in aller Deutlichkeit. Da Rafael schon einige hundert Meter vorgeprescht war, gab Gerold seinem Pferd die Sporen, um ihn wieder einzuholen:

„Hey, Rafael, mach mal langsam! Hörst du? Beruhige dich! Du hast ja recht, aber mach jetzt langsamer!", rief Gerold seinem Freund hinterher.

Zur gleichen Zeit etwa hatte Gerlinde ihr Nachtlager abgebrochen. Nach einem kräftigen Frühstück mit Eierpfannekuchen und viel frischer Milch fuhren sie weiter.

Was sie nicht wussten: Sie wurden dabei von vier ganz üblen Wegelagerern beobachtet. Diese abgebrühten Burschen vermuteten, dass der Planwagen mit lohnender Beute bestückt sein könnte. Dass ihnen bei einem Überfall ernsthafte Gefahr drohten würde, mussten sie nicht annehmen. Denn was sollten ein junger Bursche und zwei Frauen schon ausrichten können?

So hatten die Wegelagerer beschlossen, den Planwagen in der nächsten Schlucht zu übernehmen. Der Weg, den er nutzte, führte direkt in solch eine Schlucht. Eine halbe Tagesreise sollte es noch dauern, dann mussten sie diese passieren. Die gemeinen Diebe schlichen zu ihren Pferden und ritten auf Nebenstrecken Richtung Schlucht, um den Überfall vorzubereiten.

Der Anführer der Wegelagerer hieß Raimund Kauz und war ein ehemaliger Landsknecht der Protestanten. Mit der Niederlage am Weißen Berg hatte er seine Anstellung verloren. Nach der verlorenen Schlacht war er voller Groll und

Aggression gegen die Sieger gewesen. Die Demütigung, die er hat erleben müssen, machte ihn sehr bösartig. So war er nur noch auf Rache aus.

Mit aller Brutalität, zu der ein Mensch fähig ist, quälte er seine Opfer. Das verschaffte ihm Genugtuung. So fiel er mit seinen jungen Helfern über harmlose Händler oder Reisende her. Dabei fragte er nicht nach Alter, Herkunft und Religion, sondern ließ seiner Willkür freien Lauf. Es wurde geschlagen, gestohlen, vergewaltigt und anschließend gemordet.

Wer in die Gewalt des Mannes kam, war praktisch verloren. Das letzte, was die armen Opfer dann sahen, war das von Pockennarben übersäte Gesicht von Kauz. Von dem Dolch, mit dem er den Ärmsten dann unvermittelt die Halsschlagader durchstieß, bekamen seine Opfer zumeist nichts mehr mit. Kauz war flink – sehr flink, und ohne jegliche Hemmungen.

Das wussten auch die drei jungen Gefolgsleute des Berserkers. Deswegen gehorchten sie ihm ohne Widerspruch. Irgendwann hatte er die jungen Männer aufgelesen, ihnen zu essen gegeben und sie mit Waffen versorgt. Die durch den Krieg Gestrandeten waren ja hungrig und ohne Anhang. Sie hatten sich ihm angeschlossen, ohne zu wissen, um was für eine menschliche Bestie es sich handelte.

Als sie irgendwann erfuhren, wozu er fähig war, gab es keine Möglichkeit mehr, sich von ihm zu lösen. Da die jungen Burschen, von denen keiner über sechzehn war, Zeuge seiner Taten wurden, war ihnen klar, dass er sie nicht mehr gehen lassen würde. Somit fügten sie sich in ihr Schicksal, hielten Opfer fest, schlugen sie und halfen beim Töten.

Kauz hatte den Ablauf des Überfalls genau geplant: Zwei der Diebe sollten sich inmitten der Schlucht ein Versteck suchen, um dann zu gegebener Zeit den Weg zu blockieren. Die beiden anderen Wegelagerer sollten zur gleichen Zeit in den Rücken der überraschten Reisenden fallen, um ihnen auch noch den Fluchtweg zu versperren. Das Übrige wäre dann Routine gewesen, und für den Sadisten ein Vergnügen.

Gerlinde lenkte ihren Planwagen in eine Schlucht, die von einem kleinen Bach tief in den Kalkstein gefressen worden war. Je weiter sie den Weg befuhr, der in die Schlucht führte, desto höher wuchsen Steilwände in den Himmel. Die bizarren Felsen, die den Weg beiderseitig säumten, hatten etwas Bedrohliches: Jeder, der diesen Weg befuhr, fühlte sich unweigerlich eingeengt.

Die beiden Diebe versteckten sich hinter einem Felsvorsprung und warteten, gemütlich Pfeife rauchend, auf den herannahenden Wagen. Auf der Ladefläche des Planwagens sang Frau Kaplitz fröhliche Lieder für die Kinder. Derweil machten die zwei anderen Diebe am Anfang der Schlucht die Falle zu und ritten dabei in aller Ruhe ihren Kumpanen entgegen.

Ganz plötzlich klopfte Kauz seine Pfeife aus, um sich sodann auf den Sattel seines Pferdes zu schwingen. Sein junger Begleiter tat es ihm gleich. So ritten sie in leichtem Trab auf den schon mit bloßem Auge sichtbaren Wagen zu. Dann entnahmen die Männer ihre Steinschlossgewehre dem am Sattel befindlichen Holster. Kauz war bereits voller siegessicherer Erwartung: Er freute sich auch auf die blonde Frau, die auf dem Kutschbock saß. Er malte sich aus, wie es werden würde mit ihr:

„Würde sie ihn, wie viele andere Frauen, um ihr Leben anflehen und dann alles tun, was er will?", dachte er.

Aber Androsch spürte sofort, dass die beiden Reiter, die ihnen entgegenkamen, nichts Gutes im Schilde führten. So entnahm er seinem Kleiderbeutel, der ihm zu Füßen lag, die darin befindliche Pistole.

„Androsch, was machst du denn mit der Waffe?", fragte Gerlinde erstaunt.

Androsch, der schon viel Entsetzliches in seinem Leben gesehen hatte, antwortete mit vor Angst zitternder Stimme:

„Siehst du denn nicht die Deibel, die uns entgegenkommen?"

Gerlinde schrie

„Brr!"

Hugo stoppte sofort, und Bronko, der die Angst seiner Herren spürte, bellte und fletschte die Zähne. Stürmisch sprang Gerlinde vom Kutschbock, um Frau Kaplitz von der drohenden Gefahr zu berichten. Kaum hatte sie die Ladefläche erreicht und Frau Kaplitz das mitgeteilt, musste sie zu ihrem Entsetzen feststellen, dass sich von hinten ebenfalls zwei Reiter näherten.

Voller Panik rannte Gerlinde zurück zum Kutschbock und verlangte von Androsch die Waffe. Da es keine Zeit mehr gab, um lange Diskussionen zu führen, übergab Androsch die Radschlosspistole. Er selber schnappte nach dem Bogen und dem dazugehörenden Köcher mit Pfeilen.

Zur gleichen Zeit verspürte Gerold eine innere Unruhe, deren Auslöser er nicht ergründen konnte. Schon bei einigen Gefechten hatte er öfter etwas erahnt, was unerwartet auf ihn zukam. Vielleicht war es sein Instinkt, der ihn vor

Gefahren warnte. Da sie nur sehr langsam ritten, forderte Gerold seinen Gefährten deshalb auf, schneller zu reiten:

„Rafael, hier stimmt was nicht! Hier brennt irgendwo 'ne Lunte! Lass uns die Schlucht dort hinten lieber im Galopp nehmen!"

Rafael nickte nur kurz, um dann das Pferd mit seinen Sporen anzutreiben. Kaum waren die beiden einige hundert Meter in die Schlucht hineingeritten, sahen sie mehrere Reiter und eine Kutsche. Rafael rief zu Gerold herüber:

„Das ist ja Gerlindes Planwagen! Da stimmt was nicht! Zu den Waffen!"

Die Freunde sahen sich noch einmal kurz an. Mit einem bloßen Kopfnicken machten sie sich zum Angriff bereit. Sie griffen nach ihren Waffen: Gerold nahm sein zweischüssiges Steinschlossgewehr und Rafael seine Muskete. Gerold, der die Augen eines Adlers und die ruhige Hand eines Paters hatte, zielte im Galopp auf einen Mann, der wiederum mit seinem Gewehr auf Gerlinde zielte. Er erkannte sofort die Lage und schoss sein Steinschlossgewehr ab. Ein Schuss – und kurz darauf der zweite: Wie von einer unsichtbaren Faust getroffen fiel Kauz aus seinem Sattel.

Zur gleichen Zeit schoss Androsch einen Pfeil auf einen der jüngeren Männer ab. Auch dieser Pfeil fand sein Ziel: Er blieb im Oberschenkel des Mannes stecken. Die beiden Angreifer, die den Wagen von hinten überfallen wollten, schmissen sofort ihre Waffen weg. Denn sie erkannten, dass sie in einem Gefecht mit den herangaloppierenden kampferfahrenen Männern klar den kürzeren ziehen würden.

Im Inneren des Planwagens schirmte Frau Kaplitz die Kinder schützend mit ihren Armen ab. Sie hätte die sicherlich mit bloßen Händen verteidigt, auch wenn sie dabei getötet worden wäre.

Als Rafael und Gerold den Planwagen erreicht hatten, waren die beiden unverletzten jungen Wegelagerer von ihren Pferden abgesessen und hoben ihre Arme in die Höhe. Rafael hielt die beiden, um ihr Leben flehenden Männer, mit seiner Muskete in Schach. Gerold kümmerte sich um die übrigen Diebe.

Kauz lag auf dem Rücken. Sein pockennarbiges Gesicht war schweißnass, und seine eiskalten Augen bewegten sich unablässig in ihren Höhlen. Der tödlich Verletzte gab ein Röcheln von sich; dazwischen war auch ein Würgen zu vernehmen. Seine Hände tasteten zitternd die Schusswunde am Unterleib ab, aus der unablässig Blut strömte. Gerold kümmerte sich nicht weiter um den Sterbenden, sondern wandte sich – mit seinem Degen drohend – dem anderen Wegelagerer zu, der mit beiden Händen den im Bein steckenden Pfeil umfasste.

„Los, Mann, steig ab von deinem Pferd! Oder soll ich nachhelfen?", sagte Gerold drohend.

Da der junge Dieb unter starken Schmerzen litt und das Bein nicht belasten konnte, fiel er beim Absteigen von seinem Pferd. Dabei brach zu allem Unglück auch noch der im Oberschenkel steckende Pfeil durch. Wie von Sinnen schrie er vor Schmerzen.

Gerold hatte es ja nicht einmal beabsichtigt, dass das passierte. Somit sprach er beruhigend auf den Mann ein:

„Na, na, so schlimm wird es wohl nicht sein! Komm, versuche mal wieder hochzukommen. Ich verspreche dir, dass ich dir nichts zuleide tun werde, wenn du auf mich hörst!"

Stöhnend richtete der junge Mann seinen Oberkörper auf und schaute sich dann leise jammernd seine Verletzung an.

„Hey, Androsch, komm einmal vom Kutschbock herunter!", rief Gerold dem Jungen zu.

Androsch gehorchte. Aber er nahm trotzdem seinen Bogen mit, der nur noch hätte gespannt werden müssen, um schussbereit zu sein. Als er neben Gerold stand, wurde er von ihm eingewiesen:

„Androsch, du hältst den Burschen hier mit deinem Bogen in Schach, während ich mir seine Wunde ansehe! Verstanden?"

„Ich werde es versuchen", antwortete Androsch ein wenig unsicher.

So kniete sich Gerold vor den Verletzten hin, um sich dessen Wunde anzuschauen. Rafael führte derweil seine Gefangenen zu den anderen Wegelagerern. Als er den im Sterben liegenden Kauz sah, sagte er zu den Gefangenen:

„Los, kümmert euch um euren Kumpanen! Holt frisches Wasser vom Bach dort hinten! Hier habt ihr meine Feldflasche. Und dann spendet dem Mann noch ein paar tröstende Worte. Ihr seht doch, wie es um ihn steht!"

Einer der beiden nahm Rafaels Feldflasche entgegen und ging zum Wasserholen, der andere schaute grimmig zu Kauz hinüber und sagte:

„Dem Satan geschieht es ganz recht, so zu enden!"

Rafael, der über diese Aussage sehr verwundert war, bemerkte dazu:

„Es ist doch euer Weggefährte! Jetzt, wo er sich nicht mehr wehren kann, redest du schlecht über ihn. Du bist ja wie ein Wetterfähnchen, Junge!"

Der junge Dieb antwortete störrisch:

„Da irren Sie, mein Herr! Der hat uns gezwungen, die schlimmsten Verbrechen zu begehen. Sein Wahlspruch war: ‚*Das Leben ist kurz, und der Tod ist viel zu lang. Was ich brauch, das nehm ich mir!*‘ Durch ihn haben wir unser Seelenheil verloren. Und wenn ihr mit uns fertig seid, dazu noch unser Leben."

Rafael reagierte darauf zwar recht kühl, aber seine Worte entbehrten nicht eines gewissen Verständnisses für ihn und seine Lage:

„Nun gut, wenn man euch gezwungen hat, diese Taten zu begehen, dann wird es sicher noch die Möglichkeit geben, Sühne zu leisten. Und ihr braucht keine Sorge haben: Wir jedenfalls werden uns an euch nicht die Finger dreckig machen. Das heißt: Wir werden euch nicht richten!"

Der Dieb bekam große Augen und antwortete:

„Werdet ihr mich und die anderen etwa in der nächsten Stadt vor Gericht stellen lassen? Dort wird man uns erst foltern und dann hängen!"

Rafael entgegnete jetzt ein wenig milder:

„Wir nehmen uns eure Pferde und Waffen. Dann lassen wir euch ziehen! Zufrieden? Aber erst kümmert ihr euch um den Sterbenden. Dabei könnt ihr mit der Sühne beginnen! Los jetzt!"

Dem jungen Dieb huschte ein Lächeln durchs Gesicht. Er sagte kurz:

„Danke, mein Herr!"

So begab er sich gemeinsam mit dem Kumpanen, der Wasser geholt hatte, zu dem halbtoten Kauz. Zufrieden beobachtete Rafael, wie der Junge, mit dem er über Sühne gesprochen hatte, den Kopf von Kauz sanft anhob, um ihm ein Schluck Wasser zu reichen. Der andere Junge nahm sein Halstuch und gab Wasser aus der Feldflasche darauf, um damit das Gesicht von Kauz abzuwischen.

Zu Rafaels Erstaunen fingen die beiden an zu beten. Man hatte sogar den Eindruck, als würde Kauz dazu seine Lippen bewegen:

„Heilige Maria Mutter Gottes, bitte für uns Sünder, jetzt und in der Stunde unseres Todes …“, beteten die anscheinend geläuterten Diebe.

Gerold, der sich die Schusswunde des jungen Mannes angeschaut hatte, war der Meinung, dass der Pfeil sofort entfernt werden müsse. Da der Knochen anscheinend nicht verletzt worden war, so mutmaßte Gerold, könne man den Pfeil weiter durch den Schusskanal treiben, um ihn an der anderen Seite zu entnehmen. Gerold rief:

„Gerlinde, ich brauche hier Schnaps!“

Als Gerlinde nicht antwortete, drehte sich Gerold um. Man sah Gerlinde genau an, wie tief ihr der Schreck über die Vorkommnisse in die Glieder gefahren war. In sich zusammengesunken saß sie immer noch auf dem Kutschbock und hielt dabei zitternd die geladene Pistole in der Hand. So ging Gerold dann zu Gerlinde, um ihr ein wenig gut zuzureden:

„Es ist überstanden, Gerlinde. Wir haben noch einmal Glück gehabt!“

Gerlinde, die sonst sehr stark war, begann zu weinen und erwiderte:

„Was hätten die bloß mit uns angestellt! Wenn ihr nicht gekommen wäret, hätten die uns bestimmt alle getötet! Das war ja so knapp!“

„Das stimmt. Aber höre bitte auf zu weinen! Es ist doch alles noch einmal gut gegangen. Das ist ein Grund zu feiern – und nicht, um zu trauern!", gab Gerold zu bedenken.

„Ach, Gerold, irgendwie hast ja recht! Es ist wirklich albern, hier dauernd rumzuheulen! Was brauchtest du noch mal? Schnaps?", fragte Gerlinde.

„Ja, Schnaps – und deine Hilfe!", antwortete Gerold.

Gerlinde nickte, huschte in den Planwagen und kam mit einer Flasche Schnaps in der Hand wieder hervor. Mit der Flasche gingen sie dann gemeinsam zum verletzten Mann. Gerold nahm die Flasche, entkorkte sie mit seinen Zähnen und goss den Alkohol großzügig über die Wunde. Der junge Mann schrie vor Schmerzen auf. Danach hielt Gerold ihm die Flasche hin und forderte ihn auf, einen großen Schluck zu nehmen. Der Mann tat, was ihm gesagt wurde.

Kaum hatte er die Flasche wieder abgesetzt, da stieß Gerold unter Zuhilfenahme beider Hände und eines Tuches den Pfeilschaft so weit in die Wunde, bis die Pfeilspitze am anderen Ende durchs Fleisch brach. Der Mann wurde umgehend ohnmächtig. Das war Gerold nur recht; denn so konnte er ungestört die Pfeilspitze greifen und den ganzen Pfeil mit einem Ruck entfernen.

Dann ließ sich Gerold Nadel und Faden geben, um die beiden Wunden zu vernähen. Als auch diese Arbeit verrichtet war, goss er nochmals den Hochprozentigen darüber. Gerold war zufrieden mit sich und seinen Leistungen als Feldscherer.

Irgendwann bäumte sich Kauz plötzlich hustend auf. Eine kleine Spur blutigen Speichels lief aus seinem Mundwinkel in Richtung Hals. Dann holte er noch einmal tief Luft, wonach er seufzend sein Leben aushauchte. Seine Kumpanen drückten ihm die Augen zu und falteten seine Hände.

Rafael forderte anschließend die beiden auf, Steine zu sammeln, um direkt an der Schluchtwand ein Steingrab zu errichten. So trugen die beiden jungen Männer den verstorbenen Kauz dort hin, um ihn abzulegen. Mit den Steinen, die zuhauf an den Wänden herumlagen, deckten sie den Verstorbenen ab. Dies geschah in aller Stille: Nichts erinnerte an ein gewöhnliches Begräbnis. Nur das Klackern der aneinanderschlagenden Steine, unter denen der Körper von Kauz verschwand, begleitete das traurige Schauspiel.

Als die Männer ihre schweißtreibende Arbeit erledigt hatten, forderte Rafael sie auf, ihrem verletzten Kumpanen, der wieder bei Bewusstsein war, aufzuhelfen. Mit dem Verletzten in ihrer Mitte standen die drei traurigen Gestalten wie mit Wasser begossene Pudel da. Gerold schaute den Männern aus nächster Nähe ernst in die Gesichter. Dann raunte er:

„Nun haut schon ab! Ändert euch, sonst landet ihr am Galgen!"

Das ließen sich die Männer nicht zweimal sagen. Sofort machten sie sich auf in ein neues Leben. Der Verletzte, der von den beiden anderen gestützt wurde, blickte sich immer wieder um. Er konnte es nicht fassen, dass man sie laufen ließ.

Etwa zur gleichen Zeit ging Jonathan, wie er es mit seinem Bruder abgesprochen hatte, zum Wachlokal von Rafaels Kompanie. Da Leutnant Wiese anwesend war, sagte Jonathan:

„Herr Leutnant, mein Bruder, Fähnrich Rafael, und sein Freund Gerold sind zum Jagen ausgezogen. Sie sind davon nicht mehr zurückgekehrt. Da muss was Schreckliches passiert sein. Mein Bruder ist doch sonst so zuverlässig."

Der Leutnant schaute Jonathan mit seinem gesunden Auge ernst an, um dann zu antworten:

„Ja, Fähnrich Rafael ist in der Tat immer sehr zuverlässig. Aber bei allem Verständnis für Ihre Situation: Ich kann jetzt keine Suchtrupps aussenden, da ich nicht weiß, wohin sie die Jagd geführt hat. Vielleicht sind sie in ein Scharmützel geraten oder störrischen Bauern in die Hände gefallen! Sollte dies der Fall gewesen sein, so gibt es sowieso keine Rettung mehr für die beiden."

Jonathan tat so, als wäre er zutiefst erschüttert. Er schaffte es sogar, dass seine Augen etwas wässrig wurden, so als ob er gleich anfangen würde zu weinen. Leutnant Wiese versuchte, ihn ein wenig zu trösten:

„Die beiden waren wirklich gute Männer. Glauben Sie mir: Sollten sie in ein Gefecht geraten sein, so werden sie ihre Haut gut verkauft haben. Ich werde unsere Männer beim nächsten Appell lobend erwähnen!"

Jonathan bedankte sich freundlich und verließ dann das Wachlokal. Mit ein wenig Stolz dachte er:

„So, das wäre geschafft! Es wird keine Suchkommandos geben. Damit ist die größte Gefahr gebannt. Rafael, ich wünsche dir eine gute Reise!"

Und wirklich: Leutnant Wiese hielt am folgenden Tag beim Appell eine rührende Laudatio auf die beiden Vermissten. Eine Woche später ließ er noch eine Messe im Hohen Dom zu Prag für Gerold und Rafael lesen. Die beiden Freunde kamen zusammen mit einigen anderen Landsknechten auf eine Nachrufliste, die im Wachlokal ausgehängt wurde.

Derweil in der Heimat

In jenen Tagen war herrliches Sommerwetter. Der Weizen stand goldgelb auf den vorbildlich bestellten Feldern. In den Wiesen spielten die Heuschrecken ihre zirpenden Lieder. Aus den Wäldern schickte der Kuckuck seinen eigentümlichen Ruf. Die Gärten der Bauern waren gefüllt mit Kopfsalat und prallem Blumenkohl; die Obstbäume trugen fast reifes Obst. Dazwischen vernahm man das Brummen der Hornissen, die auf dem Obst ihre Opfer suchten.

Auf dem Waldbauernhof hielt die viele Arbeit, die zu verrichten war, alle in Atem. Immerhin fehlten mit Jonathan, Rafael und Gustaf drei starke Männer, die sonst viel geschafft hatten. All das nahmen sie aber gerne auf sich, da sie damit ihren Beitrag zum Kampf für den wahren Glauben leisteten. Der Pfarrer hatte vom großen Sieg der kaiserlichen Truppen erzählt. Nach der heiligen Messe gab er sogar zur Feier des Tages ein Fass Bier im Dorfkrug aus.

Der Waldbauer und Gabriel waren voller Zuversicht, denn Weizen, Roggen und Hafer standen gut. Die Ähren waren prall und mit dicken Körnern gefüllt. Sie waren der Meinung, sie könnten in drei Tagen anfangen zu ernten, wenn das Wetter so bliebe.

Aber dazu sollte es nicht kommen, denn das Schicksal hatte etwas anderes vor. Anne und Burkhard gingen am frühen Morgen zu den Bienenkörben, um einige Honigwaben zu holen. Die Bäuerin wollte an diesem Tag süßen Hirsebrei reichen. So machten sich die beiden zu der zwei Kilometer entfernten Waldlichtung auf, in der die Körbe aufgestellt waren.

Barbara und Leni melkten die Kühe, und die Bäuerin schaute nach ihrem Gemüsegarten. Voller Freude sah sich die Bäuerin ihre Blumen an; besonders gefiel ihr das tränende Herz. Diese wunderschöne Pflanze hatte ihrer Meinung nach etwas Geheimnisvolles.

Gabriel und der Bauer misteten gemeinsam den Ochsenstall aus, als Sesa begann, hektisch zu bellen. Da sie solch ein Verhalten von der Schäferhündin nicht kannten, gingen beide Männer auf den Hofplatz, um zu schauen, was los war. Voller Schrecken mussten sie feststellen, dass etwa dreizehn schwerbewaffnete Reiter auf dem Gelände standen.

Der Bauer konnte in dem Moment noch nicht wissen, dass es sich bei den Reitern um eine Vorhut der protestantischen Truppen unter General Tilly handelte. Diese Einheiten hatten die Aufgabe, Truppenstärken und Befestigungsanlagen zu erkunden.

„Wie können wir den Herren zu Diensten sein?", fragte der Waldbauer und stütze sich mit beiden Händen auf seiner Forke ab.

„Wie können wir den Herren zu Diensten sein?", äffte der Feldwebel, der den Trupp anführte, den Bauern nach.

Seine Dragoner lachten und klopften sich dabei auf die Schenkel. Dann sagte der Feldwebel, den seine Männer Sagemüller nannten:

„Bauer, wir wollen dein Silber, Gold, Kupfer und deine Waffen! Verstanden?"

„Ich verstehe nicht ganz?", fragte der Bauer darauf ratlos.

Nun waren auch die Mägde von dem Lärm aus dem Kuhstall gelockt worden. Mit lüsternen Blicken beäugten die Dragoner die jungen und feschen Frauen. Die Mägde waren sich über die drohende Gefahr überhaupt nicht im Klaren. Unbewusst lächelten sie den strammen Reitern zu. Dann polterte der Feldwebel Sagemüller los:

„Du verstehst nicht ganz? Du verdammter Mistbauer: Her mit dem Geld!"

Sesa bellte aus vollem Halse und fletschte dazu ihre Zähne, sodass es dem Feldwebel zuviel wurde und er den Hund mit seiner Muskete erschoss. Voller Wut ritt er am Waldbauern vorbei und trat ihm dabei in den Bauch. Der Bauer fiel ächzend auf den Rücken, kam aber umgehend wieder auf die Beine, da er jetzt verstanden hatte, dass es um Leben und Tod ging.

Gabriel, der ja noch seine Forke in der Hand hatte, verstand ebenfalls sofort. Behände rannte er auf den Feldwebel los und rammte ihm die Zinken seiner Forke tief in den Unterleib. Direkt unter den Brustharnisch hatte Gabriel gezielt und getroffen. Mit seinen bärenstarken Armen hob er den Feldwebel aus seinem Sattel, um danach die Forke aus dem tierisch quiekenden und zappelnden Körper zu ziehen. Hiernach stieß er dem Schwerstverletzten die Forke ins verzerrte Gesicht. Das Quieken nahm kurz noch einmal an Heftigkeit zu, um dann plötzlich ganz zu verstummen.

Die Dragoner hatten mit solch einer mutigen Gegenwehr nicht gerechnet. Sie brauchten somit noch einige Zeit, um anzugreifen. Der Waldbauer nutzte diese Schockstarre, um dem nächststehenden Dragoner seine Forke ins Bein zu rammen. Als der schreiend vom Pferd fiel, stürmte Gabriel schon mit seiner Forke heran, um dem am Boden liegenden Mann den Rest zu geben.

Als erstes stürzten sich dann die übrigen Dragoner auf den Waldbauern. Mit dem Degen schlugen sie ihm die Forke aus der Hand. Der Bauer versuchte noch, den Stichen auszuweichen. Aber es waren einfach zu viele Feinde: Er erhielt mehrere Stiche und Hiebe, sodass er verblutend zu Boden ging.

Gabriel sah, dass nun alles verloren war: Geschmeidig sprang er auf das Pferd des zuletzt getöteten Dragoners, um damit mitten durch die feindlichen Reihen zu fliehen. Sofort hingen sich mehrere Dragoner an den Flüchtenden: Es begann ein Rennen auf Leben und Tod. Er galoppierte vom Hofgelände auf den Weg, der zu seinen Getreidefeldern führte. Beim Zurückschauen sah er, dass ihm vier Dragoner auf den Fersen waren. Zwei Dragoner hatten ihre Gewehre hervorgeholt und versuchten nun, Gabriel aufs Korn zu nehmen. Der aber ritt in Schlangenlinien, um kein so gutes Ziel darzubieten.

Die ersten Schüsse fielen, aber Gabriel wurde nicht getroffen. Erst in jenem Augenblick sah er das geladene zweischüssige Steinschlossgewehr, welches sich in dem am Sattel befestigten Futteral befand. Da er hier jeden Stein kannte, wusste er, wann er den Weg verlassen müsste, ohne sich der Gefahr eines Sturzes auszusetzen.

Aus dem Galopp riss er urplötzlich am Zügel: Das ihm fremde Pferd spurte sofort, sodass er den Weg in Richtung eines kleinen Busches verlassen konnte. Dort angekommen, sprang er vom Pferd, nahm das Gewehr, gab dem Pferd einen Klaps, sodass es davonlief, und versteckte sich dann im Unterholz. Unter schnellen Atemzügen spannte er die beiden Schlagbolzen seines erbeuteten Gewehrs.

Als die Verfolger näher kamen, zügelte Gabriel sich. Er hörte seinen eigenen Puls schlagen, und jeder Herzschlag war in seiner Brust zu spüren.

„Erst wenn du das Weiße im Auge deines Feindes siehst, darfst du feuern! Erst wenn du das W…“, sagte er sich immerzu, um die beiden Schüsse nicht zu verschwenden.

Da die Dragoner ihr Opfer irgendwann nicht mehr gesehen hatten, durchsuchten sie mit ihren Pferden sehr langsam den Busch. In alle Richtungen spähend, die Gewehre schussbereit, ritten sie abseits vom Weg. Dann hatten sie den Bereich erreicht, wo sich Gabriel versteckte. Er hätte wohl nicht geschossen, wenn ihm nicht einer der Dragoner verdutzt in die Augen geschaut hätte. So aber war er entdeckt, und er tat den Erstschlag.

Mit einem ungeheuren Rückschlag, den Gabriel an der Schulter spürte, löste sich krachend der Schuss, dessen fortgeschleudertes Blei den glänzenden Harnisch des Dragoners durchschlug. Gabriel sah, wie sich der Mund seines Opfers weit öffnete, um einen für ihn nicht wahrnehmbaren Laut auszustoßen.

Er war nur noch auf die Angreifer konzentriert. Sonst nahm er nichts wahr. Der vom Pferd gleitende Dragoner war nun für Gabriel uninteressant geworden, da keine Gefahr mehr von ihm ausging. Als er den Nebenmann des vom Pferd Geschossenen aufs Korn nehmen wollte, musste er zu seinem Schrecken feststellen, dass dieser auch auf ihn angelegt hatte. Augenblicklich lösten sich zwei Schüsse. Das Gewehr des Angreifers und Gabriels Gewehr schickten gleichzeitig ihre Metallgeschosse aus ihren Läufen.

Gabriels Geschoss verfehlte sein Ziel, aber das des Angreifers traf den Sohn des Waldbauern in die Stirn. Da Gabriel durch den Treffer am Kopf auf den Rücken geschmissen worden war, sah er sehr grelles Licht, das auf seiner Netzhaut allerlei farbige Sinnestäuschungen erzeugte.

Was der tödlich Verletzte nicht mehr wahrnehmen konnte, war, dass er direkt in die Sommersonne schaute. Weil sein Körper sehr viel Blut verloren hatte, schlief er ruhig ein. So starb der Sohn des Waldbauern in wohliger Wärme, die dazu noch ein wunderschönes Farbspektrum in seinem Hirn erzeugt hatte.

Zur gleichen Zeit kümmerten sich die protestantischen Dragoner um die beiden Mägde. Leni war einfach stehen geblieben, als die Männer auf sie losstürmten. Das imponierte den Angreifern – eine Frau, die furchtlos stehen blieb, wenn mordende Angreifer angestürmt kommen. Sie taten ihr nichts zuleide, sondern fesselten sie an Händen und Füßen und legten sie dann derart fixiert über den Rücken eines Pferdes.

Ganz anders gingen sie bei Barbara vor, die zu fliehen versucht hatte. Sie stellten ihr nach und zogen sie dann aus einem Heuhaufen, in dem sie sich verstecken wollte, wieder hervor. Ein Dragoner legte Barbara eine Schlinge um den Hals und zog diese zu. Er ließ der Ärmsten nur soviel Luft, dass sie nicht erstickte. In dieser elenden Situation verging sich dann das Untier an ihr.

Nachdem er seine perverse Lust befriedigt hatte, nahm er Barbara das bisschen Luft zum Überleben. Der Sadist hatte eine Heidenfreude an dem Todeskampf der Magd, die mit zuckenden Beinen ihrem Ende entgegensah.

Die Bäuerin versuchte noch, ihrer Magd mit einem Fleischermesser zu Hilfe zu kommen, aber die bei dem traurigen Schauspiel zuschauenden Dragoner hieben sofort mit ihren Degen auf sie ein. Sie musste nicht lange leiden , weil einer der Degenhiebe ihre Halsschlagader verletzte und sie dadurch in kürzester Zeit verblutet war.

Der Fähnrich Wendisch hatte das Kommando übernommen und drängte zum Aufbruch. Seiner Meinung nach hatten sie schon viel zu viel Zeit mit dem unseligen Bauernhof verschwendet. Zwei Kämpfer verloren sie im Kampf; dazu war noch einer schwer verletzt worden. Wendisch dachte:

„Das Versteck seiner Wertsachen hat der dämliche Bauer mit ins Grab genommen. Durch dieses Gemetzel hat keiner was gewonnen. Das Vieh kann ich jetzt auch nicht mitschleppen. Wir befinden uns doch im Vormarsch auf Paderborn. Aber eines der Rinder werde ich mitnehmen. Das wird uns heute Abend im Lager gut schmecken! Den Rest der Tiere lasse ich auf die Weide treiben: Sollen sie doch sehen, wo sie bleiben!"

Dann gab er seine Befehle:

„Rotte Sagemüller, Stalltüren öffnen und Tiere heraustreiben! Danach aufsitzen! Wir reiten zurück zum Lager."

Nachdem die Dragoner die Stalltüren geöffnet hatten, liefen in kürzester Zeit auf dem Hof Pferde, Kühe, Schweine, Ochsen, Gänse und Hühner durcheinander. Dann zogen sie in voller Ordnung ab. Als Beute nahmen sie die hübsche Magd Leni und ein Rind mit. Mehr ließ die augenblickliche militärische Situation nicht zu.

Burkhard und Anne hatten die Schüsse vernommen, die von Gabriel abgegeben worden waren. Die beiden taten das einzig Vernünftige: Sie versteckten sich in dem Wald, der neben der Lichtung lag. Dort warteten sie bis zum Einbruch der Dunkelheit, um sich dann zurück zum Waldbauernhof zu schleichen.

Dort bot sich ihnen ein Bild des Schreckens: Der Bauer lag mit weit geöffneten Augen inmitten des Hofgeländes. Überall stoben die freigelassenen Tiere herum, und eines der Schweine schnüffelte aufgeregt an der großen Blutlache, die vom Körper des Bauern herrührte. Anne schrie voller Entsetzen auf:

„Vater, Vater, oh nein, oh nein!"

Sie rannte barfuss durch die Blutlache, um sich bei ihrem Vater niederzuknien. Mit beiden Händen berührte sie den Körper des Vaters, und heiße Tränen liefen an ihren blassen Wangen herunter. Burkhard, der sich geschockt umblickte, konnte das Geschehene kaum glauben. Dann versuchte er, seine Fassung wiederzuerlangen. Er redete sich selbst gut zu:

„Burkhard, du musst jetzt stark sein – schon allein wegen Anne!"

Er versuchte diese grausame Tat nicht weiter an sich heranzulassen, indem er einfach tätig wurde: Burkhard begann, die Tiere zurück in ihre Ställe zu treiben. Währenddessen ließ er die geschockte Anne bei ihrem Vater knien.

Als er nach einiger Zeit die Tiere zum größten Teil wieder an ihre angestammten Plätze gebracht hatte, ging er zu ihr, umfasste sanft Annes Schultern und sagte:

„Liebes, ich habe gerade vor dem Heuschober deine Mutter gefunden."

Anne fragte, ohne Hoffnung in ihrer Stimme erkennen zu lassen:

„Lebt Mutter denn noch?"

Burkhard schüttelte langsam seinen Kopf. Er half Anne hoch und fasste sie fest an der Hand. So gingen sie Hand in Hand zum nächsten Ort der Verbrechen, der nur sprachlos machte. Als sie ihre Mutter vor dem Schober liegen sah, wurde Anne schwindlig und sie begann zu zittern. Eiskalte Schauer rasten durch ihren zarten Körper. Ihre Beine verloren die Bodenhaftung. Sie fiel in eine tiefe Ohnmacht. Ihr Geist wollte einfach jeden weiteren fürchterlichen Eindruck vermeiden: Er stellte sich einfach ab. Burkhard fing Anne aber noch auf, bevor sie den Boden berührte. Er trug die junge Frau in ihre Kammer, legte sie ins Bett und deckte sie behutsam zu. Dann streichelte er sanft ihre Wange und sagte immer wieder:

„Anne, wach auf! Wir schaffen das schon! Komm, wach auf!"

Irgendwann blinzelte Anne mit halb geschlossenen Augen Burkhard an, als würde sie gegen grelles Licht schauen.

„Was ist nur mit mir?", fragte sie ein wenig verwirrt.

Er antwortete ruhig:

„Du bist nur ein wenig schwach. Schlafe jetzt und ruh dich richtig aus!"

Burkhard ließ sie dann allein, um zu tun, was er tun musste: Er holte den Handkarren, zog als erstes den Bauern herauf, um ihn dann hinter dem Gemüsegarten abzulegen. Dann brachte er auch die Bäuerin an diese Stelle und deckte die beiden Körper mit einer Decke ab. Da es sehr dunkel geworden war, hatte er eine Pechfackel entzündet, um nach den anderen Vermissten zu suchen. Er fand dann Barbara, die in eindeutiger Lage hinter dem Heuschober lag. Die Ärmste hatte noch den Strick, mit dem sie erwürgt worden war, um dem Hals.

Da konnte auch Burkhard sich nicht mehr zusammennehmen: Er fing lauthals an zu schluchzen. Weinend trug er Barbara zu den anderen Toten, drückte ihr die Augen zu und faltete ihre Hände. Voller Trauer ging er in die Knie.

In ihm kamen die Bilder vergangener glücklicher Tage hoch, was seine Traurigkeit noch verstärkte: Er dachte an die Erntezeit des vergangenen Jahres, und wie sie gemeinsam gearbeitet hatten. Anstrengend war es gewesen, aber auch schön. Denn alle schafften zusammen, und keiner war nur auf sich gestellt. Es wurde gesungen bei der Arbeit, man half sich gegenseitig, und es wurde erfrischender Apfelessig mit Wasser gereicht. Nein –: Das war keine Plackerei gewesen! Vielmehr hatte man bei der Arbeit auch viel Spaß, hat gemeinsam gelacht und gescherzt. Nun aber waren einige Menschen dieser eingeschworenen Gemeinschaft tot.

„Ein Glück, dass Anne noch lebt! Ohne sie könnte ich das alles hier nicht mehr verkraften", dachte er, ganz in sich gekehrt.

Dann rappelte sich Burkhard wieder auf. Denn da waren ja noch Leni und Gabriel, die er finden wollte. Mit einer Teerfackel in der Hand suchte er das ganze Hofgelände ab. Irgendwann sah er ein, dass es keinen Sinn machte, in der Dunkelheit weiter nach den beiden zu schauen. Er löschte die Fackel, holte sich einen Stuhl sowie eine Decke, und nahm sich ein Beil aus der Werkstatt. So bewaffnet setzte er sich vor Annes Kammer. Bevor Burkhard auf seinem Stuhl einschlief, dachte er:

„Wenn jetzt noch einer etwas von uns will, der soll sich ruhig blicken lassen! Derjenige, der es wagt, ungefragt diesen Raum zu betreten, bekommt es mit mir und meiner Wut zu tun."

Am folgenden Morgen mussten Anne und Burkhard zuerst die Tiere versorgen, bevor sie den Pfarrer in Delbrügge aufsuchen konnten. Sie ritten gemeinsam auf dem Pferd des Waldbauern in das Dorf, denn Burkhard wollte Anne nicht allein auf dem Hof zurücklassen.

Beim Besuch des Pfarrhauses trafen die beiden auf einen total verwirrten Pfarrer. Sie erfuhren von ihm, dass noch zwei weitere Höfe Besuch von Kundschaftern einer Armee hatten. Aufgeregt sagte er:

„Ich dachte, wir hätten die Protestanten besiegt. Aber jetzt stehen die hier mit einer ganzen Armee vor der Tür."

Burkhard fragte den Pfarrer:

„Wir haben drei Tote und zwei Vermisste auf dem Waldbauernhof. Wollen Sie die Beerdigung der drei vornehmen?"

Der Pfarrer antwortete:

„Ja, wo denkt ihr denn hin? Wir haben Krieg, und der Feind steht vor der Tür. Beerdigt die Euren am Hof! Ihr kennt doch die Gebete, die zu sprechen sind. Ich gebe euch noch ein kleines Fläschchen Weihwasser mit. Damit beträufelt ihr die Grablöcher. Dann ist der Platz geweiht."

Anschließend machte der Pfarrer den beiden deutlich, dass er keine Zeit mehr für sie habe. Mit dem Gefühl, im Stich gelassen worden zu sein, gingen sie aus dem Pfarrhaus.

Burkhard ritt dann umgehend mit Anne zum Nachbarhof des Waldbauernhofs, um die schlechten Nachrichten zu überbringen. Dort bat Burkhard den Bauern, ihm bei der Beerdigung der Getöteten zu helfen. Der willigte auch ein, wie es unter Nachbarn üblich war, bei der Beerdigung mit anzupacken.

Der Bauer wurde von zwei seiner Söhne begleitet. Einen weiteren Sohn entsandte er zu den nächsten Nachbarn, um auch dort noch Unterstützung anzufordern. Innerhalb von zwei Stunden waren dank der zahlreichen Helfer die Gräber ausgehoben.

Burkard tat das, was ihm aufgetragen worden war: Er besprenkelte die ausgehobenen Löcher mit Weihwasser. Zusammen mit einigen Nachbarn zimmerten sie dann in aller Eile Särge zusammen. Der Bauer hatte ja in seiner Werkstatt so einiges an vorbereiteten Brettern gelagert. Die gut gearbeiteten Bretter mussten nur noch zugeschnitten, anschließend zusammengefügt und vernagelt werden.

Das vollbrachten die Männer rasch, denn jeder der Nachbarn dachte jetzt an seinen eigenen Hof. Geld und andere Kostbarkeiten mussten gut versteckt werden. Außerdem war es nötig, vor einer möglicherweise bevorstehenden Invasion protestantischer Truppen noch die Ernte einzufahren. Denn wenn man in diesen Zeiten überleben wollte, musste auch davon etwas versteckt werden.

Aber das Verstecken von Nahrungsmitteln gestaltete sich schwieriger als das Verbergen von Gold und Silber. Denn allerlei Getier machte sich über versteckte Nahrungsmittel her. Und wenn es dann nicht die Tiere waren, so war es der Schimmel, der die Ware verdarb.

Die Männer kannten selbstverständlich alle das Problem. Beim Zusammennageln der Bretter für die Särge sprach es der Sohn des Beringmeier-Bauern an:

„Wir müssen jetzt schnell Lebensmittel verstecken, und zwar außerhalb unserer Höfe!"

Burkhard sagte darauf:

„Ja, da hast du recht! Wenn die protestantischen Kompanien hier durch die Dörfer ziehen, bleibt kein Sack Korn mehr stehen. Die nehmen alles mit. Und wenn ihr euch wehrt, dann geht es euch wie dem Waldbauern und seiner Familie!"

Beringmeier machte umgehend den Vorschlag:

„Lasst uns doch ein Pfahlhaus in eurem Wald errichten, weitab von allen Wegen. Aber es dürfen nur einige Männer eingeweiht werden, wo dieses Provianthaus steht. Dann können die protestantischen Söldner auch nicht den Standort rauspressen."

Burkhard schaute Beringmeier mit großen Augen an und antwortete zustimmend:

„Mensch, Beringmeier, das ist es! Wir haben in unserem Wald Stellen, die so gut wie nie von Menschen aufgesucht werden. Und bei einem Pfahlbau erledigt sich das auch mit den Schädlingen. Hinter der Scheune haben wir noch Holz für drei Fachwerkhäuser liegen. Jonathan hatte jeden Winter einige Bäume gefällt, entschalt und gut eingelagert. Das Holz nehmen wir jetzt einfach! Ich denke, das wäre auch im Sinne des Bauern."

Beringmeier nickte und sagte dann:

„Gut, das machen wir! Burkhard, du zeigst uns die Stelle, an der wir den Bau errichten sollen. Meine Brüder und ich werden das dann erledigen. Denn du wirst die Arbeit auf dem Hof kaum noch bewältigen können – jetzt, wo ihr nur noch zu zweit seid."

Nachdem die Särge fertiggezimmert waren, trugen sie die Toten ins Haus. Dort wuschen die herbeigerufenen Nachbarsfrauen die entkleideten Leichen und zogen ihnen Totenhemden an. Dann legten die Männer die Toten in die Särge und stellten sie anschließend geöffnet nebeneinander auf. Da die drei gewaltsam gestorben waren, boten sie einen schrecklichen Anblick. Gemeinsam mit Burkhard und Anne beteten die Nachbarn den dornigen Rosenkranz.

Aber unter allen Anwesenden konnte man Nervosität verspüren; denn sie waren mit ihren Gedanken schon bei den Arbeiten, die sie vor einem drohenden Überfall unbedingt noch verrichten mussten.

Nachdem die Gebete gesprochen waren, verließen die Nachbarn hektisch den Waldbauernhof. Als erstes wurden die Schätze, wie Gold, Silber und Kupfermünzen, in Tontöpfen vergraben. Danach machten sich die Männer an die Ernte des Getreides. Das Wetter war gut und man hätte auch noch einige Tage weiterreifen lassen können; aber die Gefahr, alles durch feindliche Söldner zu verlieren, war einfach zu groß.

So schnappten die Männer ihre Sensen; und dann ging es fast in Panik auf die Felder. Es war auch kein Gesang zu vernehmen: Die Frauen, welche die Garben banden, beteten nur leise vor sich hin. Alle wussten um die Gefahr, die wie ein Damoklesschwert über ihnen schwebte.

Gemeinsam mit drei weiteren Nachbarsjungen schickte der Beringmeier-Bauer zwei seiner Söhne zu Burkhard, um den Pfahlbau zu errichten. Sofort begleitete Burkhard die jungen Männer an die entlegene Stelle im Wald. Sie führten auch vier Haflinger mit, die allesamt mit Unmengen zugeschnittener Bretter und Pfähle beladen waren.

Man hatte ihnen Tragegeschirre über den Rücken gehängt. Daran waren beidseitig etliche Bretter befestigt. Zusätzlich ließ man die arbeitsgewohnten Tiere Pfähle hinter sich her ziehen. Nachdem sie die Stelle, an welcher der Pfahlbau entstehen sollte, erreicht hatten, luden sie die Pferde ab, und dann schickten sie Burkhard zu Anne zurück.

Burkhard nahm die beiden Pferde vom Waldbauernhof und machte sich auf den Rückweg. Schon da konnte er hören, wie fleißig seine Nachbarn arbeiteten: Das Hämmern hallte durch den Wald und erinnerte an die klopfenden Laute der Spechte. Jeder Hammerschlag war dienlich, das Leben der Dorfgemeinschaft zu erhalten. Man wollte sich und den Seinen eine Zukunft geben. Vielleicht war es auch nur der naive Versuch, sich selber ein wenig Sicherheit vorzugaukeln.

Am folgenden Tag wurden die drei Ermordeten beerdigt. Obwohl der Pfarrer wegen der schwierigen Lage nicht anwesend war, sprach man die üblichen Gebete. Alle Nachbarn kamen, um Anne ihr Beileid auszusprechen. Hätte Burkhard Anne nicht gestützt, wäre sie wohl zusammengebrochen. Unter Tränen schaute sie zu, wie die Särge hinabgelassen wurden. Sie hatte ihre Eltern und Barbara, die wie eine große Schwester für sie war, verloren. Burkhard machte sich große Sorgen um Anne:

„Wie kann ein so junger Mensch derartige Verluste bloß verkraften? Jetzt kommt auch noch die Ungewissheit hinzu, was mit Leni und Gabriel geschehen sein mag. Was soll denn nur werden?"

Einen Tag später hatte auch Burkhard vor, mit der Getreideernte zu beginnen. Wieder waren einige Nachbarsjungen gekommen, um ihm zu helfen. Mit dem Leiterwagen, der von einem Haflinger gezogen wurde, fuhren sie auf dem Weg, der durch den Wald auf eine große Lichtung führte. Während der Fahrt sahen die Männer abseits des Weges eine große Schar Raben aufsteigen, die vom Leiterwagen aufgeschreckt worden waren. Burkhard stoppte den Haflinger mit einem langgezogenen

„Hooo!"

„Was war das denn bloß für eine Schar? Da stimmt doch etwas nicht. Ich schaue mir das einmal an!", dachte er.

Dann sprang er vom Kutschbock, um in die Richtung zu gehen, von wo die Rabenvögel aufgestiegen waren. Ein penetrant süßlicher Geruch, der bei Burkhard eine gewisse Übelkeit erzeugte, stieg ihm in die Nase. Sein Gefühl sagte ihm:

„Geh nicht weiter! Anzuschauen, was dort liegt, ist nicht gut für dich!"

Und das Brummen von abertausenden Schmeißfliegen verstärkte dieses Gefühl:

„Lauf! Jetzt kannst du noch! Dreh dich einfach um und erspare dir den Anblick dessen, was da liegt. Nein, tu's nicht! Geh einfach!"

Aber die Vernunft führte ihn genau an den Ort des Schreckens. Als sie beim Leichnam ankamen, stiegen die Schmeißfliegen wie auf ein Kommando auf, umschwirrten ihren Wirt in zwei bis drei Runden – um sich anschließend wieder niederzulassen.

„Ich habe es doch geahnt: Gabriel ist ebenfalls tot!", schoss es ihm durch den Kopf.

Die Raben hatten den Körper des Getöteten aufgebrochen, und die Fliegen hatten fleißig ihre Eier neben und in die Köperflüssigkeiten abgelegt. Einige der Fliegenlarven waren geschlüpft: Sie bewegten sich windend auf dem Körper und im Körper von Gabriel. Der Tote schien Burkhard mahnend mit leeren Augenhöhlen anzustarren. Burkhard konnte keinen klaren Gedanken mehr fassen:

„Oh nein! Das hast du nicht verdient, Gabriel! Gerade du! Du warst ein lieber und freundlicher Mensch! So etwas hast du gewiss nicht verdient!"

Dann prasselten die Eindrücke auf ihn ein, wie es der Hagel bei einem Hagelschauer tut. Ihm wurde schwindelig vor Augen. Der widerliche Geruch, das Brummen des Ungeziefers – und dann die leeren Augenhöhlen von Gariel. Burkhard drehte sich stolpernd um und übergab sich. Danach lehnte er sich erschöpft an eine alte Buche und schaute mit einem schlechten Gewissen zu Gabriel hinüber:

„Gabriel, nie hätte ich mich vor dir geekelt. Aber deinen zerschundenen Körper, den kann ich nicht ertragen. Lieber Gabriel, als Knirps hast du oft auf meinem Schoß gesessen. Ich kann mich noch erinnern, wie wir die Kraniche in ihrer Flugformation beobachteten und wie du auch mit ihnen ziehen wolltest. Jetzt liegst du hier vor meinen Füßen, dein Körper sich auflösend und nur mit einem Ekelgefühl berührbar", dachte er voller Trauer.

Dann spürte Burkhard auf beiden Schultern die Berührung einer Hand. Es waren die fünf Nachbarsjungen, die vom Leiterwagen abgestiegen waren, um ihm beizustehen. Einer der jungen Männer pflückte vom Wegesrand mehrere wilde Pfefferminzpflanzen und reichte sie unter den Männern herum. Dazu erklärte er:

„Pflückt euch einige Blätter von der Pflanze ab, rollt diese dann zwischen den Fingern und schiebt sie euch in die Nasenlöcher. Dann holt euch nochmal drei Blätter und legt sie unter eure Zunge. So nehmt ihr den Verwesungsgeruch nicht mehr so stark wahr!"

Alle nahmen vom Pfefferminz und zogen vom Leiterwagen drei Stoffsäcke hinunter, die sie neben Gabriel ablegten. Anschließend stellten sich alle sechs Männer neben den schrecklich zugerichteten Leichnam – drei an die linke Seite, die anderen an die rechte. Dann griffen sie gleichzeitig, dem Kommando eines der Männer folgend, an Gabriels

Kleidung. Sie hoben ihn so an und legten den Leichnam auf die Säcke. Erneut gab ein Mann das Kommando

„Hebt an!"

Und wieder hoben die Männer die Säcke an, auf denen Gabriel lag. So brachten sie ihn auf den Leiterwagen und deckten den zerfallenden Körper mit einem anderen Sack ab. Anschließend fuhren sie völlig niedergeschlagen zum Waldbauernhof zurück, um eine weitere Bestattung vorzubereiten.

Am Waldbauernhof angekommen, ließen die Männer die Leiche auf dem Leiterwagen liegen. Während Burkhard Anne die schlechte Nachricht überbrachte, fingen die anderen Begleiter an, einen Sarg zu zimmern. Anne, die sich schon gedacht hatte, dass auch ihr Bruder getötet worden war, nahm die Nachricht gefasst auf. Sie fragte:

„Darf ich Gabriel noch einmal sehen?"

Burkhard schüttelte ganz langsam seinen Kopf und antwortete mit fester Stimme:

„Nein, meine liebe Anne, behalte du deinen Bruder so in Erinnerung, wie du ihn zu Lebzeiten kanntest. Wir können ihn weder waschen noch einigermaßen gut herrichten. Wir werden ihn verbrennen und dann seine Asche beerdigen."

„Danke, Burkhard, für deine ehrliche Antwort. Wir wollen es so machen, wie du es sagst", entgegnete Anne.

Sie setzte sich an den großen Tisch, der in der Tenne stand, und betete den Rosenkranz. Burkhard ging wieder zu den Nachbarn, die schon den Sarg fertiggestellt hatten. Den offenen Sarg stellten sie dann gemeinsam neben den Leiterwagen, um Gabriel darin zu betten.

Burkhard legte noch ein altes Kruzifix, welches in der Stube von Gabriel über dem Bett hing, mit in den Sarg. Die

Männer nagelten den Deckel auf dem Sarg fest und stellten ihn wieder auf die Ladefläche des Leiterwagens. Dazu packten sie etliche Holzscheite aus bestem Buchenholz. So zogen sie zu der einige hundert Meter entfernt liegenden Viehweide des Waldbauernhofes. Auch Anne fuhr auf dem Kutschbock des Leiterwagens mit, um der Einäscherung ihres Bruders beizuwohnen.

Eilig warfen die Männer, die nach Erreichen der Weide eine Kette gebildet hatten, sich die Holzscheite zu. Im Nu hatten sie einen brauchbaren Scheiterhaufen errichtet, auf dem sie zuletzt den Sarg platzierten. Mit vier brennenden Pechfackeln, die sie zwischen die Hohlräume der Scheite legten, entzündeten sie dann den Scheiterhaufen. Dank des guten Holzes brannte das Feuer in kürzester Zeit lichterloh. Anne fing spontan zu singen an:

„Ha-le-lu-ja, Ha-le-lu-ja, Ha-le-lu-ja …!"

Die Männer kannten auch dieses Lied, das bei besonderen Anlässen, wie der ersten heiligen Kommunion, in der Kirche gesungen wurde. Und so stimmten alle mit ein:

„Ha-le-lu-ja, Ha-le-lu-ja, Ha-le-lu-ja …!"

Die Flammen schlugen hoch in den Himmel: Knisternd und prasselnd fraßen sie den Sarg und damit auch Gabriels geschundenen Körper. Burkhard umarmte Anne und dachte:

„Ob sie wirklich verstanden hat, warum ich ihn im Feuer bestatte? Nein, in seinem Zustand konnte ich ihn doch nicht beerdigen! Das Feuer reinigt ihn nun. Seine Asche werden wir dann neben seinen Eltern bestatten."

Anne legte ihren Kopf an Burkhards starke Schulter. Seit den schlimmen Ereignissen sah sie ihn mit ganz anderen Augen. Ohne irgendetwas zu fordern, hatte er alles geregelt und rund um die Uhr gearbeitet. Burkhard war nicht nur ein Knecht des Hofes, sondern auch Annes Onkel. Und die familiären Bande sorgten dafür, dass die beiden Überlebenden fest zusammenhielten.

Das Feuer war noch nicht ganz heruntergebrannt, da drängten die Nachbarn zum Aufbruch. Die Männer wollten schnell die Ernte einfahren, denn für Gabriel war ja nichts mehr zu tun. Burkhard zeigte sich damit sofort einverstanden.

Es war nun einmal keine Zeit für lange Gespräche und Gefühlsduseleien. Denn es ging ums nackte Überleben der Familien. So krempelten alle die Ärmel hoch, um das Getreide einzufahren. Und mit einem gewaltigen Kraftakt schafften sie das auch in den nächsten Tagen.

Da der Pfahlbau schon fertiggestellt war, füllte dieser sich mit dem frisch gedroschenen Getreide. Jeder Sack, der dort eingelagert wurde, bedeutete eine Woche Leben für die Gemeinschaft. Auch geräucherte Schinken und Würste wurden unter die Decke des Pfahlbaus gehängt.

Tagsüber ließen die beteiligten Höfe einen Jungen, der sonst die Gänse hütete, das Gebäude beaufsichtigen. Für den Fall eines Angriffs hatten sie dem Jungen ein Signalhorn und eine Muskete mitgegeben. Außerdem besaß er eine Dogge, die auf Gedeih und Verderb auf ihn fixiert war. So wartete der Junge täglich den Anbruch der Dunkelheit ab, um dann den Heimweg anzutreten. Kurz nach Sonnenaufgang erschien er wieder, um acht zu geben. Auf diese Weise war der Pfahlbau bestens behütet.

Die Sonne schien mit all ihrer Macht, und der Himmel strahlte in einem frischem Blau, als ein Heer vor den Toren von Salzkotten erschien: Dodo Freiherr von Innhausen, der die protestantischen Truppen anführte, ließ etwa fünfzig Meter vor dem Stadttor seine Truppe haltmachen. Von der Reiterkompanie lösten sich drei Reiter, die sich direkt vor das geschlossene Stadttor begaben. Einer der Reiter saß ab und klopfte an das hölzerne Tor.

Nach dem Klopfen öffnete ein Söldner der Stadtwache eine kleine Klappe, die sich im Tor befand. Der protestantische Leutnant reichte eine Depesche durch die kleine Luke und sagte dabei hochmütig:

„Dodo Freiherr von Innhausen gibt euch drei Stunden, um die Tore zu öffnen und die Stadt zu übergeben. Andernfalls werdet ihr fallen wie Lippstadt vor vier Tage durch das Heer des Oberst Christian von Braunschweig!"

Ohne dem Leutnant noch etwas zu entgegnen, nahm der Söldner die Depesche an sich und schloss die Klappe wieder. Die Depesche wurde in aller Eile vom Wachhabenden der Stadtwache dem Bürgermeister übergeben. Dieser traf dann eine folgenreiche Entscheidung:

„Wir werden die Stadt nicht übergeben! Mit unseren zweihundert Söldnern, zuzüglich der bewaffneten Einwohner, werden wir doch unsere Stadt halten können! Die Tore bleiben zu! Sagen Sie das den Protestanten", teilte er dem Wachhabenden mit.

Der Wachhabende, der ein wenig unsicher war, ob er die Stadt würde halten können, wollte dem Bürgermeister widersprechen:

„Aber Herr ….!"

„Ich dulde keinen Widerspruch! Wir halten die Stadt! Und jetzt machen Sie das, was ich Ihnen aufgetragen habe", unterbrach der Bürgermeister ihn barsch.

Der wachhabende Feldwebel war sich bewusst, dass es durch diese Anweisung zu einem harten Gefecht kommen würde. Mit einem flauen Gefühl in der Magengegend ging er auf den Festungswall, der auch durch das Stadttor führte, und rief dann mit fester Stimme:

„Hey, da unten, sagt eurem Herrn, dass wir die Stadt halten werden!"

Der Leutnant, der die Depesche übergeben hatte, antwortete:

„Nun gut, ihr habt es nicht anders gewollt! Sprecht eure letzten Gebete, denn den nächsten Morgen erlebt ihr nicht mehr!"

So ritten die drei Gesandten zurück zu ihrer Kompanie, um dann gemeinsam aus dem Blickfeld der Verteidiger zu verschwinden. Es dauerte nicht lange, da wurden aus dem Warteraum der protestantischen Angreifer zwölf Kanonen nach vorn geschafft. Zu der Artillerie kamen auch drei Kompanien mit Grenadieren, Musketieren und Pikenieren. Die Kavallerie-Kompanie ließ die anderen Kompanien bis auf zweihundert Meter vor die Stadtmauer rücken.

Die protestantischen Offiziere waren siegessicher. Denn sollten sie wider Erwarten in Schwierigkeiten kommen, so brauchten sie nur vom Regiment Unterstützung anfordern – und schon wären die hier kämpfenden Einheiten fast nach Belieben aufgestockt.

Genau eine Stunde nach Übergabe der Depesche ließ der Hauptmann Götz von Berlach, der die Artillerie-Kompanie befehligte, die Kanonen sprechen. Zuvor signalisierten die Kanoniere mit Hilfe von kleinen Fähnchen Zeichen, dass die Kanonen fertiggeladen waren. Mit einem Handzeichen gab der zu Pferde sitzende Götz von Berlach sodann Befehl zum Abfeuern der Kanonen: Wie bei einem Gewitterdonner spuckten die Kanonen ihre Geschosse ab, die krachend in die Stadtmauer oder in die Stadt selbst einschlugen.

Das war ein Hinweis für die Musketiere, die dann bis auf hundert Meter an die Stadtmauer vorrückten. Von dort legten sie ihre Gewehre in die Schießstöcke und nahmen die Schießscharten der Stadtmauer aufs Korn. Bei den Musketieren gab der Leutnant Friesinger den Befehl zum Feuern. Nachdem die Salven der Musketiere abgeschossen und schon einige der Verteidiger getroffen zusammengebrochen waren, wurden die zwölf Kanonen erneut gezündet.

Gleich, nachdem der Geschützdonner verklungen war, stürmten die Grenadiere und Pikeniere unter dem Feuerschutz der Musketiere mit langen Leitern vor. All diese Männer hatten solch einen Angriff, wie er im Ernstfall durchzuführen war, länger geprobt. Insofern wussten sie genau, was zu tun war.

Die Verteidiger sahen durch den dichten Pulverdampf nur schemenhafte Gestalten und erkannten die Gefahr nicht. Wollte einer von ihnen die Angreifer aus einer Schießscharte bekämpfen, so wurde er selber getroffen oder unter massiven Beschuss genommen. So gelang es den Grenadieren, ohne nennenswerte Verluste Leitern an die Stadtmauer zu stellen. Sofort kletterten sie dann hinauf, um den Festungswall zu erstürmen.

Auf dem Wall gab es noch ein verbissenes Gefecht mit den Verteidigern. Aber als diese erkannten, dass immer mehr protestantische Söldner nachrückten, suchten sie ihr Heil in der Flucht. Eine Rotte der Angreifer hatte den Auftrag, das Tor zu öffnen. Da sich die Verteidiger alle in direktem Kampf oder auf der Flucht befanden, war es für sie kein Problem, den Befehl auszuführen. Kaum hatten die Männer das Tor weit geöffnet, vernahm man den donnernden Hufschlag der herangaloppierenden Kavallerie.

Die Verteidiger hatten natürlich längst bemerkt, dass alles verloren war. So geriet manch einer von ihnen in Panik. Es dauerte nicht lange, bis es keine geordnete Verteidigung mehr gab. Diejenigen, die noch kämpften, taten dies, um ihr nacktes Leben zu retten. Auch bei der Bevölkerung sprach sich die Niederlage in Windeseile herum. Deshalb versuchten sie zu retten, was zu retten war.

Die Angreifer waren zuvor angewiesen worden, niemanden in der Stadt zu schonen. Damit wollte man zugleich größere Städte wie Paderborn oder Bielefeld abschrecken. Insofern fielen die Söldner mit ungeheurer Brutalität in die kleine, aber wohlhabende Stadt ein: Da wurde gefoltert, gemordet und vergewaltigt – ohne jede Hemmung. Sogar Kinder wurden niedergemacht. Schon vor Sonnenuntergang flossen Unmengen von Blut durch die Gassen. Was an diesem Tag und in der folgenden Nacht in Salzkotten geschah, sollte niemals in Vergessenheit geraten.

Als Maries Vater das Geschützfeuer vernahm, machte er sich umgehend auf den Weg, seine Tochter zu suchen. Er hatte sie zuvor losgeschickt, um Kamilleblüten zu sammeln, die sie in den letzten Sommertagen noch trocknen wollten. Da er wusste, auf welchen Wiesen das größte Vorkommen der Heilpflanze zu erwarten war, konnte er sich ausrechnen, wo sich Marie aufhielt.

Der alte Mann lief, so schnell er konnte, des Weges, aber er lief nicht allein: Überall waren Menschen, die ihre Verwandten suchten oder einfach nur fliehen wollten. Sie waren sehr still, in sich gekehrt und voller Sorge. Was sollte es auch bringen, sich mit einem Fremden über die hoffnungslose Situation der Stadt zu unterhalten?

Aber auch Marie war sofort in Richtung Zuhause losgeeilt, als die Kanonen anfingen zu sprechen. So traf sie ihren atemlosen und verschwitzten Vater auf halbem Wege. Trotz seiner Atemnot redete er auf seine Tochter ein:

„Marie, liebe Marie, ein Glück, dass ich dich gefunden habe! Du musst sofort fliehen! Der Feind ist in der Stadt. Lauf schnell zu der Stelle, an der die Heder durch die Stadtmauer geleitet wird. Verstecke dich in der Nähe dieser Stelle und warte die Nacht ab. Dort gibt es doch viele Sträucher, unter denen man sich verbergen kann. Dann in der Nacht springst du in den Fluss und schwimmst mit der Strömung hinaus aus der Stadt. Gehe erst wieder an Land, wenn du dir sicher bist, dass dich niemand beobachtet! Dann begebe dich zum Waldbauernhof. Die werden dich gern aufnehmen!"

„Aber, lieber Vater, was wird aus Mutter und dir? Ich werde euch niemals verlassen!", beteuerte Marie fassungslos.

„Du wirst mir jetzt gehorchen! Du bist unsere liebe Tochter. Wenigstens du musst überleben! Mutter und ich –: Wir sind alt. Schau mich an: Ich bin jetzt schon nach den wenigen Kilometern fix und fertig! Töchterlein, wir werden bleiben und mit ein wenig Glück überleben. Du aber wirst fliehen – und zwar jetzt sofort!", sagte der besorgte Vater streng.

„Vater, ich kann euch doch…", versuchte Marie wieder, ihren Vater umzustimmen.

Der aber drückte ihr einen kleinen Beutel in die Hand, küsste ihre Stirn und sagte dann nur noch:

„Geh!"

Er drehte sich um und ging, so schnell er konnte, den Weg zurück. Als er sein Haus erreicht hatte, traf er auf berittene Einheiten der Protestanten, die ihn sofort hemmungslos töteten.

Maries Eltern lebten schon nicht mehr, als ihr Haus prasselnd vom Feuer gefressen wurde. Sie aber tat genau das, was ihr der Vater geraten hatte: Sie eilte an die Stelle der Stadtmauer, an der die Heder die Stadt verlässt. Dort wurde der kleine Fluss durch einen gemauerten Tunnel aus der Stadt geleitet. In der Nähe dieses Bauwerks wuchsen Holunder, Brombeersträucher und andere Gehölze bis direkt an die Stadtmauer.

Da die Büsche und Sträucher von niemandem gepflegt wurden, waren sie verwildert und sehr verwachsen. Somit eignete sich diese Stelle sehr gut als Versteck. Auf allen Vieren krabbelte sie in das Buschwerk. Es ließ sich nicht vermeiden, an die Dornen der Brombeeren zu geraten. An anderen Stellen verschmierte sie ihre Kleidung mit überreifen Holunderbeeren, die auf den Boden gefallen waren. Marie kämpfte sich ganz tief hinein in das rettende Buschwerk.

Zu ihrem Erstaunen fand sie dort eine junge Frau mit ihren beiden kleinen Kindern vor. Verstört und am ganzen Leib zitternd schauten die drei Marie mit großen Augen an.

„Habt doch keine Angst! Auch ich will mich hier nur verstecken!", flüsterte Marie und kroch dann noch näher an die Leidensgenossen heran.

In dem Versteck konnte man den Gefechtslärm aus der Innenstadt vernehmen. Auch Geschrei war zu hören. Es war aber nicht zu deuten, ob es sich um Befehle oder um Wehgeschrei handelte. Selbst bei Anbruch der Dunkelheit wurde noch geschossen. Überall brannten Häuser: Das Flammenspiel spiegelte sich im Wasser des kleinen Flusses wider. Marie sprach die junge Mutter an:

„Wir müssen die Heder flussabwärts schwimmen und durch den Mauerdurchlass tauchen. Dann können wir fliehen. Ich werde eines deiner Kinder auf meinen Rücken nehmen. Du musst das Gleiche machen!"

Die junge Mutter, die immer noch ganz bleich war vor Angst, flüsterte:

„Nichts lieber als das! Aber ich habe nie gelernt zu schwimmen!"

Marie dachte nur:

„Nein, das fehlt jetzt noch! Ich kann ja diese Frau hier nicht zurücklassen. Sie muss es einfach versuchen. Ob sie ertrinkt oder erschlagen wird, spielt doch nun sowieso keine Rolle mehr. Sie muss es versuchen. Es gibt keine andere Wahl!"

Dann sagte sie:

„Wir schaffen das schon. Ich helfe dir!"

Als es richtig dunkel geworden war, forderte Marie die junge Frau auf, sich ihr kleineres Kind mit Hilfe einer Decke auf den Rücken zu binden. Marie machte dasselbe mit dem etwa dreijährigen Jungen der Frau. Anschließend krochen die beiden Frauen auf allen Vieren aus ihrem Versteck.

Außerhalb ihrer Deckung verharrten sie einen Augenblick und horchten in die Nacht. Gelegentlich hallten noch die Geräusche von vereinzelt abgegebenen Gewehrschüssen herüber. Auch Brände, die in der Stadt loderten, waren zu sehen. Sie konnten aber keine Menschen in ihrer unmittelbaren Nähe wahrnehmen. Marie fasste die Frau an der Hand und sagte fordernd:

„Los, die Zeit ist reif. Jetzt oder nie! Nur Mut, wir schaffen das!"

Dann rannten sie los in Richtung Fluss – immer mit der Angst im Nacken, dass sie doch noch entdeckt würden. Atemlos glitten sie in die ziemlich kühlen Fluten des Flusses. Die Kinder erschraken wegen des kalten Wassers und fingen vor Schreck an zu weinen. An der Stelle, an der sie in die Heder gingen, war die Wassertiefe noch gering: Das Wasser ging den Frauen bis an die Brust. Und die Strömung drückte in den Rücken der Frauen, sodass sie immer ein wenig geschoben wurden.

Dann standen sie vor dem gemauerten Durchlass, den sie nur tauchend bewältigen konnten. Die junge Frau fing plötzlich an zu jammern:

„Ich kann das nicht, und die Kinder schon gar nicht!"

Marie antwortete beschwörend:

„Du musst! Denke doch an deine Kinder! Wenn du hier bleibst, blüht dir sonst noch was! Wenn ich rufe ‚tauchen', dann geht es los! Kinder, ihr müsst dann die Luft anhalten!"

Nochmals nahm Marie die Hand der Frau, um einen Augenblick später zu sagen:

„Tauchen – und los!"

Marie begann zu tauchen und zog die Mutter an der Hand. Kaum waren sie im gemauerten Tunnel, da bekam die junge Frau Panik. Wild ruderte sie mit ihren Armen und klammerte sich an Marie. Ohne zu überlegen, handelte Marie sofort, um das Ertrinken aller zu verhindern: Mit ihrem Ellbogen schlug sie der Frau auf die Nase. Durch den Schmerz und den zusätzlichen Schrecken ließ die Frau von

Marie ab. Geistesgegenwärtig griff sie das etwa einjährige Kind, welches sich auf dem Rücken seiner Mutter befand, am Kragen. Beherzt riss sie den kleinen Jungen aus der Transportdecke, um dann eilig durch den Tunnel zu tauchen.

Nach etwa acht Meter war der Tunnel durchtaucht, und sie konnten an der Wasseroberfläche gierig nach Luft schnappen. Die Kinder prusteten, husteten und weinten, aber das war ein besseres Zeichen, als hätten sie nach dem Tauchgang geschwiegen. Marie ließ sich und die Kinder noch einige Meter mit der Strömung treiben, um dann im Schutz eines Rohrkolbenfeldes das Wasser zu verlassen.

Am Ufer drückte sie beide Kinder ganz nah an sich, um sie zu wärmen. Dabei blickte sie immerzu auf die Wasseroberfläche, um nach der Mutter Ausschau zu halten. Irgendwann sah Marie dann an der Oberfläche des Wassers einen aufgeplusterten Rock. Ihr war sofort klar, dass es sich um die Mutter der Kinder handelte. Sie trieb mit dem Kopf unter Wasser in der Strömung.

Marie wusste, dass es für die Frau keinerlei Hilfe mehr geben könnte. So schlich sie mit den Kindern davon. Den kleinen Jungen steckte sie in die Tragedecke auf ihren Rücken; den größeren nahm sie an die Hand. Vorsichtig, und dazwischen immer wieder spähend, bewegte sie sich mit den kleinen Kindern durch die Nacht. Wegen der nassen Kleidung froren die drei ganz jämmerlich. Schlotternd klapperten ihre Zähne aufeinander. Die klare Nacht sorgte für einen wunderschönen Sternenhimmel, der so gar nicht zu den schrecklichen Ereignissen passte.

Nachdem sie einige Kilometer querfeldein gegangen waren, wandte sich Marie nochmals zu ihrer Heimatstadt um.

Über der Stadt schien gleich einer Sichel der rot-orange Widerschein der brennenden Häuser. Sie war sich dessen bewusst, dass sich ihr Leben von einer Stunde auf die andere radikal geändert hatte: Nichts würde mehr so sein, wie es einmal war. Sie umfasste den Talisman, der an einem Lederband um ihrem Hals hing und dachte an Rafael:

„Ob mein Schatz noch lebt? In diesen Zeiten ist nichts mehr sicher. Ich muss jetzt unbedingt einen warmen Platz für die Kinder finden, sonst werden die mir auch noch krank!"

Es wurde ihr plötzlich klar, dass sie demnächst für zwei Kinder sorgen müsste. Nicht umsonst machte sie sich Gedanken:

„Wie soll ich die beiden Kinder denn nur versorgen? Ich bin doch allein und ganz ohne Mittel!"

Da fiel ihr der kleine Beutel ein, den ihr der Vater mitgegeben hatte. Sie band ihn vom Gürtel ab und schaute hinein: Zwölf Silbermünzen hatte ihr der Vater vermacht – ein kleines Vermögen!

„Damit werden wir die nächsten Monate überleben können", dachte sie ein wenig erleichtert.

Danach ging es weiter in Richtung Thüle. Dort erhoffte Marie einen wärmenden Platz für sich und die Kinder. Und tatsächlich: Thüle war nicht überfallen worden! Als sie das erste bewohnte Haus sah, klopfte sie an. Ein alter Mann, der einen Säbel in der Hand hielt, öffnete vorsichtig die Tür. Vor lauter Angst flackerten seine Augenlieder. Er hatte wohl das Geschützfeuer gehört und ahnte, dass das nur etwas Schlimmes bedeuten konnte. Ihm war seine Erleichterung anzusehen, als er eine junge Frau mit ihren vermeitlichen Kindern erblickte. Marie sagte:

„Danke, dass Sie zu dieser späten Stunde die Tür öffnen. Dürfen wir uns ein wenig an Ihrem Feuer aufwärmen?"

Der Mann reagierte darauf etwas verunsichert:

„Was ist denn nur geschehen? Ihr seid ja total durchnässt! Was ist euch widerfahren?"

Marie antwortete ziemlich ungeduldig:

„In Salzkotten sind die Truppen des Freiherrn Dodo von Innhausen eingefallen. Die machen alles nieder, was sich ihnen entgegenstellt! Sie tun gut daran, ihre wertvollen Gegenstände zu verstecken und sich auf eine Flucht vorzubereiten. Dürfen wir nun eintreten? Die Kinder werden krank, wenn sie sich jetzt nicht aufwärmen können!"

An Maries Kleidung erkannte der alte Mann, dass es sich bei ihr um keine Bettlerin handelte. Insofern ließ er sie eintreten. Die Frau des Mannes hatte noch ihre Nachtwäsche an und rannte im Haus umher, um Decken für den durchnässten Besuch zu holen. Der Mann hatte derweil ein Feuer an der Feuerstelle angemacht. Schon nach wenigen Minuten breitete sich im Raum eine wohlige Wärme aus.

Marie hatte den Kindern die Kleidung ausgezogen und sie mit den Decken der Frau zugedeckt. Die gutmütige Frau bewirtete ihre Gäste liebevoll, bereitete warme Milch für die Kinder, und Tee für Marie. Dies tat sie wortlos; offenbar konnte sie nicht sprechen. Aber wie sie es mit gleichsam mütterlicher Fürsorge tat, war herzbewegend. Auch die durchnässte Kleidung hängte sie zum Trocknen vor das offene Feuer.

Danach fing sie an, einen Umhängebeutel mit Brot, Dauerwurst und einer Flasche Wein zu füllen. Den Beutel reichte sie Marie, wobei sie deren Wange streichelte. Der alte Mann, der von Beruf Zimmermann war, verließ kurz das Haus, um durch seine Werkstatt in den Ziegenstall zu gehen. Dort lagerte er auch das Stroh, das er für seine Tiere brauchte. Nach einer Weile kam er mit zwei großen Strohsäcken wieder ins Haus.

„Hierauf könnt ihr drei schlafen. Keine Angst, ich werde den Rest der Nacht wachen! Und noch was: Wir sind alt. Deswegen werden wir auch nicht fliehen! Alte Bäume verpflanzt man nicht mehr! Ich wüsste auch nicht, wohin wir gehen könnten. Wir legen unser Leben in Gottes Hand."

Marie nickte, um ihm zu zeigen, dass sie seine Entscheidung verstand und respektierte. Dann legte sie sich mit den Kindern zum Schlafen auf die Strohsäcke. Die Kinder schliefen vor lauter Erschöpfung sofort ein, aber Marie hielten die schrecklichen Eindrücke der letzten Stunden wach:

„Ob Mutter und Vater noch leben? Werde ich eines Tages zurückkehren können? Warum sind die Menschen nur so grausam zueinander? Bin ich verantwortlich für den elendigen Tod der jungen Mutter?", fragte sie sich.

Die Tenne war durch die Glut des Feuers in warmes Licht gehüllt, und noch gaben die Gegenstände des Raumes Schattenspiele wieder, welche die schon absterbenden Flammen erzeugten. Marie beobachtete diese Schattengespinste solange, bis sie dadurch in einen unruhigen Schlaf fiel.

Schrecklich wirre Träume hatte sie in dieser Nacht. In der Traumwelt erschienen ihr die Feinde, die sie nie wirklich gesehen hat, als grausame Bestien aus einer anderen Welt: Menschen fressend fielen diese fremdartigen Wesen in die Städte und Dörfer ein. Mit ihnen kamen der Hunger und Seuchen, wie Pocken, Pest und Typhus. Auch ein Feuerschweif zog diesen Wesen nach, der viele Häuser und ganze Dörfer oder Städte in Asche verwandelte. Derartigen Bestien war sie entkommen, aber bei dem rettenden Sprung ins Wasser wurde sie in die Tiefe gezogen und von einem Strudel immer tiefer hinabgerissen: Alles um Marie drehte sich, schneller und schneller.

Dann schreckte sie mit starkem Herzklopfen hoch: Verwirrt und mit schweißnasser Stirn schaute sich Marie in der Tenne um. Es dauerte relativ lange, bis sie sich orientiert hatte und wusste, wo sie sich befand.

Der alte Mann saß auf einem Stuhl und schaute aus dem Fenster. Mit beiden Händen umfasste er den Griff seines Säbels. Die ganze Nacht hatte er hier gewacht. Im Ernstfall hätte er für seine Frau und seine Mitmenschen gekämpft. Als er sah, dass Marie aufgewacht war und in seine Richtung schaute, lächelte er sie gutmütig an:

„Der Feind hat in Salzkotten wohl genug Beute gemacht, sodass er uns für die Nacht in Ruhe ließ. Du musst jetzt aufstehen und schnell weitergehen: Die Protestanten können hier jeden Augenblick auftauchen!", sagte er mit besorgter Miene.

Marie streckte und reckte sich, ehe sie sich von ihrem Lager erhob. Die wenigen Stunden Schlaf hatten ihr gut getan. Mit neuem Mut zog sie ihre am Feuer getrocknete Kleidung wieder an. Die Frau des Hauses bereitete derweil ein kräftiges Frühstück vor, bestehend aus Rührei mit Speck. Für die Kinder wärmte sie Milch auf und gab in diese jeweils einen großen Löffel Honig. Marie weckte die Kinder, indem sie sie zärtlich streichelte und flüsterte:

„Engelchen, aufwachen! Die Sonne steht schon am Himmel."

Der dreijährige Junge war, als er hochblickte, ein wenig durcheinander. Er fragte quengelnd:

„Mama, wo ist Mama?"

Da Marie ja wusste, dass es keine Wiederkehr der Mutter mehr geben würde, entschied sie, das Kind anzulügen:

„Aber Bub, ich bin doch hier bei dir! Ich würde dich doch nie allein lassen!"

Dabei umarmte sie den Jungen und drückte ihn ganz fest an ihre Brust. Der Junge schaute Marie zweifelnd an, wusste aber nicht, wie er auf diese Äußerung reagieren sollte. Da Marie nicht einmal die Namen der Kinder kannte, sagte sie geschickt:

„Bub, sag dem Mann doch mal deinen Namen!"

Der Junge antwortete brav:

„Ich heiße Markus, und mein Bruder ist der Mathias."

Marie war darüber glücklich, dass ihr Trick geklappt hatte. Von jetzt an wusste sie die Namen „ihrer" Kinder. Die alte Frau trat lächelnd in den Raum und forderte ihre Gäste mit einer Handbewegung auf, sich an den Tisch zu setzen, um zu frühstücken. Der kleine Mathias saß beim Essen auf Maries Schoß und wurde von ihr gefüttert. Markus konnte schon gut allein essen: Er umfasste seinen Milchbecher mit beiden Händen und trank hastig von dem süßen Getränk. Dabei begannen seine Wangen rot zu leuchten, was dem Buben ein vor Gesundheit strotzendes Aussehen verlieh. Mathias jauchzte vor Freude. Er strahlte übers ganze Gesicht.

Marie wusste genau, dass sie den richtigen Weg gegangen war, die Kinder als „ihre Kinder" zu bezeichnen. Aber sie fragte sich auch, was Rafael dazu sagen würde, wenn er wieder nach Hause käme.

Während sie aßen, war der alte Mann rausgegangen. Er kam erst zu dem Zeitpunkt wieder, als Marie aufbrechen wollte. Marie hatte der stummen Frau einen Silbertaler angeboten; aber sie weigerte sich, diesen anzunehmen. Lächelnd streichelte sie Maries schwarzes Haar und legte den Kindern ihre Hand auf den Kopf, um sie zu segnen. In diesem Augenblick erschien der Mann und sagte freudig:

„Marie, ich habe gute Nachricht für dich. Der Nachbar von uns hat Felder in Anreppen, die er heute abernten möchte. Du darfst mit den Kindern auf dem Leiterwagen der Knechte mitfahren!"

„Wirklich? Das ist in der Tat eine sehr gute Nachricht! Dann schaffen wir es ja noch bis zum frühen Abend, den Waldbauernhof zu erreichen. Ich danke euch für alles, was ihr für uns getan habt. Eines Tages wird es euch vergolten werden", erwiderte Marie gerührt.

Der Mann drängte zur Eile:

„Genug geredet! Du musst los! Komm, ich bringe dich zu dem Bauern, der euch nach Anreppen fährt!"

Schnell suchte Marie ihre Sachen zusammen, nahm den kleinen Mathias auf den Arm und Markus an die Hand, um dann zum Ausgang zu eilen. Mit einem Kuss auf die Wange verabschiedete sich Marie von der alten Frau.

Beim Erreichen des Nachbarhofes stand der Leiterwagen mit angespannten Pferden bereit. Die drei Knechte des Hofes warteten schon ungeduldig auf die Mitfahrer. Einer der jungen Männer, der bereits auf der Ladefläche saß, nahm den kleinen Mathias entgegen. Dann reichte Marie Markus hoch, um anschließend selber aufzusteigen. Unmittelbar danach taten auch die anderen Knechte das Gleiche – und die Fahrt ging mit dem Ziel Anreppen los.

Während der Fahrt erzählte Marie den Männern von dem Überfall auf Salzkotten. Sie versuchte sich dabei so auszudrücken, dass Markus, der ja der ältere der beiden Jungen war, nicht verstehen sollte, worum es ging. Aber das hätte er mit seinen etwa drei Jahren sowieso nicht vermocht.

Erschrocken hörten die Männer zu, denn Salzkotten war sehr nah; und es war anzunehmen, dass die feindlichen Truppen weiter vordringen würden.

Nachdem die Männer vernommen hatten, in welcher Gefahr sich ihre Heimat befand, bekamen sie nachdenkliche Gesichter. Auf dem Rest der Strecke sprachen sie kaum ein Wort – so sehr beschäftigte sie der Gedanke, dass auch ihr Hof überfallen werden könnte.

Kaum eine gute Stunde später hatten sie die Weizenfelder erreicht, von denen sie die Ernte einfahren sollten. Die Männer halfen Marie vom Wagen und reichten ihr anschließend die Kinder hinunter. Mathias nahm sie dann mit Hilfe der Tragedecke auf ihren Rücken, und Markus ging an Maries Hand. Nach einem kurzen:

„Auf Wiedersehen! Habt Dank fürs Mitnehmen!", machten sie sich auf den Weg nach Delbrügge.

Zuerst mussten sie über die alte hölzerne Lippebrücke gehen. Beim Passieren der Brücke schaute sich Marie den kleinen Fluss an, der durch die Trockenheit der letzten Wochen sehr wenig Wasser führte. Die bunten Kieselsteine, über denen das glasklare Wasser floss, sahen von hier oben aus wie glitzernde Edelsteine.

So ging Marie mit „ihren Buben" durch die reife Landschaft: Überall am Wegesrand standen Apfelbäume, die unter der Last ihrer rotbackigen Äpfel ächzten. Auf vielen der Felder, an denen sie vorbeikamen, ernteten Knechte gemeinsam mit den Bauern das Getreide. Einige der jungen Männer winkten dem vorbeigehenden Mädchen in ihrem Übermut zu. Ein Bauer, der dies beobachtet hatte, fing lauthals an zu fluchen:

„Verdammt noch mal, Peter, du sollst arbeiten, und nicht den feschen Frauen hinterherwinken. Wer essen will, der muss vernünftig arbeiten!"

Marie fand nichts Schlimmes an diesem jugendlichen Übermut. Deshalb winkte sie keck zurück.

Nachdem sie einige Stunden schnell gegangen waren, erreichten die drei das Dorf Delbrügge. Am Haustenbach machten sie Rast, aßen von der Dauerwurst, die sie von der stummen Frau bekommen hatten, und tranken das glasklare Bachwasser. Mathias bekam noch ein wenig Kuhmilch, die Marie in einer Flasche mitgenommen hatte. Marie wusste, dass sie Markus nicht mehr viel zumuten konnte, weshalb sie beschloss, langsamer zu gehen.

Insofern kamen sie nicht sehr schnell voran. Sie konnte sich ausrechnen, dass sie erst gegen Abend den Waldbauernhof erreichen würde. Als die Sonne hinter dem Horizont verschwand, trug Marie ein Kind vor dem Bauch und eines am Rücken. Sie war schon weit über ihre Kräfte hinausgegangen, als sie den Weg erreichte, der direkt zum Hof des Waldbauern führte. Nochmals nahm sie alle Kraft zusammen, um den restlichen Weg zu bewältigen, und spornte sich an:

„Bei einer Geburt kann man ja auch nicht mittendrin aufhören!"

Dann sah Marie schon den Hof. Sie wunderte sich ein wenig darüber, dass die Schäferhündin Sesa ihr nicht entgegenstürmte. Vor dem Haus angekommen, setzte sie als erstes Markus ab und nahm ihn an die Hand. Dabei dachte sie:

„Ich bin ja völlig verschwitzt und zerzaust. Die werden sich bestimmt erschrecken, wenn sie mich erblicken!"

Dann klopfte sie dennoch ohne Bedenken mit der noch freien Hand an die große Rundbogentür. Auf den Balken über der Tür hatte der Erbauer des Hauses schnitzen lassen:

„Gott schütze die Bewohner dieses Hauses. Anno 1573. "

Langsam öffnete sich die Tür, und Burkhard lugte vorsichtig hinaus.

„Die Marie! Anne, die Marie ist da!", rief Burkhard erleichtert ins Bauernhaus.

Anne ließ die Zwiebeln fallen, die sie gerade zerkleinern wollte und lief umgehend zur Tür. Als sie Marie erblickte, fiel sie ihr weinend in die Arme. Marie, die am Ende ihrer Kräfte war, fing ebenfalls an zu weinen. So standen sie da: eng umschlungen und herzzerreißend weinend. In diesen Zeiten hielt man sich nicht mit langen Wortwechseln zur Begrüßung auf. Dann nahm Anne die Kinder wahr und fragte schluchzend:

„Was sind das denn für goldige Kinder?"

Marie schaute sie an und sagte:

„Anne, das sind doch meine Kinder! Der kleine heißt Mathias, der größere Markus."

Anne verstand nicht ganz. Aber der Blick, den ihr Marie gesandt hatte, verriet ihr, dass etwas Schlimmes geschehen sein musste. Sie spielte mit und sagte:

„Ach, verzeih mir! Wie konnte ich das denn nur vergessen! Nun tritt ein und erzähle uns, wie es dir ergangen ist!"

Marie schlug vor:

„Bitte lass uns als erstes die Kinder ins Bett bringen! Du hast doch ein Bettchen für uns?"

Anne schaute fast verträumt, als sie antwortete:

„Natürlich. Mein Zuhause ist auch euer Zuhause! Wir haben hier mehr Betten frei, als uns lieb ist. Warte einen Moment. Du erfährst gleich, was los war. Bring erst die Kinder in Gabriels Kammer und lasse sie dort schlafen!"

Nachdem Marie die beiden Jungen in den Schlaf gesungen hatte, ging sie wieder in die Tenne. Anne und Burkhard saßen allein am großen Tisch, an dem sich sonst immer die ganze Familie versammelt hatte. Nur eine Bienenwachskerze sorgte für die schwache Beleuchtung des Raumes. Das spärliche Licht bewirkte, dass die sorgenvollen Gesichter der am Tisch Sitzenden noch einen traurigeren Ausdruck bekamen als ohnehin. Dabei wirkten die beiden in sich gekehrt und erschöpft. Erst als sich auch Marie an den Tisch gesetzt hatte, fing Anne an zu berichten:

„Marie, wir haben sehr schlechte Nachrichten für dich. Der Waldbauernhof wurde von protestantischen Söldnern überfallen. Mutter, Vater, Gabriel und unsere liebe Barbara wurden dabei getötet. Und was mit Leni geschehen ist, wissen wir nicht."

Anne fing wieder an, leise zu weinen, um dann weiter zu erzählen:

„Burkhard und ich hörten die Gewehrschüsse und konnten uns rechtzeitig verstecken. So blieben wir am Leben. Aber die Arbeiten auf dem Hof sind kaum noch zu bewältigen. Wir arbeiten jeden Tag von früh bis spät. Trotzdem bleibt vieles liegen."

Marie rannen wieder Tränen über die Wangen. Auch sie berichtete nun, was geschehen war:

„Ihr Lieben, uns ist es nicht besser ergangen! Truppen des tollen Christian haben Salzkotten erstürmt und großes Leid gebracht. Ich konnte fliehen, weil mein Vater mich frühzeitig zur Flucht bewegt hatte. Ich habe Teile der Stadt brennen sehen. Es wurde bis in die tiefe Nacht hinein geschossen. Ob meine Eltern oder die Nachbarn noch leben, weiß ich nicht.

Mit mir wollte auch die Mutter der beiden Buben fliehen. Sie ertrank aber beim Versuch, den Heder-Durchfluss an der Stadtmauer zu durchtauchen, weil sie nicht zu schwimmen vermochte. Die Kinder konnte ich retten. Ihnen mache ich nun vor, ich sei ihre Mutter. Die Kinder sind noch klein. Sie werden es irgendwann glauben."

„Da handelst du genau richtig! Lass sie im Glauben, du wärst ihre Mutter! Zwei so goldige Buben – die muss man ja lieb haben! Wir dürfen jetzt nicht verzagen, schon wegen der Kinder. Lasst uns in dieser schlimmen Zeit ganz nahe zusammenstehen! Nur so können wir überleben", meinte Anne.

Burkhard ergänzte das, indem er ein Anliegen vorbrachte:

„Marie, ich möchte dich bitten, bei uns zu bleiben! Wir können hier jede helfende Hand gebrauchen. Nach Salzkotten wirst du dich vorerst sowieso nicht wagen können."

Marie nickte zustimmend:

„Danke, dass ich bleiben darf! Ich hätte sonst auch wirklich nicht gewusst, wohin."

Anne stand auf, umarmte Marie und stellte mit sanfter Stimme in Aussicht:

„Wenn Rafael wieder nach Hause kommt, wird er sich um dich und ‚deine Kinder' bestimmt kümmern."

Maries Gesichtsausdruck wurde verträumt. Mit einem traurigen Unterton kam von ihr:

„Ja, Anne, wenn er zurückkommt – wenn!"

Die Pest

Das Wetter war umgeschlagen. Es regnete schon seit Tagen. Gerlinde saß wie immer auf dem Kutschbock. Gerold und Rafael hatten ihre Reitpferde neben der Kuh an den Planwagen angebunden. Auch sie begaben sich dann zu den anderen auf den Planwagen, da dort die Nässe nicht so stark eindringen konnte.

Die Tiere waren seit Tagen nicht mehr richtig trocken geworden. Deshalb hegte Rafael die Befürchtung, dass sie krank werden könnten. Er schlug vor, sich in das nächste verlassene Gehöft einzuquartieren. Da er zusammen mit Gerlinde auf dem Kutschbock saß, hielten beide nach einem passenden Gebäude Ausschau.

Derweil versuchten Frau Kaplitz und Gerold, die durch den Regen gedrückte Stimmung ein wenig aufzuheitern: Er spielte auf seiner Querflöte nette Melodien, und Frau Kaplitz sang dazu. Die beiden machten das wirklich gut: Es hörte sich so an, als hätten sie schon lange gemeinsam geübt. Die Kinder klatschten ausgelassen zu der Musik. Auch Androsch kümmerte sich um die kleineren Kinder, reichte ihnen etwas zum Trinken oder spielte mit ihnen.

Trotzdem war die durch den Dauerregen verursachte Undichtigkeit der Wagenplane und die damit einhergehende Feuchtigkeit im Wageninneren nicht mehr zu ertragen. Als der Planwagen irgendwann das nächste Dorf erreichte, ließ

Rafael ihn zur Kirche lenken. Dort stieg er ab, um den Pfarrer nach einer Herberge zu befragen. Er klopfte an die Tür des Pfarrhauses. Nach einer halben Ewigkeit des Wartens wurde endlich die Tür geöffnet. Der Pfarrer fragte brüsk:

„Was wollt Ihr, Fremder?"

„Ich brauche eine Unterkunft, mein Herr. Wir reisen mit vier Kindern, vier Erwachsenen und zahlreichen Tieren. Es regnet seit Tagen, sodass wir alle durchnässt sind und eine wärmende Feuerstelle nötig hätten!", sagte Rafael.

Der Pfarrer machte ihm keine Hoffnung:

„Hier im Dorf werdet ihr nichts finden! Die Herbergen sind alle belegt. Aber abseits des Dorfes gibt es einige Höfe, die von ihren Besitzern verlassen worden sind. Die Höfe, die weit außerhalb liegen, wurden ja von marodierenden Söldnern überfallen. Da sind schreckliche und unaussprechliche Dinge geschehen, sodass viele Familien ihr Heil in der Flucht gesucht haben. Einige von ihnen leben jetzt hier im Dorf. Deswegen gibt es auch keine freie Herberge mehr."

„Denken Sie, wir dürfen uns für kurze Zeit in einem der verlassenen Höfe niederlassen? Wie gesagt, wir sind auf der Durchreise", entgegnete Rafael.

Der Pfarrer nickte und antwortete bestätigend:

„Sicherlich dürft ihr auf einem der verlassenen Höfe unterkommen! Ich werde in der nächsten heiligen Messe die Bewohner über eure Anwesenheit informieren. Dann werden unsere Dörfler euch in Frieden lassen. Aber bedenkt, dass es dort zur Zeit sehr gefährlich ist. Überall lauern Wegelagerer und vagabundierende Söldner auf Reisende wie euch. In dieser Zeit geschehen schreckliche Dinge."

Rafael bedankte sich bei dem Geistlichen. Anschließend stieg er schnell wieder zu Gerlinde auf den Kutschbock:

„Gerlinde, außerhalb des Dorfes gibt es verlassene Höfe. Dort können wir unterkommen!", erklärte er ihr kurz.

Gerlinde trieb Hugo an, um endlich ein Dach über den Kopf zu bekommen. Zuerst führte der Weg durch einen urwüchsigen Eichenwald. Nachdem sie den hinter sich gelassen hatten, öffnete sich die Landschaft. Von dem Weg aus konnten sie über ein kleines Tal sehen, das, bedingt durch das trübe Regenwetter, seine wahre Schönheit nicht darbieten konnte. Rafael erkannte aber drei Höfe, die wie weiße Kleckse aus der graugrünen Landschaft herausstachen.

„Gerlinde, welchen der Höfe wollen wir aufsuchen?", fragte Rafael, und wies dabei mit dem Finger zeigend auf die Höfe.

„Den in der Mitte natürlich!", antwortete sie einfach so mit einem neckischen Lächeln.

Eine halbe Stunde später befuhren sie das Hofgelände des mittleren Bauernhofes. Der Hof schien tatsächlich unbewohnt zu sein. Nur ein paar Hühner kratzten auf einem Misthaufen herum. Schon von außen konnte man erkennen, dass da wohl niemand mehr wohnte: Hinter den Fenstern war nichts zu sehen. Auch entstieg dem Kamin kein Rauch, obwohl um diese Zeit üblicherweise das Mittagessen zubereitet wurde. Trotzdem wollte Rafael sichergehen, nicht in eine Falle zu geraten. Begleitet von Gerold stieg er mit gezogener Muskete vom Planwagen ab:

„Hallo, ist da wer?", rief Rafael über dem großen Hof.

Als niemand antwortete, schien klar zu sein, dass entweder alle geflohen oder tot waren. So gingen die beiden Männer vorsichtig, in alle Richtungen spähend, über den Hof, und hiernach in das prächtige Fachwerkhaus. Aber die

Ställe der Rinder und Kühe waren leer. Nur hier und da huschte verstohlen ein Kätzchen umher. Im Wohnbereich des Hauses hatten irgendwelche Rabauken alles zerschlagen: Stühle lagen zersplittert vor dem Tisch der Tenne, und in der Küche lagen die Kupferkessel zerbeult und zertreten am Boden.

In den Kammern sah es nicht viel besser aus: Truhen waren aufgerissen oder zerschlagen worden. Deren möglicherweise wertvoller Inhalt fehlte. Die Federbetten hatte man zerrissen: Die Füllungen aus Gänsedaunen waren in allen Kammern verteilt. Hölzerne Heiligenfiguren lagen ohne Köpfe am Boden, und so manches Fenster war eingetreten.

Da die beiden Männer auf keinerlei Blutspuren stießen, gingen sie davon aus, dass alle Hofbewohner noch fliehen konnten, bevor die Söldner den Hof betraten. Als klar war, dass augenblicklich keine Gefahr drohte, holten sie die anderen ins Haus. Die Männer brachten die Tiere in die Ställe und fingen an, sie trocken zu reiben.

Alle halfen beim Aufräumen der Kammern. Gerlinde machte Feuer in der Feuerstelle der Tenne an, sodass es dort schon nach kurzer Zeit wohlig warm wurde. Die Kinder fegten die herumliegenden Federn zusammen, und Frau Kaplitz nähte einige der zerrissenen Kissen und Oberbetten, um sie anschließend mit den aufgefegten Federn wieder zu befüllen.

Zum Abendessen bereitete Gerlinde einen Berg Pfannekuchen vor. Beim Essen machten die Kinder einen sehr ausgeglichenen Eindruck. Das lag nicht nur an dem leckeren Pfannekuchen, sondern auch an der Vorfreude auf ein warmes und trockenes Bett. Bruno durfte bei Androsch im Bett schlafen, und Erika schlief bei Rosanah. Die kleinen

Kinder lagen mit rosigen Wangen in den weichen Daunenbetten.

Zur Feier des Tages stellte Gerlinde zwei Flaschen Wein aus ihren Beständen auf den Tisch. Voller Zufriedenheit füllte Gerold die Becher der vier Erwachsenen. Zuerst begann er bei Frau Kaplitz:

„Meine verehrteste Frau Kaplitz, mögen Sie ein Gläschen Wein?"

„Mein lieber Gerold, lass doch das ‚Frau Kaplitz'. Bitte nenn mich doch ab jetzt einfach ‚Monika'. Das gilt auch für euch beide!"

Dabei sah Frau Kaplitz Gerlinde und Rafael an. Rafael entgegnete fröhlich:

„Ja, Monika, darauf lasst uns anstoßen!"

Dann tranken sie gemeinsam den Wein, erzählten sich Geschichten aus der Kindheit oder lustige Begebenheiten aus ihrem Leben. Es wurde gelacht, und für einige Stunden fiel die Mühsal der Reise von ihnen ab.

An diesem Abend beschlossen sie, sich für gewisse Zeit hier niederzulassen, um dann mit neuen Kräften weiterzureisen. Gerlinde erntete am folgenden Morgen prächtigen Blumenkohl in dem mit Unkraut überwucherten Gemüsegarten des Hofes.

„Hier mangelt es uns an nichts", dachte Gerlinde, als sie den Kohl mit einem Messer von der Wurzel trennte:

„Vielleicht ist es möglich, dass wir uns an diesem Ort eine neue Lebensgrundlage schaffen. Rafael, die Kinder und ich könnten hier vielleicht glücklich sein."

Gerold, Rafael und Androsch kümmerten sich um die Pferde, reinigten die Hufe, bürsteten und striegelten sie. Derweil badete Monika die kleineren Kinder in einem hölzernen Waschzuber. Es wurde folglich all das getan, was auf der Reise vernachlässigt worden war.

Am Sonntag fuhren sogar alle gemeinsam in das Dorf Riesa, in dem sich Rafael einige Tage zuvor nach einer Herberge erkundigt hatte, um an der heiligen Messe teilzunehmen. Dankbar dafür, dass sie wohlbehalten bis an diesen Ort gelangt waren, sangen sie aus vollen Kehlen das Lied:

„Heilig, heilig, heilig, bist du Herr …!"

Nach der Messe erkundigte sich Gerlinde, wann der nächste Wochenmarkt stattfinden würde. Man hatte ihr erklärt, dass in der nächsten Woche – wie in jedem Jahr – ein Jahrmarkt abgehalten werde, und zwar mit allerlei Ware aus vielen Orten der weiteren Umgebung. Da sie schon seit mehreren Monaten keinen größeren Markt mehr besucht hatte, fieberte sie dem Tag entgegen, an dem der Jahrmarkt in Riesa stattfinden sollte. Verschiedene Sachen wollte sie erstehen: Keramik für das neue Zuhause, oder ein schönes Kleid, um Rafael zu gefallen.

Zu dem Bauernhof gehörten auch Ländereien, auf denen man allerhand Getreide angebaut hatte. Das Getreide war nun bereits überreif und drohte zu verderben. Deshalb schlug Gerold vor, es einfach zu ernten, um es sinnvoll zu verwerten.

An den folgenden Tagen schien auch schon wieder die Sonne. So machten sich Gerold, Androsch und Rafael daran, das Feld mit Roggen, welches direkt am Hof lag, abzuernten. Monika und Gerlinde banden die Garben zusammen, während die kleinen Kinder auf einer Decke sitzend bei der Arbeit zuschauten.

Rafael fühlte sich sichtlich wohl bei dieser Arbeit. Er strahlte geradezu unbändige Energie aus. Schon nach wenigen Stunden lagen die Garben in der Scheune des Bauernhofes. Am nächsten Tag wurde das Getreide gedroschen und in Säcke abgefüllt. Den Abend dieses Tages krönten siebzehn Säcke besten Roggens. Alle Getreidesäcke packten sie auf einen Leiterwagen. Insofern hatten sie die Zeit bis zum Jahrmarkt mit lebensnotwendigen Arbeiten verbracht.

Dann kam der langersehnte Tag, an dem der Markt stattfinden sollte. Am Morgen dieses Tages hatten sich alle Personen der Schicksalsgemeinschaft fein rausgeputzt. Fröhlich und ausgelassen fuhren sie mit dem Planwagen nach Riesa. Viele Händler und Handwerker waren dort versammelt, um ihre Waren feilzubieten.

Aber bei Gesprächen mit Einheimischen erfuhr man, dass es weitaus weniger Verkaufsstände seien als noch vor Beginn des Krieges. Gleich der erste Stand war vom Scherenschleifer belegt: In leicht vorgebeugter Haltung saß er vor seinem sich drehenden Stein und ließ mit flinken Fingern ein Messer drübergleiten. Sprühende Sternchen lösten sich vom Stahl des Messers, um sich ins Nichts zu verabschieden. Dabei rief er fast singend:

„Bringt mir eure Scheren, Messer, Beile! Ich mache alles scharf, was eine Schneide hat!"

An einem anderen Stand wurde vom Imker ein Werbe-Ruf hinausposaunt, um sich mit dem Gesang des Scherenschleifers zu vermischen:

„Bester Honig! Besonders reiner Blütenhonig! Wohlschmeckend und herrlich süß! Beste Kerzen aus feinem Wachs! Kauft, Leute, kauft! Bester Ho... !"

Wenige Schritte weiter warb eine junge Magd ein wenig schüchtern:

„Thymian, Rosmarin, Lorbeer, Sauerampfer! Alles, was das Herz begehrt. Kauft unsere Kräuter und Gewürze. Bei uns bekommt ihr beste Ware!"

Danach kam der Stand einer resoluten Händlerin, die ihre Wolle anbot. In ihrer Hand hatte sie ein Wollknäuel, das sie den Vorübergehenden mit den Worten hinhielt:

„Schaut her! Von den besten Schafen des Landes. Fasst ruhig einmal an! Weich wie das Fell eines Kätzchen, und dazu sehr reißfest. Ja, zieht ruhig kräftig an dem Faden: Er wird halten!"

Die vielen Eindrücke sorgten dafür, dass die Wangen der Kinder rot leuchteten. Kaum hatten sie den Verkaufsstand der resoluten Frau hinter sich gelassen, da stieß die gutgelaunte Gruppe auf einen dickbäuchigen Käsehändler. Auf dem Verkaufstisch des Mannes lagen drei große Käse-Laibe, von denen einer schon angeschnitten war. Gerold bekam beim Anblick des Käses Appetit. Deswegen fragte er:

„Was kostet denn das Pfund, Meister?"

Der Käsehändler grinste über das ganze Gesicht und antwortete:

„Fünfundzwanzig Heller, mein verehrter Herr!"

Gerold, dem der Preis viel zu hoch erschien, polterte los:

„Was sind das denn für Preise bei dir? Warum wiegst du deinen Käse nicht gleich mit Gold auf?"

Das Grinsen des Händlers war wie weggewischt, als er empört antwortete:

„Wie ich aus Ihrem Geschwätz schließe, kennt Ihr euch mit den Preisen nicht aus. Mann, wir haben Krieg! Mein

Preis ist kein Wucher, sondern der ganz normale Preis. Ich nehme es Euch nicht übel, mein Herr, aber bitte fragt mal an den anderen Verkaufsständen mit Lebensmitteln nach dem Preis!"

Gerold schüttelte verwundert seinen Kopf und ging, ohne noch einen Kommentar abzugeben, weiter. Leider musste er feststellen, dass der Käsehändler mit seiner Aussage recht behalten sollte, denn alle Lebensmittel wurden auf diesem Markt zu ungewöhnlich hohen Preisen verkauft.

Trotzdem ließ es sich Gerold nicht nehmen, gebratene Hähnchen für seine Freunde und sich zu kaufen. Der Festwirt hatte ein ganzes Dutzend Hähnchen über dem Feuer hängen. Die Gäste saßen auf Bänken, die vor den langen Tischen standen, die er aufgebaut hatte. Dort machte es sich Gerold mit seinen Leuten bequem. Die Männer ließen sich Bier zu ihren krossen Hähnchen einschenken; die Kinder und Monika bekamen Apfelsaft.

Gerlinde wollte erst noch nach Geschirr für ihren Hausstand schauen, bevor sie ihr halbes Hähnchen zu verspeisen gedachte. Also ging sie weiter umher – immer auf der Suche nach Getöpfertem. Es dauerte nicht lange, da stieß sie auf einen Stand mit feinster Keramik.

Der Verkäufer dieser Ware schien von weit her angereist zu sein, denn solch farbenprächtige Muster hatte sie hier noch nicht gesehen. Ihr gefiel auch die Form dieses Geschirrs außerordentlich gut. Deshalb fragte sie den Händler nach dem Preis:

„Guter Mann, was soll dein Geschirr kosten?"

Der Händler saß hinter seinem Stand auf einem Stuhl und hatte eine Decke über der Schulter. Vorsichtig schälte er sich aus seiner Decke und stand auf. Er machte den Eindruck, als würde er frösteln. Auch hustete er mehrmals hintereinander, bevor er zu sprechen begann. Dann kam kaum hörbar von ihm die Antwort:

„Der Teller drei, die Tasse vier, und pro Vase drei Kupferpfennige."

Sie sagte darauf:

„Da kann man ja nicht meckern! Ich nehme acht Tassen, acht Teller, und eine von den Vasen."

Zitternd versuchte der Verkäufer das Geschirr in eine mit Stroh gefüllte Holzkiste zu verpacken. Aber er hatte sichtlich Probleme damit. Erst bei dieser Gelegenheit schaute sich Gerlinde den Mann genauer an. Dabei musste sie feststellen, dass der Ärmste rot unterlaufene Augen hatte sowie eine schweißnasse Stirn – und offenbar auch Fieber, was ihm anscheinend die Kräfte raubte.

Der Mann hob mit beiden Händen eine Tasse hoch, um sie dann schnell wieder zurückzustellen, damit sie nicht zu Boden fallen konnte. Verwirrt drehte er sich zu seinem hinter dem Stand stehenden Planwagen um. Mit der ihm zur Verfügung stehenden Kraft rief er heiser:

„Töchterchen, Töchterchen, helft mir doch beim Verkauf!"

Kurze Zeit später schaute eine junge rothaarige Frau, deren Gesicht mit Sommersprossen übersät war, aus dem Wagen heraus:

„Du brauchst Hilfe, Vater?", fragte sie liebevoll.

„Bitte bediene die Frau hier. Mir geht es gar nicht so gut!", sagte er.

Umgehend verließ die junge Frau den Wagen, um Gerlinde zu bedienen. Der Händler setzte sich wieder auf seinen Stuhl, wo er dann plötzlich in sich zusammensackte. Die besorgte Tochter ließ, weil sie zu ihm geschaut hatte, aus Versehen einen der Teller, den sie gerade verpacken wollte, fallen, sodass er in viele Teile zersplitterte. Als der Mann langsam von seinem Stuhl glitt, versuchte seine Tochter, ihn aufzufangen. Dabei verrutschte die Decke, welche den Hals des Händlers verdeckt hatte: So konnte man an dem Hals des Ärmsten pflaumengroße Beulen erkennen.

Zuerst liefen die Leute, die sich in der nächsten Umgebung aufhielten, vor dem Stand des Keramikhändlers zusammen. Aber als sie die Beulen sahen, stoben sie in alle Richtungen auseinander. Eine alte Frau schrie vor Entsetzen auf:

„Der schwarze Tod, der schwarze Tod!"

Dann lief sie davon, um sich nicht anzustecken. Gerlinde blieb wie versteinert stehen und dachte:

„Oh nein, die Pest! Und ich bin so nah an ihm drangewesen!"

In Windeseile sprach sich der Pestfall auf dem großen Marktgelände herum. Hektisch begannen die Händler ihre Stände abzubauen. Jeder Marktbesucher, der von dem pestkranken Mann erfuhr, verließ augenblicklich den Platz. Auch Monika, Gerold, Rafael und die Kinder hörten sofort auf zu essen und wollten umgehend die Heimreise antreten. Aber Gerlinde war ja noch nicht zurückgekommen.

Die zur Überwachung der Marktordnung eingesetzten Söldner hatten sich ihre Halstücher ins Gesicht gezogen, sodass Mund und Nase bedeckt waren. So gingen sie gemeinsam mit den Totengräbern des Ortes an den Stand des Pestkranken. Auch die Totengräber hatten mit Tüchern ihr Gesicht bedeckt sowie zusätzlich ihre Hände mit Lumpen umwickelt.

Einer der Totengräber trug eine kurze Leiter über seiner Schulter. Am Stand des an der Pest Erkrankten legte er seine Leiter auf den Boden. Dann packte er gemeinsam mit dem anderen den in Embryo-Lage und ohnmächtig am Boden liegenden Händler an Händen und Füßen, um ihn auf die Leiter zu legen. Mit ihr trugen sie ihn zu ihrem, von einem Muli gezogenen, Leichenkarren. Sie legten ihn in dem Karren ab und verbrachten den Pestkranken anschließend in das Siechenhaus der Stadt.

Die beiden Söldner von der Marktordnung schauten sich das alles in gebührendem Abstand an. Die Tochter des todkranken Händlers war geschockt und verwirrt. Ratlos, wie sie sich verhalten sollte, begann sie damit, ihre Ware abzuräumen. Schluchzend packte sie das Keramikgeschirr in mit Stroh gefüllte Holzkisten.

In Gerlinde machte sich pure Angst breit. Denn ihr war bewusst, dass diese Krankheit sehr ansteckend ist:

„Hat der Mann beim Verkaufsgespräch etwa die Seuche an mich weitergegeben?"

An nichts anderes als an diese gefährliche Krankheit dachte sie mehr. Die Angst schnürte ihr die Kehle zu und sorgte dafür, dass sie keinen klaren Gedanken mehr fassen konnte. Mit flackerndem Blick irrte sie über das fast schon menschenleere Marktgelände.

Irgendwann erreichte sie dann wieder den Stand des Hähnchenbraters. Auch hier herrschte hektische Aufbruchstimmung. Das Feuer hatte man schon gelöscht; Bänke und Tische lagen bereits auf der Ladefläche einer Kutsche. Und hinter der Kutsche stand eine wartende Menschengruppe. Beim näheren Hinschauen erkannte Gerlinde ihre Freunde.

Sie hatten, obwohl alle sonst um ihr Leben rannten, an diesem Ort auf sie gewartet.

„Sie haben auf mich gewartet. Sie haben mich nicht verlassen!", dachte Gerlinde.

Dieses Zeichen der Verbundenheit erzeuge bei ihr ein warmes Gefühl und beruhigte sie etwas. Rafael polterte los:

„Na endlich, Gerlinde! Wo treibst du dich denn so lange herum? Weißt du denn gar nicht, was hier los ist?"

Gerlinde fing an zu weinen und antwortete:

„Ich war direkt bei dem Kranken. Vielleicht habe ich mich angesteckt. Ihr müsst ohne mich fahren!"

Rafael tat es nun sichtlich leid, dass er so unbeherrscht reagiert hatte. Er ging direkt zu Gerlinde, umarmte sie, um ihr dann zu sagen:

„Du glaubst wirklich, wir würden dich hierlassen? Gerlinde, ich würde mir lieber ein Auge ausreißen, als dich oder jemand von den anderen im Stich zu lassen!"

Mit verweinten Augen schaute sie zu Rafael hoch, aber von da an hatte die Angst keine Macht mehr über ihre Seele. Auf dem Weg zu ihrem Übergangszuhause waren alle still und in sich gekehrt. Die morgendliche Fröhlichkeit war wie weggewischt.

Nachdem sie den Bauernhof erreicht hatten, begaben sich alle an ihre gewohnten Arbeiten. Gerlinde melkte die Kuh und Monika bereitete eine kräftige Hühnersuppe für das Abendessen vor. Während des gemeinsamen Abendessens sprach niemand über die schlimmen Ereignisse des Tages. Alle wollten die Seuche ignorieren – in der Hoffnung, dass sie selber nicht von ihr befallen würden. Gemeinsam beteten sie ein Abendgebet, bevor sie zum Schlafen in ihre Kammern gingen.

Am nächsten Morgen standen sie wie gewohnt mit dem ersten Hahnenschrei auf. Nur Gerlinde, die gewöhnlich das Frühstück für ihre Mitbewohner zubereitete, fehlte noch. Da Gerlinde sonst die Erste in der Tenne war, ging Rafael sofort mit einem unguten Gefühl zu ihrer Kammer. Nachdem er mehrmals an die Tür geklopft hatte, vernahm er ein leises:

„Geht weg von mir, ich bin krank!"

Rafael öffnete schlagartig die Tür und eilte in die Kammer. Gerlinde lag in ihrem Bett. Sie schaute Rafael mit glasigem Blick an. Die vom Fieber geröteten Wangen verliehen ihr eigentlich ein gesundes Aussehen, aber es waren am Hals verräterische kleine Beulen zu erkennen.

„Oh, mein Gott, lass es bitte nicht die Pest sein! Nicht die Pest! Nicht Gerlinde!", dachte Rafael.

Gerlinde sagte kraftlos:

„Rafael, du musst gehen! Schnell, nimm den Planwagen mit Hugo und verlasse diesen Ort, bevor es auch für dich zu spät ist. Nimm alles, was ich habe! Du wirst es für die Kinder brauchen. Warne die anderen und verschwinde!"

Danach wandte sie ihren Blick von Rafael ab. Rafael hatte sich einmal mit Marie, die sich ja in Heilkunde sehr gut auskannte, über die Seuche unterhalten. Von ihr wusste er, dass man sich vor dem Atem der Erkrankten schützen müsse, um eine Ansteckung zu vermeiden. Deshalb zog er sich sein Halstuch ins Gesicht, sodass Nase und Mund damit bedeckt waren.

„Gerlinde, höre mir gut zu: Ich bleibe bei dir, weil du nicht allein bleiben kannst! Ich werde, wenn du es so für richtig hältst, die anderen wegschicken, damit sie sich in Sicherheit bringen", sagte Rafael ernst und liebevoll.

„Nein, Rafael, auch du wirst gehen! Du kannst mir nicht mehr helfen", entgegnete sie.

Rafael verließ hektisch das Zimmer, wobei er rief:

„Gerold, Gerold, ihr müsst abreisen!"

Der lief Rafael entgegen und verlangte erstaunt Auskunft:

„Was ist denn bloß geschehen?"

Rafael, der nicht alle verrückt machen wollte, flüsterte:

„Gerlinde hat die Pest!"

Gerold hielt einen Augenblick inne, bevor er fragte:

„Hast du einen Plan, was wir tun können?"

„Ihr werdet augenblicklich abreisen! Nehmt den Planwagen, Hugo und soviel von dem Roggen mit, wie der Wagen es erlaubt. Fahrt nach Delbrügge, das bei Paderborn liegt, und fragt euch dann bis zum Waldbauernhof durch. Erklärt meinen Leuten, was passiert ist. Dann werden sie euch helfen. Wenn ich nach einem Monat nicht nachgekommen bin, komme ich niemals mehr", erklärte Rafael.

„Mein lieber Freund, ich werde sofort anspannen und den Planwagen mit allem Notwendigen bestücken! Bist du sicher, dass du das hier alleine schaffst?", fragte Gerold.

„Ich muss es doch schaffen! Und du musst die Kinder und Monika in Sicherheit bringen", sagte er nachdenklich.

Dann gaben sich die beiden Männer noch einen Handschlag, um sich für eine unbestimmte Zeit zu trennen.

Gerold ging in die Tenne, um die anderen zusammenzurufen. Er drängte alle zur Eile. So war der Planwagen schnell beladen und die Kuh angebunden. Als die Fahrt dann losgehen sollte, weigerte sich Androsch, auf den Wagen zu steigen:

„Ich verlasse Mutter und Vater nicht!"

Gerold und Monika redeten mit Engelszungen auf Androsch ein, aber der sagte nur:

„Ich bleibe bei Mutter und Vater. Kein Mensch wird mich von ihnen trennen!"

Und wer dem Jungen in die entschlossenen Augen schaute, der wusste, dass er es absolut ernst meinte. Gerold hatte Verständnis für ihn:

„Ich brauche dir doch nicht zu erklären, dass nur der Tod auf dich wartet, wenn du hier bleibst!"

Androsch nickte, machte aber keine Anstalten, mit auf den Wagen zu steigen.

„Pass auf, Androsch, ich lasse dir mein Pferd da! Falls du es dir anders überlegen solltest, reitest du uns nach", bot Gerold ihm daraufhin an.

Nachdem der Planwagen beladen war, verabschiedete Androsch sich von den anderen Kindern. Er streichelte ihnen über die Köpfe und sagte dabei:

„Bis bald! Und macht bitte keine Dummheiten, wenn ich nicht zum Aufpassen bei euch bin!"

Danach nahm Monika den Jungen in den Arm und drückte ihn ganz fest an sich. Das tat sie, ohne ein Wort zu sprechen, aber ihre bebenden Lippen verrieten ihre Trauer. Auch Gerold nahm Androsch in den Arm, wobei er ihm ins Ohr flüsterte:

„Gott sende dir seine Engel, um dich zu schützen, du mutiger Bursche!"

Gerold stieg auf den Kutschbock. Die anderen machten es sich auf der Ladefläche des Planwagens bequem. Mit einem Zügelschlag und einem laut ausgerufenen „Hüjaaa!" trieb Gerold Hugo an, worauf sich der Wagen langsam vom Hof bewegte.

Rafael winkte seinen Freunden aus einem der Fenster des Bauernhauses nach. Er wollte ihnen, nachdem er in Gerlindes Kammer gewesen war, nicht mehr so nahe kommen. Auch Androsch schaute dem Wagen noch lange hinterher. Zu seinen Füßen saß ruhig sein treuer Weggefährte Bronko.

Androsch überlegte nicht lange: Er holte sich aus der Scheune einen der Weidenkörbe und eine Sichel. In Begleitung von Bronko eilte er zu dem kleinen Bach, der einige hundert Meter hinter dem Hof verlief. Dort suchte er an der Uferböschung nach einer ganz bestimmten Pflanze, die Rafael ihm vor einigen Wochen gezeigt hatte. Er schaute zwischen dem Schilf und an einer Rohrkolbengruppe, aber nirgendwo war die Wurz zu sehen.

Erst an einem Graben, der in den Bach mündete, fand er die Pestwurz, die hier in einer kleinen Kolonie wuchs. Etwa zwanzig der großen Blätter legte er in den Korb, um damit eilig an die Feuerstelle des Bauernhofes zu laufen. Er schürte schnell das Feuer und hängte einen Kupferkessel mit Wasser darüber. In das Wasser legte er die Pestwurzblätter und ließ sie mit dem Wasser aufkochen.

Anschließend siebte er den Sud mit Hilfe eines groben Leinentuches aus, sodass nur eine klare Flüssigkeit übrig blieb. Den Topf mit dem noch warmen Sud stellte er in einen größeren Topf mit kaltem Wasser.

Androsch machte alles so, wie es ihm Rafael erklärt hatte. Nachdem der Sud abgekühlt war, wollte er den Topf zu Gerlindes Kammer bringen. Aber als er die Holztreppe hinaufging, kam ihm der durch die knarrenden Geräusche der Treppe alarmierte Rafael entgegen:

„Androsch, was machst du denn noch hier!", rief Rafael total erschrocken.

„Ich bleibe dort, wo ich hingehöre!", antwortete
Androsch.

„Du gehörst auf den Planwagen, und nicht hierher!", reagierte Rafael darauf gereizt.

„Nein, ich werde dort sein, wo ihr seid! Du weißt, dass
ich schon sehr viel gesehen habe. Wenn ihr sterben solltet,
so will auch ich sterben! Ihr beide und Bronko seid alles,
was ich habe. Und wenn ihr geht, gehe ich ebenfalls! So,
Vater: Nimm mir den Pestwurz-Sud ab! Du weißt besser als
ich, wie man ihn anwendet", sagte der Junge mit einer Be-
stimmtheit, die keinen Widerspruch zuließ.

Rafael nahm den Topf entgegen und warnte ihn:

„Androsch, wenn du zu Mutter gehst, decke bitte deinen
Mund und die Nase mit einem Tuch ab. Geh auch nicht so
nah wie gewöhnlich an sie heran!"

Androsch nickte, holte sich schnell ein Tuch, band es um
seinen Hals und zog es dann über Mund und Nase. Schnell
folgte er Rafael in Gerlindes Kammer. Sie lag mit geöffneten Augen auf ihrem Lage. Als die beiden in die Kammer
traten, versuchte sie zu lächeln.

„Meine Männer kommen hier einfach so rein, obwohl ich
darum gebeten hatte, dass sie gehen sollen! Ihr werdet doch
ebenfalls krank, wenn ihr zu mir kommt!", sagte Gerlinde
mit schwacher Stimme.

„Wir wollen trotz deiner Krankheit bei dir sein. Wir lieben dich doch!", entgegnete Androsch in zärtlichem Ton.

Derweil legte Rafael bei ihr Wadenwickel an, um ihr hohes Fieber ein wenig zu senken. Dann gab er ihr eine Schale mit dem Sud zu trinken. Nach dem ersten Schluck be-
schwerte sich Gerlinde darüber, wie bitter das Getränk sei.
Sofort eilte Androsch hinunter in die Tenne, um ein Töpf-

chen mit Honig zu holen. Rafael rührte dem Sud einen großen Löffel des Honigs unter. Dann reichte er Gerlinde erneut eine Schale davon.

„Ja, so kann man es trinken", meinte sie mit heiserer Stimme.

Rafael nickte und versuchte, sie aufzumuntern:

„Du weißt doch: Nur die bittere Medizin hilft wirklich gut! Trink nur viel von dem Heilmittel! Es wird deine Beschwerden lindern!"

„Danke für eure Bemühungen! Aber denkt ihr wirklich, dass es für mich noch eine Rettung gibt? Niemals habe ich davon gehört, dass jemand diese Krankheit überlebt hat", gab sie zu Bedenken.

Rafael versuchte, sie von den trüben Gedanken abzubringen:

„Doch, ich habe schon oft von Überlebenden gehört! Du musst dich jetzt einfach schonen und viel trinken, um damit das Gift aus deinem Körper zu waschen."

Bei Gerlinde schienen die Augen ein wenig aufzublitzen, als sie neue Hoffnung schöpfte. Sie fragte:

„Denkst du wirklich, dass ich es schaffen könnte? Ich würde doch so gerne mit euch beiden mein Leben verbringen. Nichts wünsche ich mir mehr als das!"

Rafael aber war sich der Aussichtslosigkeit ihrer Lage bewusst. Gedanken daran, was unweigerlich kommen würde, quälten ihn fürchterlich:

„Gerlinde, es gibt keine Rettung mehr für dich! Du kannst soviel von dem Sud trinken wie du willst: Du wirst sterben. Dein Körper wird von dem gemeinen Gift aufgefressen. Dein Antlitz wird sich von Stunde zu Stunde verändern – solange, bis du total entstellt bist. Wie soll ich dir das denn bloß beibringen? Ich werde dir deine Hoffnung natürlich nicht nehmen; aber es ist nun einmal nicht anders!"

Dann sagte er mit ruhiger Stimme:

„In Lippstadt hatte es bei einer Schuhmacherfamilie mehrere Pestfälle gegeben. Vier Mitglieder der Familie waren erkrankt. Man hatte allen von diesem Sud gegeben: Zwei starben zwar, aber zwei überlebten die Krankheit."

Gleichzeitig dachte er:

„Rafael, du bist ein schlechter Lügner!"

„Dann gib mir bitte noch eine Schale von dem Sud. Wir wollen ja nichts unversucht lassen", bat sie ihn.

Nachdem Gerlinde die Schale geleert hatte, legte sie sich zurück auf ihr Federkissen und schloss die Augen. Nach wenigen Minuten schlief sie erschöpft ein. Rafael und Androsch hörten eine Weile den ruhigen Atemzügen Gerlindes zu, um dann leise die Kammer zu verlassen.

Als die beiden unten in der Tenne waren, forderte Rafael den Jungen auf, sich an den Tisch zu setzen und fragte ihn:

„Du weißt, dass ich Gerlinde angelogen habe?"

Androsch antwortete:

„Ich habe es mir schon gedacht. Aber können wir denn wirklich gar nichts tun?"

„Doch, das können wir! Androsch, versuchen wir halt, ihr die letzten Tage so angenehm wie möglich zu machen", schlug Rafael vor.

Androschs Augen füllten sich mit Tränen:

„Hast du gehört? Sie wünscht sich nur ein Leben mit uns!"

„Genau das werden wir ihr geben! Ein Leben mit uns beiden. Androsch, jede Stunde Leben ist gelebtes Leben.

Wir werden versuchen, ihr noch einige schöne Stunden zu bereiten", versuchte Rafael ihn zu trösten.

Androsch nickte verhalten. Dabei liefen ihm einmal mehr Tränen über die Wangen. Er dachte an seine leiblichen Eltern, die so grausam gestorben waren – an die schrecklichen Tage, nachdem sein Dorf überfallen worden war, und an diese Angst vor dem Erfrieren oder dem Verhungern, die er durchleben musste. Dann hatte ihn der sehr junge Fähnrich gefunden und ihm geholfen: Der Fremde gab ihm zu essen, zu trinken, und dazu auch noch ein Zuhause. Gerlinde und Rafael hatten ihm ihre Zuneigung gezeigt, ihn aufgenommen, so wie er war – ohne wenn und aber. Sie wurden für ihn wie Mutter und Vater. Er war sich sicher, dass auch seine leiblichen Eltern die Adoptiveltern gemocht hätten. Die Liebe, die Gerlinde und Rafael ihm entgegengebracht hatten, würde er nun vergelten.

Für Androsch kam dann völlig unerwartet, was Rafael ihm plötzlich eröffnete:

„Androsch, ich werde jetzt für einige Stunden ins Dorf reiten. Währenddessen wirst du bitte auf Gerlinde achten!"

Anschließend ging er eilig aus dem Haus, um sein Pferd zu satteln. Nachdem er es fertig ausgestattet hatte, sattelte er auch Gerolds Pferd. Eilig schwang er sich auf sein Pferd, um loszureiten. Gerolds Pferd zog er an einem Seil hinter sich her. In leichtem Galopp ritt er aus dem Tal hinaus nach Riesa. Dort angekommen, suchte er sofort das Pfarrhaus auf. Hektisch klopfte er an die Tür. Als der Pfarrer öffnete, redete er gleich auf ihn ein:

„Mein Herr, ich brauche schnellstens Ihre Hilfe!"

„Was hast du denn für Sorgen, mein Sohn?", fragte der Geistliche mit milder Stimme.

„Ich muss sofort heiraten!", antwortete er eindringlich.

„Du junger Schwerenöter hast es aber sehr eilig! Wir können ein Aufgebot für die nächste Woche bestellen. Solange wirst du dich wohl gedulden müssen", meinte der Pfarrer ein wenig belustigt.

„Sie haben mich nicht richtig verstanden! Ich muss sofort heiraten. Und deswegen möchte ich Sie bitten, mit mir zu kommen", erläuterte Rafael nachdrücklich.

„Was soll ich? Ich soll mit dir kommen? Bist du toll, Bursche? Störst mich hier bei meiner Brotzeit und stellst auch noch Forderungen? Verschwinde von hier, sonst hole ich die Stadtwache!", schimpfte der verärgerte Pfarrer.

„Nein, mein Herr, Sie haben mich falsch verstanden! Meine zukünftige Frau hat die Pest. Deshalb haben wir nicht mehr viel Zeit! Bitte … ", versuchte Rafael zu beschwichtigen.

„Die Pest? Bist du des Wahnsinns? Das ist ja nicht zu fassen: Soll ich mich etwa anstecken? Verschwinde, bevor ich mich vergesse!", antwortete der Geistliche und wollte sich schon abwenden.

Rafaels Augenlider fingen an zu zittern. In ihm stieg unbändige Wut hoch. Dann sagte er eiskalt:

„Halt!"

Dabei zog er seine Pistole aus dem breiten Ledergürtel hervor und richtete sie auf den Geistlichen. Der Pfarrer wendete sich wieder Rafael zu und versuchte, an seine Vernunft zu appellieren:

„Höre doch, wir werden uns beide an dieser schlimmen Krankheit anstecken und sterben! Suche dir lieber ein anderes Madel!"

„Sie kommen jetzt freiwillig mit, oder ich gebrauche Gewalt!", drohte Rafael fordernd.

Abermals versuchte der Pfarrer, sich von Rafael abzuwenden. Aber diesmal hinderte er ihn daran: Er schlug ihm das Handstück seiner Pistole derart kräftig auf die Wange, dass er mit seinem Hinterkopf auch noch gegen die Eingangstür fiel.

Mit schmerzverzerrtem Gesicht schaute der Geistliche seinen Peiniger an. Rafael hatte nun die Mündung seiner Waffe auf die Brust des Pfarrers gerichtet. Sein eiskalter Blick verriet, dass er bereit war abzudrücken, wenn seiner Anweisung nicht Folge geleistet würde. Sichtlich angeschlagen erklärte sich der Geistliche endlich bereit, die Trauung vorzunehmen.

Rafael ging mit dem strauchelnden Pfarrer in das Pfarrhaus. Dort ließ er ihn einige sakrale Dinge zusammensuchen, die er nach seinem eigenen Bekunden für eine Trauung benötigte. Danach half Rafael dem Mann auf das Pferd von Gerold, um umgehend loszureiten. Rafael führte sein Pferd in den leichten Trab, wobei er Gerolds Pferd an dem Seil hinter sich her zog.

Es dauerte nicht sehr lange, bis die beiden auf dem Bauernhof ankamen. Rafael brachte die Pferde zu den Ställen, die dem Wohnbereich des Bauernhauses vorgelagert waren. Gemeinsam gingen die Männer dann in die Tenne des Hofes. Dort sagte Rafael:

„Bitte setzen Sie sich noch kurz an den Tisch. Ich möchte einen Moment allein mit der Braut sprechen. Wenn ich soweit bin, hole ich Sie hier ab!"

Der Geistliche nickte und schaute sich danach verängstigt im Raum um. Rafael zog sich sein Halstuch ins Gesicht.

Dann eilte er die Treppe hoch, um nach Gerlindes Befinden zu schauen. Als er in die Kammer trat, saß Androsch ganz nah bei Gerlinde. Sie war wach und trank von dem Sud, während Androsch ihr dabei zuschaute. Rafael ging ebenfalls ganz nah an das Lager von Gerlinde heran, setzte sich auf die Bettkante und fragte:

„Gerlinde, willst du meine Frau werden?"

Gerlinde, deren Fieber etwas gesunken war, schaute Rafael sprachlos an. Eine Träne lief ihr über die Wange. Es dauerte etwas, ehe sie antwortete:

„Mein liebster Rafael, nichts lieber als das! Aber dafür muss ich doch wohl erst einmal wieder gesund sein."

„Nein, Gerlinde, solange möchte ich nicht mehr warten! Bitte werde jetzt meine Frau!", entgegnete er.

Androsch meinte dazu:

„Ja, dann wären wir doch eine richtige Familie!"

Gerlinde lächelte milde und stimmte zu:

„Ihr habt recht! Man sollte wichtige Dinge niemals aufschieben."

Nach einer kurzen Pause erklärte sie freudestrahlend:

„Ja, Rafael, ich will!"

Umgehend trat Rafael an die Treppe und rief den Pfarrer heran. Der Geistliche, der schnaubend die Treppe hochkam, zitterte vor Angst. Rafael nahm ihn am Ende der Treppe in Empfang, band ihm ein Tuch um den Hals und zog es über dessen Mund und Nase. Dabei sagte er:

„So werdet Ihr bestimmt nicht krank. Nun folgt mir!"

In der Kammer angekommen, stellte er ihr den Pfarrer vor. Der Geistliche erschrak beim Anblick von Gerlinde fürchterlich. Er dachte:

„Oh, mein Gott, ich verheirate eine Todgeweihte! Die Beulen am Hals sind eindeutige Zeichen für den schwarzen Tod – und die schwarzen Schatten, die sich unter den Augen abmalen: Die Frau ist mehr tot als lebendig!"

Rafael hatte sich schon wieder auf die Bettkante von Gerlindes Lager gesetzt. Danach forderte er den Geistlichen auf, näher ans Lager zu treten, da sie ihn sonst ja nicht verstehen könne. Dies tat der Ärmste nur äußerst ungern – und auch erst, als Rafael ihn nochmals dazu aufgefordert hatte. Der Pfarrer wollte diese unangenehme Aufgabe schnell hinter sich bringen. Er begann gleich mit seiner Ansprache:

„Liebe Brüder und Schwestern im Glauben: Wir sind hier in dieser Kammer zusammengekommen, um Gerlinde und Rafael den heiligen Bund der Ehe eingehen zu lassen. Wollt Ihr, Gerlinde, mit dem hier anwesenden Rafael den heiligen Bund der Ehe eingehen, ihm dienen und … Dann antwortet mit: ‚Ja, ich will'!"

Gerlinde wandte, im Bett sitzend, ihren Kopf Rafael zu, um ihm tief in die Augen zu schauen. Dann bestätigte sie mit fester Stimme:

„Ja, ich will!"

Der Geistliche richtete daraufhin seine Ansprache an Rafael:

„Wollt Ihr, Rafael, mit der hier anwesenden Gerlinde den heiligen Bund der Ehe eingehen? Werdet Ihr für sie sorgen … in guten und auch in schlechten Zeiten? Dann antwortet mit: ‚Ja, ich will'!"

Rafael schaute Gerlinde lächelnd an und sagte sofort:

„Ja, ich will!"

Der Pfarrer zeichnete vor den beiden ein Kreuzzeichen in die Luft und sprach:

„Hiermit erkläre ich euch für Mann und Frau. Gottes Segen sei auf all euren gemeinsamen Wegen mit euch!"

Rafael wandte sich danach in freundlichem Ton an ihn: „Herr Pastor, Sie haben ihre Aufgabe gut erledigt. Wenn Sie möchten, dürfen sie jetzt gehen!"

Der Pfarrer antwortete sichtlich erbost: „Ich dachte, Sie bringen mich mit dem Pferd zurück!"

„Dafür habe ich keine Zeit mehr! Sie sehen doch, dass ich mich um meine Frau kümmern muss! Androsch, mache dem Pastor einen Beutel mit Lebensmitteln zurecht, denn er hat einen weiten Weg vor sich!", sagte er.

Noch nie hatte man den Pfarrer derart vorgeführt, und dazu noch in solch eine Gefahr gebracht. Wutschnaubend verließ er ohne jeglichen Gruß den Raum. In der Tenne angekommen, wollte Androsch ihm ein wenig Proviant reichen. Diese Gabe lehnte er aber brüsk ab:

„Behaltet euern verseuchten Fraß! Soll ich mich etwa an der Pest anstecken?"

Nach diesen Worten verließ er den Bauernhof durch das große Rundbogentor.

Mit dem Weggang des Pastors begann auch die Abenddämmerung. Androsch brachte einige große Kerzen in Gerlindes Kammer, um sie dort anzuzünden. So wurde die Kammer mit dem warmen Licht der Kerzen durchflutet. Das Flackern des Kerzenscheins spiegelte sich in Gerlindes Augen wider. Fast sah es so aus, als würde sie weinen.

„Er hat mich doch wirklich geliebt! Jeder andere Mann hätte mich hier allein gelassen. Aber meine Männer stehen sogar im Angesicht des Todes zu mir. Wer kann schon von sich behaupten, solch edle Seelen um sich zu haben! Der Herr hat sie mir geschickt, und sie stehen zu mir. Danke

Herr, danke", dachte Gerlinde, die sich von der Fürsorge ihrer Männer getragen fühlte.

Rafael holte zwei Stühle aus der Tenne und stellte sie in Gerlindes Kammer. Als Androsch und Rafael es sich ganz in der Nähe von Gerlinde gemütlich gemacht hatten, erzählte Rafael Geschichten aus seiner Kindheit und von seiner Heimat. Er wollte sie nicht mit ihren Gedanken allein lassen.

Irgendwann aber bemerkte er, dass Gerlinde zu schwach war, um seinen Erzählungen weiter folgen zu können. So schwieg er. Zu dieser Stille gesellte sich eine sternenklare Nacht: abertausend strahlende Himmelskörper verzauberten das Firmament. Rafael löschte die Kerzen, sodass Gerlinde dies von ihrem Bett aus durch das kleine Fenster ihrer Kammer sehen konnte:

„Wunderschön", bemerkte Gerlinde mit schwacher Stimme.

„Ja, göttlich!", antwortete Rafael und schlief vor Müdigkeit neben ihr ein. Aber irgendwann wachte er durch das jämmerliche Stöhnen von Gerlinde auf. Androsch hatte sich an Rafaels Schulter angelehnt und schlief fest. Rafael nahm den Jungen auf seinen Arm und trug ihn in dessen Kammer. Er legte ihn in sein Lager und deckte ihn vorsichtig zu. Dann eilte er gleich zu Gerlinde, die starke Schmerzen hatte.

Im Zimmer angekommen, zündete Rafael wieder die Kerzen an. Voller Entsetzen musste er feststellen, dass Gerlinde unter schrecklichen Krämpfen litt. In aller Eile begab er sich in die Küche des Hofes. Dort suchte er in den Schränken nach den Heilkräutern, über die fast jeder Hof verfügte. Und tatsächlich fand er in einer Schublade kleine Bunde mit Fenchel, Baldrian, Johanneskraut und getrockneten Vogelbeeren.

Rafael nahm etwa zehn Vogelbeeren und bereitete zusammen mit dem Baldrian einen Tee zu. Vorsichtig flößte er ihr das übelschmeckende Getränk ein. Es dauerte aber eine Ewigkeit, bis die Krämpfe ein wenig nachließen.

„Gleich wird es dir etwas besser gehen", sagte er, als er ihr das Getränk gab.

Dabei dachte er:

„Es tut mir so leid, aber diesen steinigen Weg musst du alleine gehen! Wie gern würde ich dir den Weg ins Ungewisse leichter machen, ja den Weg gemeinsam mit dir gehen – gemeinsam, um dir die Angst nehmen zu können! Aber es ist uns nicht vergönnt, diesen Weg mit anderen zu gehen. Die letzten Schritte in die Ewigkeit muss jeder ganz allein bewältigen."

Gerlinde wurde ganz ruhig, aber der schweißnasse Körper und die sehr stark geschwollenen Drüsen verrieten den hoffnungslosen Abwehrkampf ihres Körpers. Ganz leise sagte sie dann, fast unhörbar:

„Ich werde sterben, Rafael, nicht wahr?"

Er antwortete abwehrend:

„Nein, du musst wieder gesund werden; wir wollen doch…"

Sie unterbrach ihn leise:

„Du brauchst mir nichts vorzumachen; ich spüre es ganz genau! Ich habe eine schreckliche Angst."

„Nein, nein, hab keine Angst! Wenn du wirklich gehen musst, dann geh mit Zuversicht. Weißt du noch damals, als ich an der Schulter verwundet war?", fragte Rafael.

Gerlinde erwiderte:

„Ja, natürlich kann ich mich daran erinnern. Es war die schönste Zeit meines Lebens. Ich war dem Mann, den ich über alles liebe, so nah!"

Rafael senkte nur seinen Kopf und sagte:

„Liebe Gerlinde, ich muss dir dazu noch etwas mitteilen: In der Zeit, als ich ohnmächtig war, hatte ich eine Vision. Für einen normalen Traum war alles, was ich sah, viel zu real. Oder konntest du schon etwas in einem Traum riechen? Mir ist unser Herr erschienen!"

„Erzähle weiter! Welchen Herrn meinst du?", bat Gerlinde ihn hüstelnd.

Rafael erklärte ihr dann, was geschehen war:

„Gerlinde, mir ist Jesus erschienen! Der Herr trug mir auf, mich um die Kinder zu kümmern. Wegen dieser Vision habe ich auch die Fahnenflucht begangen!"

„Jesus?", fragte sie noch einmal.

„Ja, Gerlinde, Jesus. Jesus gab mir einen Auftrag. Den führe ich nun durch! Gerlinde, bitte habe keine Angst: Am anderen Ende wartet der Herr auf dich, und dir wird es an nichts mangeln", versuchte er sie zu trösten.

„Rafael, ich habe vom ersten Augenblick, als ich dich sah, gewusst, dass du etwas ganz Besonderes bist. Bitte hole jetzt noch einmal unseren Androsch. Ich möchte mich von ihm verabschieden!", sagte sie mit schwacher Stimme.

Niedergeschlagen begab er sich in die Kammer von Androsch, um ihn zu wecken:

„Androsch, Androsch, wache auf, Gerlinde möchte dich sehen", flüsterte Rafael Androsch ins Ohr.

Androsch streckte sich und öffnete dann blinzelnd seine Augen. Verwirrt fragte er:

„Ist schon Morgen?"

„Nein, Androsch, es ist noch Nacht. Trotzdem möchte Gerlinde dich gerne sprechen", erklärte Rafael ihm.

Androsch stand umgehend auf und zog sich sein Tuch ins Gesicht. In Gerlindes Kammer flackerte eine einzige Kerze. Ihr Antlitz war nur schemenhaft zu erkennen. Aber was zu sehen war, sah erschreckend aus: Die Schatten unter den Augen hatten sich tief in die Haut gegraben. Ihr Gesicht hatte etwas wachsartiges, und die Haut war von gelblicher Farbe. Die Beulen am Hals von Gerlinde waren hühnerei-groß geworden. Sie schienen ihr starke Schmerzen zu berei-ten, denn ständig tastete sie vorsichtig an ihnen.

„Androsch, mein lieber Junge, falls meine Krankheit doch schlimmer sein sollte, als ich es gedacht habe, möchte ich, dass du dich an Rafael hältst", sagte Gerlinde mehr lallend als sprechend, denn auch ihre Zunge war stark geschwollen.

„Aber Mutter, du wirst ganz bestimmt wieder gesund", sagte Androsch trotzig.

Gerlinde entgegnete verständnisvoll:

„Das glaube ich ja auch! Aber für den Fall aller Fälle bleibe bei Rafael. Der wird immer für dich da sein."

„Ja, Mutter, ich werde bei Rafael bleiben, falls dir etwas passieren sollte", beruhigte Androsch Gerlinde.

„Androsch, ich liebe dich so, wie ich mein leibliches Kind geliebt hätte. Nun geh ruhig wieder schlafen. Ich bin jetzt sehr müde", sagte sie leise.

Androsch spürte, dass es Gerlinde sehr schlecht ging. Deshalb verließ er die Kammer zögerlich, vor der Rafael auf seinen Ziehsohn wartete. Er legte seinen Arm um Androschs Schulter und sagte:

„Mein Junge, mehr können wir nicht tun. Es gibt Dinge, die wir nicht aufzuhalten oder zu verhindern vermögen."

„Es ist ganz schrecklich, Mutter so zu sehen. Sie war doch immer fröhlich, und jetzt muss sie derart leiden", äußerte Androsch mit tränenerstickter Stimme.

Rafael antwortete:

„Androsch, du bist ein guter Junge. Weine ruhig! Das befreit deine Seele. So, du schläfst jetzt ein wenig, während ich weiter bei Gerlinde wache!"

Androsch nickte und ging in seine Kammer; aber zu schlafen vermochte er nicht. Leise betrat Rafael Gerlindes Kammer, wobei er ihre Atmung vernehmen konnte. Hustend schnappte sie nach Luft. Auch das Ausatmen fiel ihr schwer.

„Herr, lass sie nicht noch mehr leiden! Sei ihr bitte gnädig und lass sie gehen!", dachte Rafael.

Er setzte sich wieder auf einen der Stühle, um bei dem spärlichen Kerzenlicht an Gerlindes Seite zu bleiben. Kurz vor dem Morgengrauen erwachte Gerlinde – geplagt von starken Schmerzen. Sich in Krämpfen windend stammelte sie:

„Rafael, Rafael, siehst du es?"

Rafael, der vor sich hingedöst hatte, war augenblicklich hellwach und antwortete:

„Gerlinde, was soll ich sehen? Was meinst du damit?"

„Siehst du es denn nicht – dieses grelle Licht? Siehst du…"

Und Rafael log:

„Ach, du meinst das warme Sonnenlicht, das einem bis tief in das Herz strahlt?"

„Ja, Rafael, bis tief ins Herz strahlt es. Mir wird ganz warm davon!", rief sie fast panisch.

„Gerlinde, sorge dich…!", wollte Rafael noch sagen.

Da aber fuhr Gerlinde mit ihrem Oberkörper hoch, um mehrmals zu husten. Sie spuckte Blut; und mit jedem Husten beförderte sie mehr davon aus ihren Lungen, sodass in kurzer Zeit ihre Bettdecke voll damit war. Dann fiel Gerlinde ächzend mit geöffneten Augen in ihr Kissen zurück.

Langsam erhob sich Rafael von seinem Stuhl, um das kleine Fenster der Kammer weit zu öffnen. Gerade in diesem Augenblick durchbrach die Sonne den Horizont, um einem neuen Tag sein Licht zu schenken.

Tief betrübt ging Rafael in die Werkstatt des Hofes, um von dort ein Säckchen mit ungelöschtem Kalk zu holen, das er vorsichtig mit seinem Dolch öffnete. Anschließend verteilte er den Kalk über Gerlindes Leichnam. Danach legte er noch eine saubere Decke über sie.

Nachdem Rafael diese Arbeiten erledigt hatte, weckte er Androsch mit den Worten:

„Androsch, unsere Gerlinde hat es hinter sich!"

Wortlos und übernächtigt stand er auf, wusch sich und ging danach in Gerlindes Kammer. Verstört schaute Androsch auf den abgedeckten Leichnam. Er dachte an die Zeit, als Gerlinde ihn aufgenommen hatte, und wie sie ihn immer mit einem strahlenden Lächeln versorgte – solch eine Lebensfreude, die ansteckend wirkte! Aber nun lag sie starr in ihrem Bett. Das konnte er einfach nicht fassen. Irgendwann ging Rafael in Androschs Kammer und sagte:

„Komm, Androsch, wir haben noch etwas zu erledigen!"

In einem Schuppen, der sich neben dem Bauernhof befand, lagerten Holzbalken von unterschiedlicher Güte und Länge. Der Vorbesitzer hatte dieses Lager für Ausbesserungsarbeiten auf dem Hof angelegt. Rafael suchte sich zwei gute Eichenbalken aus und trug sie mithilfe von

Androsch ins Freie. Aus der Werkstatt des Hofes holte er dann Stecheisen und Hämmer.

Umgehend fing er an, die Balken zu bearbeiten: Als erstes stemmte Rafael eine breite Nut in beide Balken, um daraus ein Kreuz bilden zu können. Er passte solange an, bis das Kreuz formschön und passgenau war. Dann bohrte er mit dem Handbohrer in die Verzahnung vier gleich große Bohrungen. Danach schnitzte er vier Holzzapfen, die in sie passten und trieb sie in die Bohrungen, wodurch das Kreuz seine Grundform erhielt.

Anschließend ließ Rafael von Androsch ein Feuer anzünden. Dazu benutzte er etwas von dem Birkenholz, das als Brennholz in der Tenne eingelagert war. Als das Feuer fast abgebrannt war, legte Rafael mit Hilfe von Androsch das untere Ende des Kreuzes in die rote Glut des abgebrannten Holzes. Die beiden achteten darauf, dass sich nicht auch der Balken entzündete, sondern nur oberflächlich ankohlte.

Nachdem dieser Arbeitsgang beendet war, gingen sie erschöpft in die Tenne, um etwas zu essen. Still und in sich gekehrt aßen sie Käse und Brot. Nicht einmal ihre Blicke trafen sich dabei. Irgendwann fragte Androsch:

„Rafael, wollen wir denn keinen Sarg für Mutter zimmern?"

Rafael räusperte sich:

„Nein, Androsch, ich möchte nicht riskieren, dass wir uns anstecken. Falls bei uns keine Anzeichen der Krankheit erkennbar sind, werden wir in drei Tagen den Bauernhof abbrennen. Gerlinde bekommt eine Feuerbestattung. Das ist der sicherste Weg, um eine Weiterverbreitung der schrecklichen Krankheit zu verhindern."

„Feuerbestattung? Können wir Mutter wirklich nicht normal beerdigen?", fragte Androsch bettelnd.

„So versteh doch! Dann müssten wir Mutter anfassen, wobei sie die Krankheit an uns weitergeben könnte – und das nur, weil wir sie normal beerdigen wollten. Das ist es nicht wert. Es hat den Anschein, als hätten wir uns bis jetzt noch nicht angesteckt. So soll es auch bleiben!", antwortete Rafael mit einer Stimme, die kein weiteres Nachhaken zuließ.

Rafael war in Gedanken nur noch mit diesem schlimmen Ereignis und mit den Vorkommnissen der vergangenen Monate befasst. Sein Gemüt wurde von allem Negativen gefangengehalten – um sich herum nur noch Düsternis und Zerfall:

„Unsere Gerlinde, jetzt liegt sie da oben in der Kammer, und ihr noch jugendlicher Körper beginnt zu verfallen. Sie hat mir ständig ihre große Zuneigung gezeigt. Sie hat mich wohl wirklich geliebt. Warum musste ich ihr Auserwählter sein? Wie es sich ja letztendlich gezeigt hat, war ich keine gute Wahl. Wegen meiner Fahnenflucht hat sie sich bei dem Keramikhändler angesteckt und musste qualvoll sterben.

Wolf, der mich zum Landsknecht ausgebildet hat, ist wegen mir am Galgen geendet. Der Tod scheint mein Begleiter zu sein: verlassene Dörfer mit Schwärmen von Krähen musste ich sehen, die sich an den halb verwesten Leichen mästeten. Die durch leere Augenhöhlen entstellten Gesichter der Ermordeten und der Todesodem, der über den Dörfern lag, lassen mich nicht mehr los. Auch ich selbst habe den Tod gebracht – wer weiß, wie oft?

Wenn wir wieder zuhause sind, braucht es bestimmt eine Weile, bis ich wieder richtig beisammen bin. Ja, Marie –: Du wirst mir bestimmt helfen! Deine Liebe wird womöglich all die Grausamkeiten vergessen machen und die Gedanken an das furchtbare Leid, dem ich überall begegnet bin, aus meinem Gedächtnis wischen.

Und auch Mutter dürfte mir mit ihrer Wärme und ihren guten Speisen den Krieg aus meiner Seele vertreiben. Was Vater wohl dazu sagen wird, dass ich der jüngste Fähnrich aller Zeiten bin? Ja, was wird Vater sagen? Er hatte mich ja weggeschickt in den Krieg. Da sagte er, wir sollten erst zurückkehren, wenn die gute katholische Sache den Sieg errungen hätte.

Nur hat sie wirklich den Sieg errungen? Ich meine: Hat die gute Sache gesiegt? Nein, nein, nein, und nochmal nein: Sie hat nicht gesiegt! Viel schlimmer: Sie hat verloren, und wir alle sind schuldig geworden. Ich betonte ‚verloren'! Ich werde Vater alles erklären. Er würde mich nicht mehr fortschicken. Nein, er wird es verstehen, wenn ich es ihm erkläre. Vater hasst jede Vergeudung – und dieser Krieg ist nichts anderes: eine Vergeudung von Menschenleben und die Zerstörung ehrlich erworbener Güter.

Mir scheint es fast so, als ginge es bei dem ganzen Krieg überhaupt nur um Güter: Beim Plündern der Dörfer oder bei der Leichenfledderei nach einer Schlacht, da waren die Feigsten am flinksten. Aber kann man denn ein Menschenleben mit Geld aufwiegen? Für Androschs Eltern war ihr Sohn der größte Schatz. Ja, die Kinder – denen muss Halt gegeben werden. Auch Androsch musste Unaussprechliches ertragen. Wie soll ich ihm denn Halt geben können?"

Rafael schaute bei diesen Gedanken aus dem Fenster der Tenne: Der Wind war aufgefrischt und nahm kleine Gruppen fallender Blätter mit sich. Es setzte schon die Abenddämmerung ein, als er das Geschrei der Wandervögel bemerkte.

„Rafael, Rafael, hörst du die Kraniche?", rief Androsch und lief aus dem Haus.

Rafael tat das ebenfalls. So fanden sich die beiden auf dem Hofplatz wieder. Mit zum Himmel gerichteten Gesichtern schauten sie der Flugformation nach:

„Fliegen müsste man können! Dann wären wir ganz schnell auf dem Bauernhof deines Vaters", sagte Androsch, ohne seinen Blick von der fliegenden Eins zu nehmen.

Rafael entgegnete:

„Ja, du hast vielleicht Gedanken! Wenn Gott gewollt hätte, dass wir fliegen können, dann hätten wir Flügel! Wir beide schaffen den Weg auch auf dem Rücken unserer Pferde. Heute Abend könntest du ja schon einmal meine Waffen auf Vordermann bringen. Wer weiß, was für Überraschungen noch auf uns warten!"

In dieser Nacht schliefen die beiden nicht mehr in ihren Kammern, sondern auf Strohsäcken in der Tenne. Sie schürten das Feuer an der Kochstelle und ließen die Flammen während der ganzen Nacht nicht ersterben. Denn beiden war die Dunkelheit zuwider geworden: Zu viel davon belastete ihre Seelen.

Es hatte den ersten Frost gegeben. Am folgenden Morgen, der mit Sonnenschein gekrönt war, zeigten sich die umliegenden Wiesen für eine kurze Zeit in kristallglänzendem Überzug.

Zuerst versorgten die beiden ihre Pferde. Danach holten sie sich auch warme, frischgelegte Eier aus den Nestern der Hühner. Rafael bereitete auf der noch immer brennenden Feuerstelle eine große Pfanne Rührei zu.

Nachdem sie sich gestärkt hatten, gingen sie wieder auf den Hofplatz, um am Kreuz weiterzuarbeiten. Lange Schwadenzungen bildeten sich beim Ausatmen vor ihren Mündern. Bald würde der Winter einsetzen und das Reisen fast unmöglich machen. Bevor Rafael den ersten Stich mit seinem Stecheisen getan hatte, umfasste er seinen am Hals hängenden Talisman:

„Marie, ich glaube, dass ich nicht auf dein Verständnis hoffen darf. Die Ehe mit einer anderen Frau –: Wie soll ich dir das nur erklären?", dachte Rafael.

Dann nahm er den Holzhammer sowie das Stecheisen und legte zu. Androsch schaute sich jeden Handgriff seines Ziehvaters an und durfte irgendwann auch selber Hand anlegen. Rafael schnitzte zuerst ein tränendes Herz als zentralen Bestandteil in das Kreuz. Danach arbeitete er sich vom unteren Teil des Kreuzes hoch, indem er Efeu emporwachsen ließ. Auch Androsch schnitzte hier und da ein Efeublatt. Für einen Anfänger machte er es richtig gut. Ein stilisiertes Auge schloss das Kunstwerk am oberen Teil des Kreuzes ab. Am frühen Abend standen die beiden dann mit in den Hüften gestemmten Händen vor ihrem Werk. Androsch bemerkte:

„Mensch, das ist wirklich schön geworden!"
Rafael nickte:
„Ja, es ist uns wirklich gelungen! Jetzt haben wir uns aber unser Abendbrot verdient. Komm, lass uns ins Haus gehen!

Wir wollen uns noch ein wenig ausruhen. Ab Morgen wird es wieder sehr anstrengend für uns."

Auch diese Nacht verbrachten die beiden in der Tenne. Bevor sie einschliefen, unterhielten sie sich noch über den bevorstehenden Heimweg.

Beim ersten Hahnenschrei erhoben sich Androsch und Rafael aus ihren Lagern. Zuerst wurden die Pferde gefüttert, anschließend gesattelt. Androsch brachte die Pferde auf eine Weide, die direkt am Hof lag, und band sie mit den Zügeln an einem im Boden steckenden Pflock fest.

Sodann hob er gemeinsam mit Rafael an dem Weg, der zum Hof führte, ein Loch aus. Dorthin trugen sie das Kreuz, schmierten den angekohlten Bereich mit Pech ein, richteten es auf und hoben es mit dem vorbereiteten Ende in das Loch. Der Hohlraum zwischen Fundament und Kreuz wurde von Androsch mit Sand aufgefüllt und immer wieder mit einem schweren Holzpfahl stampfend verfestigt.

Als das Kreuz seine volle Standfestigkeit hatte, trugen die beiden etliche faustgroße Findlinge zusammen. Diese häuften sie dann am Fuße des Kreuzes zu einer Pyramide an. Sichtlich zufrieden mit ihrem Werk umarmten sie sich, wobei sie sich auf die Schultern klopften. Erleichtert sagte Rafael:

„Das ist ein würdiges Denkmal für unsere Gerlinde! Ich denke, so wie wir es bearbeitet haben, wird es Jahrzehnte überdauern."

„Ja, ich finde auch, dass es schön geworden ist! Aber mein Herz ist mir trotzdem immer noch sehr schwer. Ich vermisse Mutter", antwortete Androsch mit gesenktem Haupt.

„Androsch, Mutter wird immer in unserem Herzen weiterleben! Eines Tages, du wirst schon sehen, werden wir
alle wieder beisammen sein! Dann werde ich auch deine
leiblichen Eltern kennenlernen", erklärte Rafael.

Androsch schaute ihn groß an und erwiderte:

„Glaubst du das wirklich?"

„Nein, ich glaube es nicht! Ich habe die absolute Gewissheit!", gab Rafael ernst zurück.

Zufrieden mit dieser Antwort, ging Androsch in Richtung
Hof. Rafael tat das ebenfalls, nachdem er ein kurzes Gebet
gesprochen hatte. Eilig bereiteten sie sich noch eine Mahlzeit zu. Als sie gesättigt waren, begannen sie mit dem Packen: Die Satteltaschen wurden mit Nahrungsmitteln gefüllt. Rafael legte seine von Androsch gepflegten Waffen an
und setzte seine Pistole in den breiten Ledergürtel ein.
Auch seinen Degen befestigte er wieder an dem Gürtel.
Seine Muskete steckte er in das Sattelfutteral seines Pferdes. Anschließend bat er Androsch, zusammen mit Bronko
bei den Pferden zu warten.

Rafael ging zurück ins Bauernhaus und entzündete zwei
Pechfackeln an der immer noch brennenden Feuerstelle.
Eine der Pechfackeln legte er zwischen das in der Tenne
aufgestapelte Brennholz. Dann eilte er zu den der Tenne
vorgelagerten Ställen. Dort steckte er an mehreren Stellen
das als Streu verwendete Stroh an. Hiernach warf er die
brennende Fackel zu den Kammern hoch.

Als Rafael das Bauernhaus verließ, brannte das aufge-
schichtete Birkenholz schon lichterloh. Dennoch ließ er die
Tür weit geöffnet. Denn die Flammen sollten genügend
Luft bekommen, um ihre ganze Kraft entfalten zu können.

Es dauerte auch nicht lange, bis die Glasscheiben der Fenster durch die Hitze der Flammen zerbarsten. Zuerst entwich den Fenstern nur grauer Rauch. Danach stiegen aber bereits Flammenzungen empor – auf der Suche nach weiterer Nahrung. Als sich Rafael zu dem bei den Pferden wartenden Androsch gesellte, schlugen die Flammen schon meterhoch aus dem Dach empor. Von der starken Hitzeentwicklung wurde der Rauch des Brandes in große Höhen befördert.

„Nun wissen sie auch in Riesa, dass der Bauernhof brennt", sagte Rafael.

Unwillkürlich schauten die beiden in Richtung Riesa. Und zu ihrem Erstaunen sahen sie auch dort eine Rauchsäule gen Himmel steigen.

Was sie nicht wissen konnten, war, dass diese Rauchsäule vom Abbrennen eines Scheiterhaufens herrührte. Erst viel später erzählte man ihnen davon, was sich in Riesa ereignet hatte:

Von Gerlinde wussten sie bereits, dass der Keramikhändler, der sie infiziert hatte, mit seiner netten, rothaarigen Tochter zusammen auf dem Markt war. Diese wollte ihren Vater dann im Siechenhaus besuchen. Aber nicht nur er war dem Tode geweiht: Die Krankheit hatte in seinem Haus reiche Beute gefunden. Infolgedessen legte man über das Haus den Bann. Das hieß: Niemand durfte hinein, und niemand hinaus.

Als einer der Söldner, die den Bann überwachten, erfuhr, dass die Frau, die man vorfand, die Tochter des Seuchenverteilers war, setzte er sie wegen Hexerei fest. Der Bürgermeister musste die Anzeige des Söldners ernst nehmen und rief das Gericht zusammen. Da die Frau nicht erkrankt war, obwohl sie eng mit ihrem Vater zusammengearbeitet hatte, glaubte man nämlich, dass das etwas mit Zauberei zu tun habe. Der Richter meinte, sie müsse einen Bund mit dem Teufel eingegangen sein. Deshalb verurteilte er sie zum Tod durch Verbrennen.

Kurzerhand wurde ein großer Haufen mit Reisig und Holz zusammengetragen. In der Bevölkerung hatte sich die bevorstehende Hinrichtung einer Hexe in Windeseile rumgesprochen: Massen von Gaffern versammelten sich am Richtplatz der Stadt. Auch der Pfarrer war zur Stelle, der die Seele der verurteilten Hexe durch seine Gebete meinte retten zu müssen. Halb besinnungslos vor Angst ließ die Frau widerstandslos ihre Hände und Füße an einer Sprossenleiter festbinden. Der Holzhaufen wurde angezündet und vier starke Männer stellten in unmittelbarer Nähe des brennenden Haufens die Leiter auf die Füße.

Stöhnend und laut weinend schaute die zum Tode Verurteilte zu den Flammen hinunter. Der Pfarrer hielt ihr ein an einer langen Holzstange befindliches Kruzifix vors Gesicht und rief immerzu dabei:

„Widersage Luzifer! Widersage Satan!"

Als es den Henkersknechten in der Nähe des Feuers zu warm wurde, ließen sie, auf ein vorher abgesprochenes Zeichen, die Leiter in Richtung Feuer fallen. Da entsetzte ein schrecklicher Aufschrei, der kaum noch menschlichen Lauten ähnelte, die umstehenden Augenzeugen. Man sagte:

„Solche Laute kann kein Mensch von sich geben! Es muss also wirklich eine Hexe gewesen sein!"

Die anwesenden Einwohner Riesas wunderten sich auch sehr über das blaue Auge ihres Geistlichen. Für die einfachen Menschen dieses Ortes waren das zu viele ungewöhnliche Begebenheiten in einem so kurzen Zeitraum. Und so sprachen bald einige der Einwohner von einer verhexten Gegend, die man für sein Seelenheil verlassen müsse.

Von diesem schrecklichen Ereignis konnten Rafael und Androsch erst viel später erfahren. Im Moment waren sie dabei aufzubrechen: Als die Pferde wegen des gewaltigen Feuers anfingen zu scheuen, drängte Rafael zum Aufbruch:

„Komm, Androsch, es ist Zeit zu gehen!"

Androsch nickte, schwang sich auf Gerolds Pferd und bat Rafael:

„Vater, reichst du mir Bronko hoch?"

Rafael bückte sich nach dem treuen Hund und übergab ihn dann Androsch. Der Junge hatte eine der Satteltaschen für seinen Hund freigehalten. Er setzte ihn in die Tasche und sprach auf ihn ein:

„Und du bleibst schön brav in der Tasche sitzen! Hast du verstanden, Bronko?"

Auch Rafael saß auf. Er ritt nach kurzem Innehalten in leichtem Trab vom Hofgelände. Androsch folgte ihm.

Begegnungen

Der Spätherbst bereitete den beiden Reisenden ungünstige Wetterverhältnisse. Starke Winde brachten auch ergiebigen Nieselregen mit, der die Reiter bis auf die Haut durchnässte. Deshalb suchten sie noch lange vor Einbruch der Dunkelheit nach einer Herberge. In einem kleinen Dorf fanden sie in der Dorfschenke für sich und ihre Pferde Unterschlupf.

Der Krieg war bisher an diesem Örtchen vorbeigezogen. Somit löcherte der Wirt seine Gäste mit Fragen über die letzten Kriegsereignisse. Rafael schilderte dem Mann die drastischen Folgen der Kampfhandlungen in Prag. Er erzählte von verlassenen Dörfern und von den Gräueltaten, die dort stattgefunden haben, von steigenden Preisen, und vom Hunger. Er riet dem sichtlich schockierten Mann, Vorkehrungen für seine eigene Sicherheit zu treffen.

„Ihr meint, ich sollte mich bewaffnen?", fragte der Wirt verunsichert.

Rafael entgegnete:

„Könntet Ihr denn im Ernstfall auch mit Waffen umgehen?"

Mit kraus gezogener Stirn antwortete er:

„Ehrlich gesagt, ich weiß es nicht!"

Rafael schaute den Mann ernst an und erklärte ihm:

„Ich rate Ihnen: Kaufen Sie sich eine Pistole sowie einen Degen, und lassen Sie sich von einem Kundigen daran ausbilden. Aber eines ist sicher: Es nutzt Ihnen nichts, die Waffen nur zu besitzen. Sie müssen sie im Falle eines Falles auch wirklich benutzen können!"

„Mann, Sie machen mich richtig unruhig! Ich bin doch Wirt und kein Söldner! Schon oft musste ich Betrunkene aus meiner Wirtschaft hinauswerfen, aber nie hätte ich einen von ihnen ernsthaft verletzen können!", gab der Wirt zu bedenken.

Daraufhin wies Androsch mit zum Boden gerichtetem Blick auf folgendes hin:

„Wenn Sie gesehen hätten, was wir sehen mussten, dann würden Sie seinen Ratschlag befolgen. Die Söldner handeln mit einer derartigen Grausamkeit und Mordlust, dass man es nicht zu glauben vermag. Hören Sie auf meinen Vater und sorgen Sie für sich und Ihre Familie vor."

Der Wirt beugte sich zu Bronko hinunter, der zu Androschs Füßen saß, um ihn zu streicheln, und meinte:

„Ich werde euren Rat überdenken. Habt Dank dafür! Vielleicht sollte ich mir auch noch einen Wachhund anschaffen."

„Ja, das ist eine gute Idee! Ein Hund wird Euch treu zur Seite stehen, wenn es gefährlich wird", sagte Rafael, aber er dachte:

„Der Narr glaubt doch tatsächlich, dass ihn ein Dackel vor marodierenden Söldnern schützen könnte. Wenn diese Menschenfeinde in das kleine Dörflein hier einfallen, wird es kaum Zeit für ein letztes Gebet geben. Dann wird nur noch gepeinigt, werden die kleinen Ersparnisse herausgepresst, die Frauen geschändet und die Männer nach der Folter erschlagen! Auch wenn du dich wehrst, wirst du sehr wahrscheinlich fallen. Aber wenigstens hast du dann versucht, dein Schicksal zu wenden! Wenn man schon dem Tod ins Auge schauen muss, dann sollte man ihm zumindest die Zähne zeigen. Aber was soll ich ihm denn sonst für einen Rat geben? Er muss selber sehen, was er tun kann."

„Noch einen Krug Bier, mein Herr?", fragte der Wirt, der schon dabei war, das gerade Gesprochene zu verdrängen, um sich wieder seinem Geschäft zu widmen. Rafael nickte und sagte:

„Bring auch einen Krug Bier für meinen Sohn!"

Androsch und Rafael stießen mit ihren Krügen an und genossen das schäumende Bier in großen Zügen. Der offene Kamin im Schankraum verbreitete wohlige Wärme. Dies sorgte zusammen mit dem schmackhaften Bier für eine zufriedene Stimmung bei den beiden.

Als sie ihre Krüge geleert hatten, gingen sie in die Schlafkammer, um sich für den folgenden Reisetag auszuschlafen. Die Anstrengungen des Tages und das Bier sorgten für einen guten Schlaf.

Kurz bevor der Morgen graute, bezahlte Rafael für Kost und Unterkunft. Danach weckte er den Jungen, um weiterzureiten, nachdem sie eine Schale mit Haferschleim gefrühstückt hatten. Rafael wollte größere Städte meiden, um nicht die hohen Wegezölle zahlen zu müssen, die dort überall eingetrieben wurden. In großem Bogen ritten sie um die Stadt Leipzig herum. Dabei wählten sie Feldwege aus, die höchstens durch kleine Dörfer führten. Oft wurden die Reisenden misstrauisch von den einheimischen Dörflern beäugt. In einem der Dörfer schmiss man sogar mit Steinen nach ihnen.

Es hatte aufgehört zu regnen. So beschlossen sie, die Nacht unter freiem Himmel zu verbringen. Während sich Rafael ausgiebig um die Pferde kümmerte, suchte Androsch Feuerholz. Schon nach kurzer Zeit hatte er einen großen Haufen Brennholz zusammengetragen. Als er ein weiteres Mal aus dem Wald zurückkehrte, brachte er nicht noch mehr davon mit. Stattdessen hielt er sein Hemd, welches er ausgezogen hatte, um etwas einzusammeln, mit beiden Händen vor seinem Körper:

„Rafael, schau mal, was ich gefunden habe!", sagte er, und breitete das Hemd vor ihm aus.

Rafael staunte nicht schlecht, als er zwei Dutzend der schönsten Steinpilze vor seinen Füßen liegen sah. Dann nahm er einen der fetten Pilze, um mit geschlossenen Augen daran zu riechen:

„Mensch, Androsch, du bist ja ein richtiger Glückspilz!", rief Rafael lachend.

„Ja, das bin ich wohl. Die lassen wir uns schmecken!", erwiderte er gut gelaunt.

Schnell machte er ein Feuer an, auf dem die Pilze in einer Pfanne gebraten werden sollten. Schon, als sie die in der Bratpfanne brutzelnden Pilze sahen und ihnen der aromatische Duft in die Nase stieg, lief ihnen das Wasser im Munde zusammen. Dann aßen sie die heißen Pilze voller Genuss. Sie hörten erst damit auf, als die Pfanne restlos geleert war. Dabei saßen sie mit ihren Rücken an den Bäumen lehnend in der Nähe der Feuerstelle. Dank ihrer vollen Bäuche fühlten sie sich zufrieden.

Ganz still saßen sie dort, um das Flammenspiel zu beobachteten, während die Nacht hereinbrach. Die Stille wurde nur durch das Nachstochern von Feuerholz unterbrochen. So lauschten sie den Geräuschen der Nacht: dem Fiepen einer Maus oder dem Ruf eines Kauzes. Aus großer Entfernung drang auch das sehnsuchtsvolle Geheul eines Wolfes zu ihnen hinüber.

Keiner der beiden vermochte die Stille zu durchbrechen. Zu sehr waren sie mit ihren Gedanken beschäftigt. Es waren Gedanken, die sich um den Tod von Gerlinde und über die Zukunft ohne diese unvergleichlich kraftvolle und liebe Frau drehten. Sie hinterfragten auch den Sinn des Lebens. Aber wie viele andere Menschen fanden sie darauf keine schlüssige Antwort. Schließlich schliefen sie, in ihre dicken Wolldecken gehüllt, über all diese Gedanken ein.

Als sie am nächsten Morgen erwachten, zogen kleine Dunstwolken über die Wiesen, um sich an den Bäumen des Waldes zu verwirbeln und im Nichts zu verschwinden. Der Morgentau hatte die Wolldecken angefeuchtet, und die Tau-Tropfen ließen die Spinnennetze in der Wiese wie feinste Kristallgespinste erscheinen.

Nachdem sie sich ausgiebig gereckt und gestreckt hatten, wuschen sich die beiden an dem eiskalten Wasser eines Baches, der in unmittelbarer Nähe des Nachtlagers verlief. Anschließend machten sie sich einen Hagenbuttentee und aßen dazu Zwieback. Mit noch klammen Gliedern schwangen sie sich sodann auf die Pferde, um weiterzuziehen.

Die Stadt Halle mieden sie. Auch hier suchte Rafael immer kleine Schleichwege aus, obwohl sich dadurch die Reisezeit verlängerte. Auf einem dieser schmalen Pfade kam ihnen eine Schafherde entgegen. Da links und rechts dichtes Strauchwerk ein Ausweichen unmöglich machte, stoppten die beiden ihre Pferde, um die Schafe nicht unnötig aufzuscheuchen.

Die Schafherde verhielt sich wie das Wasser eines Baches, das durch einen mitten im Bachbett liegenden Felsen geteilt wird: So floss die Schafherde blökend und trampelnd an ihnen vorbei. Als Nachhut kam ein mit einem langen Stab bewaffneter Hirte, zusammen mit seinem Schäferhund, des Weges. Mit neugierigen dunklen Augen blickte er die Reisenden an und fragte:

„Seid gegrüßt! Wohin führt euch euer Weg?"

Rafael schaute den Hirten misstrauisch an und entgegnete dreist:

„Wozu willst du das wissen? Kümmere dich um deine Schafe und halte deine Neugierde im Zaum!"

Der Hirte zeigte sich von Rafaels Antwort überhaupt nicht beeindruckt. Er fragte weiter:

„Ihr seid doch bestimmt ein Offizier der kaiserlichen Truppen, oder?"

Rafael fühlte sich ertappt und antwortete:

„Hey, Schäfer, wie kommst du denn auf diese Idee?"

„Ist doch klar! Ihr tragt ja die kaiserlichen Farben am Körper! Die rote Feder an Ihrem Hut und die rote Schärpe sind fast eindeutige Kennzeichen der Liga", stellte der Hirte fest.

Ohne eine ausweichende Antwort oder eine weitere Frechheit zuzulassen, redete er weiter:

„Falls ihr auf diesem Weg weiterreiten solltet, landet ihr genau in dem Lager einer Unionseinheit. Die Kompanie hat direkt in dem kleinen Knapendorf ihr Lager aufgeschlagen. Und die reagieren seit dem Sieg der kaiserlichen Truppen in Prag äußerst aggressiv auf rote Kleidungsstücke."

Da erkannte Rafael, dass es der Schäfer eigentlich nur gut mit ihnen meinte:

„Entschuldigt bitte mein ungebührliches Verhalten, guter Mann! Wir haben in letzter Zeit zuviel Leid erfahren. Unsere Nerven liegen deshalb blank. Ich werde Eure Warnung ernst nehmen und meine roten Kleidungsstücke ablegen", sagte Rafael.

Auch Androsch bedankte sich bei dem Mann:

„Danke, mein Herr, dass Sie uns vor den Söldnern gewarnt haben. Das hätte für uns wirklich ins Auge gehen können!"

Der Schafhirte schmunzelte, tippte zum Gruß mit zwei Fingern an die große Krempe seines Hutes, und ging seines Weges. Androsch schaute ihm nach und dachte dabei:

„Feiner Kerl, dieser Schäfer! Der ist mit sich und seinen Mitmenschen im Reinen. Warum er wohl verhindern wollte, dass uns etwas zustößt?"

Rafael saß kurz ab, zog die Schärpe aus und entfernte die eingefärbte Feder von seinem Hut. Danach stieg er wieder auf sein Pferd, um weiterzureiten. Bei der nächsten sich bietenden Gelegenheit bogen die beiden vom Weg ab und setzten querfeldein ihre Reise fort. Rafael wollte auf jeden Fall verhindern, den Söldnern zu begegnen. Auch wenn sie nicht als Feinde angesehen würden, könnte man doch versuchen, sich an ihren Sachen zu bereichern.

Halb verdeckt durch dunkle Regenwolken berührte eine goldfarbene Sonne den Horizont, um wenige Zeit später in ein flammendes Rot getaucht dahinter zu verschwinden. Als Androsch das Abendrot sah, wurde ihm ganz warm ums Herz: Er musste an seine leibliche Mutter denken, die beim Anblick des Abendrots immer, als er noch kleiner war, sagte:

„Schau einmal, Androsch: Die Engel im Himmel backen Plätzchen!"

Und wenn Androsch daraufhin fragte,

„Mama, woran siehst du das?", antwortete sie:

„Siehst du denn nicht die Glut des Ofens?"

Ja, Androsch sah dann auch den glühenden Ofen vor seinen Augen. Er stellte sich dabei die fleißigen Engel beim Beschicken des Ofens vor.

In dieser Nacht schliefen sie ein weiteres Mal unter freiem Himmel, am Fuße einer uralten Eiche. Kurz vor Sonnenaufgang aber schreckte Androsch, von schlimmen Albträumen heimgesucht, schreiend hoch. Von dem Aufschrei geweckt, fragte Rafael schlaftrunken:

„Androsch, was ist passiert?"

Immer noch von den Eindrücken verwirrt, antwortete er: „Ich glaube, ich habe nur schlecht geträumt."

Nach einer kurzen Zeit des Schweigens sagte Androsch dann:

„Ich weiß jetzt wieder, was ich geträumt habe: Meine Mutter hat mich mit einer Umarmung geweckt. Das Bett war wohlig warm. Auch mein Vater kam dann in meine Kammer. Vater legte mir seine Hand auf die Schulter und schaute mir dabei tief in die Augen. Ich hatte das Gefühl, dass er stolz auf mich war. Dann fassten sich meine Eltern an die Hand, winkten mir zu – und gingen aus meiner Kammer. Ich wollte ihnen folgen, aber das war mir unmöglich. Wie gelähmt lag ich in meinem Lager, obwohl ich mit aller Kraft versuchte aufzustehen. Dann bin ich aufgeschreckt."

Rafael antwortete:

„Deine Eltern wollten sich noch einmal von dir verabschieden. Du machst anscheinend alles im Sinne deiner Eltern, denn sie sind stolz auf dich. Androsch, deine Eltern wollen, dass du lebst. Deswegen war es dir unmöglich, ihnen zu folgen."

Zufrieden mit dieser Deutung des Traumes stand Androsch auf, um sich für die Weiterreise fertigzumachen. Nachdem sie die Stadt Halle weit hinter sich gelassen hatten, ohne feindlichen Söldnern zu begegnen, fiel Rafael auf, dass Androschs Pferd zu lahmen schien. So hielten sie an, um das Pferd genauer zu begutachten. Androsch hielt das Pferd am Zügel und Rafael tastete die Beine ab. Dann hob Rafael ein Bein nach dem anderen an, um sich die Hufe

anzuschauen. Und tatsächlich: Ein Eisen, welches den emp-
findlichen Huf schonen sollte, fehlte.

„Androsch, ein Hufeisen ist verloren gegangen. Dass das
ausgerechnet jetzt passieren muss! Wir werden uns ganz
eilig einen Schmied suchen müssen!“, rief Rafael dem Jungen zu.

Androsch merkte an Rafaels Verhalten, dass eine Veränderung in ihm vorging. Er dachte:

„Erst schnauzt er den Schäfer an, dann wird er durch ein
verlorenes Eisen aus der Ruhe gebracht. Da stimmt was
nicht. Ich kenne Rafael anders. Bin ich ihm wohl eine zu
große Last?“

Rafael war schon wieder aufs Pferd gestiegen, als er fragte:

„Sag mal, Androsch, träumst du? Wir müssen weiter!
Los, los, aufsitzen!“

Androsch nickte traurig und setzte sich schnell auf sein
Pferd. Sie ritten in ein kleines Dorf, welches einige Kilometer vor Nordhausen liegt. Dort fragten sie eine alte Bäuerin,
die gerade in ihrem Garten beschäftigt war, ob es im Dorf
einen Schmied gäbe. Die gute Frau bejahte das und wies
ihnen den Weg zum Dorfschmied.

Die Schmiede befand sich am Rande des Dorfes, direkt an
einem Hügel. Aus dem Schornstein des Hauses stieg dunk-
ler Rauch. Der verfing sich in den Tannen, die auf dem hinter der Schmiede ansteigenden Hügel wuchsen. Schon aus
einiger Entfernung vernahmen sie das rhythmische Hämmern des Schmiedes und atmeten den Rauch der verbren-
nenden Kohle ein. Vor der Schmiede stand ein grobes
Holzgeländer, das mit vier Metallringen versehen war, sodass die Pferde dort mit ihren Zügeln angebunden werden

konnten. Als sie das getan hatten, gingen sie durch die halbgeöffnete Werkstatt-Tür in die Schmiede.

Androschs Blick fiel als erstes auf die befeuerte Esse, in welcher der Schmied mit einer langen Zange stocherte, wobei Funkenschwärme in Richtung Schornstein zogen. Danach erblickte er den etwa gleichaltrigen Jungen, der einen Blasebalg mit seinen Füßen bediente, um die brennende Kohle richtig anzufeuern. Der Lehrling hatte ein vom Kohlenstaub geschwärztes Gesicht und ächzte unter seiner anstrengenden Arbeit.

Auch der Meister selber war vom Kohlefeuer geschwärzt; nur bildeten bei ihm die herabrinnenden Schweißtropfen Muster auf der Haut. Am Oberkörper war er unbekleidet, aber eine Lederschürze schützte seine Haut vor Funkenflug und heißen Metallsplittern. Der Schmied entnahm dem Kohlefeuer mit seiner Zange einen sehr großen weißglühenden Nagel, den er auf dem Ambos mit gut platzierten Hammerschlägen in Form brachte. Vier bis fünf Schläge – dann wurde der nur noch rot glühende Nagelrohling in eine Form gehalten. Mit einem weiteren Schlag erhielt der Firstnagel seinen Kopf. Anschließend schmiss er den noch glühenden Nagel gekonnt in einen großen Wassereimer, wo er zischend abkühlte.

Voller Begeisterung beobachtete Androsch, wie der Schmied mit seinen muskulösen Armen den Hammer fast spielerisch führte. Er wiederholte diesen Ablauf noch fünf Mal. Androsch sah es dem Mann an, dass dieser seine Arbeit liebte.

„Feuer und Stahl! Ich glaube, das wäre eine Arbeit auch für mich!", dachte Androsch.

Rafael, der seinen Jungen während der ganzen Zeit

beobachtete, sah ihm die Begeisterung an. Denn der Glanz in seinen Augen war unübersehbar. Nachdem der Schmied sechs Firstnägel gefertigt hatte, wandte er sich seiner neuen Kundschaft zu:

„Meine Herren, womit kann ich euch dienen?"

„Eines unserer Pferde braucht dringend neue Eisen, Meister!", antwortete Rafael.

„Dann zeigt mir einmal das Pferd, damit ich die Hufeisenrohlinge ins Feuer geben kann!", erwiderte der Schmied.

Gemeinsam gingen sie hinaus, um sich das Pferd anzuschauen. Mit gut geschultem Blick begutachtete der Meister den Huf des Pferdes. Nachdem er mit seinen Fingern grob Maß genommen hatte, ging er wieder in die Werkstatt. Dort entnahm er den an der Wand hängenden, grob nach Größe sortierten, Hufeisenrohlingen vier Stück, um sie in die Glut zu legen. Auf ein Zeichen, das der Meister dem Lehrling gab, begann dieser wieder, den Blasebalg zu betätigen. Während die Rohlinge zum Glühen gebracht wurden, entfernte der Meister die drei alten Hufeisen von den Hufen des Pferdes.

Androsch versuchte das Pferd zu beruhigen, indem er es am Hals streichelte. Rafael hob ein Bein des Pferdes an, damit der Meister das glühende Eisen mit Hilfe einer langen Zange an den Huf halten konnte. Als das Eisen den Huf berührte, qualmte es stark und stank fürchterlich nach verbranntem Horn. Dann eilte der Schmied an den Ambos, um mit sechs bis sieben harten Schlägen eines Fäustels das Eisen in die gewünschte Form zu bringen. Nachdem er die Hufeisen perfekt angepasst hatte, nagelte er eines nach dem anderen an die sauber gefeilten Hufe an.

Androsch war von der Fingerfertigkeit des Schmiedes begeistert. Ganz besonders gefiel ihm die Bearbeitung des glühenden Metalls. Rafael bedankte sich für die rasche Bedienung und fragte dann:

„Meister, was bin ich dir schuldig?"

Der Schmied antwortete nach kurzem Nachdenken:

„Meine Herren, ich bekomme für meine Arbeit zwei Gulden."

Rafael entnahm seinem am Gürtel hängenden Geldbeutel zwei Gulden und übergab diese dem Schmied mit den Worten:

„Danke für die meisterhafte Arbeit!"

„Habt Dank für den Auftrag! Kann ich sonst noch etwas für euch tun?", fragte er freundlich.

Rafael entgegnete:

„Erlaubt mir noch eine Frage. Gibt es in der Gegend eine Herberge?" Der Meister antwortete:

„Wenn ihr auf diesem Weg bleibt, kommt ihr direkt an einem Franziskanerkloster vorbei. Gegen eine kleine Spende erhaltet ihr dort Kost und Unterkunft für die Nacht."

Während Rafael den Schmied für seine Arbeit entlohnte, schaute Androsch sich noch einmal in der Werkstatt um. Dort, wo alle Werkzeuge, die der Schmied benötigte, ordentlich aufbewahrt wurden, stand auch ein Holzgestell, auf dem des Schmiedes Meisterstück präsentiert wurde: Er hatte einen Bihänder geschmiedet, der auf Hochglanz poliert in dem Holzgestell hing. Androsch dachte:

„Wirklich meisterlich! Wer ihm wohl einmal dieses Wissen vermittelt hat? Falls eines Tages gemeine Plünderer ihr Glück in dieser Werkstatt suchen sollten, wird sich der Schmied schon zu helfen wissen. Bei seiner Stärke und

Geschicklichkeit möchte ich nicht in der Haut der Diebe stecken!"

Dabei stellte er sich vor, dass der Schmied wohl wie ein Berserker über die Plünderer herfallen und ihnen mit dem Bihänder das Leben aus dem Körper treiben würde. Unwillkürlich musste er bei diesem Gedanken lächeln. Denn nichts verabscheute Androsch mehr als Diebespack und Marodeure. Dann hörte er, wie Rafael rief:

„Androsch, wir müssen weiter!"

Er rannte umgehend hinaus zu den Pferden. Es ging in leichtem Trab in Richtung Kloster. Sie ritten durch eine immer hügeliger werdende Landschaft. Dann hob sich am Horizont ein blaugrau erscheinendes Gebirge ab. Rafael wies mit der Hand in Richtung des Gebirges und sagte:

„Androsch, das Gebirge dort hinten nennt man den ‚Brocken'. Dort tanzen am Sankt-Nimmerleins-Tag die Hexen auf ihren Besen!"

Da Androsch in keiner Weise abergläubisch oder gar ängstlich war, beeindruckte ihn die Hexengeschichte nicht. Aber das Gebirge, welches sich am Horizont abzeichnete, brachte ihn zum Nachdenken:

„Wie die Welt wohl von der Spitze eines solchen Berges aussehen mag?"

Irgendwann sahen sie in der Ferne ein großes Bruchsteingebäude. Die beiden wussten sofort, dass es sich um das Kloster handeln musste. Je näher sie dem Gebäude kamen, umso mehr eröffneten sich ihnen seine Schönheiten: Als erstes fielen ihnen die romanischen Rundbogenfenster auf, die beiderseitig mit Ziersäulen versehen waren. Dann sahen sie durch die weit geöffnete Rundbogentür in den Innenhof des Klosters. Dieser war mit einem Kreuzgang versehen, dessen Überdachung wiederum von reichlich verzierten Säulen getragen wurde.

Ein Bruder, der in den vor dem Kloster liegenden Gärten beschäftigt war, trat auf den Weg und kam ihnen entgegen. Ein anderer Bruder informierte derweil seine Mitbrüder im Kloster über die beiden Reisenden. In aller Eile schloss man die schwere hölzerne Rundbogentür. Rafael und Androsch waren ein wenig erstaunt über dieses unfreundliche Verhalten.

„Was ist euer Begehr?", fragte der Bruder, der sich den Fremden, noch mit seinem Arbeitsgerät in den Händen, in den Weg gestellt hatte.

Rafael antwortete mit ruhiger Stimme:

„Wir suchen eine Herberge für die Nacht."

„Na, und wenn ihr nur unser Gebäude ausspionieren wollt? Wir leben in stürmischen Zeiten! Ich glaube nicht, dass wir euch bei uns übernachten lassen sollten", sagte der Bruder abweisend.

„Bruder, ich bin doch ein Glaubensbruder! Ich glaube an Gott, den Schöpfer des Himmels und der Erde, an Jesus Christus, seinen eingeborenen Sohn … . Glaubt Ihr mir jetzt, dass ich katholisch bin?"

„Folgt mir! Ich bringe euch zu unserem Abt. Nur der kann entscheiden, ob ihr bleiben dürft", stellte der Bruder schon ein wenig freundlicher in Aussicht.

Gemeinsam gingen sie zur geschlossenen Eingangstür, die mit einem kleinen Durchguck versehen war. Der Mönch, der die beiden begleitete, rief in Richtung Tür:

„Bruder Tobias, Bruder Tobias, du kannst die Tür öffnen!"

Schlagartig öffnete sich die kleine Klappe des Durchguckes, und ein freundliches Gesicht mit strahlend blauen Augen kam zum Vorschein. Der Mönch sagte nochmals:

„Bruder Tobias, du kannst die Tür öffnen! Und danach führst du bitte diese Reisenden zum Abt. Die Herren brauchen ein Lager für die Nacht."

Knarrend öffneten sich die großen Türen des Tores. Androsch und Rafael, die schon von ihren Pferden abgestiegen waren, traten ein und zogen dabei ihre Pferde an den Zügeln hinter sich her. Bruder Tobias zeigte den beiden, wo sie sie anbinden durften. Danach forderte er sie auf, alle Waffen abzulegen. Die schloss er, nachdem er sie empfangen hatte, in eine große Truhe ein.

„Meine Herren, folgt mir", forderte Bruder Tobias Rafael und Androsch auf.

Dann führte er die beiden wortlos durch die langen Flure des Klosters. In den Gängen hingen große Ölgemälde, die einige Heilige abbildeten. Im Vorbeigehen deutete Rafael auf die Gemälde und erklärte flüsternd:

„Schau, Androsch, das ist der heilige Sebastian, den man mit etlichen Pfeilen beschossen hatte, ohne ihn töten zu können. Und da –: der heilige Franziskus, der diesen Orden gegründet hat. Der mit dem Speer in den Händen – das ist der Erzengel Michael, der mit dem Satan kämpft.

Androsch, der noch nie in seinem Leben derart viele farbenprächtige Bilder gesehen hatte, kam aus dem Staunen nicht heraus.

Bruder Tobias führte seine Begleiter bis zu einer geschlossenen Tür:

„Bitte wartet einen Augenblick, bis ich euch hereinrufe", flüsterte der Bruder.

Anschließend klopfte er an die Tür. Als dann ein „Herein" gebrummt wurde, trat der Bruder in den Raum und schloss die Tür hinter sich. Kurze Zeit später kam Bruder Tobias wieder hinaus und bat die beiden Wartenden hinein.

Der Abt saß hinter seinem Schreibtisch. Er hielt ein Schriftstück in der Hand, über das er hinwegsah, um Rafael und Androsch anzuschauen. Dieser alte grauhaarige Mann mit einem langen Vollbart strahlte sehr viel Würde aus. Seine Augen waren aber alles andere als alt: Sie musterten die beiden Fremden mit einem sehr wachen Blick. Er stellte sich mit dem Namen ‚Anselm' vor und begrüßte die Gäste:

„Gelobt sei Jesus Christus!"

Rafael antwortete:

„In Ewigkeit, Amen!"

„Was führt euch in unser Kloster?", fragte Abt Anselm.

Rafael entgegnete:

„Mein Sohn und ich –: Wir brauchen eine Unterkunft für die Nacht!"

„Von wo kommt ihr, und wohin wollt ihr?", fuhr der Abt fort.

Rafael antwortete:

„Wir kommen von der Prager Burg, und wir wollen nach Paderborn in unsere Heimat."

„Habt ihr was von den Kampfhandlungen mitbekommen?", fragte der Abt ernst.

„Ja, Eure Geistlichkeit, wir haben viele hundert Tote gesehen! Furchtbares Leid wurde auch den einfachen Bauern zugefügt. Unaussprechliches ist dort geschehen. Deswegen wollten wir auch nur noch weg von dort!", erklärte Rafael.

„Mir wurde jetzt des öfteren von schrecklichen Ereignissen berichtet! Es scheint sich ein richtiger Flächenbrand zu entwickeln. Viele Städte und Dörfer sind schon von dem Krieg betroffen. Die Protestanten sinnen auf Rache. Ich mache mir Sorgen um unser Kloster. Wir Brüder sind doch unbewaffnet und deshalb den Söldnern schutzlos ausgeliefert. Unsere dicken Klostermauern bieten ja nur begrenzt Schutz", führte der Abt aus.

Rafael nickte und sagte dann:

„Da habt Ihr recht! Vielleicht solltet ihr einige Söldner in euren Dienst nehmen."

Auf diese Antwort reagierte der Abt Anselm mit einem Lächeln:

„Wir sind ein Bettelorden. Für so etwas haben wir keine Mittel. Außerdem möchten wir ja Dienst an den Menschen üben, und sie nicht bei uns dienen lassen."

„Dann sehe ich nur die Möglichkeit, den Landesherren um Unterstützung zu ersuchen", meinte Rafael dazu.

„Auch das habe ich schon veranlasst, indem ich mittels eines Boten ein schriftliches Hilfegesuch überbringen ließ, was aber bislang ohne Wirkung war", erwiderte der Abt.

„Dann bleibt euch nur Gottes schützende Hand! Und wenn ihr auch zwei oder drei Dutzend Söldner zu eurem Schutz gestellt bekämt –: Ihr könntet euch höchstens gegen eine kleine Gruppe Marodeure erwehren. Solltet ihr euch aber bei einem feindlichen Heer gegen die gegebenen Anweisungen widersetzen, böten die wenigen eigenen Söldner nur sehr geringen Schutz. Dann verlören in diesem Kloster alle ihr Leben", gab Rafael zu bedenken.

„Wie ich Ihren Ausführungen entnehmen kann, haben Sie in dieser Angelegenheit sehr viel Sachverstand. Ich werde mit meinen Mitbrüdern beratschlagen, wie wir uns im Falle sich nähernder Aggressoren verhalten wollen", stellte der Abt ein wenig ratlos fest.

„Meiner Meinung nach gibt es für euch nur eine sinnvolle Lösung, und die heißt ausweichen, falls euer Kloster überfallen wird. Sie und all ihre Mitbrüder müssen sich zurückziehen und dann verstecken. Das muss vorher durchgeplant und auch geübt werden, damit es im Ernstfall nicht in einer kopflosen Flucht endet. Die Wertgegenstände müssten gut versteckt werden. Geld oder Gold vergräbt man am besten", sagte Rafael nachdenklich.

Er hatte dabei die Bilder der überfallenen Dörfer vor Augen: Dort waren viele Einwohner nicht geflohen, weil sie dachten, es würde wohl nicht so schlimm. Und als sie dann in der Falle saßen, gab es keine Chance mehr zur Flucht. Die Gleichgültigkeit wurde schließlich mit Folter, Vergewaltigung und Tod bestraft.

„Das hört sich sehr gut an! Gemeinsam mit meinen Mitbrüdern werde ich einen Plan für solch einen Ernstfall ausarbeiten. Aber nun wollen wir über euer Anliegen sprechen. Natürlich dürft ihr bei uns nächtigen. Auch zum Abendessen und zum morgigen Frühstück seid ihr eingeladen. Wir halten gleich unsere Abendmesse ab. Ich denke, ihr werdet daran teilnehmen, meine Herren", sagte der Abt und stand auf.

In diesem Moment begann die kleine Glocke der Klosterkirche zu läuten. Aus allen Winkeln des Klosters strömten die Mönche heran, um der heiligen Messe beizuwohnen. Als sich an die neunzig Brüder eingefunden hatten, kehrte wieder Stille in der Kirche ein. Auch Androsch und Rafael hatten sich auf einer der zahlreichen Bänke niedergelassen. Rafaels Blick fiel auf die Kirchenfenster, die in der bunten

Bleiverglasung unter anderem den Erzengel Michael darstellten.

Genau in diesem Augenblick brach sich das Licht der Abendsonne in den Fenstern. Das bunte Glas gab das strahlende Licht mit intensiven Farben angereichert weiter. Das leuchtende Rot erzeugte bei Rafael ein sehr wehmütiges Gefühl. Dazu setzte auch noch der gregorianische Gesang der Brüder ein.

Alle Last fiel augenblicklich von seinen Schultern. Er vergaß für einen Moment die schrecklichen Erlebnisse und fühlte sich fast wie im Himmel angekommen. Rafael ließ sich auf dieses Gefühl ein, das sich weiter steigerte, je mehr er sich den Klängen des Gesangs öffnete. Androsch wunderte sich etwas, als er sah, wie ergriffen sein Ziehvater war. Bislang hatte er ihn nur als den starken Landsknecht und als seinen Retter erlebt.

Die Liturgie der Messe hatte Rafael sehr gut getan. Er fühlte sich gestärkt, sodass er seine derzeitige Umwelt nicht mehr ausschließlich in düsteren Farben sah.

Vor dem Ausgang der kleinen Kirche wartete Abt Anselm auf seine Gäste. Er kündigte, zu Rafael gewandt, an:

„So, jetzt werden wir erst einmal für euer leibliches Wohl sorgen. Eines müsst ihr wissen: Während der Mahlzeiten wird geschwiegen. Der einzige, der spricht, ist unser Vorleser, der aus der heiligen Schrift vorliest."

„Wir werden schweigen wie ein Grab! Habt nochmals Dank für eure Gastfreundschaft. Ich werde morgen euer Klostergebäude nach Schanzmöglichkeiten untersuchen und euch bei deren Errichtung unterstützen – vorausgesetzt, meine Hilfe ist erwünscht!", entgegnete Rafael voller Tatendrang.

„Wir sprechen morgen früh noch einmal darüber. Ich muss Ihren Vorschlag erst einmal überschlafen!", sagte der Abt mit milder Stimme.

Im Speisesaal des Klosters dominierte ein riesiges Kruzifix den Raum. Vor ihm befand sich ein Stehpult, auf dem eine aufgeschlagene Bibel lag. Still und andächtig betraten die Brüder den Saal, um sich an einen der Tische zu setzen, die in U-Form das Stehpult einrahmten. Nachdem sich alle Brüder und die Gäste des Klosters gesetzt hatten, ging ein Bruder zielstrebig an das Pult und las:

„Seht auf die Raben: Sie säen nicht und ernten nicht. Sie haben keinen Speicher und keine Scheune. Denn Gott ernährt sie. Wie viel mehr seid ihr wert als die Vögel! Wer von euch kann …?"

Alle saßen beisammen, reichten Schüsseln oder Karaffen weiter und ließen sich die Speisen schmecken. Nach dem Abendessen führte Bruder Tobias die Gäste zu ihren Zellen. Diese Schlafräume, von denen es im Kloster an die hundert gab, waren alle von gleicher Größe und identischer, spartanischer Ausstattung: Sie verfügten jeweils über ein einfaches Bett, eine Truhe und einen Stuhl. Rafael sagte zu Androsch:

„So, unsere Bäuche sind erst einmal voll. Dann wollen wir jetzt schlafen gehen, oder?"

Androsch nickte lächelnd und rieb sich dabei mit einer übertriebenen Geste über den Bauch. Froh darüber, ein festes Dach über dem Kopf zu haben und dazu wieder in einem richtigen Bett zu liegen, schliefen beide umgehend ein.

Kurz vor Sonnenaufgang wurden sie von Bruder Tobias geweckt. Er führte sie zum Frühstück in den Speisesaal, wo sie schweigend aßen. Dazu las einer der Brüder:

„Und am Abend, als er ausgeliefert werden sollte, brach er das Brot und sprach…"

Nachdem sie gegessen und den Speisesaal verlassen hatten, fing der Abt sie ab und sagte zu den beiden:

„Ich habe mir Ihren Vorschlag durch den Kopf gehen lassen: Ich möchte Sie bitten, uns zu helfen!"

Rafael schaute den Abt ernst an und versprach:

„Ich werde all mein Wissen anwenden, um Ihnen und Ihren Brüdern ein wenig mehr Sicherheit in diesen schwierigen Zeiten zu geben!"

Zuerst ließ Rafael von den Mönchen, die ihm bei der Schanzarbeit halfen, Rundhölzer heranschaffen. Die Rundhölzer sollten mit einer Hand umfasst werden können. Dann waren sie vom richtigen Durchmesser. Da man derartige Hölzer ständig zur Ausbesserung von Schweinegattern oder sonstigen Schutzzäunen benötigte, wurden im Kloster genügend davon gelagert.

Rafael spitzte eines der Hölzer mit einem Beil an und forderte die umstehenden Brüder auf, es ihm bei den anderen Hölzern gleich zu tun. Gemeinsam bearbeiteten sie die Rundhölzer. Als dieser Arbeitsschritt abgeschlossen war, bat Rafael die Mönche, die großen Holzhämmer zu holen, die man beim Zaunbau zum Einschlagen der Pfähle benötigte. Derart bewaffnet schafften sie die vorbereiteten Rundhölzer an das Haupttor des Klosters. Dann erklärte Rafael:

„Wir müssen die Hölzer schräg in die Erde schlagen, so dass das stumpfe Ende in Kopfhöhe endet. Die so eingeschlagen Pfähle sollen im Abstand eines großen Schrittes gesetzt werden. Wenn wir die zweite Reihe der Pfähle einschlagen, ist darauf zu achten, dass sie versetzt zu der vorderen Reihe platziert sind. Wir werden etwa acht bis zehn Reihen einschlagen, damit dieses Hindernis wirkungsvoll ist. Nun wollen wir direkt am Tor beginnen. Zwischen der geschlossenen Tür und dem Ende des Pfahls sollte eine Person bequem gehen können."

Die Mönche fassten voller Tatendrang an, denn hier ging es immerhin um ihre Sicherheit. Alle wussten ja von den Gefahren des Krieges. Nachdem die Brüder sehr viele Pfähle parallel zur Klostermauer eingeschlagen hatten, wies Rafael an, einige Meter vor der im rechten Winkel weiterverlaufenden Mauer keine Rundhölzer zu setzen. In diesen Bereich zog Rafael mit einer Hacke ein Quadrat. Dies tat er dann auf beiden Seiten, wobei er erläuterte:

„Die beiden gekennzeichneten Flächen an dem jeweiligen Ende der Mauer müssen mannshoch ausgehoben werden."

An die dreißig Brüder halfen bei der Schanzarbeit, sodass man einen schnellen Fortschritt erkennen konnte. Die beiden Gruben waren schon knietief ausgehoben, als die Glocke zum Mittagessen rief. Ein wenig erschöpft von der ungewohnten Arbeit schlurften die Mönche an ihre gewohnten Plätze. Der Vorleser las:

„Aber Jesus kam, trat in ihre Mitte und sagte: ‚Ich bringe euch Frieden'!"

Dann wandte er sich an Tobias:

„Leg deinen Finger hierher und sieh dir meine Hände an! Streck deine Hand aus und lege sie in meine Seitenwunde! Hör auf zu zweifeln: Glaube, dass ich es bin!"

Der Abt hatte extra für die hart arbeitenden Brüder Gänse schlachten lassen. So erfreuten sie sich an dem Festmahl. Überall vernahm man das zufriedene Schmatzen der Männer. Derart gestärkt machten sie sich daran, die Gruben mit Hilfe von Schippen und Spaten weiter auszuheben.

Im Laufe des Vormittags hatte sich das Wetter eingetrübt. Nach der Mittagspause fing es auch leicht zu regnen an. Trotz des Nieselregens arbeiteten alle weiter. So dauerte es nicht lange, bis sie bis auf die Knochen durchnässt waren. Die Mönche hatten angeregt, den Regen abzuwarten, um dann die Arbeit fortzuführen; aber Rafael, dem die Zeit weglief, verwarf den Vorschlag und ließ weiterarbeiten.

Da es mittlerweile empfindlich kalt war, zogen sich die Brüder der Reihe nach trockene Kleidung an, um die Arbeit danach wieder aufzunehmen. Nur Rafael lief weiterhin in seiner nassen Kleidung über den kalten Klosterhof, um Anweisungen zu geben. Auch als es ihn schon fröstelte, hörte er immer noch nicht auf zu arbeiten.

Sie schalten die Grubenwände grob mit Holz aus, da ein Einstürzen der Wände verhindert werden sollte. Nachdem die Gruben die erforderliche Tiefe hatten, schlugen die Männer auf Anweisung von Rafael Pfähle in den Grubenboden.

Anschließend zeigte er den Mönchen, wie die Pfähle mit Hilfe einer Machete oder eines Beiles angespitzt werden müssen, damit diese zum tödlichen Hindernis für eine feindliche Kavallerie werden. Also begannen die Mönche, alle Pfähle anzuspitzen – auch die, die senkrecht in den Gruben standen. Zum Abschluss der Arbeiten ließ Rafael die beiden Gruben mit Planken abdecken. Auf jede der Planken wurde ein zwei Fuß langes Stück Seil genagelt. Dies diente dazu, die Planken bei Gefahr schnell wegziehen zu können. So würde man genug Zeit gewinnen, um das Heil in der Flucht zu suchen.

Der sonst so weltoffen erscheinende Klosterplatz hatte sich auf diese Weise in eine wehrhafte Trutzburg verwandelt. Auch Abt Anselm freute sich über die gelungene Schanze. Denn wenn jetzt das Tor aufgebrochen würde, hätte eine feindliche Reiterei immer noch große Schwierigkeiten, in das Innere des Klosters gelangen zu können. Rafael wies mit seinem Arm stolz auf die wehrhaft angespitzten Pfähle und sagte:

„Jetzt müsst ihr nur noch einen Plan entwickeln, wie und wohin ihr fliehen wollt, wenn Gefahr droht! Durch dieses Bauwerk gewinnt ihr auf jeden Fall wertvolle Zeit."

Da Rafael mittlerweile eiskalte Schauer über den Rücken liefen, entschied er sich dafür, endlich seine nasse Kleidung zu wechseln.

Auch an diesem Abend nahmen Androsch und Rafael an der heiligen Messe teil. Nach dem Abendessen gingen die beiden schnell in ihre Zellen, um für den folgenden Reisetag auszuschlafen.

Als sie nach dem morgendlichen Wecken über den Klosterplatz zum Speisesaal gingen, staunten sie nicht schlecht: Die ersten Schneeflocken fielen vom Himmel. Rafael stellte erschrocken fest:

„Oh nein, jetzt fängt es auch noch an zu schneien! Wir haben doch solch einen langen Heimweg vor uns! Schnee können wir wirklich nicht gebrauchen. Androsch, wir müssen schnell aufbrechen. Lass uns essen – und dann aber los!"

Gleich, nachdem sie ihr Frühstück verschlungen hatten, drängte Rafael zum Aufbruch. Da bei Tisch ja nicht gesprochen werden durfte, deutete Rafael mit seiner Hand zur Tür. Androsch verstand sofort und ging gemeinsam mit

Rafael aus dem Saal zurück in die Zellen, um zu packen. Mit den gepackten Taschen machten sie sich zum Arbeitszimmers des Abtes auf. Dort erwartete sie schon der Abt, um Abschied zu nehmen:

„Gelobt sei Jesus Christus! Wie ich vernommen habe, wollt ihr bereits aufbrechen?"

„In Ewigkeit Armen! Wir müssen, Euer Geistlichkeit! Das schlechte Wetter zwingt uns dazu! Was bin ich Euch schuldig?", entgegnete Rafael.

Schmunzelnd antwortete der Abt:

„Das wollte auch ich euch gerade fragen! Sie haben sehr viel für unser Kloster getan. Die Brüder fühlen sich jetzt schon ein wenig sicherer. Das haben wir Euch zu verdanken. Nein, im Ernst: Was schuldet Euch unser Orden für die große Hilfe?"

„Euer Geistlichkeit, seht unser Tun als Spende! Wenn Ihr uns vielleicht noch ein wenig Reiseproviant mit auf den Weg geben könntet?", fragte Rafael hüstelnd.

„Seht, jetzt habt Ihr Euch auch noch erkältet! Natürlich bekommt ihr Proviant! Ich lasse ihn zu den Ställen bringen, denn ihr müsst ja sowieso noch satteln."

Dann gab er den beiden zum Abschied die Hand. Dazu sagte er:

„Gehet hin in Frieden!"

Rafael antwortete:

„Dank sei Gott, dem Herrn!"

Danach wandten sie sich ab, um in die Ställe des Klosters zu eilen. Der Schneefall hatte nicht zugenommen. Auch schmolz der gefallene Schnee auf dem noch relativ warmen Boden weg. Das beruhigte Rafael zunächst. Aber trotzdem drängte er zur Eile.

Die beiden zogen die gesattelten Pferde an den Zügeln hinter sich her. Bronko, der die ganze Zeit bei den Pferden im Stall hatte verbringen müssen, steckte wieder in einer der Satteltaschen. Dann kam Bruder Tobias ihnen mit einem Sack voller Proviant entgegen:

„Unser Abt hat mich beauftragt, euch diese Lebensmittel zu überreichen", sagte Bruder Tobias, als er ihnen den Sack übergab.

Rafael, der sich für die freundliche Gabe bedanken wollte, wurde zuerst von einem plötzlichen Hustenanfall daran gehindert. Dann äußerte er heiser:

„Entschuldigt! Ich habe mich wohl ein wenig verkühlt. Habt Dank für die leckeren Speisen und für die gute Unterbringung!"

Bruder Tobias nickte lächelnd und entgegnete:

„Alle Brüder haben sich über Eure Anwesendheit gefreut. Wollt Ihr Eure Krankheit nicht auskurieren, bevor Ihr diese anstrengende Reise antretet?"

„Ich schätze Eure Fürsorge wirklich, aber wir müssen weiter!", bedankte sich Rafael, wobei er seinen Hustenreiz unterdrücken musste.

„Dann lebt wohl!", sagte Bruder Tobias.

„Ja, lebt wohl!", entgegnete Rafael.

Auf ein Zeichen von Bruder Tobias wurde das große Tor geöffnet. Die beiden Reisenden zogen ihre Pferde an den Zügeln über die mit Bohlen abgedeckte Grube und vorbei an den spitzen Holzpfählen hinaus aus dem Tor. Dort saßen sie auf und ritten in leichtem Trab in Richtung Einbeck.

Das trostlose Wetter, das die Reisenden mit Schneeregen bestrafte, schlug sich auf das Gemüt der beiden nieder. Ohne zu sprechen, ritten sie dahin. Nur Rafaels Reizhusten unterbrach die Stille. Dann trieben sie ihre noch frischen Pferde an, um so weit wie möglich vorwärts zu kommen.

Irgendwann räusperte sich Rafael und meinte:

„Androsch, bald werden wir da sein! Bald, Androsch, bald siehst du dein neues Zuhause. Deine neue Heimat –: Sie wird dir gefallen!"

Androsch schaute Rafael lächelnd an:

„Bitte erzähle mir mehr von meiner neuen Heimat! Wie ist es dort?"

Rafael hüstelte wieder und erzählte:

„Unser Hof liegt umgeben von Eichen und Buchenwäldern, ein wenig außerhalb von Delbrügge. Wir haben dort ganz oft magere Sandböden, aber es gibt auch Ecken mit ziemlich fetten Lehmböden. Auf unserem Hof leben meine Eltern sowie noch ein Bruder und eine Schwester von mir. Dazu gibt es zwei Mägde und einen Knecht. Wir sind zwar nicht reich, aber für ein zufriedenes Leben wird es reichen."

Androsch war erfreut über das, was er hörte:

„Ich bin sehr gespannt auf die Deinigen. Den Hof stelle ich mir sehr schön vor!"

„Ja, das ist er! Mein Großvater hatte das Haus und die dazugehörigen Stallungen erweitert und alles wirklich gut hergerichtet; aber seinen Lebensabend durfte er dort nicht mehr genießen", erläuterte Rafael.

„Was ist denn passiert?", fragte Androsch ein wenig ungeduldig.

Rafael räusperte sich und antwortete:

„Der Paderborner Fürstbischof hatte es versäumt, die Delbrügger Landwehr darüber zu informieren, dass er einem spanischen Heereszug die Durchreise-Genehmigung gegeben hatte. Das führte dazu, dass die bewaffnete Delbrügger Landwehr eine feindliche Handlung vermutete und einige Spanier erschoss. Die Rache der Spanier war schrecklich: Viele Delbrügger wurden erstochen und erschlagen, darunter auch meine Großmutter und mein Großvater. Der Rest unserer Familie überlebte den Racheakt. Am Ende des Jahres, als das alles geschah, wurde ich geboren. Meine Großeltern konnte ich somit nicht kennenlernen."

„Es war nur ein Missverständnis?", fragte Androsch nach.

„Ja, das ist in der Tat die Tragik dieser Geschichte! Nur weil der Fürstbischof es versäumt hatte, seine Bevölkerung zu informieren, mussten so viele brave Menschen sterben! Den Spaniern konnte man noch nicht einmal einen Vorwurf machen. Denn sie wurden ja zuerst angegriffen! Aber die Delbrügger dachten, wie gesagt, es handele sich um die Invasion feindlicher Truppen!", antwortete Rafael.

„Eigentlich war es ja nur eine Reaktion aus Angst vor einem Angriff. Die Delbrügger wollten ihre Lieben sowie ihr Hab und Gut schützen!", gab Androsch zu bedenken.

„Androsch, sobald die Menschen aufhören, miteinander zu sprechen, schafft das Raum für Gewalt. Und je unsicherer die Menschen sind, desto schneller sind sie bereit, Gewalt gegen Fremde anzuwenden", meinte Rafael, wobei er einmal mehr kräftig husten musste.

Es ging weiter auf einsamen Wegen durch unbewohntes Gebiet. Hier und da sahen sie flüchtendes Rehwild abseits des Weges. Eine Mittagspause machten sie nicht, da sie beabsichtigten, noch ein Dorf mit einer Herberge zu finden. Gegen Sonnenuntergang sahen die beiden ein, dass ihnen in dieser Nacht kein warmes Bett vergönnt sein würde.

Deshalb wollte Rafael an einer Baumgruppe, die aus uralten Eichen bestand, die Nacht verbringen: Sie machten die Pferde fest und rieben sie trocken, um sie dann mit den Pferdedecken abzudecken. Bronko, der endlich der Satteltasche entfliehen durfte, suchte schnüffelnd und markierend die kleine Baumgruppe ab. Es war nasskalt und sehr ungemütlich. Die Wolken verrieten einen Schneefall, der unweigerlich kommen würde.

Rafael fühlte sich ein wenig benommen: Sein Kopf schmerzte, die Nase lief, und der Hustenreiz steigerte sich von Stunde zu Stunde.

„Komm, Androsch, suche du schon einmal Brennholz! Ich füttere solange die Pferde", sagte er.

Androsch machte sich auch gleich daran, Holz zu sammeln. Da er sich dachte, dass die Nacht sehr kalt sein würde, schleppte er sehr viel davon zum Lagerplatz. Als Rafael die Pferde versorgt hatte, baute er mit einem Stück Zeltbahn von der Größe einer Bettdecke ein provisorisches Zelt. Anschließend legte er die beiden dicken Decken in das einfache Zelt.

Derweil machte Androsch ein Lagerfeuer und holte Wasser von einem in der Nähe des Lagerplatzes dahinplätschernden Bach. Die Mönche hatten den Proviantsack mit Brot, Zwiebeln, Mettwürstchen, Porree und einem großen Stück Käse befüllt. So gingen die beiden daran, eine Suppe zuzubereiten. Androsch, der sich langsam Sorgen um die Gesundheit seines Ziehvaters machte, meinte:

„Eine Suppe kann Wunder wirken! Du wirst schon sehen: Morgen geht es dir bestimmt wieder besser!"

„Ja, die Suppe wird mir helfen. Wir müssen morgen versuchen, Einbeck vor Einbruch der Dunkelheit zu erreichen. Dort finden wir ganz bestimmt eine Herberge."

Irgendwann fing es kräftig an zu schneien. Und da es sich nach dem Sonnenuntergang erheblich abgekühlt hatte, blieb der Schnee auch liegen. Nachdem sie die Suppe gegessen hatten, suchten sie das provisorische Zelt auf, das von Rafael ganz nah an einer uralten Eiche errichtet worden war. Androsch legte die ganze Nacht hindurch Holz auf das Feuer. Da es ununterbrochen und ergiebig geschneit hatte, machte Androsch sich große Sorgen über die bevorstehende Weiterreise.

„Bei dieser Kälte können wir unmöglich nochmals draußen schlafen, sonst holen wir uns den Tod", dachte Androsch.

Dabei sah er, wie sich Rafael unruhig in seinem Lager hin und her wälzte. Beim Morgengrauen wurde Rafael wach. Mit fiebrigem Blick schaute er sich die verwandelte Landschaft an:

„Nein, das darf ja nicht wahr sein! Jetzt reicht uns der Schnee schon bis zur Wade! Androsch, Androsch, wir müssen sofort weiter!" verlangte Rafael voller Angst mit heiserer Stimme.

„Aber Vater, wir müssen doch erst etwas essen!", meinte Androsch.

„Wir können etwas essen, wenn wir den Müller in Einbeck erreicht haben. Los, los!", drängte Rafael.

Ohne Widerrede sattelte Androsch die Pferde, rollte die Decken sowie die Zeltbahn zusammen und verstaute Bronko in der Satteltasche. Androsch wunderte sich sehr darüber, dass Rafael ihn fast apathisch beobachtete, ohne bei der Arbeit zu helfen. Eilig saß Androsch auf, um dann seinen Blick erwartungsvoll auf Rafael zu richten. Der bewegte sich nur ganz langsam auf sein Pferd zu, nahm den Zügel auf, umfasste den Sattelknauf, und stellte einen Fuß in den Steigbügel. Dann wollte er wie gewohnt mit Schwung aufsitzen. Aber kaum hatte er sein Bein angehoben, da verließ ihn sichtlich die Kraft: Er konnte den Sattelknauf nicht richtig umschließen und fiel rücklings in den Schnee. Voller Entsetzten rief Androsch:

„Oh, mein Gott! Vater, was ist nur mit dir?"

Ächzend wollte sich Rafael wieder erheben. Aber trotz aller Bemühungen gelang ihm das nicht. Androsch sprang rasch von seinem Pferd, um seinem Ziehvater hochzuhelfen. Als er vor Rafael kniete, hielt er dessen Kopf und fragte abermals:

„Vater, Vater, was ist mit dir?"

Dann dauerte es eine Weile, bis Rafael seine stark geröteten Augen öffnete. Aber diese waren nicht auf Androsch gerichtet, sondern auf das winterkahle Geäst der alten Eiche in ihrer Nähe. Flüsternd und kaum verständlich murmelte er:

„Ich möchte nicht auf dem Schlachtfeld mit all dem Grauen sterben. Ich möchte unter einem Baum sterben, der seine Äste weit ins Land streckt!"

Dabei bekam er einen ganz verklärten Gesichtsausdruck, wozu er verhalten lächelte. Das machte Androsch erst recht Angst. Er fühlte mit seiner Hand an Rafaels Stirn. Die war tatsächlich glühend heiß.

„Oh, mein Gott, was mache ich jetzt nur? Vater kann sich nicht von der Stelle bewegen, und wir sind hier mitten in der Wildnis. Kein Ort weit und breit, von wo aus ich Hilfe erwarten könnte!", dachte Androsch in einem Anflug von Panik.

Dazu fing es wieder an zu schneien. Zusammen mit dem schneidend kalten Wind wurde es immer ungemütlicher. Androsch fasste Rafael von hinten unter die Arme und zog ihn so in die Nähe der noch glimmenden Feuerstelle. Anschließend holte er die Zeltbahn vom Pferd und baute ein provisorisches Zelt nach Rafaels Vorbild. Mit einer der Decken, die schon wieder zusammengerollt hinter dem Sattel des Pferdes hingen, deckte er Rafael zu. Schnell suchte er noch ein wenig Holz, was sich aber durch die immer dicker werdende Schneedecke als sehr mühselig herausstellte. Mit den wenigen Fundstücken schürte Androsch noch einmal das Lagerfeuer. Er holte Bronko aus der Satteltasche und setzte ihn zu Rafael unter die Decke. Dabei sagte er:

„Du achtest schön auf Vater. Sei wachsam und belle so laut du kannst, wenn Gefahr droht!"

Zuletzt holte er noch Rafaels Degen, um diesen direkt neben seinem Ziehvater in die Erde zu stecken. Sollte es nötig sein, würde Rafael ihn sofort zur Hand haben, dachte Androsch – und vor allem:

„Vater braucht unbedingt ein warmes Bett und ein Dach über dem Kopf!"

Ganz ohne einen Plan zu dem weiteren Vorgehen zu haben, schwang er sich auf sein Pferd, um nach Hilfe zu suchen.

Aber kaum war Androsch losgeritten, da verschlechterte sich die Wetterlage zusehends. Der kalte Wind blies ihm den Schnee geradezu heftig ins Gesicht. Mit zunehmendem Schneefall verringerte sich auch die Sichtweite erheblich.

Androsch spürte, in welcher Gefahr sie sich befanden. Sollte er sich verirren, wären sie verloren. Er sah nach allen Seiten, um markante Punkte in der Landschaft erkennen zu können. Über seinen Dreispitz hatte er einen Schal gebunden. So wollte er seine Ohren wärmen und den Hut daran hindern, vom starken Wind weggerissen zu werden.

Von allen verlassen kam er sich vor –: Kein Dorf oder Bauernhof war zu sehen. Er fühlte sich in diesem Augenblick so einsam, wie er sich gefühlt hatte, als seine Eltern umgebracht worden waren und er allein im leeren Dorf umherlief. Der kalte Wind biss in sein Gesicht. Er konnte die schmerzhafte Kälte kaum noch ertragen. Langsam war er verzweifelt: Was zuerst ein Gefühl der Unsicherheit war, steigerte sich zur Angst. Er geriet nun nahezu in Panik. Denn so sehr er sich auch – jedenfalls, so weit er schauen konnte – nach menschlichen Behausungen umsah: Es war nichts zu entdecken.

„Was soll ich nur tun? Wir werden sterben! Ende – Schluss – aus!", dachte Androsch.

Nachdem er lange umhergeritten war, ohne ein Haus zu entdecken, beschloss er, zurückzureiten.

„Es hat alles keinen Zweck mehr! Wenn ich schon sterben muss, dann will ich wenigstens bei Vater sein!", nahm er sich in düsterer Stimmung vor.

Seine Hände waren vor Kälte blau angelaufen und schmerzten sehr. Pausenlos versuchte er, sie abwechselnd mit seinem Atem aufzuwärmen. Das nutzte aber nur in bescheidenem Umfang etwas. Tränen liefen ihm vor Schmerz über die Wangen. Auch machten es ihm die vor dem Gesichtsfeld verwirbelnden Schneeflocken fast unmöglich, die eigene Schneespur zu erkennen. So blieb ihm nichts anderes übrig, als vom Pferd zu steigen, um die Spur zu suchen. Irgendwann war die Spur dann aber überhaupt nicht mehr zu sehen, da sie durch den starken Wind mit frischem Schnee zugeweht worden war.

„Ich werde ihn nicht mehr finden! Wir werden sterben!", hämmerte es in seinem Kopf.

Mittlerweile reichte der Schnee bis an Androschs Knie. Da es dadurch sehr anstrengend war, auch nur ein paar Schritte zu gehen, saß er wieder auf und ritt einige hundert Meter, um dann zur Orientierung wieder abzusteigen.

Er dachte bereits daran aufzugeben, sich einfach mit seiner dicken Decke in eine windgeschützte Hecke zu legen und abzuwarten. Vielleicht würde es aufhören zu schneien, und Rafaels Lagerplatz ließe sich dann leichter finden.

Aber ihm kamen dann doch wieder Bedenken: Wer weiß, wann es endlich aufhören würde zu schneien! Es könnte ja noch tagelang so weitergehen. Und dann wäre für sie sowieso alles vorbei. Irgendwann wusste er nicht mehr, wieviel Zeit vergangen war, seit er Rafael zurückgelassen hatte, und in welche Richtung er geritten war.

So trieb ihn einfach sein Instinkt weiter, ohne dass er eigentlich noch an ein glückliches Ende glauben konnte. Er dachte an seine leiblichen Eltern und daran, wie sie ihn zur Disziplin erzogen hatten. Vom Vater ist ihm oft erklärt worden, dass dieses irdische Leben ein Kampf sei. Er meinte auch, dass es sich für das Leben zu kämpfen lohne: Die Menschen, die kämpfen, könnten durchaus auch mal verlieren. Doch diejenigen, die aufgäben, hätten sowieso verloren. Und dann hörte Androsch die Stimmen seiner Eltern:

„Kämpfe, Junge, kämpfe! Du sollst leben!"

Androsch biss sich auf die Zähne und dachte:

„Ja, ich werde alles geben, um zu überleben!"

Er sprang wieder vom Pferd, um nach einer brauchbaren Spur zu suchen. Aber eine Spur fand er nicht mehr: Der frisch gefallene Schnee hatte ganze Arbeit geleistet und alles verwischt. Auch einige Zeit später versuchte er immer noch, eine Spur zu finden. Am Ende stolperte er, als er von seinem Pferd abgestiegen war, und fiel der Länge nach in den Schnee. Völlig erschöpft und durchgefroren blieb er regungslos liegen.

Irgendwann kam es ihm so vor, als würde der Wind Hundegebell herantragen. Er tat das zunächst als Hirngespinst ab und blieb liegen. Dann jedoch drang zum wiederholten Male immer lauter werdendes Hundegebell an sein Ohr. Erst da hob er seinen Kopf, um sich zu vergewissern, ob es sich um eine Sinnestäuschung handele, oder ob wirklich von weit her ein Hund zu hören sei.

Kaum hatte Androsch seinen Kopf angehoben, da fühlte er eine feuchte Zunge in seinem Gesicht. Schlagartig fing er sich und spürte wieder Kraft in seinen Gliedern. Als er die Augen öffnete, schrie er vor unsagbarer Freude auf:

„Bronko! Mein guter Bronko! Du hast dich durch den Schnee gekämpft, um mich zu holen? Schnell, wir müssen zu Vater!"

Androsch nahm seinen Hund hoch und setzte ihn in seine angestammte Satteltasche. Anschließend saß er auf und folgte der Spur, die Bronko auf dem Weg zu seinem Herrchen gemacht hatte.

Auf diese Weise gelangte Androsch nach kurzer Zeit direkt an Rafaels Lager. Schnell band er das Pferd im Windschatten der dicken Eiche an und nahm Bronko aus der Satteltasche. Dann versorgte er das Pferd mit Futter und deckte es mit der wärmenden Pferdedecke ab. Anschließend eilte er zu Rafael, der gut zugedeckt unter der völlig zugeschneiten Zeltbahn lag. Da das provisorische Zelt unter der Schneelast zusammenzubrechen drohte, schob Androsch mit den Händen den Schnee herunter.

Danach kroch er in das Zelt und fühlte Rafaels Stirn: Zu seinem Bedauern war sie immer noch sehr heiß. Androsch holte seine Decke und legte sich zu Rafael ins Zelt. Da er sehr durchgefroren war, kuschelte er sich ganz nah an seinen Ziehvater, der wegen seines Fiebers reichlich Wärme abgab.

Rafael schlief fest und bekam deswegen von Androschs Anwesenheit gar nichts mit. So wärmte sich Androsch ein wenig auf. Als seine Hände nicht mehr allzu sehr schmerzten, kam er unter der Decke hervor, um wieder aufzustehen.

Es war nun zum Glück aufgelockert bewölkt, schneite kaum noch, und der Wind blies nicht mehr so stark. Androsch ging stapfend durch den hohen Schnee und suchte in dem nahe gelegenen kleinen Wald nach Brennholz. Dreimal ging er los, um dann mit den Armen voller Reisig und Bruchholz zurückzukehren. Abermals machte er ein Lagerfeuer.

Anschließend ging er wieder mit dem Degen in der Hand ins Wäldchen. Dort hatte er vorher zwei junge Buchen gesehen, die nicht so dick waren, sodass man sie mit einer Hand umfassen konnte. Die fällte er mit Hilfe des Degens und zog sie dann hinter sich her ins Lager. Sie sollten zum Bau einer Transportliege dienen.

Am Lagerfeuer schnitt er die Äste ab. Übrig blieben nur die beiden blanken Stämme. Er band Rafaels Pferd los und holte es in die Nähe des Lagerfeuers, um es dort zu satteln.

Dann schaffte er einen der Stämme heran. Den befestigte er mit Hilfe eines Strickes an dem Steigbügel. Das Gleiche machte er am zweiten Steigbügel, versah danach die beiden Stämme mit zwei Querstreben und verband auch sie mit Stricken.

Schnell baute er das provisorische Zelt ab. Die frei gewordene Zeltbahn befestigte er an dem Gestänge. Sodann legte er sich, um die Konstruktion zu testen, auf die Transportliege. Er hatte den Eindruck, dass seine Arbeit gut gelungen sei. Dann platzierte er eine der dicken Pferdedecken auf die Liege und versuchte, Rafael zu wecken:

„Vater, Vater, wir müssen weiter! Du brauchst ein warmes Bett sowie die Hilfe eines Heilkundigen, damit du wieder gesund wirst!"

Rafael wachte auf und äußerte verwirrt:

„Androsch, ich kann nicht. Ich bin zu schwach!"

Androsch antwortete zuversichtlich:

„Sorge dich nicht, wir schaffen das!"

Rafael aber meinte:

„Wie denn? Du siehst doch, wie schwach ich bin. Ich kann noch nicht einmal reiten!"

„Vater, schau doch mal, was ich dir gebaut habe! Damit werden wir es schaffen!", machte Androsch ihm mit freudiger Stimme Mut und wies mit der Hand zur Transportliege.

Als Rafael sein Pferd mit dem angespannten Transportgestell sah, glänzten seine Augen vor Freude:

„Du bist wirklich ein Goldjunge! Dann lass es uns wagen. Gemeinsam schaffen wir alles!"

Rafael stand schwankend auf, wobei Androsch ihn stützte, damit er das Transportgestell sicher erreichen konnte. Langsam ließ er sich auf die Liege nieder und sagte dabei:

„So bequem bin ich wirklich noch nicht gereist! Du weißt, wohin es geht?"

„Du sprachst von der Stadt Einbeck!", antwortete Androsch.

„Ja, genau. Und zwar müssen wir zum dortigen Müller. Der wird uns helfen. Dessen bin ich mir sicher!"

„Ich habe verstanden! So, jetzt hole ich dir noch die Decken, denn heute Abend wird es bestimmt wieder sehr kalt", stellte Androsch fest.

Nachdem Rafael von Androsch mit den wärmenden Decken zugedeckt worden war, gab er ihm noch etwas Wasser zu trinken. Danach verpackte er die Ausrüstung und den Proviant. Er nahm sein Pferd am Zügel, um es neben Rafaels Pferd zu führen. Dort schwang er sich auf sein Pferd, ergriff auch die Zügel von Rafaels Pferd und ritt los. Da die Pferde schon sehr oft nebeneinander geritten waren, gab es überhaupt keine Schwierigkeiten. Das Transportgestell knackte zwar bei jeder großen Bodenwelle, aber es hielt. Durch den Schnee begünstigt glitt es wie ein Schlitten durch die Winterlandschaft.

„Weiter, nur weiter. Jeder Meter zählt. Mit jedem Meter kommen wir einem warmen Ofen näher!", dachte Androsch, der nur vorwärts kommen wollte und kein Auge für die schöne Landschaft hatte.

Da es bitter kalt war, entstiegen den Nüstern der Pferde lange Atemschwaden. Androsch war körperlich sehr erschöpft, aber sich ausruhen konnte er nicht. Er musste durchhalten, um sich, Raphael und die Tiere zu retten. Als der Schneefall wieder zunahm, spornte ihn das nur weiter zur Eile an.

So bahnten sie sich mit Hilfe der sehr guten Pferde einen Weg durch den Schnee. Rafael gab während der ganzen Zeit keinen Ton von sich, sodass Androsch mehrfach versucht war anzuhalten, um nach ihm zu schauen. Er verwarf dieses Vorhaben aber immer wieder, da die Pferde einen guten Reise-Rhythmus gefunden hatten. Den wollte er nicht unterbrechen. Als die Abenddämmerung einsetzte, dachte er:

„Wenn ich doch nur endlich irgendwo ein Lichtlein sehen würde. So eine verdammt ausgestorbene Gegend kann das doch nicht sein! Es muss hier doch irgendwo Menschen geben!"

Aber es gab keine Menschen weit und breit. So ritt er weiter bei Schneetreiben durch die Nacht. Androsch wuchs über sich hinaus. Er spornte sich wie im Rausch selber an:

„Jetzt erst recht! Ich werde erst dann wieder ein Auge zumachen, wenn ich einen Hof oder besser ein Dorf gefunden habe! Der Sensenmann kann noch lange auf uns warten!"

Wenn der Mond eine Lücke im wolkenverhangenen Himmel fand, warf er sein kaltes Licht auf die bewaldete Landschaft. In der Wahrnehmung des übermüdeten Jungen erzeugte dies Licht, in Verbindung mit den alten Bäumen, bedrohlich erscheinende Hirngespinste: Hier sah er eine nach ihnen greifende Klaue, dort eine lauernde Teufelsfratze. Und auch eine riesige Fledermaus schien auf einem der Bäume sitzend auf Opfer zu warten. Eisige Schauer liefen Androsch über den Rücken. Aber stoppen ließ er sich auch durch die Schattengestalten nicht. Er klopfte seinem Pferd sanft an die Mähne und sprach ihm gut zu:

„Vorwärts, mein Guter! Nur weiter so! Hafer und Heu warten auf dich in einem warmen Stall. Vorwärts, mein Guter!"

Die ganze Nacht kämpfte er sich durch die Kälte voran. Als sich schon der Morgen in rotgoldenen Farben ankündigte, da kam es Androsch vor, als hörte er aus der Ferne plötzlich Hundegebell. Auch Bronko spitzte seine Ohren und schaute aufmerksam aus seiner Satteltasche heraus. Androsch hatte dieses Gebell zuerst noch gar nicht so richtig wahrgenommen. Erst, als es abermals ertönte, wurde ihm klar, dass es von einem Bauernhof stammen könnte.

Deshalb führte er die Pferde in die Richtung, aus der das Gebell erscholl. Es hatte überraschenderweise aufgehört zu schneien und war nur noch leicht bewölkt, sodass die Sonne mit ihrem Licht die mit Schnee bedeckte Landschaft erstrahlen ließ.

Der schöne Sonnenaufgang und das verheißungsvolle Gebell sorgten dafür, dass Androsch schlagartig hellwach wurde. Seine Gelenke schmerzten, seine Augen brannten, aber all seine Sinne waren aufs äußerste angespannt, um das vielleicht rettende Gehöft zu finden. Und tatsächlich: Als sie ein Wäldchen und ein weiteres Wäldchen durchquert hatten, lag in einer Lichtung ein kleiner Bauernhof.

„Rafael! Vater! Wir sind gerettet! Wir sind …", rief Androsch, bis ihm Freudentränen die Stimme nahmen.

Er sah Rafael und sich schon am warmen Ofen. Und er stellte sich dabei vor, wie eine gutmütige Bäuerin Rafael Tee reichen, ihm ein Bett mit leinenen Laken bereiten würde, und wie sie endlich in einer warmen Kammer ausschlafen dürften. Also spornte Androsch die Pferde nochmals an, um schneller auf den Hofplatz zu gelangen.

Mitten auf dem Hof des Bauernhauses stand ein stattlicher Schäferhund, der sich die Seele aus dem Leib bellte, da er schon lange die Witterung der Fremden aufgenommen hatte. Der Bauer, der durch seinen Hund vorgewarnt worden war, kam mit seinen Knechten, die Forken in den Händen hielten, aus dem Haus. Dort erwarteten sie die ungebetenen Gäste mit gemischten Gefühlen. Sie waren sehr neugierig auf die Fremden, aber sie verspürten auch Unbehagen, da oft von vagabundierenden Söldnern und Tagedieben gesprochen wurde. Voller Anspannung standen sie da und begutachteten die Fremden.

Androsch stoppte die Pferde einige Meter vor dem Zähne fletschenden Hund, der nur mit Mühe von seinem Herrn zurückgehalten werden konnte. Dann sagte er zu den Bewohnern des Hofes:

„Seid gegrüßt, meine Herren! Ich möchte eure Hilfe erbitten, denn mein Vater ist erkrankt und wir hätten einen warmen Schlafplatz dringend nötig."

„Jungchen, wir würden euch gerne helfen, aber eine Seuche können wir auf meinem Hof nicht gebrauchen. Auf diesem Hof ist kein Platz für euch! Zieht schnell weiter, denn lange kann ich meinen Hund nicht mehr zurückhalten!", sagte der Bauer mit eiskalter Stimme.

Als Androsch sah, mit welcher Ablehnung man ihm begegnete, war ihm klar, dass der Bauer gleich seinen Hund auf sie hetzen würde. Er nestelte mit der Hand an seinem Gürtel entlang, um die Pistole zu fassen, die er seit Rafaels Erkrankung an sich genommen hatte. Er war fest entschlossen, sofort auf den Bauern zu schießen, falls er wirklich den Hund losließe. Dann fragte er den Bauern:

„Ist die Stadt Einbeck noch weit von hier entfernt?"

Der Bauer antwortete murrend:

„Eine halbe Stunde seid ihr noch unterwegs, dann seht ihr schon Einbeck. In diese Richtung müsst ihr reiten!"

Dabei wies er mit dem Arm in die Richtung, in der Einbeck lag. Androsch nickte, ohne eine Miene zu verziehen und verließ dann das Hofgelände ohne einen weiteren Gruß.

„Eine halbe Stunde. Und wenn es auch eine Stunde dauern würde: Das kann uns nicht mehr erschüttern. Wir werden es schaffen!", dachte Androsch und ritt weiter.

Vom Sonnenschein war die Schneelandschaft in eine prächtige Kulisse verwandelt worden, die gar nichts mehr von der Bedrohlichkeit hatte wie am Tag zuvor. Und tatsächlich: Wie vom Bauern angekündigt, sah Androsch die Silhouette der Stadt Einbeck nach einer kurzen Weile.

Von Hoffnung beflügelt ritt er fast triumphierend durch das Stadttor, welches von ligistischen Söldnern halbherzig bewacht wurde. An einem Brunnen hielt Androsch die Pferde an, wo er eine alte Frau nach dem Müller dieser Stadt fragte. Die Frau kannte den Weg und erklärte ihm, wie er am besten dorthin gelangen würde.

Dann stand Androsch hoch zu Ross vor dem prächtigen Bürgerhaus des Müllers. Er band die Pferde an die dafür vorgesehenen bronzenen Ringe, die an einem der Fachwerkbalken angebracht waren. Anschließend betätigte er den Türklopfer, der die Form eines Löwenkopfes hatte und mitten auf der Haustür befestigt war. Kurze Zeit später öffnete die Frau des Hauses die Tür und schaute Androsch fragend an. Er räusperte sich und sagte dann ohne Umschweife:

„Mein Vater ist schwer erkrankt. Wir brauchen ganz dringend Hilfe!"

Die Frau des Mühlenbesitzers antwortete:

„Mein Herr, wir sind kein Krankenhaus. Das liegt nämlich in direkter Nachbarschaft unserer Kirche."

„Gnädige Frau, mein Vater nannte mir Ihre Adresse mit der Aussage, dass Sie uns helfen würden. Bitte schaut Euch meinen Vater an! Vielleicht kennt Ihr ihn doch!", erwiderte Androsch freundlich.

Da die Frau des Mühlenbesitzers Mitleid mit dem Jungen hatte, erbarmte sie sich und ging darauf ein, sich den Mann anzuschauen. Kaum hatten sie die Transportliege erreicht, da stockte ihr der Atem. Tatsächlich kannte sie den Mann, der sie von der Liege aus mit glasigen Augen anschaute.

„Oh nein! Mein Herr, was ist nur mit ihnen?", fragte die Frau entsetzt und eilte zur Haustür zurück.

Schnell verschwand sie im Haus, um kurz darauf mit ihrem Mann und der Tochter zurückzukehren. Die Frau erklärte ihrem Mann:

„Falk, es ist der Mann, der uns beschützt hat!"

Als sie vor der Transportliege standen, beugte sich der Mühlenbesitzer zu Rafael hinunter. Rafael fiel das Atmen schwer. Unter Schmerzen sagte er:

„Mein Herr, wir brauchen eure Hilfe!"

Hiernach hustete er mit schmerzverzerrtem Gesicht und schloss seine Augen wieder. Der Mühlenbesitzer hatte seinen Retter erkannt und sprach nun auf ihn ein:

„Habt keine Sorge! Ihr bekommt Hilfe – koste es, was es wolle! Ich werde sofort nach einem Heilkundigen rufen lassen. Solange werden wir zwei Kammern in unserer Wassermühle für euch herrichten!"

Umgehend holte er sein Reitpferd, um die beiden zur Wassermühle zu geleiten. Die lag an einem kleinen Fluss am Rande der Stadt. In der Mühle wohnte auch ein Geselle mit seiner Familie, aber der Mühlenbesitzer hatte dort noch einige Kammern für Gäste eingerichtet. An der Mühle gab es Stallungen für die Mulis und Arbeitspferde, die für den Transport der Getreidesäcke benötigt wurden. Dort fanden auch die Reitpferde der beiden einen warmen Platz auf sauberem Stroh.

Der Mühlenbesitzer half dann zusammen mit Androsch dem schwerkranken Rafael beim Aufstehen. Anschließend geleiteten sie ihn durch die Wohnstube in den oberen Bereich des Hauses, wo die Kammern lagen. Dort legten sie ihn auf eines der schon frisch bezogenen Betten. Androsch zog Rafael die Stiefeln und auch die übrige Kleidung, bis auf das Unterhemd, aus. Dann deckte er seinen Ziehvater, der unter hohem Fieber litt, mit dem dicken Federoberbett zu.

Als er ihn in Sicherheit wusste, fiel alle Last von seinen Schultern. Mit letzter Kraft schleppte sich Androsch in die Kammer, die ihm zugewiesen worden war. Dort warf er sich, so wie er war, auf das Bett, um augenblicklich einzuschlafen. Der Mühlenbesitzer sah, wie entkräftet der Junge war, und deckte ihn zu.

Einige Stunden später führte er einen heilkundigen Mann in Rafaels Kammer. Der ganz in schwarz gekleidete Heilkundler schaute sich Rafael in aller Ruhe an. Er fühlte an Rafaels Stirn, tastete Achseln und Leisten nach Knoten ab und horchte an seinem Brustkorb. Nach einiger Zeit trat er aus der Kammer heraus und sagte zum Mühlenbesitzer:

„Ich habe schlechte Nachricht für euch, mein lieber Falk! Euer Freund hat eine Lungenentzündung! Die heutige Nacht wird über Leben und Tod entscheiden. Wenn sein

Fieber nicht bis zum Morgengrauen sinkt, wird er es nicht überstehen."

Falk schaute den Heilkundigen, der nachdenklich an seinem grauen Spitzbart nestelte, erschrocken an, um dann zu fragen:

„Steht es wirklich so schlecht um meinen Freund? Kann ich irgendetwas für ihn tun?"

Der Heiler nickte mit geschlossenen Augen und antwortete:

„Wie ich Euch schon sagte, ist es eine sehr ernste Angelegenheit. Aber gebt ihm reichlich zu trinken und macht eurem Freund regelmäßig kühle Umschläge. Außerdem sorgt dafür, dass die Fenster geschlossen bleiben! Der Rest liegt in Gottes Hand. Denn wenn er das Licht löschen möchte, dann ist es erloschen!"

Rafael bekam von der Untersuchung nur bruchstückhaft etwas mit. In seinem eingetrübten Bewusstseinszustand wanderte er seit den letzten Tagen immer zwischen Tag und Nacht hin und her: Mal erkannte er schemenhaft Androsch, ein andermal sah er ganz deutlich Personen aus der Vergangenheit, die schon lange tot waren. Jeder Atemzug verursachte ihm Schmerzen, die ihn manchmal leise aufstöhnen ließen. Sein Schädel dröhnte so sehr, dass er keinen klaren Gedanken fassen konnte. Auch hatte er Schmerzen in allen Gelenken, sodass er versuchte, sich so wenig wie möglich zu bewegen.

Nachdem der Heilkundige die Mühle wieder verlassen hatte, ging Falk zu seinem Müllergesellen und beauftragte diesen, bis zur Ankunft seiner Frau auf Rafael zu achten. Danach schwang er sich auf sein Pferd, um seine Familie zur Mühle zu holen. Es dauerte auch nicht lange, da kam der Mühlenbesitzer gemeinsam mit Tochter und Frau auf einer Kutsche vorgefahren.

Voller Eifer gingen Mutter und Tochter in Rafaels Kammer. Die Mutter schickte ihre Tochter zum Wasserholen an dem am Hause liegenden Bach. In dieses eiskalte Wasser tauchte die Mutter ihre mitgebrachten Tücher, um sie anschließend um Rafaels Waden zu wickeln. Rafael schreckte kurz auf und fiel anschließend sofort wieder in einen tiefen Schlaf.

Später ließ sie auf der Feuerstelle des Gesellen Wasser anwärmen, bis es lauwarm war. Damit tränkte sie einen Waschlappen, um Rafael zu waschen. Derweil versuchte die Tochter, ihm etwas zu trinken einzuflößen. Die Mutter wechselte von Stunde zu Stunde die Wickel an Rafaels Beinen, und die Tochter tupfte die Stirn des Schwerkranken mit einem feuchten Tuch ab.

Was geschah, drang alles nicht in Rafaels Bewusstsein. Seine Gedanken bewegten sich in fiebrigen Träumen. In diesen Träumen traf er auf Gerlinde: Sie strahlte eine große Vitalität wie vor ihrer Krankheit aus. Nur erschien ihm ihr Strahlen von noch größerer Schönheit und Ausdruckskraft, als es seinerzeit war. Sie umarmte ihn voller Anmut und sagte:

„Du hast mich in meiner schwersten Stunde nicht im Stich gelassen. Niemals werde ich dir das vergessen. Jetzt, wo es dir schlecht geht, bin ich bei dir. Und auch ich werde dich nicht allein lassen!"

Dann sah er seine geliebte Marie, wie sie an einem heißen Sommertag auf einer Wiese Kräuter sammelte. Mit langsamen, geschmeidigen Schritten bewegte sie sich in der ihr so vertrauten Natur. Mit achtsamen Augen suchte sie die Wiese nach Wildkräutern ab. Dann richtete sie ihren durchdringenden Blick auf Rafael. Lächelnd öffnete sie ihre Arme, um Rafael zu empfangen. Aber er versuchte vergeblich, zu ihr zu gelangen. So sehr er sich auch anstrengte –: Er kam keinen Schritt weiter auf sie zu. Zu seinem Entsetzen musste er feststellen: Wenn er näher kam, entfernte sich seine große Liebe von ihm.

Ratlos über diese eigentümlichen Erscheinungen verspürte er langsam Angst in seiner Brust aufsteigen – erst eine Art Beklemmung, und dann schnürte ihm dieses Gefühl auch noch die Luft ab. Dadurch geriet er in Panik und schrie los:

„Nein! Nein!"

Die Frau des Mühlenbesitzers drückte den mit dem Oberkörper emporgeschnellten Rafael sanft zurück ins Kissen und sagte dabei beruhigend:

„Es ist alles in Ordnung! Ihr seid hier in guten Händen. Bald wird es Euch wieder besser gehen! Schlaft ruhig weiter, dann werdet Ihr wieder gesund."

Die Tochter des Mühlenbesitzers hob Rafaels Kopf sanft an, um ihm etwas Wasser zu reichen. Da Rafael sehr durstig war, leerte er die gut gefüllte Schale in einem Zug. Danach öffnete er die Augen und schaute die beiden Frauen verwundert an. Mit noch kratziger Stimme fragte er:

„Wo bin ich hier? Und wo ist mein Sohn?"

Die Frau des Mühlenbesitzers schaute ihre Tochter voller Freude an:

„Das Fieber scheint seinen Körper zu verlassen!"

Dann wandte sie sich Rafael zu:

„Ihr befindet euch in der Wassermühle von Einbeck. Und Ihr Sohn schläft in einer Kammer, die direkt neben dieser liegt. Bitte bleibt ruhig liegen und versucht noch ein wenig zu schlafen, bis das Fieber Euren Körper ganz verlassen hat."

Rafael nickte und schloss beruhigt seine Augen. Sein am Hals hängendes Amulett war für die beiden Frauen sichtbar aufs Kissen gerutscht. Die Tochter deutete mit der Hand auf die Schnitzereien und flüsterte dann ihrer Mutter zu:

„Schau mal, Mutter, was für interessante Schmuckstücke!"

Als hätte Rafael das Mädchen vernommen, tastete er vorsichtig mit seiner Hand das Lederband ab, um die drei Anhänger sofort wieder auf die Brust zu schieben. Mit einem leichten Lächeln auf den Lippen fiel Rafael in einen tiefen heilsamen Schlaf.

Plackerei

Die kleine Schicksalsgemeinschaft von Monika, Gerold und den Kindern war gut aufeinander eingespielt. Und diese zusammengeschweißte Gruppe hatte trotz vieler zu bewältigender Schwierigkeiten Einbeck weit hinter sich gelassen: Sie fuhren schon in Richtung Paderborn. Alles war nicht einfach. Sie hatten unter anderem einen Radbruch an dem Planwagen zu bewältigen. Aber dank Gerolds souveränem Handeln kam nie Angst oder gar Panik auf.

Monika beobachtete den alleinstehenden Mann mit steigendem Interesse. Nicht nur seine Fürsorglichkeit, was die Kinder betraf, sondern auch seine Selbstsicherheit sprachen für ihn. Er hatte, während die Kinder schliefen, ihr auch in Gesprächen von seiner verstorbenen Familie berichtet und ihr eröffnet, wie sehr ihm seine Angehörigen fehlen. Von Rafael wusste Monika, dass Gerold ziemlich bescheiden war: Nie hat er mit seinen Heldentaten im Gefecht geprahlt, obwohl er es sich hätte erlauben können.

An diese breiten Schultern des anständigen und ehrlichen Mannes mochte sie sich gern anlehnen. Sie hatte sich in ihn verliebt, zumal ihre Ehe nicht sehr glücklich war, und obwohl sie um ihren Ehemann trauerte. Auch Gerold fand Gefallen an der gebildeten und für ihr Alter sehr attraktiven Frau. Er stellte sich vor, dass sie zusammen mit ihren zwei Kindern eine richtige Familie werden könnten.

Immer häufiger kam es zu zufälligen Berührungen, oder es wurden Schmeicheleien ausgetauscht. Ganz besonders kümmerten sich die beiden um die kleine Rosanah, die unter der Trennung von ihren Zieheltern litt. Monika gab ihr sehr oft körperliche Wärme in Form von Umarmungen. Sie machte ihr auch während der unendlich langen Kutschfahrten, welche allen Beteiligten langsam an die Nerven gingen, schöne Haarfrisuren.

Gerold, der ihr Verhalten gegenüber dem verwaisten Kind genau beobachtete, fühlte sich in seiner Annahme bestätigt, dass Monika ein gutes Herz hat. Für Monika wiederum waren seit der Enteignung und der Hinrichtung ihres Ehemannes so einige Änderungen eingetreten. Als Frau Kaplitz gab es für sie so ziemlich alles, was man sich wünschen mag – vor allem auch Hauspersonal, das ihr fast sämtliche Arbeiten abnahm.

Aber sie hatte sich ihrem Schicksal gebeugt, lernte schnell – und vor allem wollte sie mitarbeiten. So begann sie irgendwann, für alle fünf die Wäsche am eiskalten Fluss waschen. Das war nicht einfach. Aber sie stellte sich der schweren Arbeit und hörte erst damit auf, als sie die vor Kälte schmerzenden Hände aufwärmen musste. Auch das Kochen mit den vorhandenen oder nicht vorhandenen Zutaten eignete sie sich an. Die Kinder und Gerold ließen es sich aber nicht anmerken, wenn das Essen mal ein wenig versalzen oder verkocht war. Monika selbst nahm es mit Humor, wenn die Speisen nicht so wie erhofft gelangen.

Trotz all der neuen Herausforderungen, die auf Monika zukamen, beklagte sie sich nicht, sondern stellte sich ihnen. Gerold, der die Verantwortung für die kleine Familie übernommen hatte, sah das nicht als Belastung an; vielmehr blühte er geradezu auf.

Im Vergleich zum Landsknechtsalltag, bei dem Gewalt, Glücksspiel und der Umgang mit leichten Mädchen zur Normalität gehörten, fühlte sich ihm das Zusammenleben mit Monika und den Kindern als echtes und ernsthaftes Leben an. Und das wollte er eigentlich ja auch: ein echtes Leben mit Liebe, Vertrauen und Verantwortung. Er dachte bereits daran, Monika und ihre Kinder mit nach Köln, seiner alten Heimat, zu nehmen, um dort ein neues Leben aufzubauen.

Die Milchkuh bereitete irgendwann Schwierigkeiten, da sie stehen blieb, obwohl sie am Wagen angebunden war. Kühe sind halt nicht für lange Märsche geschaffen, sondern für das Grasen auf Wiesen. Deshalb machten sie des öfteren lange Pausen, um der Lebensweise der Kuh gerecht zu werden. Denn eines war klar: Diese Kuh war für die kleine Schicksalsgemeinschaft von unschätzbarem Wert. Die Milch, von der alle tranken, und mit der sehr viele Mahlzeiten zubereitet werden konnten, bedeutete eine große Bereicherung des Speiseplans.

Durch diese Zwangspausen verlängerte sich die Reisezeit ungemein. Aber was hatten sie auch zu verlieren! In diesen ungewissen Zeiten konnte man schon froh sein, am Leben zu bleiben und satt zu werden.

Den Reisenden war das Knarren der Kutschräder und das Hin- und Her-Geschaukel mit der Zeit unerträglich geworden. Sie sehnten sich alle nach einem richtigen Bett in einer warmen Kammer. Auch nahm die Kälte zu, wodurch das Reisen nicht gerade angenehmer wurde. Insofern waren sie voller Freude, als sie endlich die Silhouette Paderborns mit den prächtigen Kirchtürmen am Horizont erblickten. Um keinen Wegezoll entrichten zu müssen, fuhren sie nicht durch die Stadt, sondern bahnten sich ihren Weg, an der Stadtmauer entlang, um die Stadt herum.

Hinter der Stadt ließen sie die Kuh noch einmal grasen, um danach ohne weitere Pausen nach Delbrügge zu ziehen. Als sie nach einer halben Tagesreise das Dorf Delbrügge erreichten, begegnete man den Fremden mit Argwohn.

In dem Dorfkern hatte Gerold die Kutsche angehalten und die Zügel an Monika übergeben, um in einer Backstube nach dem Weg zum Waldbauernhof zu fragen. Kaum hatte der unbewaffnete Gerold die Backstube betreten, da zischte ihn der Bäcker an:

„Was wollt ihr, Fremder? Wir haben nichts zu verschenken!"

Dabei schielte der Bäcker auf einen Säbel, der in einem Futteral griffbereit an der Wand baumelte. Gerold, der das sah, sagte mit milder Stimme:

„Guter Mann, ich möchte weder stehlen noch betteln, sondern nur den Weg zum Waldbauernhof erfragen!"

Der Bäcker war mit der Antwort noch nicht zufrieden und raunte:

„Waldbauernhof? Was wollt ihr denn von den Ärmsten?"

Gerold antwortete immer noch friedlich:

„Die Söhne des Hofes sind Freunde von mir. Ich habe Kunde für die Eltern!"

Der Bäcker schaute Gerold groß an und entgegnete:

„Solche Geschichten kann ja jeder erzählen! Wie heißen denn die Söhne?"

Daraufhin antwortete Gerold mit scharfer Stimme:

„Jonathan und Rafael! Und jetzt sagt mir, warum Ihr die Hofbewohner als ‚die Ärmsten' bezeichnet!"

Der Bäcker setzte sich auf einen Hocker, der hinter der einfachen Theke stand. Mit abgewandtem Blick erzählte er:

„Der Waldbauernhof ist überfallen worden. Eine kleine Einheit protestantischer Reiter soll es gewesen sein. Die Eltern, der älteste Sohn und eine Magd wurden getötet, eine andere Magd verschleppt!"

Gerold schaute den Bäcker entsetzt an:

„Oh nein! Das ist ja eine schreckliche Nachricht! Hat sonst noch jemand auf dem Hof überlebt?"

Jetzt blickte der Bäcker Gerold wieder an, um dann mitzuteilen:

„Ja, die Tochter des Hauses und ein Knecht konnten sich verstecken. Jetzt lebt auch noch eine andere junge Frau mit ihren Kindern auf dem Hof. Diese Frau ist eine der wenigen Überlebenden des Salzkottener Massakers, welches vor einiger Zeit von Unionstruppen an der Bevölkerung der kleinen Stadt verübt worden ist."

Gerold war erschüttert und konnte das Gehörte kaum fassen. Mehr zu sich selbst als zum Bäcker sprach er vor sich hin:

„Dann ist der Krieg also auch schon hier eingezogen. Wo soll das denn nur enden?"

Nach einem kurzen Moment des Innehaltens sagte Gerold:

„Guter Mann, verkauft mir doch noch zwei von Euren Broten!"

Er legte dazu einige Kupferpfennige auf die Theke. Wortlos erhob sich der Bäcker vom Hocker, nahm zwei noch warme Brote und schob diese auf der Theke Gerold entgegen. Anschließend erklärte er ihm den Weg zum Waldbauernhof.

Beim Verlassen der Backstube roch Gerold am frischen Brot. Er freute sich schon darauf, nach so langer Zeit etwas so Gutes essen zu können. Er übergab Monika die Brote und stieg auf den Kutschbock, um Hugo anzutreiben, denn Gerold wollte unbedingt noch vor Anbruch der Nacht das Gehöft erreichen.

Auf dem restlichen Weg erklärte er Monika in kurzen Sätzen, was auf dem Hof geschehen war. Dies tat er so, dass die Kinder nichts davon mitbekamen. Er wollte die Kinder nicht noch zusätzlich belasten. Denn sie hatten ohnehin schon zuviel erlebt.

Nach einigem Suchen erreichten sie den zum Hof führenden Weg. Marie, die gerade Wasser an der Schwengelpumpe holte, war überrascht von dem späten Besuch. Mit den Händen in den Hüften schaute sie den Fremden bei der Auffahrt auf den Hofplatz zu. Dass die eine Milchkuh mit sich führten, wunderte Marie sehr. Monika und Gerold stiegen vom Kutschbock ab und bewegten sich langsam in Maries Richtung. Dann fragte Gerold:

„Sind wir hier richtig auf dem Waldbauernhof?"

Marie antwortete freundlich:

„Ja, das seid ihr! Was führt euch zu uns?"

Gerold erklärte ihr:

„Rafael schickt uns. Wir sind Freunde. Auch er ist auf dem Weg hierher!"

Da bekam Marie leuchtende Augen. Mit euphorischer Stimme fragte sie:

„Er ist auf dem Weg hierher? Wie geht es ihm? Ist er gesund? Warum ist er nicht gleich mit euch gekommen?"

Gerold musste lachen und antwortete:

„Langsam, langsam, nicht so viele Fragen auf einmal! Beim letzten Mal, als ich ihn sah, war er gesund! Ihm ging es soweit ganz gut, aber er musste sich um eine Freundin von uns kümmern, die krank geworden war!"

Marie zog ein wenig die Stirn kraus, weil sie sich darüber wunderte:

„Das verstehe ich nicht! Ihr lasst eure Freunde allein zurück?"

Jetzt mischte sich Monika ein:

„Gute Frau, unsere Freundin war an der Pest erkrankt. Und wie Ihr seht, führen wir auch Kinder mit uns. Rafael sagte, wir sollten Euch von allem berichten, was passiert ist – sowie auch dies mitteilen: Wenn er nicht innerhalb eines Monats hierher auf den Hof zurückkehrt, dann kommt er nimmermehr!"

Marie ließ den mit Wasser gefüllten Holzeimer los, sodass er krachend zu Boden fiel. Mit der Hand bedeckte sie vor Entsetzen ihren Mund. Eine kurze Weile versuchte sie,

Haltung zu bewahren, was ihr aber kaum gelang: Tränen rannen immer wieder ihre Wangen hinunter. Ganz traurig blickte sie vor sich hin.

Monika ging dann mit geöffneten Armen auf Marie zu und umarmte sie fest, um sie zu trösten. Gerold holte sodann die Kinder vom Wagen und füllte den zu Boden gefallenen Eimer erneut mit Wasser. Anschließend gingen sie alle zusammen in die Tenne des Hauses, um weiterzusprechen.

Anne war gerade dabei, Butter herzustellen, als die Gäste in die Tenne eintraten. Fragend schaute sie die Fremden an, ohne mit dem Buttern aufzuhören. Erst als sie in dem folgenden Gespräch die Umstände erfuhr, welche diese Menschen hierher führten, ließ sie ihre Arbeit liegen.

Dass Rafael und Jonathan die Kampfhandlungen in Böhmen überlebt hatten, war für sie schon mal eine kleine tröstende Mitteilung. Auch, dass Jonathan seine große Liebe geheiratet hat, wurde von Marie und Anne freudig aufgenommen. Traurig stimmte allerdings, was sie über Rafaels Freundschaftsdienst bei einer pestkranken Frau erfuhren. Denn sie wussten, wie gefährlich diese heimtückische Krankheit ist. Deshalb befürchteten sie, dass sich Rafael angesteckt haben könnte.

Anne erzählte ihren Gästen, wie hart das Leben auf dem Waldbauernhof geworden ist:

„Um das Vieh versorgen zu können, sind einfach zu wenig Menschen auf dem Hof. Nach dem schrecklichen Überfall durch die Protestanten haben ja zuerst die Nachbarn mit angepackt. Diese Hilfe konnten wir aber nicht dauerhaft annehmen. Und so rackern wir uns ab, um nicht alles vor die Hunde gehen zu lassen. Seht ihr: Es ist schon dunkel, und unser Burkhard ist immer noch nicht vom Holzmachen wieder zuhause. Und wenn er kommt, ist sein erster Weg in die Ställe, um das Vieh zu füttern."

Gerold antwortete:

„Wir würden euch wirklich sehr gern unterstützen, bis Rafael gemeinsam mit seinem Ziehsohn wiederkehrt. Und ich bin mir sicher, Rafael kommt wieder nach Hause!"

Marie bekam große Augen und warf ein:

„Ziehsohn?"

Gerold erwiderte:

„Ja, Rafael hat einen verwaisten Jungen bei sich aufgenommen. Seither sind die beiden unzertrennlich. Freiwillig nahm der Junge die Gefahr einer Pesterkrankung auf sich, um bei seinem Ziehvater zu sein."

Dann sagte Anne mit freundlicher Stimme:

„Unser Zuhause soll auch euer Zuhause sein. Ich zeige euch jetzt die freien Kammern. Danach muss ich aber weiter Butter machen."

Monika bedankte sich herzlich dafür:

„Gern wollen wir für einige Zeit bei euch bleiben. Wir können uns bestimmt auf dem Hof nützlich machen."

Also richteten sich die Gäste des Waldbauernhofes in ihren Kammern ein. Gerold führte zuerst die Milchkuh zu den anderen Kühen in den Stall. Danach spannte er den treuen Hugo ab und brachte ihn in den Pferdestall, wo er ihn trockenrieb. Später gab er dem Haflinger noch eine Extra-Portion Hafer.

Als Burkhard dann vom Holzfällen heimgekommen war, stellten sie sich einander vor. Schon am folgenden Tag wurde die Tageslast für alle ein wenig leichter: Burkhard und Gerold machten gemeinsam Holz; Monika kümmerte sich um die fünf Kinder des Hofes und bereitete die Mahlzeiten zu; Marie und Anne melkten die Kühe und fütterten das Vieh.

Mit dem Einzug der Kinder auf den Waldbauernhof zog auch wieder Leben ins Haus: Man hörte fröhlichen Kindergesang und ausgelassene Kinderstimmen. Zwar bekamen die Kinder auch Aufgaben, die erledigt werden mussten. Aber für sie war das keine Plackerei, sondern eine Bereicherung ihres Alltags: So waren Rosanah und Erika für die regelmäßige Fütterung der Kaninchen eingeteilt. Markus und Bruno kümmerten sich um die Hühner und Gänse. Dabei entwickelte der kleine Bruno eine Leidenschaft für das Eiersuchen im Hühnerstall. Immer wieder ging der kleine Junge mit einem Körbchen in den Stall, um anschließend mit noch warmen Eiern in die Tenne zu kommen. Der Jüngste blieb bei Monika in der Tenne.

Mit den alltäglichen Verrichtungen kehrte somit auf dem Hof ein wenig „Normalität" ein. Man arbeitete Hand in Hand, und sonntags fuhren alle gemeinsam zur heiligen Messe. Für die Männer blieb sogar Zeit, um auf ein Bier zum Frühschoppen zu gehen.

Heimkehr

Rafael und Androsch hatten sich an den Arbeitsrhythmus der Wassermühle gewöhnt. Sie hörten schon am frühen Morgen, wie der Geselle das Mühlrad mit einem Hammer vom Eis befreite und mit Hilfe der Schleuse das Wasser umleitete, das wenig später das Mühlrad antrieb. Bevor sich das Mühlrad das erste Mal drehte, ging ein Knarren und Ächzen durch das alte Gemäuer. Etwas später begann dann der Mühlstein seine Arbeit.

Auch bei diesem Arbeitsschritt entstand ein deutlich wahrnehmbares Geräusch, das selbst in Rafaels Kammer zu vernehmen war. Androsch ging jeden Morgen genau zur gleichen Zeit zu ihm dort hin. Nachdem Rafael ohne Fieber war, brauchte er noch zwei Tage, bis er zum ersten Mal aufstehen konnte.

Die Krankheit hatte ihn weit mehr geschwächt, als er annahm: Androsch musste ihm an den folgenden Tagen sogar helfen, die Treppe hinabzusteigen. Sie machten aber auch schon mal einen Gang zum Schleusenbecken, um die dort in der Strömung stehenden Forellen zu beobachten.

Täglich bekam Rafael Besuch von Falk und dessen Familie. In den Gesprächen, die sie führten, brachte Falk wiederholt seine große Dankbarkeit zum Ausdruck. Er sagte immer wieder:

„Mein lieber Rafael, Ihr hättet euch so einfach an mir bereichern können, aber Ihr habt es nicht getan. Ihr seid Mensch geblieben! Viele der anderen Landsknechte handeln in ihrer Wolfsmentalität wie Tiere. Sie fallen über wehrlose Familien her und stacheln sich gegenseitig zu Schandtaten auf."

Rafael bedankte sich ebenfalls herzlich bei ihm:

„Falk, alles was ich für euch getan habe, habt ihr mir tausendmal zurückgegeben. In höchster Not gabt ihr mir Unterkunft und Nahrung. Ihr habt mich gepflegt, als ich dem Tode näher war als dem Leben. Somit habt ihr auch meinem Sohn eine Zukunft gegeben. Ihr habt nicht nur Gutes an mir getan, sondern auch an ihm."

Falk entgegnete bescheiden:

„Nichts habe ich lieber getan, als Euch zu helfen! Aber eines möchte ich hier noch erwähnen: Hättet Ihr nicht so einen prächtigen Sohn, dann wärt Ihr hier nie angekommen. Ich habe mein Lebtag noch kein Kind gesehen, das sich in solch selbstloser Weise um seinen Vater kümmerte. Der Junge hat sich allein durch eine unwirtliche Landschaft gekämpft und war dabei einige Nächte ohne Schlaf. Fürwahr: Es ist ein Wunder, dass Ihr noch lebt!"

Falks Frau brachte jeden Tag kräftige Speisen für Rafael mit: Mal gab es eine gute Hühnersuppe, mal Brote mit Griebenschmalz. Von Tag zu Tag wurde Rafael wieder kräftiger. Gemeinsam mit Androsch unternahm er kleine Spaziergänge in der näheren Umgebung der Wassermühle. Auch sein treues Pferd versorgte er bald wieder selber, sodass er irgendwann Androsch fragte:

„Was meinst du, sollen wir es demnächst wagen, wieder weiterzureisen?"

Androsch erwiderte:

„Es wäre besser, noch ein wenig zu warten! Vielleicht lässt der strenge Frost bald nach."

Rafael nickte:

„Du hast bestimmt recht! Wir warten noch einige Tage ab."

Und tatsächlich: In den folgenden Tagen wurde es merklich milder, sodass Rafael beschloss, den Aufbruch zu wagen. Falk fuhr zusammen mit Frau und Tochter zur Wassermühle, um sich von ihren Gästen zu verabschieden. Freudestrahlend übergab die Frau ihnen je eine Schaf-

Felljacke als Abschiedsgeschenk, und Falk zusätzlich noch zwei kleine Säckchen mit bestem Mehl. Danach fielen nicht mehr viele Worte: Alle wussten, dass es vielleicht kein Wiedersehen geben würde. Nachdem die beiden auf ihren Pferden aufgesessen waren, sagte Rafael mit fester Stimme:

„Lebt wohl!"

Androsch nahm zum Abschied seinen Dreispitz ab und neigte seinen Kopf nach unten. Dann ritten die beiden los: erst im Trab, und etwas später im leichten Galopp. Die Pferde waren ja ausgeruht und erfreuten sich an der Bewegung. Mit ihren Hufen schleuderten sie den Schnee weit hinter sich. Ihre Nüstern stießen in regelmäßigen Abständen dampfenden Atem aus. Da sie noch eine weite Strecke zu bewältigen hatten, gingen sie bald wieder in den Trab über. In dieser Situation sagte Rafael:

„Du, Androsch, ich weiß ganz genau, was du für mich getan hast!"

Androsch erwiderte:

„Gleiches hättest du doch auch für mich getan!"

Das konnte Rafael nur bestätigen:

„Ja, das hätte ich! Aber du bist noch ein Kind, und ich bin erwachsen! Du bist weit über deine Kräfte gegangen."

Androsch sprach sehr leise, als er anschließend feststellte:

„Ich hatte sehr große Angst um dich, Vater! Fast hätte ich dich verloren. Dann wäre ich wieder ganz und gar allein auf dieser grausamen Welt gewesen!"

Rafael sagte nachdenklich:

„Auch das hättest du gemeistert!"

Androsch lachte laut auf und meinte dazu:

„Du traust mir aber auch alles zu! Ohne dich wäre ich wohl elendig verreckt, Vater! Aber wir leben! Wir leben beide, Vater!"

Rafael wurde von dem Lachen seines Sohnes angesteckt und sagte fröhlich:

„Ja, Androsch, wir leben! Wir beide leben! Und ich verspreche dir: Nichts und niemand wird uns mehr trennen! Niemals mehr!"

Androsch stockte kurz der Atem. Dann bestätigte er das überglücklich:

„Ja, Vater, wir bleiben für immer zusammen! Nichts wird uns jemals trennen!"

Dann schwiegen beide – jeder glücklich darüber, dass der andere bei ihm war.

Bei Anbruch der Dunkelheit legten sie eine Pause in der Nähe eines Flusses ein. Dort tränkten sie die Pferde. Etwas später gaben sie ihnen auch noch guten Hafer. Während der Pause deckten sie die schwitzenden Pferde mit den dicken Pferdedecken ab. Rafael fragte:

„Androsch, wenn wir die Nacht durchreiten, sind wir gegen Morgengrauen in Paderborn, und spätestens zur Mittagszeit auf dem Waldbauernhof. Die Pferde sind noch voller Energie. Die würden den Weg ohne weiteres schaffen."

Androsch zog die Stirn kraus und meinte:

„Wenn du unbedingt möchtest, will ich mit dir durch die Nacht reiten. Aber, um ehrlich zu sein: Ich möchte lieber bis morgen hier rasten."

Rafael legte Androsch den Arm über die Schulter und sagte:

„Komm, wir bauen unser Zelt auf. Danach machen wir schnell ein schönes Lagerfeuer."

Später saßen die beiden am lodernden Feuer und überlegten, was es am Waldbauernhof wohl alles zu erledigen geben würde. In der Nacht, in der es ziemlich kühl war, schmiegten sie sich eng aneinander, um sich zu wärmen. Auch Bronko fror und kroch unter die warme Decke seines Herrchens. Die sternenklare Nacht ließ die beiden aber auf einen sonnigen Reisetag hoffen.

Und tatsächlich: Der folgende Tag war mit strahlendem Sonnenschein gesegnet. Durch den Schnee und das überall gegenwärtige Eis wurde die Strahlkraft der Sonne um ein vielfaches verstärkt. Rafael hatte über der Glut des Feuers einen Tee bereitet, den sie vor Antritt der Reise aus dampfenden Bechern tranken. Rafael meinte, nachdem sie auf ihren Pferden aufgesessen waren:

„Androsch, es geht nach Hause!"

Androsch antwortete hoffnungsfroh:

„Ja, es geht endlich nach Hause!"

So ritten sie sehnsüchtig und in freudiger Erwartung ihrer Heimat entgegen.

Die Landschaft wurde Rafael immer vertrauter. Bald war schon die Silhouette Paderborns zu erkennen. Rafael zahlte an einem der Tore den Wegezoll und ritt gemeinsam mit Androsch in die Stadt. Dort zeigte er seinem Jungen das prachtvolle Rathaus sowie anschließend den altehrwürdigen Dom. Für ein kurzes Dankgebet gingen sie hinein, nachdem sie ihre Pferde an den dafür vorgesehenen Metallringen nicht weit vom Eingang festgebunden hatten.

Androsch war von den großen Kirchenfenstern, die im Innern des Domes ihre Farben preisgaben, sehr begeistert. Gerade bei dem schönen Sonnenschein boten sie sich in ihrer ganzen Pracht dar. Vor der Marienstatue zündeten sie

Kerzen für die Ihrigen und für sich selbst an. Androsch betete ganz leise vor sich hin:

„Herr, ich danke dir für all das Gute, was mir widerfahren ist. Du hast mir meinen Vater gelassen, ohne den ich verloren wäre. Herr, ich bitte dich, nimm meine leiblichen Eltern und Gerlinde in dein Reich auf. Lass es ihnen gut ergehen, denn sie waren rechtschaffend."

Auch Rafael betete kurz:

„Herr, zeige mir bitte den richtigen Weg! Ich will ihn gehen, auch wenn er dornig sein sollte."

Nachdem sie den Dom verlassen hatten, teilte Rafael seinem Ziehsohn mit, dass er einen ganz besonderen Menschen vor der Ankunft auf dem Waldbauernhof zunächst besuchen möchte. Er meinte seine Marie. Da Androsch damit einverstanden war, machten sie sich gleich zur Weiterreise auf. Denn die beiden wollten noch vor Anbruch der Dunkelheit den Waldbauernhof erreichen. Deshalb ritten sie eilig über die Dörfer Boke und Thüle in Richtung Salzkotten.

Beim Erreichen der kleinen Stadt Salzkotten traute Rafael seinen Augen nicht: Die Tore der Stadt waren weit geöffnet und gänzlich unbewacht. Als sie sich in die Stadt begaben, bestätigten sich Rafaels schlimmste Befürchtungen: Ein Großteil der Häuser war bis auf die Grundmauern niedergebrannt. Seine Gedanken drehten sich nur noch um Marie:

„Nein, das darf nicht wahr sein! Auch hier hat der Krieg schon gewütet!"

Einen alten Mann, der in den Ruinen nach Verwertbarem suchte, befragte Rafael:

„Alter Mann, erzähle mir, was hier geschehen ist!"

Der gebrechlich erscheinende Mann schaute Rafael mit seinen geröteten Augen an und antwortete:

„Die Truppen des Freiherrn zu Innhausen haben hier gewütet. Das hat kaum jemand von der Bevölkerung überlebt. Die Gasse, die ihr gleich durchreitet, trägt den Namen ‚Blutgasse‘. Denn am Tag des Überfalls rann soviel Blut der armen Opfer über den Kopfstein hinweg, dass man ihr diesen Namen gab."

Rafaels Herz pochte wild, und es überkam ihn eine starke innere Unruhe. Ohne ein weiteres Wort mit dem Mann zu wechseln, ritt er in Richtung Mühle, in dessen Nachbarschaft auch Maries Elternhaus stand. Dort fand er ebenfalls nur Verwüstung vor. Was er sah, verstärkte nochmals seine Befürchtungen. Seine innere Anspannung übertrug sich sogar auf sein Pferd: Es stieg zweimal wiehernd vor den Trümmern des Hauses hoch. Fast mechanisch fasste Rafael seinen am Gürtel hängenden Dolch an, den er sich aus lauter Verzweiflung am liebsten selbst ins Herz gerammt hätte.

Dann wandte er sich mit Tränen gefüllten Augen Androsch zu. In dem Moment wusste er, dass er sehr stark sein müsste – allein für den Jungen, der ihm so sehr vertraute: Er nahm die Hand von seinem Dolch. Sichtlich erschrocken über Rafaels Verhalten fragte Androsch:

„Vater, weinst du? Haben dir die Menschen, welche hier wohnten, so nahe gestanden?"

Rafael antwortete mit zitternder Stimme:

„Nein, ich weine nicht. Meine Augen tränen doch nur wegen des scharfen Windes! Aber es stimmt: Hier lebten Menschen, die mir sehr viel bedeuteten!"

Ohne von ihren Pferden zu steigen, schauten sie sich um. Es dauerte nicht lange, bis sie erkannten, dass an diesem

Ort nichts mehr zu retten war. Rafael stellte voller Schmerz fest:

„Hier gibt es nichts mehr für uns zu tun. Komm, wir reiten nach Delbrügge zum Waldbauernhof!"

Androsch nickte, und schon trieben sie die Pferde an. Ohne dass es Androsch sehen konnte, rannen Rafael die Tränen über die Wangen. Im Vergleich zu den weiten Wegen, welche die beiden in den letzten Wochen zurückgelegt hatten, war es nur noch ein Katzensprung bis zu Rafaels Zuhause. Als sie den Weg, der zum Waldbauernhof führte, erreichten, hielten sie ihre Pferde an. Rafael meinte:

„Mein lieber Androsch, es ist geschafft: Wir haben unser lang ersehntes Ziel erreicht!

Darauf antwortete Androsch:

„Ja, jetzt lerne ich endlich deine Familie kennen!"

Dann ritten sie ganz langsam auf das Hofgelände. Marie, die gerade Heu für das Vieh aus der Luke des Heubodens warf, sah die Reiter auf den Hof kommen. Neugierig auf den unerwarteten Besuch schaute sie aus der Luke hinaus. Dann erkannte sie einen der Reiter. Ihr stockte der Atem. Innerlich total aufgewühlt fing sie an zu schreien:

„Raaafael! Rafael ist zurück!"

Umgehend sprang sie auf die Sprossenleiter und stieg behände hinunter. Rafael traute seinen Augen nicht, als er Marie auf sich zulaufen sah. Ohne sich weiter um sein Pferd zu kümmern, saß er ab und ging seiner großen Liebe rasch entgegen. Er brauchte nicht lange zu warten, bis sich Marie in seine Arme warf. Atemlos schauten sie sich tief in die Augen und küssten sich leidenschaftlich.

Androsch hatte sich dies alles verwirrt angeschaut. Während die beiden sich noch herzten, saß auch er ab. Dann löste sich Rafael sanft von Marie und erklärte ihr:

„Darf ich dir meinen Begleiter vorstellen? Das ist Androsch, mein treuer Weggefährte, der mir ein Sohn geworden ist. Er hat mir sogar das Leben gerettet und wird bei uns bleiben!"

Rafael winkte dann Androsch heran, stellt ihm Marie vor und kündigte in aller Deutlichkeit an:

„Androsch, das ist Marie, meine zukünftige Frau!"

Schüchtern nahm Androsch seinen Dreispitz ab und gab Marie ein wenig zurückhaltend die Hand. Marie umarmte den Jungen:

„Willkommen in der Familie, Androsch!"

Da fiel Rafael nichts anders anderes mehr ein, als die beiden zu umarmen:

„Ja, wir sind jetzt eine richtige Familie!"

Monika, die den Aufschrei von Marie mitbekommem hatte, kam aus dem Haus gerannt – gefolgt von den Kindern. Auch sie konnte ihre Freude nicht unterdrücken und rief laut:

„Unsere verlorenen Söhne sind wieder da! Sie sind wieder da!"

Die Kinder, von der freudigen Stimmung angesteckt, liefen jubelnd um die Heimkehrer herum. Marie schnappte sich Mathias und Markus aus der Kinderschar heraus und führte sie zu Rafael:

„Das Schicksal hat uns noch zwei weitere Kinder geschenkt, Rafael! Das sind unsere Kinder Markus und Mathias!"

Rafael schien sofort zu verstehen. Denn er ging auf die beiden Kinder zu, um ihnen über den Kopf streicheln:

„Wir werden uns bestimmt gut vertragen. Hier auf dem Hof ist genug Platz für so prächtige Burschen."

Überglücklich schaute er Marie an. Aber plötzlich wich sie seinem Blick aus und starrte auf die am Hof liegenden Gräber, die mit einem einfachen Holzkreuz versehen und mit Blumen geschmückt waren. Rafael verfolgte ihren Blick. Im ersten Moment verstand er nicht die Bedeutung des Kreuzes. Dann wandte Marie sich Rafael zu, um ihn erneut zu umarmen. Sie sagte leise:

„Komm bitte mit ins Haus! Ich muss dir noch was sehr Wichtiges erzählen."

Rafael erwiderte:

„Ja, lass uns hineingehen! Ich will nun auch noch die anderen begrüßen."

Aber Marie antwortete mit traurigen Blick:

„Nein, Rafael, im Haus ist niemand mehr! Anne bringt gerade eine kleine Stärkung zu Burkhard und Gerold in den Wald. Die beiden sind dort am Holzen."

Rafael schaute Marie fragend an:

„Anne, Burkhard und Gerold! Wo sind denn die anderen?"

Marie stand das Entsetzen ins Gesicht geschrieben, als sie antwortete:

„Du musst jetzt sehr stark sein! Hast du die Gräber am Hof gesehen?"

Rafael entgegnete leise, fast flüsternd:

„Willst du mir etwa sagen, dass alle anderen tot sind?"

Marie bestätigte das stockend:

„Es tut mir so leid. Ein berittener Spähtrupp vom Heer des Tollen Christian soll auf eurem Hof ihr Unwesen getrieben haben."

Mit dieser Antwort hatte Rafael nicht gerechnet. Ihm wurde schwarz vor Augen, sodass er sich an der Hauswand abstützen musste, um nicht umzufallen. Marie umfasste fest einen Arm Rafaels, um ihm Halt zu geben. Auch Androsch und Rosanah eilten zu ihrem Vater, um ihn zu stützen. Als er seine Fassung wiedergewonnen hatte, sagte Rafael:

„Es ist alles kaum auszuhalten! In diesen Zeiten ist der Tod unser ständiger Begleiter. Es ist fast so, als würde es zu unserem Schicksal gehören, ein Opfer von Gewalt zu werden. Bitte lasst uns zu den Gräbern meiner Familie gehen!"

So gingen sie, umringt von den Kindern, zu den Gräbern. Mit versteinerter Miene schaute Rafael auf die drei Gräber. Dann sagte er laut vor sich hin:

„Es tut mir unendlich leid, dass ich nicht bei euch war, um euch in den schweren Stunden beizustehen!"

Danach betete er gemeinsam mit den anderen das Vaterunser. Anschließend gingen sie in die Tenne, wo Rafael fragte:

„Warum gibt es denn nur drei Gräber auf dem Hof? Nach meiner Kenntnis müssten es doch fünf sein?"

Marie antwortete:

„In den drei Gräbern liegen deine Eltern und Barbara. Gabriel wurde erst spät gefunden. Deshalb haben sie ihn eingeäschert. Leni wurde nie gefunden. Wahrscheinlich hat man sie verschleppt. Rafael, dein Vater und Gabriel haben es den gemeinen Mördern nicht leicht gemacht. Es gab auch Tote unter den Söldnern."

„Mein armer Bruder! Der wollte noch nicht einmal seine Tiere schlachten. Jetzt war er sogar gezwungen, seine Hände gegen Menschen zu erheben. Armer Gabriel, du warst so ein feiner Kerl!" sagte Rafael vor sich hin.

„Er soll gekämpft haben wie ein Held!", stellte Marie fest.

„Gabriel war mein großer Bruder. Ich hatte ihn auch ohne diesen Kampf als Held betrachtet: Keiner konnte pflügen wie er; keiner von uns kannte das Vieh wie er. Ein feiner, gutmütiger Mensch war er – und dann so ein schreckliches Ende! Das hat er nicht verdient!", sagte Rafael traurig.

Marie umarmte ihren Rafael – gleichsam, um ihn gegen all das Schreckliche abzuschirmen, was er erfahren musste. Rafael spürte die tief empfundene Liebe, die ihm entgegengebracht wurde. Die gab ihm Kraft – soviel Kraft, dass er es schaffen sollte, den Hof für alle zu erhalten. Er bekam und gab das weiter, was nichts kostet, aber das Wertvollste im Leben ist, woran es jedoch in all den furchtbaren Jahren im Delbrücker Land und weit darüber hinaus mangelte: die Liebe!

Epilog

Rafael übernahm nach seiner Rückkehr den Waldbauernhof. Einige Monate später kam es in Delbrügge zu einer Doppelhochzeit. Denn Monika heiratete Gerold, und Marie ihren Rafael.

Rafael konnte Gerold davon überzeugen, auf dem Hof zu bleiben. Eine Rückreise nach Köln wäre beschwerlich gewesen und in den unruhigen Zeiten mit zu vielen Gefahren verbunden. Allein wegen Markus und Mathias, die sich auf dem Hof wohlfühlten, entschied er sich zu bleiben.

Der Tolle Christian hatte Paderborn ohne Kampfhandlungen übernommen und ausgeplündert. Die Menschen der an dem Krieg beteiligten Länder litten von Jahr zu Jahr mehr Not.

Die Bewohner des Waldbauernhofs und deren Nachbarn arbeiteten in der schlimmen Zeit eng zusammen. Sie sollten zu ihrem Glück nicht in Kampfhandlungen verwickelt oder ausgeplündert werden. In all den Kriegsjahren gingen die Männer dieser Gemeinschaft bewaffnet ihren Arbeiten nach. Rafaels Wahlspruch war:

„Wer für sein Recht kämpft, der kann verlieren. Aber wer nicht kämpft, der hat schon verloren!"

Androsch, Rosanah, Bruno und Erika wuchsen miteinander wie Geschwister auf. Marie und Rafael bekamen später auch zwei leibliche Kinder: Gabriel und Gerlinde sollten sie heißen.

Leni zog mit den Söldnern, von denen sie verschleppt worden war, durch die Lande, bis sie während der großen Pest-Epidemie im Jahre 1632 in Großwallstadt an der Beulenpest erkrankte und in einer Scheune starb.

Jonathan und Isabella waren Zeitzeugen der Belagerung und Erstürmung von Magdeburg durch ligistische Truppen im Jahre 1631. Jonathan war mittlerweile zum Feldweibel aufgestiegen und damit verantwortlich für mehrere Rotten. Er musste machtlos mit ansehen, wie seine Waffenbrüder exzessiv über die Besiegten herfielen. Voller Abscheu über das Verhalten seiner Kameraden entschloss sich Jonathan, den Dienst zu quittieren. Wie geplant gingen sie gemeinsam nach Bayern, wo sie sich in dem Heimatdorf von Isabella niederließen.

Rafael und Androsch begannen einige Tage nach der Rückkehr auf den Waldbauernhof damit, ein Holzkreuz aus Steineichenholz herzustellen. Das Kreuz wurde baugleich mit dem Kreuz für Gerlinde gefertigt. Nachdem sie ihre Arbeiten abgeschlossen hatten, wechselten sie das provisorische Kreuz an den Gräbern gegen ein Kreuz mit dem Namen „Rafaelskreuz" aus. Somit gab es nicht nur ein Rafaelskreuz, sondern zwei. Wer hätte gedacht, dass ein Wegekreuz eine solch tragische Geschichte bezeugt!

Von daher empfehle ich allen Leserinnen und Lesern, sich doch einmal in ihrer heimatlichen Umgebung umzuschauen. Dann dürfte man erstaunt sein, wie viele stumme Zeugen – vielleicht ein wenig versteckt – an Höfen, Wegen oder Straßen stehen. Es gibt mit Sicherheit noch viele Geschichten zu erzählen!

Personenregister

Rafael: die Hauptperson (geb. 1604)
Rafaels Großmutter: Ida vom Waldbauernhof
Rafaels Großvater: Stefan vom Waldbauernhof
Rafaels Vater: Bernd vom Waldbauernhof
Rafaels Mutter: Rosalie vom Waldbauernhof

Alfons: *Knecht auf dem Waldbauernhof*
Androsch: *ein Waise*
Anne: *Rafaels Schwester*
Barbara: *Magd auf dem Waldbauernhof*

Bruno: *Monikas Sohn*
Burkhard: *Knecht auf dem Waldbauernhof*
Erika: *Monikas Tochter*
Falk: *Mühlenbesitzer*
Gabriel: *Rafaels ältester Bruder*
Georg: *Rafaels Kamerad*
Gerlinde: *Marketenderin und Rafaels Freundin*
Gerold: *Landsknecht und Rafaels Freund*
Gustaf: *Knecht auf dem Waldbauernhof*
Hagen: *Feldwebel; Rottenführer*
Isabella: *Marketenderin; Jonathans Freundin und spätere Ehefrau*
Jonathan: *Rafaels Bruder*
Lebbock: *Rafaels Kamerad*
Leni: *Magd auf dem Waldbauernhof*
Marie: *Rafaels große Liebe; Heilkundige aus Salzkotten*
Markus: *ein Waise*
Mathias: *ein Waise*
Monika Kaplitz: *Witwe eines Prager Ratsmitgliedes*
Rosanah: *eine Waise*
Wiese: *Leutnant; Rafaels Kompaniechef*
Wolf: *Unteroffizier; Rafaels Ausbilder*